VINCENT
TOUT-PUISSANT

www.editions-jclattes.fr

Nicolas Vescovacci
et Jean-Pierre Canet

VINCENT TOUT-PUISSANT

Enquête

JC Lattès

Maquette de couverture : Atelier Thimonier
ISBN : 978-2-7096-5671-9

Première édition février 2018.

« Soyez résolus de ne servir plus,
et vous voilà libres. »

Discours de la servitude volontaire,
Étienne de La Boétie, 1574.

« Les morts ne sont pas sans pouvoir.
Mort ai-je dit ? Il n'y a pas de mort,
seulement un changement de mondes. »

Discours de « Seattle »,
chef de la nation Duwamish, États-Unis, 1855.

Prologue

Il faut toujours dire d'où l'on parle. Pas par arrogance ni impudeur mais par honnêteté. Nous sommes ce que l'on appelle, non sans un pléonasme, des journalistes d'investigation. Depuis plus de vingt ans, curieux et passionnés, nous avons arpenté la planète, fréquenté des terrains de guerre, exploré le champ politique et questionné le monde économique pour des journaux, la radio, des sites d'information et la télévision. Nous aimons comprendre ce que l'on voudrait nous cacher, nous considérons, avec un poil d'obsession parfois, que notre mission consiste à informer le grand public en rendant accessibles à toutes et tous des informations qui ne le sont pas forcément.

Mission ? Le mot peut sembler grandiloquent, mais il est juste, disant toute la dimension citoyenne de notre métier. Sans information libre et vérifiée, la démocratie est incomplète.

C'est notre conviction.

Autant l'avouer tout de suite, avant que Vincent Bolloré ne s'intéresse à nous en mai 2015 nous ne nous étions jamais particulièrement intéressés à lui. La fascinante *success story* du milliardaire breton ? Nous en avions entendu parler, comme tout le monde, dans les années 1990 lorsque, même à gauche, la presse tressait des louanges au « Petit Prince du cash-flow », l'un des nombreux surnoms qui lui collent à la peau depuis trente ans. Mais d'autres sujets nous semblaient plus importants. C'était avant que nous éprouvions au plus près la puissance et la menace de ce « boa » des affaires. Boa, l'analogie vous semble audacieuse ? Alors plongez-vous dans ce portrait de l'industriel écrit en 1999[1]. Interrogé par une journaliste de *Libération* dans son bureau, Vincent Bolloré s'approche d'une bibliothèque et sort d'une étagère « une drôle de photo » représentant un boa en train d'avaler un corps ensanglanté. « C'est la réalité, explique-t-il, cet homme a eu le malheur de s'endormir dans la forêt, il s'est fait bouffer... » Vincent Bolloré avale des sociétés et amasse des plus-values. C'est sa réalité. À soixante-six ans, avec 7,7 milliards d'euros, l'industriel est aujourd'hui la douzième fortune de France[2]. Il règne sur un empire qui pèse plus de 20 milliards d'euros de chiffre d'affaires[3], déployé sur plusieurs continents. Les entreprises qu'il dirige, directement ou indirectement, gèrent des ports en Afrique, produisent de l'huile de palme, fabriquent des batteries électriques, contrôlent de nombreuses chaînes de télévision en France, en Pologne et au Vietnam, une banque et une société de téléphonie

1. Voir « Vincent Bolloré (...) grand saigneur », O. Benyahia-Kouider, *Libération*, 1er mars 1999.
2. Classement 2017 du magazine *Challenges* des « 500 plus grandes fortunes de France » (juillet-août 2017). Le magazine américain *Forbes* place Vincent Bolloré au onzième rang français, 303e mondial en 2017.
3. En 2016, le groupe Bolloré pesait 10,076 milliards d'euros de chiffre d'affaires. Quant à Vivendi, son chiffre d'affaires s'élevait à 10,8 milliards d'euros.

mobile en Italie. Vincent Bolloré est sans aucun doute l'une des plus belles réussites européennes dans le milieu des affaires de ces quarante dernières années. Il s'intéresse à la presse ? Comment le lui reprocher ? Les Bouygues, Lagardère, Pinault, Arnault et autre Dassault ont tous cédé un jour à la tentation de l'influence. Un journal, une radio, une chaîne de télévision, des sites Internet ? Pourquoi choisir ? Vincent Bolloré, lui, a gobé Vivendi, un groupe de médias tout entier, comme un boa : télé, musique, jeux vidéo, cinéma. Tout.

Le boa n'étouffe pas. Il coupe la circulation sanguine de ses proies. Quelques secondes cachées dans ses replis et c'est la mort assurée. Les journalistes que nous sommes ont vite ressenti cette pression, lorsque les anneaux de l'animal se sont enroulés, ont serré, puis se sont refermés. C'était en mai 2015. Une de nos enquêtes, sur le Crédit Mutuel-CIC[4], déplaisait au nouveau seigneur de Canal + et il allait nous couper l'oxygène. Fallait-il y voir un présage ? Ce que nous ne savions pas alors, c'est que nous ne serions que les premières cibles d'une longue liste qui irait, quelques mois plus tard, jusqu'au démantèlement d'une bonne partie de la rédaction d'iTélé, la chaîne d'information en continu du groupe Canal +, aujourd'hui rebaptisée CNews.

Bien sûr nous avons survécu à l'étreinte mortelle de la censure. Mais, passé l'effet de sidération, nous avons décidé de nous intéresser à « notre prédateur ». Pas pour régler des comptes ni instruire un procès. Cela n'aurait aucun sens. Mais pour comprendre. Comprendre les motivations

4. Evasion fiscale : enquête sur le Crédit Mutuel, réal. N. Vescovacci, G. Livolsi, *KM*, 2015.

de cet industriel français entré dans nos vies professionnelles par effraction, au mépris, croyons-nous, de certaines règles éthiques et démocratiques. Comprendre qui est véritablement Vincent Bolloré. Ses méthodes, ses réseaux, ses ambitions.

Enquêter sur cet homme très puissant n'est pas une mince affaire. Au cours de la préparation de ce livre, certains de ses proches nous le décriront avec un brin d'humour, comme un Louis XIV en son palais, détenteur d'un pouvoir absolu à défaut d'être divin.

Face à ce géant des affaires, nous n'avions d'autres armes que notre force de travail et la conviction de l'intérêt public de notre enquête. Avant nous, d'autres journalistes s'y sont frottés. Leurs travaux furent une source d'inspiration et une base de départ indispensable pour partir explorer cet empire au territoire si vaste. Pour mener à bien cette expédition, nous avons bénéficié de l'aide discrète mais efficace de consœurs et confrères ainsi que d'autres témoins clés qui nous ont aidés à approcher des sources, obtenir des documents, recueillir anecdotes, récits ou éléments de preuve. Sans eux, cet ouvrage n'existerait pas. Qu'ils en soient ici toutes et tous remerciés.

Dans cette enquête, nous n'aurons finalement qu'un seul regret : Vincent Bolloré a refusé de nous rencontrer. Ce n'est pas faute d'avoir essayé. Durant plusieurs mois, nous l'avons sollicité directement ou à travers des proches. Malheureusement, le « boa » n'a jamais souhaité nous répondre. Enfin si… mais à sa manière.

Prologue

Les auteurs

Nicolas Vescovacci est l'un des deux réalisateurs du documentaire sur le Crédit Mutuel-CIC, aujourd'hui journaliste à l'agence Premières Lignes pour le magazine de France 2 *Cash Investigation.*

Jean-Pierre Canet était le rédacteur en chef du documentaire sur le Crédit Mutuel-CIC. Rédacteur en chef du magazine de France 2 *Envoyé spécial* (saison 2016-2017) et cofondateur de *Cash Investigation.*

PARTIE I

BOLLORÉ « NOUS A TUER »

Chapitre 1

Valse avec l'huissier

Jeudi 5 janvier 2017, Nicolas Vescovacci, coauteur de cet ouvrage, travaille à son domicile. La scène qu'il s'apprête à vivre est un petit concentré des méthodes de Vincent Bolloré contre les journalistes : transgressive, excessive, brutale.

Voici son récit.

Rien n'aurait jamais dû troubler cette matinée paisible de travail. Ni les pages encore brouillonnes de ce livre en chantier ni les remarques d'Isabelle, notre éditrice. Voilà plus de six mois que j'enquête dans le plus grand secret sur Vincent Bolloré, le tout-puissant patron de Vivendi. Isabelle suit ce projet depuis le début. Ce jeudi 5 janvier 2017, nous faisons le point au téléphone. « Il y a encore du boulot, mais l'enquête commence à prendre forme », dit-elle. Assis à mon bureau, j'écoute ses remarques et conseils. Sa voix lointaine grésille dans mes écouteurs, lorsque j'entends soudain sonner à ma porte. Il est 11 h 30. Et personne ne sonne jamais à ma porte à 11 h 30, en plein milieu de la semaine.

— Monsieur Vescovacci ? Bonjour, Monsieur X, huissier de justice. Je suis mandaté par la société Vivendi pour vous délivrer une sommation ainsi que copie d'un courrier…

Surpris, je bredouille au téléphone :
— Isabelle, attends, je te rappelle, j'ai un huissier de justice à ma porte... Euh, il s'agit de quoi exactement monsieur ?
— Je suis mandaté par Vivendi pour vous délivrer une sommation...
Avant de commencer ce travail sur Vincent Bolloré, nous avons bien sûr anticipé d'éventuelles procédures judiciaires. Face à l'huissier, il me faut pourtant quelques instants pour réaliser. Nous sommes des mois avant la parution de ce livre, l'enquête n'est pas achevée, pas une ligne n'a été publiée. Vincent Bolloré aurait-il déjà lâché ses avocats alors que le texte n'est pas encore terminé ? À l'énoncé des griefs formulés dans le courant d'air de ma cage d'escalier, je vais très vite comprendre ce qui me vaut cet impromptu : « Il vous est demandé donc, par la présente sommation, d'avoir à cesser tout envoi de mails, de sms et tout appel téléphonique, tant au président du Conseil de surveillance de Vivendi SA qu'au président du Directoire de celle-ci, (...) et/ou qu'à tous cadres et salariés de Vivendi SA et de Canal +. »
J'ai du mal à le croire, j'interroge l'huissier :
— Vincent Bolloré souhaite que je cesse de contacter les directions de Vivendi et de Canal +, c'est bien ça ?
— Visiblement. Il y a des conséquences sur le fonctionnement du groupe, me répond l'homme de loi.
Presque curieux d'apprendre un point de droit, je questionne le missi dominici de Vincent Bolloré :
— Je ne savais pas qu'on pouvait faire une sommation ou une pression pour un envoi de mails et de sms dans le cadre de son travail ?
— Une pression, oui, enfin une sommation plutôt. C'est sympa, ça veut dire je suis (encore) sympa..., répond l'huissier de justice.
« Sympa » n'est pas vraiment le mot que nous aurions employé. Une enquête journalistique représente des mois de travail. L'une de nos obligations déontologiques consiste à solliciter les personnes citées ou mises en cause afin de recueillir leur point de vue, c'est le principe du débat contradictoire sans

lequel nous serions, à raison, taxés de parti pris. J'ai appliqué scrupuleusement cette règle en invitant plusieurs fois Vincent Bolloré et onze hauts cadres de Vivendi et Canal + à s'exprimer[1]. Entre la fin novembre 2016 et le 4 janvier 2017, j'ai envoyé vingt-deux mails et plusieurs sms[2] aux intéressés avec un objectif : le recueil de leur témoignage sur des éléments précis de notre enquête. En réponse ? Le silence complet. Vincent Bolloré ni aucun autre dirigeant contacté n'a souhaité répondre à mes questions. En ce début 2017, le seul retour concret après nos multiples sollicitations se tient devant moi : un huissier de justice porteur d'un message d'intimidation.

L'homme de loi n'y est pour rien. D'ailleurs, nous finissons par échanger des vœux pour la nouvelle année, même si elle commence pour moi sous d'étranges auspices. Une signature au bas d'un document et la porte se referme sur mon visiteur. Je poursuis seul, un peu sonné, la lecture de cette lettre de sommation. À quoi jouent donc Vivendi et Vincent Bolloré ? Médusé, je laisse mes yeux parcourir le document. C'est écrit noir sur blanc : « Ces mails – initiés sous couvert de la rédaction d'un livre consacré à Vincent Bolloré – (...) contenaient une série de questions orientées traduisant, tant sur le fond que sur la forme une volonté de nuire à Vivendi SA. » Plus loin : « La nature même des questions posées peut les assimiler à une forme de campagne de déstabilisation de nature à perturber le bon fonctionnement de l'entreprise. »

À lire cette « sommation », j'aurais donc engagé une campagne de déstabilisation contre Vivendi en envoyant quelques courriels à ses dirigeants. Et je l'aurais fait avec l'intention de nuire. Un moment, l'idée d'un canular journalistique m'effleure l'esprit. La prose juridique visiblement préparée de longue date me ramène au texte. Je rappelle Isabelle pour lui lire ce

1. Nous avons envoyé trois mails et trois sms à Vincent Bolloré entre le 23 novembre 2016 et le 2 janvier 2017 pour lui demander de participer à notre enquête. Sans succès.

2. Sur la même période, nous avons envoyé quinze sms à sept dirigeants de Vivendi ou de Canal +.

que je viens de recevoir – et pour me persuader que je n'ai pas rêvé la visite de l'huissier.
Le document qu'il m'a remis comporte cinq pages : une lettre de sommation suivie d'une seconde missive signée par Arnaud de Puyfontaine, le président du Directoire de Vivendi. Lorsque j'en aborde la lecture, Isabelle est toujours en ligne. Mêmes mots, mêmes accusations de « harcèlement et de déstabilisation ». Isabelle m'écoute grommeler dans le téléphone :
— Attends, écoute ça... le groupe Vivendi écrit avoir engagé une action à mon encontre afin d'obtenir une somme de 700 000 euros de dommages et intérêts pour le préjudice que j'aurais d'ores et déjà causé à Vivendi.
— Combien tu dis ?
— 700 000 euros ! Vivendi me réclame 700 000 euros !
Le montant demandé nous fait pouffer d'un rire nerveux.
En ce début d'année, Vincent Bolloré n'a semble-t-il pas apprécié mon troisième et dernier message. Le 2 janvier, en l'absence de réponse à mes demandes d'interview, j'avais fini par lui envoyer une série de sept questions précises. Sept questions, 700 000 euros, soit : 100 000 euros de dommages et intérêts par question ! Nous entrons en pleine « absurdie ».
La procédure de Vivendi n'a *a priori* aucun fondement juridique. Pour m'en assurer, je prends immédiatement conseil auprès d'une amie avocate, spécialisée dans le droit de la presse. « En quinze ans de carrière, me dit-elle, je n'ai jamais vu un truc pareil. S'attaquer à un journaliste au milieu de son enquête, c'est inédit. Nous sommes encore dans un État de droit, je ne vois pas comment un juge pourrait donner raison à Vincent Bolloré. »
Je me replonge néanmoins dans les courriels et les sms envoyés. Et si j'avais commis une maladresse, une faute ? Après tout, personne n'est à l'abri d'une erreur. Mais non... Rien de diffamatoire, rien qui ne s'inscrive hors d'une démarche journalistique classique.
Que cherche à faire le patron breton avec de telles méthodes si ce n'est, en amont, à intimider et afficher sa puissance ? Les journalistes qui s'aventurent sur les terres de Vincent Bolloré

sont habitués à ses coups de pression. Même si son avocat Olivier Baratelli affirme que l'industriel ne poursuit les journalistes qu'à dose homéopathique, il mène une guérilla judiciaire en attaquant presque systématiquement tout organe de presse ou journaliste osant enquêter sur l'une ou l'autre de ses activités.
Ces pratiques judiciaires ont été repérées aux États-Unis à la fin des années 1980 sous le nom de SLAPP : Strategic Lawsuit against Public Participation. À l'époque, elles correspondent à des poursuites perpétrées par des entreprises contre la mobilisation de groupes de pression. Le phénomène s'est rapidement internationalisé. Et il est aujourd'hui connu en France sous le nom de « procédures bâillon » visant à intimider les ONG, les associations, les journalistes et même les chercheurs. En empêchant la publication d'informations parfois sensibles, certaines entreprises tentent de museler tout débat public, affaiblissant ainsi la liberté d'expression et le droit à l'information. Vincent Bolloré, nous y reviendrons, est amateur de ces pratiques qui consistent, pour pas cher, à mettre sous pression des journalistes et des rédactions qui osent s'intéresser de trop près à ses activités, et qui n'ont pas forcément les moyens financiers d'assumer une longue bataille devant les tribunaux. Dans notre cas, il n'a pas lui-même signé les lettres transmises par l'huissier. Mais c'est sa marque de fabrique, son mode de fonctionnement. D'ailleurs, le coup a été soigneusement préparé. Il est destiné à nous déstabiliser et, pour le dire clairement, à nous faire taire.

Quel crime de lèse-majesté aurions-nous donc commis ? Poser des questions ? Allons bon… Cher monsieur Bolloré, il est temps de réviser quelques textes « sacrés » de l'État de droit, en vous rappelant qu'il est normal et nécessaire que la presse enquête sur les activités et la vision du monde des personnages publics, surtout lorsqu'ils sont aussi puissants et influents que vous. Si votre conception du journalisme devait l'emporter, nous tomberions dans ce que George Orwell appelait l'état d'esprit « le soleil brille ». Voyez cet extrait d'une incroyable modernité, tiré de l'une de ses chroniques publiées le 7 avril 1944 dans l'hebdomadaire *Tribune*[3] : « L'insupportable sottise des journaux anglais depuis 1900 environ a eu deux causes principales. L'une est que presque toute la presse est aux mains d'une poignée de gros capitalistes qui ont intérêt au maintien du capitalisme et qui tentent donc d'empêcher les gens d'apprendre à penser. L'autre est qu'en temps de paix les journaux vivent essentiellement des publicités pour les produits de consommation, pour les sociétés de construction immobilière, pour les cosmétiques, etc. ; ils ont donc tout intérêt à maintenir un état d'esprit "le soleil brille" qui incitera les gens à dépenser leur argent. L'optimisme est excellent pour le commerce, et davantage de commerce signifie davantage de publicités. Il faut donc éviter que les gens sachent la vérité sur la situation économique et politique, et détourner leur attention sur les pandas géants, les traversées de la Manche à la nage, les mariages royaux et autres sujets lénifiants. »

Nous n'avons nulle passion triste d'un monde pessimiste. Nous aimons les bonnes nouvelles mais pour profiter pleinement des rayons du soleil, il nous apparaît indispensable que la presse continue de publier de « mauvaises » nouvelles – celles qui dérangent et font débat – et d'interroger les pouvoirs, quels qu'ils soient.

Notre rôle est à la fois simple et difficile : nous devons informer en toute indépendance, sans chercher à plaire ou

3. Chronique parue le 7 avril 1944 dans la série « As I Please » (À ma guise) de George Orwell pour l'hebdomadaire *Tribune*, intitulée : La responsabilité de la presse dans la guerre / La BBC : la radio est par essence totalitaire.

à déplaire. Pour cela, il nous faut aller au-delà des faux semblants, de la communication et des intérêts particuliers afin de restituer, quand cela est possible, la vérité au plus près des faits. Quoi qu'en pense Vincent Bolloré, tout à sa conception utilitariste des médias. Après avoir repris en 1981 les papeteries de son père, fondées cent cinquante-neuf ans plus tôt par l'un de ses ancêtres et accompli sa mue industrielle dans de nombreux secteurs de l'économie, il n'aura de cesse de s'intéresser à la presse. Les médias sont pour lui un enjeu de pouvoir et, dès qu'il y fera ses premiers pas au début des années 2000, ses chaînes de télévision et ses journaux seront au service des intérêts industriels de son groupe.

Aujourd'hui à la tête de Vivendi, maison-mère de Canal +, Vincent Bolloré est devenu un pouvoir à lui tout seul, ce que l'on appelle un magnat des médias qui, par ses choix, peut influencer l'opinion publique. Son caractère intransigeant et sa toute-puissance définissent une gouvernance d'entreprise qui ne supporte pas la moindre critique de sa personne ou de ses proches. C'est ainsi qu'au printemps 2015 le nouveau maître de Canal + empêchera la diffusion de notre enquête sur le Crédit Mutuel-CIC. Il détruira ensuite méthodiquement l'ADN de sa chaîne pour en faire sa chose, son outil de communication, opérant un reformatage complet, tuant l'impertinence, l'humour, la liberté de ton, l'indépendance éditoriale et le journalisme d'investigation. C'est un événement considérable dans l'histoire de la télévision et de la presse françaises. Pendant de longs mois, nous en fûmes, malgré nous, à la fois acteurs et témoins.

CHAPITRE 2

« Esprit Canal » es-tu là ?

« On peut tout dire sur Canal +, nous sommes une chaîne libre ! Je me demande encore pourquoi *Cash Investigation* n'est pas sur Canal + ! » Il est vrai qu'il a des airs de Barton Fink, Maxime Saada. Comme le héros des frères Coen, il peut faire rire à ses dépens et porte des bretelles. Mais à cet instant, celui qui est alors directeur général adjoint de Canal + endosserait presque une posture façon « Pierrot les Bretelles », *alias* Pierre Lazareff, le célèbre fondateur de *France Soir*. Cet expert du marketing propulsé à la direction de la chaîne cryptée en 2013 découvre l'enquête journalistique en prenant la direction du comité éditorial qui choisit les sujets diffusés dans *Spécial Investigation*, l'une des émissions à succès de Canal +. Ancien consultant du cabinet américain McKinsey, Maxime Saada est un homme de chiffres, un pur cartésien. Grand consommateur d'images, il préfère les analyses de marché et les courbes d'audience aux potins de la télé. Ce jour-là, « Maxime les Bretelles » a visiblement du mal à retenir une saine colère. Celle d'un homme soucieux de défendre le journalisme, le vrai… Et même le journalisme d'investigation ! En l'écoutant, on aurait presque des frissons.

Nous sommes le 20 août 2014 en fin d'après-midi, dans son bureau de l'Ouest parisien. La pluie d'un été passablement pourri s'écrase sur les grandes baies vitrées des sièges des télés françaises. À l'intérieur, les cerveaux bouillonnent. La rentrée est dans dix jours, il s'agit de ne pas la rater. Canal + est en perte de vitesse dans ses programmes en clair – d'*access prime time* comme on dit – depuis plusieurs saisons déjà. L'audience du *Grand Journal* s'érode[1]. KM, la société qui produit l'émission, partenaire privilégiée depuis quinze ans de la chaîne cryptée, vient de nommer un nouveau rédacteur en chef, Mathias Hillion, chargé de donner un second souffle au *Grand Journal.* Pour son pôle documentaire, KM a embauché Jean-Pierre Canet, qui raconte cette première entrevue avec Maxime Saada à laquelle est également convié Mathias Hillion.

> En nous convoquant Mathias et moi, Maxime Saada entend rappeler l'objectif : contribuer activement à moderniser *Spécial Investigation*, diffusé depuis huit ans en crypté le lundi soir. Si l'on m'a sollicité, c'est parce que, avec Élise Lucet, Laurent Richard et les journalistes de l'agence Premières Lignes, je suis cofondateur du magazine *Cash Investigation.* Des enquêtes sans concession, une grande liberté éditoriale autant que formelle : sur le papier, nos sujets étaient loin d'être tous « vendeurs ». Une partie de nos collègues nous prédisait d'ailleurs des « fours d'audience » avec des documentaires

1. En 2010, *Le Grand Journal* présenté par Michel Denisot enregistrait une part d'audience très honorable dans une tranche de début de soirée particulièrement concurrentielle : 1,7 million de téléspectateurs en moyenne, entre 8 et 10 % de part de marché. Durant les années qui suivent, l'audience baisse continuellement. Antoine de Caunes remplace Michel Denisot lors de la saison 2013-2014, le nombre de téléspectateurs chute en moyenne à 1,2 million de téléspectateurs avec une part de marché moyenne de 6,5 %.

sur l'évasion fiscale ou la formation professionnelle. Déjouant tous les canons du marketing audiovisuel, le programme a pourtant intéressé nos concitoyens, en masse. Pour cela, la recette est assez simple : investigations de fond, exigence journalistique, vérification des faits, exposé des preuves et obstination à poser les questions qui fâchent sans connivence ni concession. Du journalisme normal, en somme. Ajoutez un gros effort de vulgarisation, quitte à assumer le second degré, l'humour et les métaphores. Les patrons de chaînes du PAF n'ont retenu qu'une chose dans le succès de *Cash* : l'investigation sur des thématiques lourdes (on dit des sujets chiants en vrai dans les couloirs des chaînes) est devenue « *bankable* ». Si on sait la rendre sexy, elle fait de l'audience. D'où la colère de « Maxime les Bretelles », en début de réunion :

— Je me demande encore pourquoi *Cash Investigation* n'est pas sur Canal + !

— Parce que Canal + a viré ses enquêteurs en 2006, lui dis-je, poliment.

Pendant quelques secondes, notre échange flotte dans la pièce et je remonte le temps. Septembre 2000, j'ai vingt-six ans et je fais mes tout premiers pas quai André-Citroën dans le 15e arrondissement de Paris, à la rédaction de Canal +. Pour un jeune journaliste, qui a choisi la télévision car elle touche le plus grand nombre, la quatrième chaîne représente bien plus que le côté « branchouille » et gauche caviar faussement punk que lui reprochent déjà certains. Elle incarne l'indépendance et la liberté d'expression. Depuis un an, sous l'impulsion du brillant patron des programmes, Alain de Greef, elle accueille même le premier grand magazine d'investigation de la télévision française. L'émission, inspirée du mythique *60 minutes* américain, s'appelle *90 minutes*. Elle est dirigée par Paul Moreira, passé par le magazine *Actuel* et l'agence Capa. L'émission est fabriquée en interne par une « cellule enquête » d'une dizaine de journalistes. Rien de futile à paillettes ne se prépare dans ses bureaux mais du lourd, comme les enquêtes retentissantes sur l'affaire Boulin, la mort suspecte du juge Borrel à Djibouti ou les commanditaires des attentats de 1995 à Paris[2]. L'enquête porte enfin sa plume au cœur du petit écran français. Hormis les affaires concernant le cinéma et le football, les deux mamelles des abonnements à la chaîne, les journalistes de « Canal », qu'ils participent à *90 minutes*, au *Vrai Journal* de Karl Zéro, ou aux journaux de l'émission *Nulle part ailleurs*, peuvent traiter tous les thèmes qu'ils souhaitent. Cette liberté, de fouiller, de révéler, de questionner, se voit à l'antenne. Les abonnés en redemandent et parmi les jeunes journalistes, nombreux sont ceux qui rêvent de travailler là, à cet endroit où se côtoient l'indépendance et l'impertinence. Sous l'impulsion des incontournables de Caunes et Garcia, Les Nuls, *Le Zapping, Les Guignols de l'info,* Canal poursuit ses belles années avec des programmes tels que *L'Œil du cyclone, Les Deschiens, Le Cinéma de Jamel, H, Les Robins des bois, Groland*, etc. Parfois, bien sûr, ça grince. Des personnalités mises en cause dans *Le Vrai Journal* ou *90 minutes* appellent les dirigeants pour se plaindre. Mais ces derniers protègent la rédaction et n'oublient jamais que notre intérêt journalistique est leur intérêt marketing.

Dans son bureau, la question de Maxime Saada n'en finit pas de résonner. « Je me demande encore pourquoi *Cash Investigation* n'est pas sur Canal + ! » Je regarde ce jeune patron mécontent, arrivé dans le groupe Canal + en 2004 au poste de directeur de la stratégie, et je m'interroge sans oser le faire à voix haute : se souvient-il que tout a commencé à changer après le rachat de Canal en 2002 par le Vivendi de Jean-Marie Messier ? Se souvient-il que cette prise de contrôle de la chaîne cryptée par une génération de dirigeants proches des milieux industriels et financiers traditionnels à l'image du nouveau président de Canal + Bertrand Méheut, surnommé « Baygon vert » parce qu'il venait de Rhône Poulenc, a daté le début du rétrécissement de notre terrain de jeu ?

---

2. Boulin, le suicide était un crime de Michel Despratx et Bernard Nicolas, diffusé le 15 janvier 2002 ; Juge Borrel, révélations sur un suicide impossible de Bernard Nicolas, diffusé le 2 décembre 2002 ; Attentats de Paris, enquête sur les commanditaires de Jean-Baptiste Rivoire et Romain Icard, diffusé le 4 novembre 2002.

Je me souviens, moi. Lors de la saison 2004-2005, plusieurs enquêtes en cours de fabrication ont donné des sueurs froides au nouveau patron et à son jeune directeur général délégué, Rodolphe Belmer. En novembre 2004, la « Chiraquie » s'est étranglée quand une équipe de l'émission *Lundi investigation* – « petite sœur » de *90 minutes* – a rapporté de Côte d'Ivoire des images prouvant que l'armée française avait tiré sur la foule à Abidjan, faisant plusieurs morts. Sous pression, confronté aux dénégations de Michèle Alliot-Marie, alors ministre de la Défense du président Chirac, Rodolphe Belmer avait interdit la rediffusion de l'enquête, pourtant très attendue en Afrique[3]. Début 2005, deuxième crise éditoriale lorsque Bertrand Méheut et Rodolphe Belmer imposent à *Lundi Investigation* de ne pas diffuser *Madâme...*, un portrait grinçant de Bernadette Chirac signé John-Paul Lepers. Suite à ces deux épisodes, la direction de Canal + instaura un « comité d'investigation » chargé de donner le feu vert avant le lancement de toute enquête de *Lundi Investigation.*

Peut-être que Maxime Saada n'a pas le souvenir du remous que connut la rédaction lorsqu'en 2005 les portraits de José Manuel Barroso, président de la Commission européenne, et de Nicolas Sarkozy, futur candidat à la présidentielle de 2007, furent bloqués par la direction de Canal +. Je n'ai pas oublié pour ma part que, confronté à la mobilisation de la Société des journalistes de la chaîne, Rodolphe Belmer avait fini par céder. Ni que quelques mois plus tard, en juillet 2006, celui-ci informa Paul Moreira qu'il mettait fin à *90 minutes* !

Après ces épisodes douloureux, la plupart des reporters enquêteurs, salariés de Canal +, profitèrent d'un plan de départ volontaire pour quitter leur chaîne. *Exit* le savoir-faire journalistique maison qui se disséminera dans le PAF... C'est l'époque où Paul Moreira crée son agence de presse : Premières Lignes. Six ans plus tard, avec son associé Luc Hermann, ils me proposeront de participer à la création de *Cash*

3. Confrontée aux images, la ministre de la Défense reconnaîtra finalement les tirs des soldats français, affirmant avoir été trompée par son état-major.

investigation. Voilà pourquoi, cher Maxime, *Cash Investigation* n'est pas sur Canal +.

Avoir en interne une rédaction d'enquêteurs indociles était manifestement devenu trop dangereux au regard des intérêts stratégiques du groupe Vivendi. La chaîne cryptée continuera de diffuser des documentaires sensibles mais ils seront désormais fabriqués par des sociétés de production extérieures à la chaîne, habile manière de déjouer les risques de contestation intramuros quand un sujet vous brûle les doigts. En 2007, *Lundi Investigation* devient *Jeudi Investigation* puis, en 2008, *Spécial Investigation*. Responsable éditorial et présentateur du magazine, Stéphane Haumant doit faire valider ses choix thématiques par un nouveau « directeur des flux » venu de TF1 : Ara Aprikian. À cette époque, les comités d'investigation qui se tiennent quatre ou cinq fois par an valident 80 à 90 % des projets défendus par l'équipe de *Spécial Investigation*. Avec une quarantaine de numéros par an, le magazine est l'émission qui commande le plus grand nombre de documentaires d'enquête aux sociétés de production françaises.

Lors de cette réunion d'août 2014, il apparaît inutile de remémorer cette longue histoire à Maxime Saada car seul l'avenir immédiat l'intéresse. Le marketing se fiche de la mémoire, il n'analyse que le présent et le futur proche. Et il se trouve justement qu'en ce moment l'investigation cartonne à la télé. Elle fait de l'audience parce qu'elle est rigoureuse, ludique et indépendante. Écoutons la fin de la conversation.

— On peut tout dire sur Canal, on est libre de tout traiter, tu peux tout faire... Nous avons besoin de grosses enquêtes à l'antenne, nous devons réaffirmer notre présence dans ce domaine !

— Ravi d'entendre ça, Maxime, il n'y a plus qu'à se mettre au travail ! lui répond-on en chœur, Matthias Hillion et moi-même.

— Où en est-on du film sur la famille Mulliez (propriétaire notamment des magasins Auchan, Leroy Merlin et Décathlon) ?

— Ça avance bien, Nicolas Vescovacci a trouvé de bonnes sources pour raconter comment la famille optimise ses impôts.

— Bon je veux une super réalisation hein ? On est bien d'accord ?

— On est bien d'accord, on a plein d'idées...

Lorsque cet entretien a lieu, Vincent Bolloré vient tout juste de prendre le contrôle du groupe Vivendi, dont Canal + est l'une des filiales. Connaissant la réputation de l'homme d'affaires, nous sommes dubitatifs sur les intentions louables de Maxime Saada. Nous avons pourtant envie d'y croire un peu. Nous sommes loin d'imaginer la violence avec laquelle Vincent Bolloré imposera sa loi neuf mois plus tard à Canal +. Nous sommes à mille lieux de la volte-face de Maxime Saada qui, grâce à un prototype de bretelles particulièrement souple et élastique, réussira à s'accrocher à son bureau tout en retournant sa veste. Cette figure acrobatique lui permettra d'être bombardé au poste de directeur général de Canal +, le numéro 2 du groupe, en lieu et place de Rodolphe Belmer. Mais pour l'heure « Maxime les bretelles » veut de l'investigation, de la vraie. Il ne va pas être déçu.

Chapitre 3

Crédit Mutuel, une censure « chimiquement pure »

L'affaire du Crédit Mutuel, qui marquera l'entrée de Vincent Bolloré dans nos vies, naît à la lecture banale d'un article de Mediapart, un jour de mars 2015. Depuis plusieurs mois notre confrère Geoffrey Livolsi suit de près cette affaire dans laquelle une information judiciaire pour « blanchiment de fraude fiscale » a été ouverte à Paris.

La justice soupçonne alors la banque Pasche, la filiale banque privée du Crédit Mutuel-CIC[1], dont le siège est installé à Genève en Suisse, de démarchages illicites, notamment auprès de clients français. Geoffrey a obtenu des informations mettant au jour ces pratiques dans l'antenne monégasque de la Pasche, mais il n'a pas encore réussi à convaincre trois personnages incontournables de témoigner à visage découvert, trois banquiers, employés de la Pasche Monaco qui ont eu le courage de dénoncer les faits en interne. Très vite Nicolas Vescovacci prend

1. En 2016, la Pasche sera vendue à la banque luxembourgeoise Havilland.

contact avec eux et leur donne rendez-vous dans un café près de la place de l'Odéon à Paris.

Il raconte cette première entrevue.

Ils sont installés au fond de la salle autour d'une eau gazeuse et d'un thé vert. Avec son costume bleu nuit et sa barbe fine, je repère tout de suite Mathieu Chérioux. Ce banquier d'expérience respire l'élégance, mais il me semble méfiant. À ses côtés, je salue Céline Martinelli, la seule femme du trio et la plus remontée. Elle espère que la rencontre avec un journaliste fera enfin avancer leur cause, celle de la vérité des faits qu'ils dénoncent. Le troisième, c'est Jean-Louis Rouillan. Il est le plus âgé et le plus bavard des trois. Si dans sa bouche les mots se bousculent parfois c'est qu'en bon Méditerranéen il va droit au but.

J'apprendrai plus tard combien son combat ainsi que celui de ses deux compagnons de la Pasche ont « abîmé » leurs vies privées. La Pasche... justement. Propriété du Crédit Mutuel-CIC, le cinquième groupe bancaire français, la banque s'est développée dans de nombreux paradis fiscaux depuis la fin des années 1990. À Monaco, elle possède une modeste succursale à deux pas du casino. C'est là, derrière des vitres opaques, que Céline Martinelli, Jean-Louis Rouillan et Mathieu Chérioux exercent leur spécialité : la gestion de fortune pour le compte de riches clients. Mes interlocuteurs possèdent les codes du milieu bancaire monégasque, cet univers où silence et discrétion font loi. Après les quelques minutes d'observation d'usage, ils me racontent leur histoire en détail.

Entre juillet 2012 et mars 2013, ils observent de nombreuses opérations douteuses, de gros versements en liquide, pour certains maquillés en transferts bancaires. D'où viennent les billets ? Qui sont ces mystérieux personnages qui débarquent parfois au comptoir de la Pasche avec des sacs remplis de liasses ? Des mafieux ? Face à ces dépôts à la provenance inconnue, tout employé de banque est tenu d'informer sa hiérarchie. Fin 2012, les trois banquiers alertent le directeur de la Pasche Monaco. « Au départ, nous voulions faire le ménage en interne, sans publicité. Nous avons sollicité la direction monégasque mais aussi les plus hautes instances du Crédit Mutuel-CIC sans jamais obtenir de réponse concrète », explique Jean-Louis Rouillan. Enfin si... En juillet 2013, les trois banquiers sont virés, sans véritable explication. À la porte, du jour au lendemain, ça c'est du concret ! « Je me souviens, c'était un vendredi, précise Céline Martinelli. Nous avons dû débarrasser nos affaires à la hâte. On s'est retrouvés sur le trottoir, sans boulot, sans indemnité, sans rien. »

Officiellement, Céline Martinelli et Mathieu Chérioux sont licenciés pour « raison économique ». Jean-Louis Rouillan, pour « faute grave ». Sa direction lui reproche d'avoir utilisé son téléphone professionnel dans un but privé.

Les trois banquiers ont le sentiment d'avoir découvert un système présumé de blanchiment d'argent et de fraude fiscale à grande échelle. Le petit milieu bancaire monégasque ne surnomme-t-il pas la banque Pasche « la banque cash » ? Lâchés par le Crédit Mutuel-CIC et les autorités bancaires locales, ils dénoncent les faits aux polices monégasque puis française. En juin 2014, Geoffrey Livolsi révèle l'histoire sur le site Mediapart. Mais les enquêtes officielles piétinent. Aucune perquisition, pas le moindre acte judiciaire. À Monaco, le seul policier mis sur l'affaire est muté. Le Parquet financier de Paris se saisit du dossier sans que l'affaire décolle. Sur la Côte d'Azur, Céline Martinelli, Jean-Louis Rouillan et Mathieu Chérioux, qui ne se sont jamais exprimés dans la presse, s'impatientent... Je leur propose de témoigner pour donner plus de poids aux faits qu'ils dénoncent.

« Si nous parlons dans un film documentaire, qu'est-ce qui nous garantit que votre travail sera bien diffusé ? » s'interroge Mathieu Chérioux en ce début 2015, après plus de deux ans de combat. « Vous savez que la banque Pasche appartient au groupe Crédit Mutuel-CIC, dirigé par Michel Lucas. Beaucoup de vos confrères de la presse écrite disent qu'ils ne peuvent pas aborder notre affaire à cause de l'influence de Michel Lucas. »

La remarque paraît incongrue, excessive, à la limite du « complotisme ». Certes, le patron du Crédit Mutuel-CIC n'est pas connu pour ses combats en faveur de la liberté de la presse, qu'il préfère contrôler. Le Crédit Mutuel est l'unique actionnaire du groupe EBRA (Est, Bourgogne, Rhône-Alpes) qui détient plusieurs quotidiens régionaux dans l'est de la France : *L'Alsace*, les *Dernières Nouvelles d'Alsace*, *Le Républicain lorrain*, *L'Est républicain*, *Vosges matin*, *Le Bien public*, *Le Journal de Saône-et-Loire*, *Le Progrès*, *Le Dauphiné libéré* et *Vaucluse matin*. Difficile d'imaginer ces journaux régionaux publier des révélations sur la Pasche. Mais de là à prêter à Michel Lucas le pouvoir d'empêcher la diffusion d'un documentaire sur Canal +, non. Ma réponse aux inquiétudes de Mathieu Chérioux est sans appel : « Aucune crainte à avoir. La liberté éditoriale reste l'une des forces de Canal +. »
Au fond du bar, la confiance s'installe. Et les trois banquiers me livrent une nouvelle pièce du puzzle. Ils évoquent un possible système d'évasion fiscale vers la Suisse impliquant directement le Crédit Mutuel-CIC, auquel seraient mêlés des « apporteurs d'affaires », sortes d'intermédiaires privés rémunérés à la commission pour convaincre de riches Français de transférer leur fortune vers des paradis fiscaux. Le mécanisme qu'ils décrivent me rappelle le scandale de la banque suisse UBS. Mais cette fois-ci, et pour la première fois, un groupe bancaire français aurait franchi la ligne rouge.
De retour à la rédaction de KM, je raconte mon entretien à l'équipe. Nous faisons tous la même analyse : l'enquête qui se profile s'annonce passionnante à raconter. Le risque de censure ? Nous l'écartons évidemment. Nous ne prêtons même pas attention au fait que Michel Lucas est breton, comme Vincent Bolloré, et qu'ils se connaissent. Nous savons que le Crédit Mutuel-CIC possède à l'époque 3 % de la SECP, la société éditrice de Canal +, mais de là à imaginer une censure sur une chaîne nationale réputée pour son indépendance, sûrement pas !

Propriété du groupe Zodiak qui produit des émissions comme *Fort Boyard* ou *Koh-Lanta*, KM, la société qui nous emploie, a été créée par le réalisateur Renaud Le Van Kim. Sous l'autorité de cette figure du monde de la télé, producteur du *Grand Journal* et proche de Rodolphe Belmer, alors directeur général du groupe Canal +, nous nous sentons plutôt protégés contre toute forme de pression. Mais pour nous engager auprès de nos sources, nous avons besoin du feu vert de Canal +. Fin mars, le rédacteur en chef de *Spécial Investigation,* Stéphane Haumant, se dit convaincu de l'intérêt du projet. C'est une occasion rêvée de faire du *Cash Investigation* à la sauce Canal +, avec à la clé de grosses révélations. Maxime Saada devrait être content.

Nous souhaitons diffuser le film rapidement, dès le mois de mai 2015, pour éviter d'être doublés par des confrères mais surtout pour profiter de la volonté de certaines sources de parler. Il faut donc agir avant que le vent tourne. Avant que la direction de la Pasche ou celle du Crédit Mutuel ne fassent pression sur des témoins. Maxime Saada, alors n° 3 de Canal + et patron du comité d'investigation, décide lui-même du lancement de l'enquête et valide le projet par un court texto envoyé à Stéphane Haumant, un simple « on y va ».

Pour réaliser cette enquête, nous décidons de nous associer à Mediapart en intégrant à notre équipe Geoffrey Livolsi, le premier à avoir dévoilé l'affaire. Notre pari : un travail collectif, plusieurs enquêteurs sur le terrain et une « *blitzkrieg* » journalistique.

Le pluriel ne vaut rien à l'homme, et sitôt qu'on est plus de quatre, on est une bande de cons, chantait Georges Brassens. Dans le monde de l'investigation journalistique c'est le contraire. Disons trivialement que nous avons fini par nous apercevoir que nous étions « moins cons à plusieurs ». Il a fallu toute la puissance de la révolution numérique pour que nous en prenions conscience. Des années 1970 au début des années 2000, le journaliste enquêteur est du genre solitaire. Il ne prête pas sa plume, conserve ses sources pour sa pomme, ne partage pas ou peu avec ses collègues. Sa vie professionnelle entière repose sur son carnet d'adresses. En France, le profil type de cet investigateur est un homme – les femmes sont alors peu nombreuses dans le monde de l'enquête – qui travaille d'abord pour la presse écrite.

La puissance des outils de recherche en ligne et l'accès à une masse considérable de données a ringardisé ce mythe du journaliste solitaire. Enquêter seul devient illusoire, c'est prendre le risque d'un traitement incomplet et imprécis d'un sujet. Certes, la concurrence existe encore entre nous et entre médias, mais les partenariats de diffusion sont de plus en plus nombreux : sites d'information, chaînes de télé, radios, journaux traditionnels travaillent régulièrement en synergie, sans parler des investigations mondiales portées simultanément par des dizaines de médias regroupés en collectif sous l'impulsion d'organisations telles que l'International Consortium of Investigative Journalists (ICIJ) qui a permis la publication des *Luxleaks*, des *Panama Papers* et des *Paradise Papers*.

Les bonnes vieilles rencontres secrètes avec une « gorge profonde » nous tendant fébrilement un dossier sensible au quatrième sous-sol d'un parking font toujours partie des joies croustillantes de ce métier. Mais l'ère numérique est celle du partage et de l'intelligence collective. L'intérêt d'allier ses forces est évident lorsque l'on veut travailler sur des institutions surpuissantes disposant de moyens colossaux pour empêcher les informations compromettantes de circuler. Les régimes autoritaires, comme la Russie de Vladimir Poutine ou la Turquie de Recep Tayyip Erdogan, emprisonnent toujours les journalistes trop curieux, certains y laissent même leur vie. Dans une démocratie, même si le pouvoir politique peut bien entendu montrer les dents, les journalistes subissent surtout le poids des multinationales. Leur influence est considérable, leur lobbying peut permettre de modifier la loi à leur avantage et la puissance financière leur donne le luxe de mener de longues batailles juridiques contre des rédactions économiquement fragiles. Elles ont aussi la possibilité de les racheter, ce qui est encore plus simple.

C'est notre contexte professionnel lorsque débute l'élaboration du documentaire sur le Crédit Mutuel (entre nous, nous disons « Crédit Mut' »). Nous sommes toujours des David face à des Goliath mais nous combattons à plusieurs.

La vieille télé dispose de deux atouts : par essence, elle se fabrique en équipe ; elle jouit de moyens financiers conséquents pour rémunérer des journalistes enquêtant sur un seul sujet durant plusieurs mois, voire une année. À la rédaction de KM en ce début d'année 2015, nous avons pleinement conscience que produire des reportages pour *Spécial Investigation* sur Canal + est une chance dont nous entendons profiter pour faire un coup et frapper fort. Deux autres confrères de KM, Raphaël Tresanini et Remi Labed (spécialisé en data journalisme) nous prêtent main-forte, sans compter les stagiaires et toute l'équipe de production, monteurs et caméramans inclus[2]. Nous nous connaissons

2. Nadège Vignal, Olivier Lafaille (production), Jean-Marie Le Rouzic (graphiste), Benoît Bonardot (directeur de la post-production), Yvon Legal, Emmanuel Bach (caméramans), Jean-Christophe Marcot, Nicolas Dumont, Hélène Vigier (monteurs), Clément Bonnerot (stagiaire).

bien, nous ne perdrons pas de temps et mettons en place un dispositif *ad hoc* : à peine le tournage commencé, nous débutons le montage.

Habituellement, un film de cinquante-deux minutes se fabrique en cinq à six mois. Dans ce cas précis, nous disposons d'un mois et une semaine. Une gageure. Nous enchaînons les séquences et les interviews en France, en Suisse, à Monaco ou en Italie. Dès le début, nous sollicitons les responsables de la Pasche et ceux du groupe Crédit Mutuel-CIC qui refusent de répondre à nos questions. Néanmoins nous avançons, croisons nos informations, récoltons de nouveaux documents et témoignages. Les séquences tournées sont immédiatement montées. Comme à chaque fois, en pareille circonstance, la salle de montage devient notre QG. Entre les restes de la dernière commande de poulet au curry, de bo bun ou de pâtes au pesto, nous « tricotons » le documentaire du matin au soir, parfois jusqu'à l'aube. Valises de billets à l'écran, valises sous nos yeux. Devant la *time line* du logiciel de montage, nous dérushons, organisons, analysons, écrivons. On échange, on crie, on rit, on somnole, on repart. Vite, cogiter quelques saynètes pour mettre en scène l'évasion fiscale, si difficile à vulgariser, « on les tournera demain matin ». Et vérifier, encore vérifier, les témoignages et les documents. Les accusations sont graves. En quelques semaines, nous récoltons des éléments explosifs qui mettent directement en cause la direction du Crédit Mutuel-CIC. Selon nos informations, plusieurs centaines de clients français auraient été démarchés illégalement par sa filiale, la banque Pasche, pour mettre à l'abri leur argent en Suisse ou dans d'autres paradis fiscaux.

Fin avril 2015, le Crédit Mutuel-CIC restant sourd à nos multiples demandes d'entretiens filmés, nous tentons d'interviewer le P-DG, Michel Lucas, devant le siège de la banque. Sans succès. Au moins ne nous enverra-t-il pas un huissier avant la diffusion... À la sortie d'une pizzeria, nous parvenons tout de même à filmer et interroger brièvement son numéro 2, Alain Fradin, le directeur général de la banque. Entouré de proches collaborateurs, il est glacial, manifestement ulcéré qu'on ose le questionner sur d'éventuelles malversations. « Je réserve mes réponses à la justice », lâche-t-il en substance.

Le 4 mai 2015, quatorze jours avant la diffusion, a lieu un premier visionnage avec les responsables de l'émission *Spécial Investigation* de Canal +. Depuis le départ, Stéphane Haumant et ses adjoints, Jean-Baptiste Rivoire et Steeve Baumann, nous font confiance. Le film est encore largement perfectible, nous le savons. L'arrivée du « diffuseur » en salle de montage est toujours un moment qui mêle le stress à l'excitation. Nous nous serrons face à l'écran. Notre monteur lance le documentaire et la pièce résonne des premiers témoignages. La musique, le commentaire, l'intention du reportage sont là. Les membres de *Spécial Investigation* saluent le travail fourni et les nombreuses révélations qui ponctuent le récit. Pourtant Stéphane Haumant semble tendu. La mâchoire crispée, il distille ses compliments sur le ton des reproches. Il paraît embarrassé. L'atmosphère est étrange. Quelque chose nous a échappé. Nous n'avons pas prêté attention à ce qui s'était produit quelques minutes plus tôt, pendant le visionnage. Renaud Le Van Kim, notre producteur, avait frappé à la porte.

L'air soucieux, il avait demandé à Stéphane Haumant de venir le voir seul, après la séance de travail.

Ce n'est que le lendemain que nous apprendrons la teneur de leur conversation : la censure, c'est simple comme un coup de fil entre un donneur d'ordre et un exécutant. Dans le rôle de l'exécutant, Rodolphe Belmer. Le directeur général de Canal + a tout simplement appelé Renaud Le Van Kim pour lui annoncer que la chaîne ne diffuserait pas le documentaire sur le Crédit Mutuel-CIC. L'ordre vient d'en haut. « De Vincent Bolloré en personne », aurait précisé le directeur général de Canal +. Pour quels motifs ? Au téléphone, Rodolphe Belmer aurait assuré ne pas savoir, se contentant de répercuter, « avec regrets », une décision irrévocable de son patron[3].

À KM, nous réunissons notre petite équipe rédactionnelle et tombons d'accord en quelques minutes : nous allons nous battre contre cette censure insensée. Mais qu'en est-il de la direction de KM ? Comment réagira-t-elle ? La société de Renaud Le Van Kim produit de très nombreux programmes pour Canal +, le stratégique et lucratif *Grand Journal*, vitrine en clair de la chaîne. Un conflit ouvert avec Vincent Bolloré pourrait avoir des conséquences dévastatrices pour l'entreprise.

Rapidement Renaud Le Van Kim nous donne rendez-vous, loin du regard des autres salariés, l'affaire est sensible. Nous lui annonçons notre intention :

— Renaud, allons droit au but, cette censure est inacceptable, nous allons nous y opposer quel qu'en soit le

3. Sollicité pour cette enquête, Rodolphe Belmer, l'ancien directeur général de Canal +, n'a pas répondu à nos questions.

prix à payer. Nous comprendrions parfaitement que tu ne puisses pas assumer ce combat au regard des contrats de KM avec Canal +, tu as des emplois à défendre, mais nous ne pouvons pas nous coucher devant une telle décision.

— Ne vous inquiétez pas, moi aussi j'ai un honneur journalistique, je vais tout faire pour que ce film soit diffusé, vous pouvez compter sur moi, répond le producteur.

D'un bout à l'autre de l'affaire, jamais Renaud Le Van Kim ne reniera cet engagement. La crise va se gérer en petit comité. Notre objectif est d'obtenir coûte que coûte la diffusion avant d'éventer l'acte de censure. Il s'agit de laisser aux dirigeants de Canal + la possibilité de revenir à la raison. Une solution, pensons-nous, peut sûrement être trouvée. Nous poursuivons ainsi notre travail en salle de montage. Nous avons un film à terminer. Et Vincent Bolloré a oublié un détail : nous sommes en partenariat avec Mediapart dans cette enquête. Accepter une censure n'est pas franchement dans l'ADN du site fondé par Edwy Plenel et ses associés. Nous prévenons Fabrice Arfi. Le responsable des enquêtes du site d'information est sur la même longueur d'onde que nous : tout faire pour trouver une solution avant de rendre publique la censure.

Le 7 mai 2015, à onze jours de la diffusion, notre sort est pourtant bel et bien scellé. C'est un autre coup de fil sobre et glacial, qu'aucun journaliste n'aimerait recevoir, qui nous l'apprend. Il n'émane pas de Canal + mais d'une source interne au Crédit Mutuel-CIC. La personne, dont nous préservons l'anonymat, est très bien informée. Elle nous prévient froidement :

— Votre film ne passera jamais. Michel Lucas, notre patron, a fait le nécessaire auprès de Vincent Bolloré.

— De quoi parlez-vous ?

— Je vous parle de connivence. Lucas et Bolloré se connaissent. Ils se sont parlé. Vous avez cru pouvoir travailler librement ? C'est foutu !

À Canal +, Stéphane Haumant, le rédacteur en chef de *Spécial Investigation,* adresse un mail à ses collaborateurs le 11 mai pour leur annoncer la déprogrammation de notre film, dont la diffusion est d'après lui « repoussée à une date ultérieure », la direction de Canal + n'assumant pas la censure dans ce qu'elle a de définitif. Et s'il restait un espoir de renverser la vapeur ? Nous convenons avec lui de faire comme si... Comme si nous n'étions pas au courant que notre enquête avait été torpillée par Vincent Bolloré lui-même, à la suite d'une demande de son ami Michel Lucas[4]. Mathieu Chérioux, l'ex-employé de la Pasche, avait bien raison de nous mettre en garde, loin de toute théorie du complot.

Fatigués, atterrés mais déterminés, nous allons au bout du processus de production. Par devoir journalistique et par respect de l'engagement pris auprès des trois banquiers, lanceurs d'alerte. Nous copions le projet du film sur plusieurs disques durs, au cas où... Le 12 mai, après un nouveau visionnage, notre travail est validé par le service juridique de Canal +, manifestement pas encore informé de la censure en cours ! Après un week-end de repos, nous sommes convoqués dans le bureau de Renaud Le Van Kim le lundi matin 18 mai, jour théorique de la diffusion.

Notre producteur est de nouveau pendu au téléphone. Il espère encore convaincre les dirigeants de la chaîne cryptée de ne pas déprogrammer l'enquête. À l'autre bout du fil,

4. Dans un enregistrement audio en notre possession, Vincent Bolloré confirme le 25 septembre 2015 le coup de fil de Michel Lucas.

la direction de Canal + : Rodolphe Belmer puis Maxime Saada. C'est bien la première fois que le légendaire bagou du « Chinois » comme on surnomme Le Van Kim dans le petit monde médiatique est sans effet. Il a beau rappeler que ses journalistes sont ultra déterminés, qu'ils n'hésiteront pas à rendre cette censure publique, que le partenariat avec Mediapart est explosif, que Canal risque gros en termes d'image, rien n'y fait. « Le film est définitivement déprogrammé », nous confirme notre patron en raccrochant.

Et qu'importe si sa diffusion est annoncée dans les hebdos télé ! Le service de la communication de la chaîne n'a pas été prévenu, lui non plus. *Humour, décalage, esprit canal*, aurait moqué la marionnette d'Alain De Greef dans *Les Guignols* de la grande époque. Mais nous n'avons pas le cœur à rire. Nous devons nous rendre à l'évidence : il n'y aura jamais de diffusion, la censure est brutale, claire et nette, « chimiquement pure », conclut très justement Fabrice Arfi.

C'est ainsi que Vincent Bolloré entre dans nos vies : sur la dernière ligne droite d'une enquête dont nous étions fiers. Il se plante là, en plein milieu de notre chemin, en opposition frontale avec le droit à l'information, bafouant sans vergogne la liberté de la presse.

Une censure « à l'ancienne », sans état d'âme, sur un simple coup de fil. Un contrôle total, comme au temps d'Alain Peyrefitte et de l'ORTF. Le coup est rude. Nous l'encaissons. Nous pourrions crier au loup immédiatement et tout balancer chez nos confrères de Mediapart. En accord avec Fabrice Arfi, nous faisons un autre choix : trouver d'abord un moyen de diffuser le film ailleurs, et ensuite dénoncer publiquement la censure. Rodolphe Belmer lui-même s'oriente vers une solution à l'amiable pour éviter un scandale. Plusieurs documents en notre possession le prouvent. La direction du groupe souhaite appliquer ce que nous appelons ironiquement entre nous la « jurisprudence Darty ». La « jurisprudence Darty » ? À Canal + personne n'a oublié cet épisode. Au début de l'année 2010, la direction censure un film d'investigation évoquant les dérives du « système Darty ». L'enquête de notre consœur Linda Bendali révèle notamment que les vendeurs, secrètement commissionnés sur les produits que le groupe d'électroménager ne veut plus voir en magasin, ne sont pas toujours honnêtes avec les clients. Or à l'époque, Darty commercialise les décodeurs de la chaîne cryptée, tout comme l'enseigne Boulanger, elle aussi objet d'une partie de l'enquête. Des rétorsions contre Canal + sont-elles envisagées ? C'est ce que croit comprendre la direction de la chaîne qui prend les devants et déprogramme discrètement le film. Pour que tout cela reste « en famille », c'est-à-dire caché du grand public, Rodolphe Belmer, le directeur général de Canal +, paie entièrement le documentaire à la société de production Ligne de Mire (100 000 euros) et s'engage par écrit à en libérer les droits afin qu'il puisse être diffusé sur une autre chaîne. L'enquête est ainsi programmée dans le magazine *Envoyé spécial* sur France 2, avec un impact démultiplié. Darty, sponsor de la météo de la chaîne, manque de s'étrangler. D'autant qu'en passant de Canal + à France 2, le film est vu par... dix fois plus de téléspectateurs ! L'histoire rocambolesque de cette censure sera révélée dans la presse deux ans plus tard[5].

---

5. Voir « Les coulisses pas très nettes de "Spécial investigation" », Richard Sénéjoux, *Télérama*, 10 juin 2013.

Début juin 2015, Renaud Le Van Kim, le patron de KM, nous informe qu'une solution juridique similaire est en train de se mettre en place avec Rodolphe Belmer. Soucieux d'aller vite, nous prenons contact avec l'équipe du magazine *Pièces à conviction* sur France 3. Notre enquête les intéresse. Ils s'engageront formellement, nous disent-ils, dès que KM, qui attend le paiement et la « libération » du film par Canal +, donnera son accord. Renaud Le Van Kim, confiant après ses échanges oraux avec Belmer, n'attend pas la lettre officielle de la direction de Canal + pour adresser un courrier à France 3, le 2 juin 2015. Il indique « disposer sans restriction de l'ensemble des droits nécessaires à l'exploitation du documentaire (...) nous permettant de conclure avec France Télévisions un contrat d'achat de diffusion dans les conditions habituelles ».

Ce courrier est bien évidemment le résultat d'un *modus vivendi* entre toutes les parties et juridiquement suffisamment solide pour que France 3 entame des relations de travail avec l'équipe du film. En attendant la signature de l'accord officiel entre KM et Canal +, nous réadaptons le montage de notre enquête à la ligne éditoriale de *Pièces à conviction*. Ses responsables se montrent enthousiastes. Ils nous demandent même d'aller encore plus loin dans nos révélations. Diffusion prévue : juste après les vacances d'été. Il ne faut pas tarder car nous craignons une pression du Crédit Mutuel-CIC sur la direction de France Télévisions. Concernant Canal +, nous sommes méfiants mais confiants : Rodolphe Belmer s'est engagé oralement auprès de Renaud Le Van Kim, un accord devrait être conclu rapidement... D'ailleurs Canal + et KM ne préparent-ils pas ensemble de nouveaux contenus pour la rentrée de septembre 2015 du *Grand Journal* ?

CHAPITRE 4

De l'investigation dans Le Grand Journal !

Chaque année au mois de juin, alors que la saison télévisuelle s'achève, les producteurs et les patrons de Canal + sont déjà tombés d'accord sur les programmes de la rentrée suivante. Les émissions prennent congé pour l'été. Les techniciens, journalistes et intermittents du spectacle pointent à Pôle Emploi et les producteurs partent en vacances en sachant quelles émissions ils auront à produire à la rentrée. Avec le temps, les acteurs de ce barnum télé ont pris l'habitude de travailler en confiance. Les contenus sont renouvelés sur une poignée de main. Au mois de septembre, les émissions et leurs équipes retrouvent en général leurs places dans la grille.

Ce mode de fonctionnement convient à toutes les parties depuis des années. Canal + a toujours honoré sa parole. Au printemps 2015, la chaîne cryptée demande à KM de dépoussiérer *Le Grand Journal*. Depuis deux ans, la vitrine en clair de la chaîne cryptée ronronne gentiment au rythme des défilés de stars sans cesse en promo. Les audiences stagnent autour du million de téléspectateurs, l'érosion est lente mais réelle. Il s'agit de sortir l'émission de sa zone de confort. Comment ? D'abord KM conserve Antoine de Caunes comme commandant de bord mais propose de changer une partie de l'équipage : *exit* les journalistes Natacha Polony et Jean-Michel Apathie. Ensuite, la société de production cherche à muscler la ligne éditoriale. Mathias Hillion, le nouveau rédacteur en chef de l'émission, s'efforce déjà depuis un an d'imposer plus de contenu de fond dans *Le Grand Journal*, en approfondissant des sujets d'actualité, notamment dans la chronique de Karim Rissouli. Cette fois le choix est d'aller plus loin à la rentrée de septembre : il y aura toujours des chroniques et des stars bien sûr, mais il s'agira de les faire réagir en diffusant de vrais reportages d'actualité et des sujets… d'investigation ! Si si… de l'investigation !

« À part sur le Crédit Mutuel alors ? Et le foot, c'est toujours tabou ? Ah, il y a aussi le rugby ? Le cinéma, on n'en parle pas, les vendeurs de décodeurs non plus… Et *quid* des multiples activités du groupe Bolloré : les voitures électriques en France, les ports, les chemins de fer, les plantations d'huile de palme en Afrique ? etc. » Autant de questions qui nous viennent immédiatement en tête sitôt que la direction de KM nous annonce la nouvelle feuille de route, « en parfait accord avec les dirigeants de Canal + », précise-t-elle.

En découvrant ce projet éditorial, nous sommes sidérés et plutôt dubitatifs quant à sa concrétisation alors qu'une censure « chimiquement pure » vient d'avoir lieu. Dans les jours suivants, nous sentons chez Rodolphe Belmer et Maxime Saada une sorte de déni. Sans doute pensent-ils alors sincèrement que le « Crédit Mutuel » restera un cas isolé, comme « Darty », cinq ans plus tôt.

Mais comme notre documentaire attend toujours un accord écrit de Canal + qui permettra sa diffusion sur France 3, nous jouons le jeu. Nous voulons voir jusqu'où ira la mascarade et protéger notre film. Début juin 2015, l'affaire est entendue. Rodolphe Belmer et son numéro 2, Maxime Saada, valident les propositions de KM pour modifier en profondeur les contenus, la forme et le rythme du *Grand Journal* et c'est à nous que revient la mission de constituer l'équipe de choc…

Ainsi vont les affaires à la télé : d'une main la direction de Canal + censure une enquête, de l'autre elle renforce l'investigation dans son talk-show favori ! C'est au cœur de cette période totalement schizophrène que les premières fissures apparaissent sur la coque du navire Canal +.

Commence donc le recrutement de la petite équipe de journalistes chargée de fournir les futurs reportages au *Grand Journal*. En trois semaines cinq confrères sont engagés pour renforcer la rédaction. Ils doivent nous rejoindre au début du mois de juillet. Un temps, KM et Canal + envisagent même de confier la présentation du *Grand Journal*, aux côtés d'Antoine de Caunes… à Élise Lucet ! Invitée à discuter du projet, l'emblématique présentatrice du magazine *Cash Investigation* sur France 2, qui sera bientôt caricaturée par *Les Guignols* de Vincent Bolloré en institutrice sadique martyrisant les gentils patrons de multinationales, décline poliment la proposition.

De l'enquête dans *Le Grand Journal*, en début de soirée… Formidable. Sauf que cette équipe de reporters fraîchement constituée ne passera pas l'été. Vincent Bolloré a en tête un programme différent. En attendant, comme la centaine de collaborateurs de Renaud Le Van Kim, ces nouvelles recrues sont invitées à la grande fête que KM organise chaque année pour célébrer la fin de saison.

Une fête ? Oui une belle fiesta comme on les aime à la télévision. C'est une coutume de producteur et KM sait recevoir. La liste des invités circule deux mois avant le rendez-vous. C'est LA soirée que nul ne veut manquer, les petites mains de Canal + comme les stars de la chaîne et bien sûr, ses patrons. Personne ne l'imagine alors, mais c'est la dernière fois que le microcosme télé « Canal + compatible », humoristes, acteurs, producteurs, piliers de l'investigation, échangera autour d'un verre. La révolution Bolloré se prépare en coulisse. Bientôt viendra le temps des trahisons.

Nous sommes le 26 juin 2015. La soirée se déroule en lisière du bois de Boulogne, aux Pavillons des étangs, une grande bâtisse plantée au bord d'un petit lac artificiel et d'une savane hérissée de hautes herbes. Les invités ? Comme prévu : un peu de show-biz et quelques anciennes stars de foot mêlées à la masse de ceux qui fabriquent les programmes de Canal + au quotidien. La musique accompagne sagement l'apéro, avant le « gros son », tout à l'heure. Chacun prend possession des lieux, dévorant le buffet et vidant une à une les bouteilles de champagne. C'est fastueux, cool et détendu. La douce lumière d'été finit d'illuminer les visages de quelques joyeux piliers de bar quand, au bord du lac, l'un des grands fauves de Canal + vient s'abreuver : Maxime Saada. « Barton Fink » déambule presque incognito au milieu de la foule, pour une fois il ne porte pas de bretelles.

Renaud Le Van Kim, hôte de la soirée, réunit sa troupe de journalistes d'investigation fraîchement constituée et fait les présentations. La petite meute se forme, oreilles dressées. À l'écoute. « Ensemble nous allons faire du bon travail », affirme Maxime Saada. « Avec sa nouvelle ligne éditoriale, *Le Grand Journal* va redécoller. Vos enquêtes seront des outils marketing pour l'ensemble du groupe. À une heure de grande écoute, nous allons faire mieux. Et c'est ça qui fera la différence ! » Maxime Saada semble confiant : ce projet validé en haut lieu par le directeur général de Canal +, Rodolphe Belmer, l'un de ses mentors, est audacieux et novateur. D'ailleurs, le « mentor » apparaît à son tour, peu après. Une partie de notre groupe s'agglomère aussitôt autour de lui. Rodolphe Belmer apporte toutes les garanties éditoriales pour l'avenir : la possibilité de poursuivre nos reportages sans obstacle et le règlement imminent du cas particulier du film sur le Crédit Mutuel-CIC. Bizarrement pourtant, lors de cette soirée, celui que l'on appelle « Rodolphe » reste moins longtemps que d'habitude, quelques minutes à peine.

Nous apprendrons plus tard que, ce soir-là, Maxime Saada et lui ont un gros souci : dans le plus grand secret, Vincent Bolloré vient de leur ordonner de supprimer *Les Guignols*, le programme culte de Canal + depuis 1988 qui est surtout LA locomotive d'audience du *Grand Journal* !

Déstabilisés mais imperturbables, les deux dirigeants ne laissent rien transparaître. Durant cette fête réunissant la grande famille de la chaîne cryptée, Maxime Saada porte patiemment la parole de son aîné qui l'a recruté dans l'entreprise il y a plus de dix ans, sans dissimuler son propos derrière un masque culturel, non... *Le Grand Journal* a un problème marketing. Quand, une coupe à la main, il nous parle de la saison prochaine, il évoque un talk-show qui a besoin de « repositionner ses cibles ». Le tintement des glaçons et la musique devenue plus forte couvrent une voix assurée. Les journalistes tendent l'oreille. De l'enquête au *Grand Journal* ? Ils ont été recrutés pour cela et sont prêts à relever le défi car comme jadis chacun imagine que l'intérêt marketing de la chaîne peut à nouveau servir l'intérêt journalistique. Il fait doux, des gens dansent sous la lune, nous avons la confiance d'une grande chaîne, nos inquiétudes s'apaisent peu à peu… En ce beau soir d'été, aux Pavillons des étangs, nous sommes loin de nous douter que celui qui nous tient ce discours ambitieux deviendra bientôt, sous l'autorité de Vincent Bolloré, le fossoyeur de l'investigation et de la dérision sur Canal +.

Chapitre 5

Canal moins

Vincent Bolloré n'a pas peur des symboles, c'est peut-être l'apanage des tout-puissants. C'est donc par un symbole que l'industriel breton va entamer sa destruction de Canal +. Pas n'importe comment, en tapant fort, en choisissant bien sa cible : *Les Guignols*, LE carrefour d'audience incontournable du *Grand Journal*. Depuis leur création en 1988, peu d'industriels ou de politiques avaient osé les critiquer ouvertement. Vincent Bolloré, lui, va les décapiter en quelques semaines. Bastion historique de l'humour télévisé, *Les Guignols* incarnent ce fameux « esprit Canal + » libertaire et impertinent. Parfois un peu trop « de dérision », avait lâché sobrement Vincent Bolloré lors d'une interview accordée quelques mois plus tôt à France Inter[1], avec un art remarquable de l'euphémisme.

La réalité est plus radicale : Vincent Bolloré a voulu tuer *Les Guignols*. En juin 2015, il tente d'abord secrètement de les faire remplacer par Florence Foresti. L'entourage

1. *L'invité de 7 h 50* de Léa Salamé – France Inter, 12 février 2015.

de l'humoriste le révèle au magazine *Society* : « Il a appelé Florence lui-même. Il s'est présenté : *Bonjour, Vincent Bolloré, j'aimerais vous voir demain matin.* Le lendemain, ils se sont vus, il lui a dit : *la saison prochaine, je supprime* Les Guignols, *je vous donne 10 minutes quotidiennes d'antenne et 5 millions d'euros.* Mais Florence a refusé : elle lui a dit qu'elle ne voulait pas annuler sa tournée, qu'elle ne se sentait pas capable de prendre cette succession et qu'elle était surprise par la méthode[2]. » Dans la foulée, Gad Elmaleh est également sollicité. Remplacer au pied levé les célèbres marionnettes ? Lui aussi décline cette offre périlleuse.

La preuve que la direction de Canal + a bien envisagé de supprimer totalement le programme ? Un document confidentiel[3] interne à Canal + le démontre. Daté du 30 juin 2015, c'est un audit réalisé à la demande de la direction. Il explore les différentes manières d'enterrer *Les Guignols*. Il y est expliqué froidement qu'un « arrêt complet de la production qui représente 25 salariés permanents (dont les auteurs) et 95 intermittents réguliers permettrait d'économiser chaque année quelque 2,9 millions d'euros de masse salariale ». Aussi comptable soit-il, cet audit alerte sur les dangers de la suppression brutale du programme et invite la direction à « ne pas minorer le risque social, le manque à gagner publicitaire et l'impact sur les abonnements ».

Fin juin, juste après la fête KM, ce projet d'arrêter *Les Guignols* fuite. Vincent Bolloré se retrouve confronté à une levée de boucliers dans la presse et sur les réseaux sociaux. Après l'affaire du yacht prêté huit ans plus tôt à

2. Voir « Moi, mèche et méchant », *Society*, 24 juillet 2015.
3. Document en possession des auteurs.

Nicolas Sarkozy nouvellement élu président, nombre d'observateurs le soupçonnent de vouloir couper la tête des marionnettes pour... dégager le terrain à son ami, en vue d'une candidature à la présidentielle de 2017 ! « Tous ceux qui approchent le futur candidat à la présidentielle n'en reviennent pas », écrit *L'Obs* début juillet : il est en boucle sur le sujet des *Guignols*, ce programme « ringard », cette émission « de merde ». À en croire *L'Obs*, à l'approche de la séquence présidentielle[4], Vincent Bolloré serait donc en train de rendre un nouveau service à Nicolas Sarkozy en le débarrassant des impertinentes marionnettes. Comment ne pas y voir la reconstitution de l'axe Bolloré-Sarkozy tant critiqué en 2007 ? Le *Huffington Post* rappelle qu'en 2008 D8, la chaîne de Vincent Bolloré, avait censuré au dernier moment une émission sur « Sarkozy et les femmes ». Manifestement inquiet que son champion puisse être tenu pour responsable de la mort des *Guignols*, l'entourage de Nicolas Sarkozy dément ces rumeurs. Mais le démenti est inaudible. En dépit de ces dénégations, l'incendie gagne l'ensemble de la presse. « Ses vacances sur le yacht de Bolloré ont collé à l'image de Sarkozy durant tout son quinquennat, analyse notamment *L'Obs*. En arrêtant *Les Guignols*, l'ami Vincent desservirait Sarkozy de la même manière. »

Le 3 juillet Vincent Bolloré coupe court à la polémique. Il enterre l'audit de Canal + envisageant la mise à la retraite des marionnettes et affirme sur Europe 1 « qu'il n'est pas question ni de céder *Les Guignols* (à quiconque) ni de les abandonner ». En revanche, il se débarrasse sans ménagement

4. Voir « Les Guignols menacés : derrière Bolloré, l'ombre de Sarkozy », Véronique Groussard, *L'Obs*, 2 juillet 2015.

de Rodolphe Belmer. Pendant le mois de juin, le directeur général de Canal + a pesé de tout son poids pour conserver *Les Guignols* et empêcher le « boa Bolloré » de tuer les programmes en clair de Canal +. Pour avoir osé contester l'autorité de l'actionnaire tout-puissant, il doit payer. Dans l'après-midi du 3 juillet, il est remplacé par le n° 3 du groupe, Maxime Saada, qui accepte le poste de celui à qui il doit l'essentiel de sa carrière à Canal +. Après quatorze ans à la direction de la chaîne cryptée, Rodolphe Belmer quitte son bureau comme un employé honteux de Lehmann Brothers lors de la crise financière de 2008. Lui, qui était cité de longue date comme le successeur naturel du n° 1, Bertrand Méheut, président du groupe Canal +, est viré pour « faute grave » par Vincent Bolloré. Selon les journalistes Isabelle Roberts et Raphaël Garrigos, le « boa » aurait justifié en privé ce lynchage par un sentencieux « c'est un sale gars »[5]. Maxime Saada, lui, retourne sa veste en conservant ses chères bretelles. Il prend la mesure de l'extraordinaire souplesse de ses bandes élastiques, faisant mine d'ignorer que pour beaucoup il n'est plus Barton Fink, mais Brutus.

Véritable ironie de l'histoire, ce 3 juillet 2015, le corps d'Alain De Greef est incinéré au crématorium d'Avignon[6]. L'emblématique directeur des programmes du Canal + de la grande époque est décédé quatre jours plus tôt. Il avait soixante-huit ans. Un génie créatif, découvreur de talents. Si « l'esprit Canal » portait un nom, ce serait à coup sûr celui d'Alain de Greef. Il meurt alors que se prépare

---

5. Raphaël Garrigos, Isabelle Roberts, *L'Empire, comment Vincent Bolloré a mangé Canal* +, éd. Le Seuil / Les jours, septembre 2016.

6. La cérémonie a réuni la famille et quelques proches, compagnons de route de « Deug », parmi eux Pierre Lescure, Bruno Gaccio, Philippe Manœuvre, Bernard Zekri, Michel Field, Albert Dupontel ou Benoît Delépine.

le démantèlement de ce qu'il a activement contribué à construire.

Les Guignols sauveront leur tête, mais à quel prix ? Contraint de faire marche arrière sous la pression des médias et d'une partie de l'opinion publique, Vincent Bolloré obtient la bobine de PPD, le présentateur vedette des marionnettes remisé au placard avec les auteurs historiques, licenciés en quelques semaines. La marionnette était devenue tellement vivante qu'elle se fait virer comme les humains, en chair et en os.

En plein mois d'août, au siège de Vivendi, la dénicheuse de talents de Canal +, Christelle Graillot, est chargée de recruter de nouveaux auteurs en urgence. Elle convoque « les disponibles sur le marché » dans une grande salle, avenue Friedland à Paris, pour tester leur humour. Atelier d'écriture, séance de coaching ? « Vous avez quatre heures pour nous faire rire », indiquent les recruteurs. Vincent Bolloré lui-même se serait pris au jeu. Par moments, il aurait passé une tête et corrigé quelques textes, en envoyant la plupart à la poubelle. Car qui mieux que Vincent Bolloré peut faire rire Vincent Bolloré ?

Selon nos informations, les « nouveaux » *Guignols* en préparation auraient reçu quelque temps plus tard une « commande » de l'actionnaire, en personne. Vincent Bolloré aurait demandé qu'un sketch mettant en scène son arrivée tonitruante à Canal + soit filmé. Le sketch, nous confirme une source, « a effectivement été tourné ». Voici quelques bribes du scénario proposé par… Vincent Bolloré lui-même. Le patron breton aurait été représenté en Clint Eastwood, un cow-boy revêche et rapide comme l'éclair. À Canal + toute la direction est en train de faire la fête, champagne et cotillons à gogo, « Vincent Clint Eastwood

Bolloré », en redresseur de torts, débarque alors sans prévenir, défouraille dans tous les coins et remet toute la maison au pas. Lee Van Cleef plutôt que Clint Eastwood, la Brute plutôt que le Bon. La mise en abyme du nouveau boss n'aurait pas fait rire tout le monde. « Quand j'ai vu la cassette arriver, nous confie un proche des *Guignols,* je savais ce qu'elle contenait, j'étais tellement écœuré que je n'ai même pas regardé. »

Ce sketch narcissique scénarisant la brutale reprise en main de Canal + n'a évidemment jamais été diffusé sur les antennes du groupe. Vincent Bolloré et quelques proches l'auraient visionné. Nos sources ne nous disent pas s'ils se sont marrés.

L'histoire de ce sketch montre à quel point la toute-puissance peut brouiller le jugement et montrer les limites d'un homme. Un de ses proches, cadre dirigeant du groupe Bolloré, un poil transgressif, osera devant nous cette comparaison : « Ces dernières années, je l'ai vu se transformer, devenir de plus en plus autoritaire et entrer dans une sorte de toute-puissance. Bolloré aujourd'hui, c'est devenu un Louis XIV avec sa cour. »

À Canal +, les managers ont vite compris. Vincent Bolloré n'a aucune fonction officielle – il n'est que l'actionnaire principal de Vivendi, sa maison-mère, mais c'est désormais lui qui décide de tout, plaçant ses obligés aux fonctions régaliennes de l'entreprise, cassant tous les codes, sans la moindre opposition en interne ou en externe. Comment pourrait-il en être autrement ? La révolte des employés de Canal + contre l'éviction de Pierre Lescure, patron de la chaîne, en 2002, n'est qu'un lointain souvenir. Début juillet 2015, les salariés partent en vacances en espérant que le plus dur est passé. Grosse erreur. La purge ne fait que commencer.

Et nous dans tout ça ? KM propriété du groupe Zodiak voit disparaître une grande partie de ses contrats, en particulier la production du *Grand Journal* qui est confiée à Flab Prod, propriété du groupe Vivendi. Maïtena Biraben accepte de présenter l'émission. Une cinquantaine de salariés de KM est mise au chômage dont notre éphémère équipe d'enquêteurs. La raison officielle ? L'émission aurait coûté trop cher. La vraie raison ? Vincent Bolloré et son ami Nicolas Sarkozy n'apprécient pas Renaud Le Van Kim. Le premier lui reproche sa proximité avec Rodolphe Belmer et un soutien public aux *Guignols*, Le « Chinois » ayant refusé dès le début de la crise de produire un *Grand Journal* expurgé de ses marionnettes. Le second voit le producteur réalisateur comme une sorte de traître qui avait mis en scène certains de ses grands meetings lors de la campagne présidentielle de 2007 avant de devenir l'un des conseillers images de François Hollande en 2012, ce que Renaud le Van Kim a toujours démenti.

Cette « cabale » met un terme aux relations privilégiées que Canal + entretient avec KM depuis quinze ans. En quelques jours, notre paysage professionnel change du tout au tout. Renaud Le Van Kim ne voit qu'une seule issue possible : quitter KM, où il n'a plus aucun avenir. En le poussant vers la sortie, le groupe Zodiak donne des gages à la nouvelle direction du groupe Canal + pour espérer signer de nouveaux contrats. Débarqué brutalement, de son côté Rodolphe Belmer n'aura pas eu le temps de signer l'accord pour libérer officiellement les droits de notre documentaire sur le Crédit Mutuel-CIC. « Cela s'est joué à quelques jours près », nous précise une source au sein du groupe.

Un mauvais *timing* qui débouche sur un *very bad trip* ! En juillet 2015, nous nous retrouvons dans une situation inextricable. Du point de vue juridique, les droits de notre film sur le Crédit Mutuel-CIC semblent appartenir à Canal + qui l'a préacheté (sans toutefois verser le moindre euro). Problème : l'émission *Pièces à conviction* sur France 3 souhaite le diffuser et a reçu le feu vert de KM par Renaud Le Van Kim... désormais remercié. Pour nous, il n'y a aucune ambiguïté. En censurant notre enquête, Canal + s'est disqualifiée. Mais que faire ? Révéler la censure au grand jour ? Crier au scandale ? Bien entendu, c'est un devoir de le faire. Mais avant cela, nous devons assurer la diffusion du film sur France 3. Si nous révélons l'affaire tout de suite, la direction de France Télévisions risque de prendre peur et de se désister. Nous gardons le silence... Pas pour longtemps.

Fin juillet, Franck Annese, le patron du magazine *Society* entend parler de cette histoire de film censuré et, en bon journaliste, il veut des précisions. Nous lui expliquons les faits, tout en essayant de temporiser, mais il n'entend pas nos arguments : « Sache que si tu révèles la censure maintenant, tu mets en danger la diffusion du film. Nous te demandons d'attendre la fin de l'été pour protéger notre enquête. Une fois la diffusion assurée, on te promet de tout te dire à la rentrée conjointement avec Mediapart, notre partenaire depuis le début. Nous prendrons d'ailleurs la parole publiquement, car il s'agit d'une grave atteinte à la liberté d'informer. »

À celles et ceux qui pensent que les journalistes se protègent entre eux dans un réflexe corporatiste systématique, cette nouvelle péripétie apporte un démenti cinglant. Et tant mieux d'ailleurs... Les révélations que Franck Annese s'apprête « à sortir » sur la déprogrammation de notre enquête, dans le cadre d'un portrait de Vincent Bolloré, risquent de mettre la panique à France Télévisions et de compromettre la possibilité de diffuser le reportage sur France 3. Sans cette garantie, les trois lanceurs d'alerte qui ont pris tous les risques en témoignant sortiront de l'épreuve épuisés et amers. Cela nous inquiète, nous met en colère. La conversation est franche, virile même. Franck Annese décide de maintenir son calendrier de publication. Mais c'est le jeu et les règles sont les mêmes pour tous, nous n'avons pas à nous poser à notre tour en censeurs. Avec le recul, nous regrettons l'âpreté de nos échanges à l'époque. Le papier sort en plein été dans *Society*. Son impact est quasi nul auprès du grand public. En revanche, au siège de Canal + on a bien lu les quelques lignes assassines du magazine. Nous sommes donc contraints de sortir du silence plus tôt que prévu. Mediapart nous ouvre ses colonnes. Nous nous fendons d'une tribune intitulée *Censure à Canal + : « pas besoin de décodeur pour comprendre »*, dans la foulée d'un article de Fabrice Arfi publié le 29 juillet 2015 : *« À Canal +, Vincent Bolloré censure un documentaire sur le Crédit Mutuel »*. Il y révèle en détail le mécanisme de la censure, grâce à plusieurs sources au sein de la chaîne. L'on y apprend que Rodolphe Belmer « a tout tenté pour éviter d'en arriver là », mais que Vincent Bolloré « tenait à renvoyer l'ascenseur à son ami Michel Lucas ». En acceptant finalement la décision de l'actionnaire, Rodolphe Belmer a cru sauver sa tête. Il n'en fut rien. Sollicité pour la rédaction de cet ouvrage, l'ancien directeur général de Canal + n'a pas souhaité répondre à nos questions. Comme d'autres, il est parti en signant une clause de confidentialité qui lui impose le silence, sous peine de perdre ses confortables indemnités.

Nos confrères se jettent immédiatement sur l'affaire. L'AFP, *Le Figaro*, *Le Monde*, *Les Échos*, *Paris Match*, *Le Parisien*, *Libération*, *L'Obs*, France info, OZAP… Quand ces médias nous contactent, nous déroulons les faits. Nous décrivons une censure « à l'ancienne », opérée en direct par Vincent Bolloré. Nous rappelons que « la liberté d'informer, et notamment celle d'investiguer (…), est une condition indispensable à la bonne marche d'une démocratie ».

Le 31 juillet, comme dans une citadelle assiégée, Stéphane Haumant, le présentateur de *Spécial Investigation*, tétanisé, donne cette consigne à ses adjoints : « Si des journalistes appellent, renvoyez-les vers le service de presse. » Les attachés de presse de Canal + restent muets. Pendant des semaines la chaîne ne dit rien. Tout comme Vincent Bolloré. Rien, pas le moindre démenti. Sur Internet, les forums de discussion s'enflamment. Voici quelques messages, repérés le 31 juillet sur le site de *Libération* : « Canal + va-t-il se transformer en chaîne de propagande ? » Ou bien : « Bolloré est comme son pote Sarko, ils ont peur que la vérité éclate, donc ils musellent, bâillonnent et font taire… c'est la dictature de droite. » Ou encore : « Plus d'investigation, plus d'humour, que du politiquement correct. Pour la rentrée, je propose Hanouna au *Grand Journal* et Roucas à la place des *Guignols.* Cela devrait le faire… » Hanouna au *Grand Journal*… Cette réaction est presque prophétique, lorsque l'on sait ce qu'il adviendra très vite : l'avènement de la toute-puissance de Cyril Hanouna au sein du groupe Canal + et la fin définitive du *Grand Journal* en mars 2017.

Chapitre 6

Une bataille pour le droit d'informer

D'habitude, pour nous, la mi-août sonne la fin des vacances. Le retour au bureau. À KM, les équipes travaillent sur un plateau ouvert de plusieurs centaines de mètres carrés. Une ruche bourdonnante et débordante d'énergie. *Le Grand Journal*, *Le Before*, *La Cérémonie des Césars*, *le Festival de Cannes*, d'autres émissions et les documentaires y sont produits. Mais en cette rentrée 2016, c'est morne plaine. Les longs couloirs de la société de production conduisent à un *open space* vide. Le regard des rescapés rase la moquette. Les bureaux sont recouverts de bâches en plastique. Les téléphones demeurent silencieux. Le silence, seul le silence…

Nous sommes tous sidérés par les méthodes de Vincent Bolloré. En cette fin d'été, nous sommes toujours sous contrat avec KM mais nous nous savons en sursis. Notre seule obsession est alors de terminer la post-production de notre film pour qu'il soit diffusé sur France 3. La tempête médiatique ne semble pas avoir compromis cette alternative.

À la tête de KM, nous avons un nouvel interlocuteur : Gaspard de Chavagnac. Il vient d'être nommé par Zodiak, la maison mère, en remplacement de Renaud Le Van Kim. Nous vous épargnerons la tambouille juridique qui s'engage pendant plusieurs semaines entre KM, Zodiak et France 3. Nous achevons le plus rapidement possible la post-production du documentaire – mixage de la voix off, habillage et étalonnage. Nous redoutons des rebondissements, d'autant que le principal actionnaire de Canal + a une faim de loup : il veut une part d'un nouveau géant des médias en construction, le groupe Banijay-Zodiak.

C'est une coïncidence qui tombe mal. Quelques jours après la révélation de la censure, le groupe Banijay annonce sa volonté de fusionner avec le groupe Zodiak, actionnaire de KM, pour former un poids lourd européen de la production audiovisuelle au chiffre d'affaires estimé à près d'1 milliard d'euros. Le groupe Banijay n'est pas un inconnu. Avec plus de 1 500 heures de programmes diffusés chaque année, il est le premier producteur privé de télévision en France. Son président, Stéphane Courbit, appartient au premier cercle des amis de Nicolas Sarkozy, comme Vincent Bolloré.

« Pendant l'été 2015, Bolloré rencontre Courbit pour parler du renouvellement des contrats d'émissions pour D8[1], nous raconte un producteur proche du groupe Banijay. Bolloré explique que c'est embêtant de dépendre de producteurs indépendants qui font la pluie et le beau temps et se propose de prendre une participation dans le futur ensemble Banijay-Zodiak. »

Le ticket d'entrée est très important, aux environs de 300 millions d'euros mais rien ne semble freiner le « boa ». « Vivendi avait des milliards d'euros sur son compte, explique

1. D8 est la principale chaîne gratuite généraliste du groupe Canal +.

notre source. C'était assez facile de se payer des jouets ! » Dès la rentrée de septembre, Vivendi confirme dans un communiqué que des « négociations exclusives[2] » se sont engagées avec Banijay-Zodiak pour acheter 26 % du nouvel ensemble.

En annonçant une prise de participation importante dans Banijay-Zodiak, Vincent Bolloré réussit un nouveau coup de maître. Il sécurise la production d'émissions, peut influer sur leur contenu à la source et devient indirectement l'un des actionnaires de KM, la société qui a produit le film sur le Crédit Mutuel-CIC et sa filiale, la banque Pasche. Autrement dit, le « boa » est appelé à devenir notre actionnaire… Imparable !

Imaginez nos têtes. Depuis plusieurs semaines nous savons que nous n'avons plus d'avenir chez KM, mais là, c'est le coup de grâce. Surtout que notre documentaire n'est toujours pas officiellement libéré par Canal +. Alors nous allons nous dépêcher de livrer le PAD (Prêt à Diffuser) à France 3 avant que Gaspard de Chavagnac ne nous l'interdise au nom des intérêts supérieurs de son groupe, futur Banijay-Zodiak. Cette livraison a lieu le 4 septembre 2015. Invitée ce jour-là de la matinale de France Inter, la nouvelle patronne du service public, Delphine Ernotte, confirme publiquement la diffusion du reportage.

Nouvelle coïncidence. C'est ce même jour que Gaspard de Chavagnac nous convoque – nous, les deux auteurs de ce livre – dans son bureau à Neuilly-sur-Seine. Le tout nouveau patron de KM ignore que notre enquête est à l'abri à France 3. Et ce que nous redoutions va se produire. Selon lui, le film appartient à Canal + « parce qu'ils en ont acheté les droits », assure-t-il. Nous insistons sur le travail engagé

2. Source : communiqué Vivendi du 2/09/2015.

avec France 3. Mais Gaspard de Chavagnac ne veut pas nous entendre : « Dans l'absolu, nous explique-t-il, je comprends très bien vos intérêts de journalistes d'investigation mais ils ne sont pas tout à fait en ligne avec mes intérêts. »

Gaspard de Chavagnac nous enjoint de livrer le film à Canal + pour « ne pas nous mettre en défaut ». Nous refusons. Quelques jours plus tard, le patron de KM écrira à la direction de France 3 pour empêcher la diffusion du film. La formule employée vaut le détour : « Comme vous le savez, les droits de diffusion de ce documentaire ont initialement fait l'objet d'une cession au profit d'un diffuseur tiers. Ce dernier nous ayant finalement informé de ce qu'il n'entendait pas renoncer à la cession intervenue, nous sommes dans l'impossibilité d'envisager une cession des droits d'exploitation de ce documentaire au bénéfice de France Télévisions. » En filigrane, Gaspard de Chavagnac admet que, dans un premier temps, le « Canal + de Rodolphe Belmer » avait bien renoncé aux droits du film, mais qu'après l'avoir censuré « le Canal + de Vincent Bolloré » a décidé de le récupérer... pour l'enterrer définitivement !

Cette lettre a un effet dévastateur. La direction de France 3 nous informe qu'elle ne veut plus diffuser le documentaire « pour des raisons juridiques ». Pour éviter ce piège nous jouons notre dernière carte : faire le siège de France Télévisions afin de convaincre la direction. Fabrice Arfi nous accompagne dans cette petite campagne artisanale de lobbying improvisé. Nous gagnons rapidement le soutien de Pascal Golomer, le directeur de l'information du groupe public. En fin de journée, Delphine Ernotte, la présidente de France Télévisions, entend nos arguments et nous donne à nouveau gain de cause en confirmant la diffusion de l'enquête, programmée un mois plus tard, en octobre, dans le magazine *Pièces à conviction.*

La censure, expliquions-nous un peu plus tôt, cela peut être aussi simple qu'un coup de fil. Vous en voulez la preuve ? Quelques jours avant l'émission, Delphine Ernotte décroche son téléphone pour prévenir Michel Lucas, le grand patron du Crédit Mutuel-CIC. La patronne de France Télévisions se souvient de la voix d'un « vieux monsieur embarrassé » qui « osa se mettre personnellement en danger » pour faire retirer notre film de l'antenne en menaçant d'arrêter les contrats publicitaires de sa banque avec les chaînes du groupe France Télévisions. Delphine Ernotte ne cède pas à ces ultimes pressions. Nous lui en sommes reconnaissants.

Diffusé comme prévu le 7 octobre 2015 à 23 h 20, *Évasion fiscale : enquête sur le Crédit Mutuel* rassemblera un million de téléspectateurs, un record d'audience pour le magazine *Pièces à Conviction.* Sur Canal +, il n'aurait été vu que par quelques centaines de milliers d'abonnés. En gestion de crise on appelle ça l'effet Streisand : la volonté d'empêcher la divulgation d'informations que l'on souhaite garder secrètes déclenche l'effet inverse[3].

Pourquoi sommes-nous allés aussi loin dans cette bataille ? Pour que cette enquête, que nous jugeons d'intérêt public, soit portée à la connaissance des citoyens. Il s'agit là de défendre le droit à l'information. Ce droit qui nous permet

3. L'expression « effet Streisand » fait référence à une affaire impliquant Barbra Streisand. En 2003 la chanteuse américaine poursuit en justice l'auteur et le diffuseur d'une photographie aérienne de son domaine privé, afin d'empêcher sa publication. Le photographe affirme alors avoir pris des clichés de propriétés privées dans le cadre d'un travail sur l'érosion du littoral. La procédure engagée par Barbra Streisand eut pour conséquence de faire connaître la photo de sa propriété. Des centaines de milliers de personnes sont ensuite venues visiter le site... qui devait rester préservé du public.

de pratiquer notre métier, de nous défendre des pressions en tout genre, dans le cadre de la loi et sous la forme d'un pacte entre les journalistes et les propriétaires d'un média. Qu'il soit formulé par une charte ou inscrit dans la tradition d'une rédaction, ce pacte devrait être au cœur du fonctionnement de la presse. Or, il est malheureusement encore trop souvent bafoué. L'une des raisons est que le fait de censurer n'est défini ni dans le droit civil, ni dans le droit pénal. « Censurer » n'est tout simplement pas un acte répréhensible par la loi. Dans ce contexte, comment déceler les interventions abusives d'une direction sur sa rédaction ? Aucune règle. Tout est permis donc tout est possible. C'est à la fois la jungle et le désert. Notre affaire aura cependant une conséquence – très insuffisante mais positive – sur la loi française. En 2016, le Parlement français adoptera une nouvelle loi visant à renforcer la liberté, l'indépendance et le pluralisme des médias. Pour lutter contre la toute-puissance de propriétaires de médias tentés par la censure, Patrick Bloche, le rapporteur du texte, proposera d'étendre à l'ensemble des journalistes français « le droit d'opposition » qui bénéficiait jusque-là aux seules rédactions de l'audiovisuel public.

C'est l'article premier de la loi : *tout journaliste a le droit de refuser toute pression, de refuser de divulguer ses sources et de refuser de signer un article, une émission ou une contribution dont la forme ou le contenu auraient été modifiés à son insu ou contre sa volonté.*

Le droit d'opposition est un premier pas. Mais à ce jour, nous attendons toujours un texte qualifiant clairement la censure dans la loi française.

Chapitre 7

Canal +, l'ère Bolloré

En cette rentrée 2015, nous savons maintenant clairement qui est Vincent Bolloré. Il fait partie de notre paysage. Il est celui dont la presse parle sans cesse. Ses méthodes fascinent, effraient ou révoltent. Lui continue de marquer son territoire avec violence et un certain mépris. Nous allons en prendre la mesure le 3 septembre 2015. À Canal +, Vincent Bolloré convoque ce jour-là un comité extraordinaire d'entreprise. Lors de cette réunion, dont nous nous sommes procuré le procès-verbal, l'industriel breton se fait nommer président du Conseil de surveillance. Il en profite également pour répondre à certaines questions. Sur la censure, il est interpellé par Francis Kandel, l'un des représentants de la CGT, qui ose ce crime de lèse-majesté :

— Lors de la dernière réunion du comité de groupe, début juillet, M. Bolloré a indiqué que la censure n'était pas sa tasse de thé. Entre-temps, un reportage de *Spécial Investigation* sur le Crédit Mutuel a semble-t-il été censuré, mais sans réaction de la direction…

— C'est pas de la censure, c'est de la connerie ! l'interrompt Vincent Bolloré. (...) S'il y a dans la maison des gens qui n'arrêtent pas de taper sur ses clients ou ses partenaires, elle n'en aura bientôt plus du tout (...) Il faut donner aux clients des sujets qui les intéressent. Censurer c'est empêcher quelqu'un de dire des choses vraies, mais attaquer la BNP, le Crédit Lyonnais, ou le propriétaire de l'immeuble serait une bêtise.

Vincent Bolloré sans filtre est un spectacle intéressant. Il ne dément pas la censure de notre film sur le Crédit Mutuel-CIC, il la requalifie en acte salvateur pour l'intérêt du groupe. Selon lui, « la censure serait le fait d'empêcher quelqu'un de dire des choses vraies... » Notre travail serait-il alors un tissu de mensonges ? Rappelons que ni le Crédit Mutuel-CIC ni la banque Pasche, sa filiale, ne nous ont poursuivis en justice (quand bien même l'auraient-ils fait, nous aurions défendu notre travail).

En ce 3 septembre 2015, la réunion du comité d'entreprise se poursuit. Les mines sont basses, atterrées, apeurées. Vincent Bolloré *Raminagrobis,* lui, continue de mener les débats, impose ses règles et dézingue à tout-va. Lisez bien, ça vaut le détour : « Le groupe Canal + a un problème de cohésion des équipes, explique l'industriel breton. Les principaux collaborateurs du siège de Vivendi se déplaceront ici. (...) Le DRH de Vivendi, l'excellent Mathieu Peycere, (...) deviendra le DRH de Canal... » À l'instant où il prononce cette phrase, la DRH en titre de Canal +, Sophie Guyesse, une polytechnicienne polie, est justement assise à quelques mètres de lui. « Vous aviez une méchante, ose l'actionnaire breton en la regardant, vous allez avoir un gentil. »

« À ce moment-là, j'ai vu le visage de Sophie Guyesse se décomposer, raconte un participant. Bolloré n'a même pas prononcé son nom. Il a parlé directement de son successeur. Elle est devenue pâle. Elle n'a pas dit un mot. D'ailleurs, personne n'a bronché. Le patron s'exprimait et tout le monde écoutait. » Ça se passe comme ça en « Bollorie ». Scène surréaliste : Vincent Bolloré exécute un cadre dirigeant en public et promet dans la seconde qui suit « qu'il n'y aura pas de casse sociale, juste des chocs... à la tête ! ». Un an plus tard, la grève à iTélé puis l'annonce de la fermeture du centre de relations clients (CRC) de Saint-Denis – plus de 150 postes supprimés – ainsi qu'un plan de « flexibilisation » du CRC de Rennes viendront contredire cette promesse.

Pendant le comité, une élue syndicale fait remarquer avec diplomatie que « les salariés ne sont pas forcément opposés aux départs de certains dirigeants mais que les équipes ont été chamboulées par la façon un peu violente dont se sont déroulés ceux de Rodolphe Belmer, le directeur général, et d'Ara Aprikian, le patron de D8 et D17 ». Du coup, dit-elle, les équipes « sont assez craintives ». « Tant mieux, répond Vincent Bolloré. La haute direction d'une grande maison mérite un peu de terreur, un peu de crainte et je ne plaisante pas en disant cela. »

Jean-Marc Janeau, autre élu CGT, tente alors de porter la contradiction :

— Vous ne craignez pas de faire taire tout le monde avec ces méthodes que vous qualifiez vous-même de terroristes ?

— Au contraire, répond le patron. Cela permettra aux collaborateurs du dessous de s'épanouir et de réussir. (...)

Et puis, je n'ai pas coupé toutes les têtes, s'amuse-t-il dans un élan de générosité managériale.

« Cet homme-là contrôle mal ses émotions, commente aujourd'hui Francis Kandel, élu CGT présent également à la réunion. Le jour du comité d'entreprise, on sentait physiquement cette volonté de casser Canal +. Avec cette façon presque jouissive de jouer avec les gens. Avec lui, vous faites allégeance ou vous êtes mort. »

Ce 3 septembre 2015, le tout nouveau président du Conseil de surveillance de Canal + remerciera dans la journée une vingtaine de cadres de l'entreprise ! Virés, par ici la sortie, allez, ouste !

C'est maintenant une certitude : le patron breton veut une chaîne cryptée aux ordres, entièrement débarrassée de ce qui lui restait de son esprit frondeur et libertaire. Pour nous qui sommes en train de négocier nos conditions de licenciement avec la nouvelle direction de KM, il devient essentiel de suivre de près « le dossier Bolloré ». Il est à l'ordre du jour des réunions de notre collectif Informer n'est pas un délit (INPD). Créé début 2015, INPD est un regroupement transmédias de journalistes soucieux de lutter contre les atteintes à la liberté de la presse. Désormais, Vincent Bolloré s'affiche en tête de nos préoccupations car la loi française n'est plus adaptée aux grandes manœuvres capitalistiques de notre époque. Elle est incapable d'offrir un arsenal juridique protecteur aux journalistes de Canal + face à la toute-puissance de leur nouvel actionnaire.

Le comportement du « boa » à Canal + illustre cette impossibilité de faire coexister dans un même groupe une activité média grand public dont le cahier des charges exige notamment de produire de l'information, avec d'autres secteurs économiques ou financiers. Comme l'analysent très justement nos confrères Amaury de Rochegonde et Richard Sénéjoux, « il fut un temps où l'on acquérait un titre de presse pour avoir un rôle politique. Aujourd'hui, il s'agit surtout de défendre ses affaires en mettant la main sur des médias d'information politique[1] ».

Enquêter sur celui qui n'aime pas nos enquêtes devient au fil des semaines d'une évidente utilité publique. Le comité d'entreprise de Canal + du 3 septembre 2015 a été un choc. La violence qui s'en dégagea fut sans doute un déclic.

Au sein de Canal +, nos contacts, amis et confrères nous racontent presque quotidiennement les frasques de Vincent Bolloré. Nous aimerions être une petite souris pour le suivre, l'entendre préparer ses coups, assister à ses réunions où, nous dit-on, il continue de flinguer sans ciller. Le temps a fait son œuvre et nous réalisons à quel point nous avons été naïfs. Vincent Bolloré et le patron du Crédit Mutuel, Michel Lucas, tous deux bretons, sont amis. Dans un monde cerné par les oligarques, il en fallait sûrement moins pour déclencher une censure « chimiquement pure ». Mais cela suffit-il à justifier la réaction de Vincent Bolloré ?

1. *Médias, les nouveaux empires,* Amaury de Rochegonde et Richard Sénéjoux, éd. First (document), 2017.

Partie II

DE LA BRETAGNE À LA « WORLD COMPANY »

Nous démarrons notre exploration de l'empire Bolloré en novembre 2015, un an avant le mouvement de grève historique que les salariés d'iTélé engageront contre la direction de Canal +. La méthode ? D'abord lire la documentation. Le dossier est imposant. Beaucoup d'articles et quelques livres retracent l'incroyable ascension de l'héritier breton devenu magnat de la communication et de la télé. Les titres de certains ouvrages sont évocateurs : *Vincent Bolloré, enquête sur un capitaliste au-dessus de tout soupçon* paru en 2000 (Denoël), *Portrait de l'homme d'affaires en prédateur* édité en 2005 (La Découverte) ou encore *Vincent Bolloré, ange ou démon ?* (Hugo doc) sorti en 2008.

S'imprégner du travail antérieur permet de connaître le sujet, d'en cerner les contours et d'en deviner les zones d'ombre, parfois de déceler des pistes non encore explorées, pour s'écarter des chemins tout tracés de la légende telle que Vincent Bolloré aime la raconter. D'abord, l'histoire de sa reprise de l'entreprise familiale en 1981 pour deux francs symboliques, puis l'épopée le menant à la tête d'un conglomérat industriel dépassant aujourd'hui les 10 milliards d'euros de chiffre d'affaires. Tout cela est vrai, bien sûr, mais un peu réducteur. Plongés dans la documentation, nous allons affiner l'axe de nos recherches et trouver des sources, parfois négligées jusqu'ici. Nous sommes rapidement face à une longue liste de personnes à contacter. L'expérience nous pousse à tempérer notre enthousiasme : nous savons bien que dans cette masse de gens, seuls quelques retours seront positifs et intéressants. Parfois, un refus de parler s'avère néanmoins instructif. « Soyez prudents, il est dangereux », nous prévient par exemple un interlocuteur.

Dès les premiers contacts, nous sommes immédiatement mis dans l'ambiance. Aucun tour de chauffe, ni « round » d'observation. Nous avons rencontré des patrons, des journalistes, des hommes politiques, des cadres d'entreprise, des syndicalistes, des hommes d'Église. Pourtant, rares sont ceux qui ont accepté de témoigner et encore moins à visage découvert. Beaucoup gardent un souvenir glaçant de leur interaction avec l'industriel. « Il ne respecte rien ni personne », tonne un haut dirigeant d'une multinationale française. « J'aurais dû m'en méfier. C'est un BCBG catho des beaux quartiers sans scrupules », dit un deuxième. « Une sorte de seigneur qui règne parmi ses serfs », peste un troisième. Un cadre du groupe Canal +, ancien d'iTélé, nous raconte :

— Vincent Bolloré a un droit de vie ou de mort sur ces sujets. C'est hallucinant ! Sois tu pars avec un chèque, sois tu baisses la tête et il te fait riche.

— Et alors ?

— Malgré tout, je préfère qu'il fasse de moi un homme riche.

Certains débordent d'insultes et, s'ils le pouvaient, lui concocteraient volontiers une fin « façon boa ». Mais sitôt que la conversation s'apaise, dès que l'on évoque la possibilité de citer leurs noms, ils répondent, à l'unisson : « C'est non ! »

À de rares exceptions, quand même... Quand Martin Bouygues raconte en 2013 au magazine *Challenges* le raid de l'industriel breton sur son groupe, il explique que « dans toute cette affaire, Vincent Bolloré s'est comporté comme un voyou. Il m'a roulé, trompé, humilié. Je n'oublierai jamais[1] ». La charge est rude, le vocabulaire fort. On aurait aimé qu'il nous en dise plus mais Martin Bouygues a décliné notre demande d'interview. Vincent Bolloré fait peur. C'est une certitude. Malgré son charme et sa gueule d'ange.

« Méfiez-vous, nous fait remarquer un ancien collaborateur, s'il vous fait le coup des hardis marins bretons, s'il vous dit qu'il apprécie votre travail, encore pire, s'il vous tutoie, vous êtes sûr qu'il cherche à vous embobiner. » Le coup des hardis marins bretons ? Une vieille histoire bretonne et familiale qui fait démarrer la légende des « Bolloré » par une lignée de papetiers installés au début du XIXe siècle à Ergué-Gabéric sur les rives du fleuve côtier L'Odet, près de Quimper dans le Finistère Sud. La papeterie voit le jour en 1822. Trente-neuf ans plus tard, l'aïeul de Vincent, le chirurgien Jean-René Bolloré, prend la direction de l'établissement pendant vingt ans. De ses nombreux voyages, notamment en Chine et au Brésil, il aurait découvert les

1. Voir La méthode sans merci de Bolloré pour faire fructifier son capital, T.D. Nguyen, *Challenges*, 10/09/2013.

secrets de fabrication du papier fin qui lui permettront d'imprimer des Bibles et surtout d'inventer le papier à cigarette. Ses successeurs créent la célèbre marque OCB (Odet Cascadec Bolloré) en 1918. La fine feuille assure la fortune des « Bolloré » pendant cinq générations jusqu'à un retournement de conjoncture concomitant d'une série d'erreurs stratégiques. En 1981, l'entreprise familiale est en quasi-faillite.

Cette année-là, poussé dit-il par « un sentiment dynastique », le jeune Vincent, âgé de vingt-neuf ans, sonne l'heure de la reconquête des « Bolloré » en terre bretonne. Breton, Bolloré ? Né à Boulogne-Billancourt le 1er avril 1952, il passe toute son enfance dans le 16e arrondissement de Paris où il fréquente les meilleures écoles : le cours Gerson, puis le lycée Janson-de-Sailly. Disons qu'il est breton par ses ancêtres qu'il vénère par-dessus tout : « Ces hardis marins bretons qui défendirent les embouchures des rivières » et dont il se sent l'héritier, explique-t-il souvent à ses interlocuteurs, pour justifier son comportement d'homme d'action.

Ce passé lui donne une épaisseur et un ancrage qu'il met systématiquement en valeur. Depuis les années 1980, Vincent Bolloré s'est fabriqué un personnage au fil des rachats d'entreprises et des coups financiers. Pour bon nombre de nos sources, cette image associe pêle-mêle : réussite industrielle, charisme naturel, trahisons à répétition et petits et grands arrangements avec la réalité. « Vincent Bolloré ment énormément », assure un haut cadre d'une entreprise du CAC 40. Au début, cette accusation nous paraît gratuite et sans fondement. Mais elle reviendra souvent dans la bouche de nos interlocuteurs.

De la Bretagne à la « World Company »

Très vite nous comprenons que le personnage est complexe, son empire si tentaculaire et son histoire si dense qu'elle prendrait des années à reconstituer. C'est le parcours de l'homme d'affaires qui nous intéresse, ses méthodes, son influence. À l'issue de nos premières recherches, nous décidons d'étudier les liens d'intérêts entre le Crédit Mutuel-CIC et le groupe Bolloré. Après tout, n'est-ce pas cette histoire qui a causé nos déboires ?

Chapitre 8

Montée en puissance

Le Crédit Mutuel-CIC n'a jamais été la principale banque du groupe Bolloré. Mais il ne faut pas remonter très loin pour observer que ces deux entités ont noué des liens d'intérêts. En mai 2011, la société d'investissement du Crédit Mutuel, CM-CIC Securities, s'affiche par exemple comme le chef de file d'une émission obligataire du groupe Bolloré, faisant de Michel Lucas, le patron du 5e groupe bancaire français, l'un des partenaires du conglomérat industriel. Dans le jargon financier, une « émission obligataire » correspond à la vente par un établissement bancaire de titres de dette (en l'occurrence du groupe Bolloré) à des investisseurs ou à des particuliers.

Quatre ans plus tard, lorsque en plein été 2015 Vincent Bolloré s'improvise directeur des programmes de Canal +, l'industriel est en train de boucler l'OPA amicale de Vivendi sur l'intégralité du capital de la Société d'Édition de Canal Plus (SECP), cotée à la Bourse de Paris. Lorsque nous commençons notre enquête pour *Spécial Investigation*, nous savons simplement que le Crédit Mutuel possède 3,07 %

de la SECP, se plaçant au 4e rang des investisseurs, derrière le « groupe Canal + » (48,5 %), une banque belge, la Delen Bank (11,48 %), et la banque centrale de Norvège, la Norgès bank (3,18 %).

Canal + n'est pas une chaîne mais un groupe de chaînes de télévision. Dans son dispositif, la Société d'Édition de Canal Plus (ex Canal + SA), cotée en Bourse depuis 1987, est un actif capital, car elle est propriétaire de deux petits trésors qui intéressent au plus haut point Vincent Bolloré : l'autorisation de diffusion de la chaîne cryptée ainsi que ses déclinaisons (Canal + Cinéma, Canal + Décalé, Canal + Sport, Canal + Family et Canal + Séries) et la gestion du parc français des abonnés.

Pendant vingt ans, le législateur a interdit à un seul et unique actionnaire de contrôler ce petit magot. Avec l'expansion du marché de la télévision et la multiplication des supports de diffusion, les contraintes vont peu à peu être assouplies. En 2009, sous la présidence de Nicolas Sarkozy, le carcan réglementaire saute entièrement, rendant possible le contrôle de 100 % de la Société d'Édition de Canal Plus par un seul ou plusieurs actionnaires associés. C'est une aubaine pour Vivendi, mais le groupe, très endetté à l'époque, préfère investir son cash dans d'autres opérations de développement.

Il faudra donc attendre mai 2015 et Vincent Bolloré pour que Vivendi déclenche une OPA amicale sur la SECP. Et voir la chaîne Canal + passer entièrement sous le pavillon de sa maison mère. Afin d'exercer un contrôle sans faille, l'industriel breton utilise alors la toute-puissance financière de Vivendi pour racheter discrètement les 51,5 % du capital qui lui manquent.

En juillet 2015, Vivendi propose aux « marchés » de payer 8 euros l'action. L'offre est alléchante. Elle représente une prime de 19 % par rapport au cours du titre. En moins de trois mois, tous les actionnaires institutionnels ou particuliers vont vendre leurs actions à Vivendi. Montant de la facture : 522 millions d'euros. Le Vivendi de Vincent Bolloré s'empare ainsi de la totalité du capital de Canal + et personne n'a rien vu ou presque. Seule la presse spécialisée relève l'opération. La SECP sort de la cote le 22 septembre 2015. Ses deux actionnaires sont désormais Vivendi (51,5 %) et le groupe Canal + (48,5 %), filiale de Vivendi.

C'est une prise de contrôle totale de la chaîne cryptée. Vivendi est maintenant majoritaire au sein de la société qui possède l'autorisation d'émettre, la fameuse fréquence sans laquelle rien n'est possible. Cette opération a un double avantage pour le « boa ». Elle ferme définitivement la porte à un raid hostile sur Canal + – qui voudrait d'une chaîne qui ne possède même pas son autorisation d'émettre ? – et évite la menace d'un concurrent qui aurait pu se servir de Canal + comme d'un cheval de Troie pour s'attaquer à Vivendi. Dans un rapport confidentiel interne au groupe que nous avons pu consulter, on lit que Vivendi vient de se doter « d'une pilule empoisonnée comme rempart à une prise de contrôle hostile ». En d'autres termes, Vincent Bolloré vient de verrouiller brillamment l'une des portes de son empire médiatique.

L'été 2015 a été meurtrier. Tandis que les têtes de Bertrand Méheut, de Rodolphe Belmer et de bien d'autres dirigeants roulent à ses pieds, le raideur breton a racheté en toute discrétion l'intégralité des actions Canal + disponibles sur le marché.

Offensive éditoriale, offensive boursière. Les deux raids ont été menés simultanément, mais existe-t-il un lien entre les deux ? Pour répondre à cette question, nous nous sommes plongés dans la littérature financière qui accompagne l'OPA amicale de Vivendi sur la Société d'Édition de Canal Plus. C'est long, institutionnel et quelque peu technique. Mais fort instructif. Dans la note d'information[1] établie par la SECP en réponse à l'offre de Vivendi, nous lisons que le Conseil d'administration « a relevé les principales intentions de l'initiateur de l'opération pour les douze mois à venir ».

Premier élément : c'est écrit noir sur blanc dans un document. « L'initiateur (Vivendi, *N.d.A.*) n'a pas l'intention de modifier la stratégie et/ou la politique éditoriales, commerciales et financières de la société. » Si, si ! Relisez bien : « L'initiateur (Vivendi) n'a pas l'intention de modifier la stratégie et/ou la politique éditoriales, commerciales et financières de la société. » Vincent Bolloré n'a pas modifié la politique éditoriale de Canal +, il l'a bouleversée en profondeur au vu et au su de tous les observateurs.

Et que croyez-vous que fît l'Autorité des marchés financiers dépositaires de ces documents officiels censés garantir le bon fonctionnement et la légalité de l'OPA ? Rien, absolument rien.

Second élément : l'OPA amicale sur la SECP débute le 12 mai 2015. Or, c'est précisément le 12 mai que nous acquérons la conviction que notre documentaire sur la banque Pasche et le groupe Crédit Mutuel-CIC sera censuré. Avouons-le, les nuits de montage ont dû avoir raison de notre clairvoyance. Les documents de l'OPA sont là

1. Source : note SECP du 7 juillet 2015.

devant nous, clairs et précis. Ils révèlent sans doute les raisons profondes de la censure. Car les deux établissements bancaires choisis par Vivendi pour superviser l'opération pendant l'été 2015 sont le Crédit Agricole avec sa filiale Corporate & Investment Bank et bien sûr le Crédit Mutuel à travers l'une de ses filiales de l'époque, le CM CIC Securities ! Comment ne pas y avoir pensé plus tôt ?

Résumons : pendant l'été 2015, Vincent Bolloré a besoin des 3 % de Canal + détenus par le Crédit Mutuel-CIC qui lui-même gère pour partie l'opération de rachat des actions de la chaîne… Autrement dit, Vincent Bolloré a comme qui dirait « besoin » de Michel Lucas, le patron incontesté de la banque mutualiste pour réussir son opération financière. CQFD.

Avouez que l'on pouvait difficilement plus mal tomber pour diffuser une enquête sur le Crédit Mutuel-CIC, même en crypté à 23 heures sur Canal +. Certains diront que « c'est vraiment pas de bol ». D'autres évoqueront la conjonction des astres, le niveau des grandes marées, le vent qui souffle à travers la montagne. On peut plus sérieusement s'interroger sur la faiblesse des garde-fous institutionnels de notre démocratie.

À ce jour, cette opération de rachat des actions de la SECP nous semble l'explication la plus plausible à la censure de notre film. Il s'agirait donc d'un simple « renvoi d'ascenseur à son ami Michel Lucas », comme il l'aurait expliqué à Rodolphe Belmer, l'ex-numéro 2 de Canal +. Que cette chose-là se soit passée en direct ou au téléphone, elle s'est déroulée verticalement entre hardis patrons bretons, fréquentant les mêmes réseaux et défendant ponctuellement les mêmes intérêts, au mépris de la liberté d'informer.

Entendons-nous bien. Fréquenter des réseaux n'a rien de répréhensible. Tout le monde a ses réseaux. Les journalistes, les politiques, les avocats, les policiers, les artistes carburent aux « réseaux », mais chez Vincent Bolloré, ou des chefs d'entreprise de son envergure, ils sont souvent aussi discrets et multiformes que puissants. Comment a-t-il construit son pouvoir ? Jusqu'où s'étend son influence ? En devenant un magnat des médias, Vincent Bolloré joue un rôle direct dans notre système démocratique et dans les pays où sont implantées ses activités, *via* le contenu qu'il diffuse (culture, divertissement et information). Il est donc important de savoir qui il est et quelles sont ses intentions. Il ne s'agit pas ici d'ouvrir la boîte à fantasmes mais de comprendre comment et pourquoi le dirigeant d'une grosse PME familiale est devenu le patron d'un conglomérat industriel et d'un empire médiatique.

Chapitre 9

Bolloréseaux

Notre enquête commence à Séville dans le sud de l'Espagne. L'hiver y est doux et les orangers qui bordent les trottoirs exhalent un parfum exotique. En ce mois de novembre 2015, ce n'est pas pour profiter des merveilles de cette ville andalouse que nous faisons le voyage. Nous avons rendez-vous avec Jacques Dupuydauby. Marié à une Espagnole, l'ancien vice-président du groupe Bouygues vit alors en centre-ville dans une belle maison sévillane : patio arboré, fontaine en pierre, l'espace ouvert richement décoré de tableaux anciens se prête à l'échange. Nous nous installons au salon. Premier contact. « Qu'est-ce que vous voulez savoir sur Bolloré ? » Direct et autoritaire, Jacques Dupuydauby, la soixantaine passée, va droit au but.

« Vous savez que je ne l'aime pas et qu'il me le rend bien ? » Jacques Dupuydauby ne cherche pas à cacher son animosité envers l'industriel breton, il l'entretient, comme une flamme qu'on protège. Un désamour de trente ans, une haine tenace, physique, viscérale. De Vincent Bolloré, il est sans doute le meilleur ennemi. Depuis les années 1990, ces deux-là se mènent une guérilla judiciaire sans merci. Jacques Dupuydauby affirme « avoir été roulé et spolié plusieurs fois » par Vincent Bolloré. Devant la justice française, il a déposé plusieurs plaintes contre l'industriel breton qui, de son côté, l'a lourdement fait condamner au Togo et en Espagne, siège de Progosa, son ancienne société. Nous le contactons, conscients que sa parole est partiale. Enquêter c'est avoir toujours en tête les intérêts de ceux qui vous répondent. Ceux de Dupuydauby[1] ne nous échappent pas. Voilà pourquoi nous prendrons toujours de la distance avec ses affirmations. Mais il connaît notre homme depuis longtemps et son récit nous intéresse.

Dupuydauby-Bolloré : ces deux-là se sont rencontrés pour la première fois un soir de 1984 dans un dîner en ville organisé par Dominique Mulliez, le directeur général de la Banque française du commerce extérieure (BFCE). « Au premier abord, ce type est tellement affable que je n'ai rien vu venir », raconte Jacques Dupuydauby. Depuis quelques mois, il dirige alors la Société commerciale d'affrètement de combles (SCAC). Avec plus de dix mille salariés, cette entreprise méconnue du grand public est une filiale du groupe Suez. Elle est organisée comme un conglomérat industriel et prospère à l'époque dans la manutention portuaire en Afrique. Vincent Bolloré, lui, n'est encore que le patron d'une fragile PME bretonne de quelques centaines de salariés.

1. En juin 2016, la Cour suprême de Madrid a condamné Jacques Dupuydauby à trois ans et neuf mois de prison ferme. Reconnu coupable d'appropriation frauduleuse des titres de filiales du groupe Bolloré, Jacques Dupuydauby a également été condamné à 10 millions d'euros de dommages et intérêts.

Jacques Dupuydauby n'a pas oublié ce dîner : « La rencontre s'est fort mal passée. Nous n'étions d'accord sur rien et nous nous sommes opposés toute la soirée dans un affrontement mondain. En quittant le dîner, je me suis même dit *quel sale con celui-là* ! Il a dû en penser tout autant à mon égard. »

Vincent Bolloré ne fait jamais rien au hasard. Si les deux hommes se sont rencontrés, ce soir-là, c'est à sa demande pour jauger les failles d'un futur adversaire. Jacques Dupuydauby ne le comprendra que deux ans plus tard lorsque Suez, dirigé par Jean Peyrelevade, souhaitera restructurer la SCAC et vendre le capital de sa filiale.

Selon Jacques Dupuydauby, c'est Jean Peyrelevade qui lui aurait confié cette mission, avec tous les pouvoirs pour monter un nouveau tour de table. « Au terme de la restructuration telle que je l'avais prévue, nous explique-t-il, Bouygues et l'entreprise Delmas devaient prendre chacun un peu plus de 20 % du capital, achetant pour mon compte les 10 % restants, que je m'engageais à leur rembourser. Tout le monde était d'accord : Delmas, Bouygues et Suez. »

En mars 1986, les élections législatives bouleversent la donne. Jacques Chirac devient Premier ministre et nomme Édouard Balladur au ministère de l'Économie et des Finances. Le gouvernement donne très vite des consignes pour privatiser la SCAC. Et à la mi-mai, une semaine avant l'opération projetée, Jacques Dupuydauby découvre que Suez vient de vendre la SCAC au groupe Bolloré. Furieux, il aurait débarqué en trombe dans le bureau de Jean Peyrelevade : « Jean Peyrelevade était rouge écarlate, il ne savait pas où se mettre, regardait ses pieds sans oser croiser mon regard. » Le patron de Suez aurait alors fourni les explications suivantes à Jacques Dupuydauby : « Écoutez, je n'y peux rien. Cette décision a été imposée par le cabinet Balladur. Je ne peux pas faire autrement… »

Tirant sur l'un de ses cigares préférés, Jacques Dupuydauby en est persuadé : « Voilà comment Bolloré est entré dans la SCAC. » Nous avons contacté Jean Peyrelevade pour recueillir sa version des faits. Joint au téléphone, l'ex-patron de Suez affirme que le récit de Jacques Dupuydauby « est de la fiction ». Il dément formellement avoir eu la moindre consigne du cabinet Balladur. « D'ailleurs, dit-il, je ne me suis pas du tout impliqué dans la transaction que je n'ai ni provoquée ni négociée. Patrick Ponsolle (le directeur général de Suez – *N.d.A.*) était seul en charge. Et il n'y a eu aucune interférence politique[2]. » Contacté, Patrick Ponsolle ne donnera jamais suite à nos sollicitations.

Comment cette vente d'actifs s'est-elle alors déroulée ? Jean Peyrelevade finit par ces mots : « Je n'en ai aucun souvenir. Nous étions minoritaires à l'époque. Et en plus, je ne connaissais pas Vincent Bolloré. » Une heure plus tard, le même Jean Peyrelevade, passablement énervé par nos questions, nous envoie ce SMS : « Je sais juste que Bolloré nous a sollicités directement et que compte tenu du prix offert (…) nous avons sauté sur l'occasion. »

Voilà une situation d'enquête classique. Nos sources sont censées avoir vécu les mêmes scènes et pourtant elles sont à mille lieux de raconter la même histoire. Pour y voir plus clair nous cherchons d'autres éléments d'information. Nous tombons sur un rapport du ministère de l'Équipement rédigé en 1989. Selon ce document, Suez apparaît bien comme l'actionnaire majoritaire de la SCAC

2. Entretien avec les auteurs le 12 décembre 2016.

avec 51 % du capital, contrairement aux affirmations de Jean Peyrelevade. Suez a bien vendu ses parts à Vincent Bolloré, mais en deux étapes : une première étape en 1986 avec 37 % du capital et une seconde en 1987 avec 14 % supplémentaires cédés à Vincent Bolloré.

« Votre source est peu fiable », nous explique Jean Peyrelevade alors que nous venons de lui envoyer par mail le rapport en question. L'ancien patron de Suez nous suggère ensuite par SMS : « Demandez les infos à Bolloré, lui il doit savoir ? »

Sur cette question comme sur d'autres, nous aurions aimé interroger Vincent Bolloré.

Car cet épisode ne fait pas partie des « sept questions à 100 000 euros » adressées par nos soins à l'industriel au début de janvier 2017 ; des questions qui nous valurent, en guise de réponse, la visite d'un huissier. Rappelons à toutes fins utiles que d'un bout à l'autre de notre enquête, l'actionnaire principal de Vivendi ne nous accordera aucune entrevue.

Au mitan des années 1980, pour le groupe Bolloré en plein essor, la SCAC est une énorme prise. D'un seul coup, contre un chèque de 220 millions de francs[3], la taille de l'entreprise bretonne est multipliée par cinq. Ses effectifs passent de 700 à 10 000 salariés ! À n'en pas douter, la SCAC est le premier « gros coup » de Vincent Bolloré. Nous allons nous arrêter un instant sur la tactique et les méthodes adoptées pour racheter la SCAC. Elles deviendront rapidement sa marque de fabrique. Comment un

3. 220 millions de francs de l'époque représentent 54,8 millions d'euros d'aujourd'hui (Source INSEE).

jeune patron breton a-t-il pu convaincre Suez de lui faire confiance ? Jacques Dupuydauby tire de nouveau sur son cigare et ressasse le dîner de 1984 : « Bolloré fomentait son coup depuis ce moment-là, c'est sûr... »

À l'époque, l'industriel bénéficie d'un appui clé. Un homme influent, ténébreux et coriace, associé de la banque Lazard qui connaît mieux que personne le Tout-Paris des affaires. Son nom : Antoine Bernheim. En 1986, c'est précisément ce banquier que Jean Peyrelevade recommande à Jacques Dupuydauby pour son projet de restructuration de la SCAC... Selon l'ancien industriel, Antoine Bernheim aurait eu ainsi accès à toutes les informations sur l'entreprise, même les plus sensibles. « Je suis persuadé que Bernheim a joué un double jeu pour le compte de Bolloré », nous affirme-t-il.

Alerté de l'imminence de la restructuration prévue suite à l'intervention des groupes Bouygues et Delmas, Vincent Bolloré aurait alors agi en coulisses, selon Jacques Dupuydauby, pour court-circuiter le processus de privatisation en cours.

Parmi les autres soutiens présumés de l'industriel breton dans ce dossier, Jacques Dupuydauby désigne également Gérard Longuet (à l'époque beau-frère par alliance de Vincent Bolloré) alors ministre des PTT dans le gouvernement Balladur.

Interrogé, Gérard Longuet nous assure ne plus se souvenir de « ce dossier dont je n'ai pas eu à m'occuper[4] ». Antoine Bernheim est décédé en juin 2012. Et sur l'histoire de la SCAC, comme sur d'autres, nous ne pourrons recueillir la version de Vincent Bolloré.

4. Entretien avec les auteurs, le 2 novembre 2016.

Sûr de son fait, Jacques Dupuydauby reprend le récit de sa mésaventure. « Alors que je suis dans le bureau de Peyrelevade, celui-ci me dit : *vous connaissez Bolloré ? Ah bah si vous connaissez Bolloré, ça tombe bien, parce qu'il attend dans le couloir.* » Selon Jacques Dupuydauby, Jean Peyrelevade se serait alors éclipsé discrètement pour laisser entrer le jeune entrepreneur de trente-quatre ans. Scène dont, encore une fois, Jean Peyrelevade affirme ne pas se souvenir.

Jacques Dupuydauby affirme en revanche avoir encore parfaitement en tête le ton et les paroles triomphantes employées par le jeune patron breton :

— Ah cher ami, vous avez fait un travail formidable, est-ce que je peux vous appeler Jacques ? aurait lancé Vincent Bolloré à l'adresse de Dupuydauby. Seulement voyez-vous, je suis ennuyé. Il y a un problème car je suis maintenant le seul propriétaire de la SCAC et donc son nouveau président. Et il ne peut y avoir deux présidents.

Le ton, le « *timing* », la méthode, c'est « déjà » du Vincent Bolloré tout craché. À la fois sympathique et sans état d'âme.

Aucune autre source ne confirme la teneur de l'échange resté gravé dans la mémoire de Jacques Dupuydauby. Mais une chose est certaine, ce genre de scènes se répétera dans chaque entreprise dont Vincent Bolloré prendra personnellement le contrôle : Havas, Canal +, Vivendi. Son obsession : s'accaparer symboliquement le territoire de son prédécesseur, comme un signe de victoire, une conquête sur l'ennemi. Une fois dans la place, Vincent Bolloré commence par rassurer les salariés, mais déclenche une hécatombe chez les cadres. À la SCAC, 49 des 50 dirigeants seront remerciés[5].

Évidemment, Vincent Bolloré règle rapidement le cas « Dupuydauby » en lui signant un chèque de trois millions de francs. L'affaire se serait dénouée quelques jours plus tard lors d'un Conseil d'administration extraordinaire.

La réunion démarre dare-dare par la démission de Jacques Dupuydauby. Autour de la table, on trouve également Francis Bouygues, le patron historique du groupe de travaux publics, administrateur de la SCAC. S'estimant floué dans cette affaire, il aurait pris la parole en s'adressant aux représentants de Suez : « Je n'ai pas l'intention de cautionner vos saloperies », aurait-il lancé. Se tournant vers Jacques Dupuydauby, il aurait ajouté cette phrase : « Attendez-moi, j'en termine avec ces messieurs... Après nous irons déjeuner et cet après-midi je vous nomme vice-président de Bouygues. » Quelques minutes plus tard, Francis Bouygues serait sorti de la salle du Conseil d'administration, laissant Vincent Bolloré s'installer dans le fauteuil de patron. Pas un regard, pas une phrase n'auraient été échangés entre le jeune loup et le vieux crocodile du BTP. Jacques Dupuydauby défait se serait alors dirigé une dernière fois vers son bureau pour récupérer sa serviette.

« Et là, je vois Antoine Bernheim.... Le banquier associé de chez Lazard est assis à mon fauteuil. » Pour Jacques Dupuydauby, le crime est signé. Car Antoine Bernheim n'est pas seulement le banquier préféré de Vincent Bolloré, il est aussi son conseiller, son confident, son parrain en affaires. C'est lui qui est à l'origine du rachat de la SCAC.

5. Source : Nathalie Raulin et Renaud Lecadre, *Vincent Bolloré, enquête sur un capitaliste au-dessus de tout soupçon*, Denoël Impact, 2000.

C'est lui qui a fait du jeune breton ce qu'il est devenu : un homme d'affaires redouté et puissant.

Aussi complexe que bougon, tantôt Fouché tantôt Talleyrand, Antoine Bernheim passera toute son existence, jusqu'à son décès en juin 2012, dans un écosystème constitué de puissances d'argent et d'hommes politiques. Il n'en tirera aucune gloire. Sa seule coquetterie aura été de raconter à ses interlocuteurs comment il a façonné certaines des plus belles fortunes de France, comme Vincent Bolloré ou Bernard Arnault, le tout-puissant patron de LVMH. « C'est moi qui les ai faits[6] », aimait-il dire dans un demi-sourire, sans insister.

Lorsque Vincent Bolloré reprend l'entreprise familiale en 1981, son père Michel invite Antoine Bernheim à déjeuner. Michel et Antoine se connaissent depuis les bancs du grand lycée parisien Janson-de-Sailly. Ils n'ont jamais été vraiment amis mais ont toujours gardé le contact. Au début des années 1960, Antoine Bernheim, qui travaille dans l'immobilier, a construit le siège des papeteries Bolloré, boulevard Exelmans à Paris. En ce mois de décembre 1981, Antoine Bernheim ne s'est pas laissé tenter par un déjeuner mondain juste pour évoquer le passé. C'est Vincent Bolloré qui a demandé à son père d'organiser la rencontre. Le repas se déroule dans le magnifique hôtel particulier parental[7] situé au 29, avenue du Maréchal-Maunoury dans le 16e arrondissement de Paris. Antoine Bernheim, fidèle à son costume trois pièces n'est pas du genre à fréquenter

6. Pierre de Gasquet, *Antoine Bernheim, le parrain du capitalisme français*, Grasset, 2011.
7. Cet hôtel particulier sera vendu dans les années 1980 au dictateur togolais Gnassingbé Eyadema.

les fils à papa. L'entreprise Bolloré est mourante et alors ? L'argument ne suffit pas à le convaincre pour aider le jeune « Vincent » à la redresser. Devant Michel, le père, responsable de la quasi-faillite familiale, Antoine Bernheim reste prudent. Il accepte de conseiller le fiston, mais à une condition : que le jeune homme montre des capacités.

« Quand j'ai rencontré Vincent, il m'a tout de suite séduit. (...) Mais je n'imaginais pas, lors de ce déjeuner, que nous allions faire une si longue route[8] », racontera Antoine Bernheim trente ans plus tard. Pendant les deux premières années de redressement de la papeterie Bolloré (1981-1983), Antoine Bernheim se tient à distance. Mais très vite, le pygmalion du petit monde parisien des affaires prend les choses en main. L'introduction en Bourse du groupe Bolloré en 1985, c'est lui. L'acquisition de la SCAC en 1986, c'est lui. La razzia sur le tabac en Afrique, le rachat du Groupe Rivaud et ses filiales dans les paradis fiscaux, c'est encore lui. Dans les années 1980-1990, derrière chaque coup (rem)porté par Vincent Bolloré, Antoine Bernheim est à la manœuvre.

Évidemment nous aurions adoré interroger Antoine Bernheim sur celui qui est devenu grâce à ses conseils l'un des patrons français les plus puissants. Mais le banquier n'étant malheureusement plus de ce monde, nous nous sommes tournés vers des gens qui ont évolué dans son paysage. Ces derniers ne sont pas bavards. La discrétion est une des règles du milieu. Quelques-uns ont néanmoins accepté de nous parler, à condition que nous ne dévoilions pas leur identité. Personne ne veut se fâcher avec le « boa ». « Bernheim fut sa bouée, ses yeux et ses oreilles dans le

8. Pierre de Gasquet, *Antoine Bernheim, le parrain du capitalisme français*, *ibid.*

monde de la finance », assure l'un d'eux, gestionnaire de fonds qui décrit Antoine Bernheim comme le véritable « directeur de conscience du jeune Bolloré ».

« Au moment de la décision, les entretiens avec Antoine sont des plus précieux[9] », confirmera l'industriel breton à son biographe officiel, Jean Bothorel. Grâce au banquier d'affaires de chez Lazard, Vincent Bolloré est propulsé dans le gratin parisien de la finance et de l'industrie. C'est à ce moment-là qu'il acquiert le surnom de « Petit Prince du cash-flow ». À la villa Montmorency, dans le très chic 16e arrondissement de Paris où il vit désormais, ses nouveaux voisins s'appellent Jean-Luc Lagardère ou Corinne Bouygues. Plus tard y emménageront Carla Bruni et Nicolas Sarkozy. En 1989, dans le luxueux hôtel de la Mamounia, au Maroc, Alain Bloch, un vieux copain perdu de vue depuis quelques années, le croise avec femmes et enfants. « J'ai immédiatement senti qu'il avait changé de statut. Son avion privé l'attendait à l'aéroport. Il était plus distant. La franche camaraderie avait disparu[10]. »

Dès octobre 1987, à trente-cinq ans, Vincent Bolloré reçoit des mains de Jacques Chirac, alors Premier ministre et chef du RPR, le prix de Manager de l'année, décerné par les lecteurs de l'hebdomadaire *Le Nouvel Économiste*. Pour l'occasion, le jeune héritier breton se rend à la télé, sur la Cinq[11], dans la toute nouvelle émission de Thierry Ardisson, *Les Bains de minuit*. Costard en flanelle, chemise à fines rayures, mèche blonde tirée sur la droite, Vincent

9. Jean Bothorel, *Vincent Bolloré, une histoire de famille*, Jean Picollec, 2007.

10. Renaud Lecadre et Nathalie Raulin, *Vincent Bolloré, enquête sur un capitaliste au-dessus de tout soupçon*, Denoël Impacts, 2000, p. 283.

11. Cette chaîne, propriété de Silvio Berlusconi, ne diffusera ses programmes en France que de février 1986 à avril 1992.

Bolloré fait face à sa sœur Laurence, qui vient d'écrire un livre. La bouteille de Moët & Chandon dépasse du seau à glace. Le tutoiement est de rigueur. Thierry Ardisson est sous le charme : « La légende est en train de se créer. C'est extraordinaire ce qui t'arrive. (...) Tu fais deux millions de pertes, trois ans après tu fais cent millions de bénéfices, (...) t'as pas de chauffeur, tu vas à la messe, t'es un héros moderne quoi ! »

Pour Thierry Ardisson, l'homme d'affaires a déjà remplacé un autre « *winner eighties* » dans la mythologie entrepreneuriale : « T'es un peu un Tapie clean, quoi ! » Soudain l'animateur demande :

— Des défauts Vincent Bolloré ?

Le jeune patron en confesse quelques-uns :

— Je suis têtu.

— Et puis ?

— Je suis trop gentil.

— Et ?

— J'applique les choses coûte que coûte, même quand l'histoire me donne un peu tort.

En plein cœur des années 1980, celles des « années fric », les stars du barreau, les politiques, les grands patrons, les ténors de la finance, tous disent raffoler de ce « Tapie propre au visage d'ange ». Son « Tapie propre », Antoine Bernheim le voit une ou deux fois par semaine. Ils se téléphonent tous les jours. « C'est lui qui m'a soutenu dans les moments difficiles[12] », raconte Vincent Bolloré à son biographe officiel.

Tant de sollicitude s'explique surtout par le rôle crucial qu'Antoine Bernheim a joué dans la consolidation du conglomérat breton. Le banquier que Vincent Bolloré

12. Jean Bothorel, *Vincent Bolloré, une histoire de famille*, éd Picollec, 2007.

surnomme « oncle Tonio » n'est pas seulement un as du conseil, il a aussi modélisé un système unique de contrôle d'entreprises à peu de frais qui repose sur une cascade de holdings, baptisé « poulies bretonnes » ou « poupées russes », c'est selon. En 1988, Antoine Bernheim imagine ces montages pour Vincent Bolloré. L'objectif ? Pérenniser la mainmise sur toutes les filiales du groupe sans en posséder 100 % du capital. Cette nouvelle forme de capitalisme « sans capital » démultiplie les leviers de pouvoirs sans puiser dans les ressources financières des Bolloré. C'est simple et tout à fait légal. Pour le groupe Bolloré, cela donne à l'époque un schéma de sept holdings en cascade.

Ces mécanismes sont un peu complexes. Ils peuvent effrayer mais voyons-les comme des indicateurs de la personnalité du patron. Vincent Bolloré aime la discrétion. Il aime dissimuler ses armes, préparer ses embuscades et prendre ses ennemis par surprise. Vues de Paris, Rennes ou New York, les poulies bretonnes de cette époque s'emboîtent de la manière suivante : l'industriel détient 60 % de Finfranline qui possède 51 % d'Omnium Bolloré qui détient 51 % de la Financière V qui contrôle 51 % de Sofibol, elle-même propriétaire de 51 % de la Financière de l'Odet, actionnaire à 51 % d'Albatros Investissements, qui dispose de 40 % de Bolloré Technologies. Au « commencement » Vincent Bolloré n'a investi que 50 millions de francs[13]. Grâce à ces fameuses « poulies bretonnes », cet investissement lui permet de contrôler un groupe qui pèse 3 milliards de francs à la Bourse de Paris[14] ! Avec un seul maître à bord : lui.

---

13. 50 millions de francs correspondent à l'époque à 12 millions d'euros d'aujourd'hui (source INSEE).
14. 3 milliards de francs correspondent à l'époque à 728 millions d'euros d'aujourd'hui (source INSEE).

Cet ingénieux système repose sur la confiance en incitant fortement les actionnaires minoritaires à suivre le « maître de la cascade » les yeux fermés, s'ils veulent s'enrichir. Les banques comme la BNP, le Crédit Lyonnais ou la banque Lazard reniflent le bon coup. Niché dans cet entrelacs de holdings, le clan Agnelli, propriétaire italien de Fiat, se laisse un temps séduire. Même un membre de la famille royale saoudienne[15] s'invite au festin. « Vincent a lancé une *cash machine* profitant à cette époque d'une demande très forte en investissements », se souvient l'ancien ministre Gérard Longuet[16], son ex-beau-frère par alliance.

Vincent Bolloré est-il un pur industriel comme ses ancêtres papetiers bretons où un requin de la finance ? Le célèbre héritier aimerait évidemment laisser dans l'histoire la trace d'un grand industriel. Mais dans la bouche de l'ancien ministre de l'Industrie Gérard Longuet (1993-1994), le pedigree de l'homme d'affaires tient en une phrase : « Vincent Bolloré, c'est profondément un financier[17] ! »

Grâce à ses « poulies bretonnes », le groupe Bolloré dégagera parfois davantage de plus-values financières que de résultats opérationnels. De plus, si le système mis en place par Antoine Bernheim sert le sommet de la cascade, les actionnaires minoritaires ne sont pas toujours bien payés. Car au royaume de « l'autocontrôle », Antoine Bernheim veille au grain. Le banquier d'affaires organise les opérations financières et protège Vincent Bolloré des prédateurs :

15. Renaud Lecadre et Nathalie Raulin, *Vincent Bolloré, enquête sur un capitaliste au-dessus de tout soupçon*, Denoël Impacts, 2000.

16. Gérard Longuet, sénateur de la Meuse, fut également ministre de l'Industrie (1993-1994) et de la Défense (2011-2012). Entretien avec les auteurs, le 2 novembre 2016.

17. Entretien avec Gérard Longuet, le 2 novembre 2016.

« Certains membres influents de l'establishment ont voulu avoir sa peau et l'exécuter. C'est moi qui l'ai protégé et aidé », confessera le puissant banquier[18].

Au fil du temps, Vincent Bolloré va simplifier son système d'autocontrôle. Aujourd'hui, ses « poulies bretonnes » sont beaucoup moins spectaculaires, mais tout aussi efficaces. Le milliardaire breton contrôle désormais son empire grâce à trois holdings de tête : la Financière de l'Odet, Sofibol et le Groupe Bolloré[19]. Et dire que sans « oncle Tonio », le *deus ex machina* de la banque d'affaires, tout cela n'aurait pas été possible !

Sous son influence et grâce à ses recommandations, Vincent Bolloré tisse ses réseaux. Il court la capitale pour rencontrer ce que Paris compte d'hommes influents. Les « politiques », il s'en méfie même s'il reconnaît leur importance. Gérard Longuet, son beau-frère, lui fait rencontrer la jeune garde du « centrisme », surnommée la « bande à Léo », composée d'Alain Madelin, Jacques Douffiagues ou encore Claude Malhuret, de jeunes quadras de droite, futurs ministres, réunis autour de leur meilleur espoir : François Léotard. Mais la rencontre politique qui changera le cours de sa carrière, Vincent Bolloré ne la doit ni à Gérard Longuet, ni à Antoine Bernheim. Plutôt au hasard d'un dîner parisien.

18. Pierre de Gasquet, *Antoine Bernheim, le parrain du capitalisme français*, *op. cit.*
19. Voir documents de référence du groupe Bolloré au 31 décembre 2016.

Chapitre 10

Un trio gagnant : Sarkozy-Bernheim-Bolloré

« Je connais Vincent Bolloré depuis vingt ans. Ça fait vingt ans qu'il m'invite et vingt ans que je refuse[1]. » Ce 9 mai 2007, habillé d'un short jaune et d'un T-shirt bleu, Nicolas Sarkozy sue à grosses gouttes sous le soleil maltais. Le président de la République (pas encore investi) termine son footing matinal mais commence sa vie de chef d'État par une polémique. Élu trois jours plutôt, Nicolas Sarkozy s'était aussitôt envolé pour l'île de Malte avec femme et enfants avant de monter à bord du *Paloma*, le yacht de Vincent Bolloré. C'est à ce moment-là que la plupart des Français découvrent la puissance et l'importance du milliardaire breton. Cet épisode du yacht est souvent vu comme l'acte fondateur de la relation Bolloré-Sarkozy. Il n'en est rien. Comme l'explique le futur président aux journalistes venus l'interroger à Malte, les deux hommes se connaissent depuis fort longtemps. Ils sont nés tous les

1. Voir *L'Obs*, Polémique sur les vacances de luxe de Sarkozy, 9 mai 2007.

deux dans les années 1950. Et à y regarder de près, ils ont grandi ensemble, plutôt en parallèle : l'un dans le milieu des affaires et l'autre en politique grâce aux bons conseils de « l'oncle Tonio ».

Pas plus que Vincent Bolloré, Nicolas Sarkozy n'a accepté de répondre à nos questions. Pour les rencontrer, il aurait fallu s'inviter aux très selects dîners en ville qu'ils fréquentent parfois. Comme celui où leurs regards se sont croisés la première fois au début des années 1980. Le jeune industriel est alors invité à Neuilly-sur-Seine dans une réception que toute la bourgeoisie industrielle fréquente avec envie. La soirée est organisée par Laurent Burelle, le fils de Pierre Burelle, patron de Plastic Omnium, une société familiale fondée en 1946, spécialisée dans la transformation de matières plastiques. Vincent Bolloré découvre pour la première fois Nicolas Sarkozy, tout juste élu maire RPR de la ville. L'héritier breton racontera plus tard avoir été subjugué par sa fougue et son énergie : « Nous sommes de la même génération. Il m'est tout de suite apparu comme un jeune homme au caractère trempé, volontaire, (...) et très sympathique. Puis je l'ai recroisé chez des amis communs ou dans des réunions. Je l'ai vu monter en puissance sur la scène politique. Il avait cette compétence et ce tempérament qui m'ont toujours fait penser qu'il jouerait certainement un rôle au plus haut niveau dans le pays[2]. »

Ce dîner des années 1980 marque-t-il le début de l'amitié entre Vincent et Nicolas ? Selon nos sources, il est difficile de l'affirmer. « Ils se tutoyaient dans les dîners mais ces deux-là n'ont jamais été de véritables amis », estime un ancien conseiller de Jacques Chirac. La force de leur

2. Jean Bothorel, *Vincent Bolloré, une histoire de famille*, éd Picollec, 2007.

relation s'établira plus tard au contact d'Antoine Bernheim, encore lui. Dans ces années-là, il faut reconnaître au banquier d'affaires un sacré flair...

Numéro de toque R175. Le 16 septembre 1981, Nicolas Sarkozy prête serment pour devenir avocat et se fait rapidement connaître du gratin politique et financier. Élu maire de Neuilly-sur-Seine en avril 1983, à tout juste vingt-huit ans, il conserve sa casquette d'avocat d'affaires et ses gros clients comme les laboratoires Servier qui lui permettront de fonder quatre ans plus tard son propre cabinet. Intuitif, Antoine Bernheim mise tout de suite sur ce jeune loup du RPR au point de lui promettre : « Un jour, tu seras à l'Élysée ». Député en 1988, l'ambitieux trentenaire devient pour la première fois ministre dans le gouvernement de cohabitation d'Édouard Balladur en mars 1993. Après la victoire de Jacques Chirac à la présidentielle deux ans plus tard, Nicolas Sarkozy est forcé d'entamer une traversée du désert, pour cause de « balladurisme ». Antoine Bernheim ne s'en inquiète pas. Lui, le banquier, est l'ami des jours difficiles. Un jour de déprime, Nicolas Sarkozy lui confie qu'il veut arrêter la politique et créer une banque d'affaires. Antoine Bernheim lui remonte aussitôt le moral : « L'intérêt du pays est que tu continues de faire de la politique. Tu as été formé pour ça, tu es fait pour ça[3] ! »

La prophétie du banquier mettra du temps à se réaliser. Nicolas Sarkozy renoue d'abord avec le métier d'avocat. Son cabinet devient l'un des conseils du groupe Generali, dirigé par... Antoine Bernheim. Le banquier rabat pour lui des clients fortunés. Le milliardaire canadien Paul

3. Pierre de Gasquet, *Antoine Bernheim, le parrain du capitalisme français*, Grasset, 2011.

Desmarais lui confie quelques dossiers. Grâce à la famille Dassault, au PDG de LVMH, Bernard Arnault, à la banque Rothschild, aux assurances du GAN, au Crédit Foncier ou encore à la Générale des Eaux, dirigée à l'époque par Jean-Marie Messier, le cabinet Leibovici Claude Sarkozy[4] tourne bientôt à plein régime.

Après l'échec d'Édouard Balladur à la présidentielle de 1995, Nicolas Sarkozy préfère manifestement la compagnie des milliardaires et la gouaille d'Antoine Bernheim au discours froid et calibré des énarques du ministère du Budget qu'il a dirigé entre 1993 et 1995. Son retour en grâce politique en mai 2002 infléchit la course de sa carrière d'avocat mais pas son goût pour l'argent qu'il partage avec son ami banquier.

Devenu président de la République, Nicolas Sarkozy n'oublie pas Antoine Bernheim. Fin 2007, l'année de son élection, l'un de ses premiers gestes est de remettre l'insigne de grand-croix de la Légion d'honneur à son ami. Après l'avionneur Marcel Dassault, l'ancien banquier de chez Lazard devient ainsi le deuxième représentant du monde des affaires à bénéficier de cette honorable distinction. Le 22 octobre 2007, la prestigieuse cérémonie est organisée dans la salle de bal de l'Élysée. Le Tout-Paris du CAC 40[5], au premier rang desquels Vincent Bolloré, vient honorer le vieux banquier. Rarement le pouvoir politique n'a été aussi proche des puissances d'argent. La prophétie

4. Nicolas Sarkozy fonde son cabinet en association avec ses amis et collègues Arnaud Claude et Michel Leibovici en 1987. Michel Leibovici décède en 1998, l'entreprise devient le cabinet Claude & Sarkozy, une société d'exercice libéral par action simplifiée (SELAS). Fin 2010, une holding associant le fils d'Arnaud Claude est créée pour racheter le cabinet, elle se nomme Claude Sarkozy Claude (CSC).
5. À l'exception notable de Martin Bouygues et François Pinault.

d'Antoine Bernheim s'est enfin accomplie. « Si je suis là aujourd'hui, c'est grâce à toi[6] », lui glisse le nouveau locataire de l'Élysée.

Antoine Bernheim a initié Nicolas Sarkozy au monde des affaires et permis à Vincent Bolloré de créer un empire. Au printemps 2010, le vieux banquier de quatre-vingt-cinq ans a toujours l'œil rieur et le verbe haut, mais ses deux poulains vont prendre le large. Ils vont trahir leur mentor.

Alors qu'Antoine Bernheim espère continuer à diriger Generali, Vincent Bolloré, devenu administrateur du groupe, fait le choix de le remplacer par un jeune *condottiero* de dix ans son cadet. Le vieux banquier ne lui pardonnera jamais. « Vincent Bolloré ne m'a même pas défendu, déplore-t-il quelques mois plus tard devant son biographe. Dans le fond de lui-même il pensait que j'étais un vieux con, pas forcément con, mais assurément vieux[7]. »

La rupture entre le banquier et Nicolas Sarkozy est tout aussi cruelle. Elle date de la même saison. Les deux hommes, grands fans de football, se croisent le 1er mai 2010 au Stade de France lors de la finale de la Coupe de France. Irrité par certaines prises de position d'Antoine Bernheim en faveur d'Anne Lauvergeon, la patronne d'Areva, le président de la République lance avec mépris à son aîné : « Et en plus tu as été foutu à la porte de Generali ! » Ingrat Nicolas Sarkozy ? « Quand je pense à ce que j'ai déboursé pour le soutenir. Sarkozy m'a mangé dans la main pendant vingt ans. Il a toujours eu des problèmes avec l'argent[8]. »

---

6. Pierre de Gasquet, *Antoine Bernheim, le parrain du capitalisme français*, Grasset, 2011.
7. *Ibidem.*
8. Martine Orange, *Rothschild, une banque au pouvoir*, éd. Albin Michel, 2012.

De la double trahison « Sarkozy-Bolloré », Antoine Bernheim tirera cette maxime confondante : « La reconnaissance est la seule maladie du chien non transmissible à l'homme[9]. » La déception est à la mesure de son intime conviction d'avoir construit leurs carrières. Profondément blessé, trahi la même année par ses deux protégés, Antoine Bernheim ne s'en remettra pas.

Nicolas Sarkozy et Vincent Bolloré se sont construits à l'ombre d'Antoine Bernheim. Il n'y a aucun doute. S'ils partagent certaines valeurs, ils ne sont pas pour autant des frères d'armes. Leurs proches parlent d'un tandem à géométrie variable « en fonction des circonstances ». Pour aller plus loin, nous avons essayé d'ausculter leurs relations d'intérêts. Nous avons fouillé dans le passé et nous sommes tombés sur de vieilles histoires industrielles et financières qui illustrent leur complicité. Bienvenue dans le monde merveilleux des années 1990, celui des privatisations et des petits arrangements entre amis.

À cette époque, les réseaux de Vincent Bolloré sont pour la plupart en place : dans l'industrie, la finance et la politique. Mais l'homme d'affaires breton n'est pas encore un « tycoon » surpuissant. Pour s'imposer, il lui faut jouer des coudes en actionnant ses relations. En mars 1993, ça tombe bien, la droite revient au pouvoir.

Édouard Balladur, nommé Premier ministre, fait entrer deux de ses amis dans son gouvernement. Outre Nicolas Sarkozy, qui devient ministre du Budget et porte-parole du gouvernement, Gérard Longuet, son beau-frère par

9. Pierre de Gasquet, *Antoine Bernheim, le parrain du capitalisme français*, Grasset, 2011.

alliance, prend le portefeuille de l'Industrie, des Postes et Télécommunications et du Commerce extérieur. Ces deux poids lourds du gouvernement Balladur vont-ils aider Vincent Bolloré à conquérir des marchés ? Et si oui comment ?

En mars 1993, Nicolas Sarkozy hérite – avec le ministre de l'Économie, Edmond Alphandéry – du dossier épineux de la privatisation de la Société nationale d'exploitation industrielle des tabacs et allumettes, plus connue sous le nom de SEITA[10]. Cet ancien monopole d'État représente 47 % du marché français de la cigarette et un réseau de 36 600 débitants de tabac. La SEITA, c'est aussi plus de 2 milliards de francs de trésorerie et un magnifique siège social sur le quai d'Orsay. Le genre de rente de situation qui plaît à Vincent Bolloré. D'autant que la SEITA est depuis 1990 partenaire du groupe Bolloré en Afrique à travers la société Coralma[11]. Dans de nombreux pays francophones, le groupe Bolloré détient ainsi un quasi-monopole de la production et de la commercialisation du tabac : au Sénégal, au Gabon, en République centrafricaine, à Madagascar, ou au Tchad. En 1993, le groupe Bolloré produit plus de dix milliards de cigarettes par an pour le marché africain, ce qui représente plus de 25 % de la totalité de ses bénéfices opérationnels, alors que le tabac ne pèse que 5 % de son activité. Autrement dit, dans les années 1990, le tabac en Afrique est la « pompe à fric » de Vincent Bolloré. Mais l'industriel breton veut plus. Beaucoup plus. Il se verrait bien croquer la SEITA que le gouvernement Balladur s'apprête à privatiser. Pour cela, son groupe se

10. La SEITA fabrique des marques comme Gitanes, Gauloises, Royale, ou Bastos.
11. Un pacte d'actionnaires lie le groupe Bolloré à la SEITA à hauteur de 60 % pour Bolloré et 40 % pour la SEITA.

rapproche du géant British American Tobacco (BAT) qui souhaite lui aussi entrer au capital de l'ancien monopole d'État français. Ce détour est important pour comprendre les relations d'intérêts qu'entretient Vincent Bolloré avec Nicolas Sarkozy et le gouvernement Balladur.

Avant de nouer des contacts avec le groupe Bolloré, les responsables de BAT étudient ce conglomérat breton sous toutes les coutures. Le 29 juin 1993, la compagnie britannique tente une approche en douceur. Un dîner est organisé à Paris entre les responsables de BAT, Vincent Bolloré et son mentor, l'indispensable Antoine Bernheim.

Le chef d'entreprise et son plus fidèle conseiller apparaissent très favorables à une alliance avec BAT. Aucun plan de bataille n'est établi. Seul l'objectif compte : acquérir tout ou partie du capital de l'entreprise publique. Dans des notes secrètes que nous avons pu nous procurer[12], le groupe de tabac britannique relate ses prises de contacts. Sur la personne de Vincent Bolloré, BAT semble plutôt méfiant. Le groupe recense les avantages et les inconvénients à se lier avec l'industriel Breton. Il est décrit comme « controversé » avec des ambitions uniquement « financières ». Pour tout dire, les cadres de la SEITA cités par BAT dans ses notes internes ne voient pas son entrée éventuelle au capital d'un bon œil : « Le groupe Bolloré n'est pas très intéressant car il n'a rien à apporter à la société. » BAT considère, toutefois, comme « inévitable » un partenariat avec lui si une prise de participation dans la SEITA était envisagée. Le patron breton est en effet décrit

12. Documents disponibles désormais en open source : http://legacy.library.ucsf.edu : voir note secrète de BAT écrite le 30 septembre 1993 avec pour nom de code *Windmill.*

comme « politiquement très influent ». Une lettre en date du 1er juillet 1993 confirme cette impression. Elle est rédigée par l'un des experts de Hill and Knowlton, une société de communication recrutée par BAT pour faire du lobbying auprès des autorités françaises. « Selon nos contacts au cabinet du ministre de l'Industrie (…) il apparaît que le groupe Bolloré est pressenti pour être l'un des acheteurs potentiels de la SEITA. » Rappelons que le ministre de l'Industrie de l'époque n'est autre que Gérard Longuet, le beau-frère par alliance de Vincent Bolloré… Dans un autre mémo, BAT conclut qu'« en cas d'alliance Bolloré nous sera imposé dans le noyau dur des actionnaires ». Autrement dit, le géant britannique est convaincu que le groupe français dispose d'appuis politiques déterminants. Mais quels sont-ils ? Est-ce Nicolas Sarkozy, qui supervise cette privatisation en tant que ministre du Budget ? Gérard Longuet ? Le ministre de l'Industrie de l'époque n'a bizarrement « aucun souvenir de ce dossier[13] ». Dans ces notes, BAT explique avoir engagé des négociations avec Jean-Dominique Comolli, le patron de la SEITA, en 1994[14]. Mais ce que le groupe britannique de tabac n'avait pas prévu, c'est un changement de cap de Bercy. Fin 1994, les ministères de l'Économie et du Budget choisissent de privilégier un groupe stable de dix actionnaires, principalement français, qui contrôleraient 25 % du capital de l'entreprise publique. *Exit* donc BAT, bienvenue à la Société Générale, à la Française des Jeux ou au groupe Bic. Le groupe Bolloré, pourtant critiqué par les dirigeants de la SEITA, obtient comme prévu une part du gâteau : 1,5 %

13. Entretien avec Nicolas Vescovacci, le 2 novembre 2016.
14. Nous avons trace d'au moins un rendez-vous, prévu le 3 février 1994.

du capital contre un chèque de plus de 105 millions de francs, soit 21,7 millions d'euros[15]. Le tour de table est bouclé et publié au journal officiel en février 1995.

Après la privatisation de la SCAC en 1986, l'affaire de la SEITA met en lumière un second possible conflit d'intérêts entre Vincent Bolloré et des ministres qui lui sont proches.

Si l'on en croit BAT, le groupe Bolloré aurait été imposé contre l'avis même des cadres dirigeants de la SEITA. Le résultat ? Vincent Bolloré tirera d'énormes profits de la privatisation de l'entreprise publique qui s'étalera sur cinq ans. Grâce à ses liens capitalistiques et à son sens du *timing*, l'industriel se séparera ensuite de son pôle tabac (racheté par Imperial Tobacco entre 2000 et 2003) en empochant une plus-value estimée à plus de deux cents millions d'euros.

Nicolas Sarkozy, ministre du Budget, a suivi de très près la privatisation de la SEITA grâce à un homme : Frédéric Lefebvre, l'un de ses proches conseillers. À partir de 1997, la SEITA, futur Altadis, s'offre l'expertise de « Pic Conseil », une société en communication, fondée par Frédéric Lefebvre, devenu assistant parlementaire de Nicolas Sarkozy[16]. Quant à Jean-Dominique Comolli, l'ex-patron de l'entreprise publique SEITA, réputé proche de la gauche, il sera nommé en 2010 par Nicolas Sarkozy à la tête de l'Agence des participations de l'État.

En 1994, alors que le gouvernement français réfléchit encore à la privatisation de la SEITA, le groupe Bolloré

15. Voir convertisseur franc-euro (source INSEE).

16. Frédéric Lefebvre fut en 2007 l'un des porte-parole de la campagne de Nicolas Sarkozy. Il fut ensuite secrétaire d'État au Commerce et député de la 1re circonscription des Français de l'étranger.

aurait fait jouer ses appuis politiques dans un autre dossier stratégique. Aux premières loges, toujours les deux mêmes pièces maîtresses du gouvernement Balladur : Gérard Longuet et Nicolas Sarkozy.

14 octobre 1994, 19 h 25. Sur le perron de Matignon, Gérard Longuet soupire de soulagement. Après des semaines de tempête médiatique, celui qu'on accuse de financement politique occulte fait une courte déclaration à la presse pour annoncer sa démission : « À cet instant, j'éprouve un sentiment de libération. Je vais reprendre un combat pour défendre mon honneur (pause) pour faire respecter ce que je suis. » Pris dans la tourmente, Gérard Longuet mettra quinze ans à laver son honneur et sortir totalement blanchi de toutes les accusations[17].

Mais à cet instant, à quoi ou à qui pense l'ex-ministre de l'Industrie ? On imagine le trouble qui a dû agiter toute la journée cet énarque réputé pour être froid et calculateur. Et pourtant, quelques heures avant de quitter son ministère, Gérard Longuet a trouvé le temps de régler un dossier qui traîne sur son bureau depuis un an et demi. Ce jour-là, le ministre de l'Industrie choisit le pétrolier Elf allié à Bolloré Énergie pour reprendre la gestion d'un oléoduc qui part de Donges, dans l'ouest de la France, et termine sa course à Metz en Lorraine. Pourquoi avoir pris une telle décision stratégique en pleine tourmente politique ? Nous avons posé la question à Gérard Longuet. Et l'ancien ministre botte en touche : « Je n'ai pas le souvenir que le

17. Après quinze ans d'instruction, l'ancien ministre de l'Industrie bénéficie d'un non-lieu en 2010 dans l'affaire du présumé financement frauduleux du Parti républicain.

cabinet ait fait autre chose que d'entériner la procédure de consultation[18]. »

Le 24 février 1995, Édouard Balladur et son ministre du Budget Nicolas Sarkozy signent le décret confiant pour vingt-cinq ans la gestion de l'oléoduc à Bolloré Énergie, à Elf, ainsi qu'au port de Saint-Nazaire. Cinq ans plus tard, Vincent Bolloré rachètera les participations de ses partenaires pour être, seul, l'opérateur de cet oléoduc extrêmement rentable.

Conclusion : par deux fois, dans les années 1990, le groupe Bolloré aurait joué en France de ses relations politiques pour obtenir des marchés de l'État français. Sur cette période, Gérard Longuet a semble-t-il perdu la mémoire. L'ancien ministre affirme ne se souvenir ni du dossier de l'oléoduc ni de celui de la SEITA. A-t-il aidé son beau-frère, Vincent Bolloré, à se rapprocher de Nicolas Sarkozy ? Il le nie :

— Vincent connaissait Nicolas depuis longtemps. Il n'avait pas besoin de moi pour lui parler. D'ailleurs, Vincent considère qu'en politique il faut tous les connaître mais ne dépendre d'aucun.

— S'en servir parfois ?

Là encore, l'ancien ministre refuse de répondre directement à notre question, mais il sourit :

— Vous savez, la France est un petit pays et les élites politiques ou industrielles se fréquentent beaucoup.

Le monde de l'industrie garde en général ses distances avec les journalistes et le grand public. Il est rare de pouvoir documenter les inextricables rivalités qui déchirent parfois

18. Entretien avec les auteurs, le 2 novembre 2016.

la vie des grands patrons. En 1998, Nicolas Sarkozy et Vincent Bolloré vont se retrouver mêlés, dans des camps opposés, à une sombre histoire de raid boursier contre le groupe Bouygues. Si les élites se fréquentent souvent, vous allez voir que parfois il arrive qu'elles se fâchent. Les relations entre Nicolas Sarkozy et Vincent en ont-elles souffert ? « Au contraire, affirme Gérard Longuet, à cette époque, ils se sont reconnus l'un l'autre comme des hommes de caractère, assez libres vis-à-vis de l'establishment. Et cela les a sûrement rapprochés[19]. »

Voici l'histoire. Nous sommes à l'automne 1997. Avec l'aide d'Antoine Bernheim, Vincent Bolloré vient de rafler le « Groupe Rivaud[20] ». Vieux conglomérat colonial exploitant notamment des milliers d'hectares de plantations en Afrique et en Asie, ce « groupe » inclut la banque Rivaud, dite « banque du RPR », disposant de réserves insoupçonnées de plusieurs milliards de francs qu'il s'agit de faire fructifier. Avec ce trésor tombé du ciel, Vincent Bolloré rêve de se payer un géant de l'industrie.

L'homme d'affaires breton en a déjà fait la démonstration. Il ne craint ni les grands noms du capitalisme français, ni leurs soutiens. Pour monter un coup, il faut un stratège et des soldats. Vincent Bolloré peut compter sur une nouvelle recrue : Alain Minc[21], l'un des « conseillers courtisans » les mieux introduits en politique et dans le monde des affaires. Les deux hommes se connaissent

19. Entretien avec les auteurs, le 2 novembre 2016.

20. Le « groupe Rivaud » n'a jamais eu d'existence juridique en tant que telle, c'est une facilité de langage pour parler des intérêts et des activités multiples de la famille « Rivaud ».

21. L'industriel Carlo de Benedetti déçu par les conseils d'Alain Minc lors de son OPA manquée sur la Générale de Belgique aura cette phrase : « Confier une entreprise à Alain Minc, c'est comme confier une charcuterie à un sociologue. »

depuis les années 1980 mais n'ont jamais eu l'occasion de travailler ensemble.

En cette année 1997, Alain Minc flaire un bon coup pour le « boa » : un mastodonte de l'économie française au capital éclaté, qu'il juge sous-évalué et donc « prenable »... Cette forteresse c'est le groupe Bouygues : géant du bâtiment et des médias de plus de quatre-vingt-dix milliards de francs de chiffre d'affaires, soit trois fois plus que le groupe Bolloré. Vincent Bolloré, d'abord sceptique, se laisse convaincre et verrouille sa cible sur l'entreprise en septembre 1997.

Son objectif prioritaire ? Mettre la main sur TF1, la première chaîne française, privatisée en avril 1987, joyau de la maison Bouygues. Vincent Bolloré veut agrandir son empire et créer un pôle médias à la hauteur de ses ambitions, quitte à prendre d'assaut la chaîne de « son ami » Martin Bouygues. Dans la plus grande discrétion, le financier breton va agir par la ruse. En Bourse, il fait acheter des titres « Bouygues » par d'anciennes sociétés du « Groupe Rivaud » aux noms exotiques : « Mines de Kali Sainte-Thérèse », « Caoutchoucs de Padang » ou encore « Compagnie du Cambodge ». Le 9 décembre 1997, Vincent Bolloré appelle Martin Bouygues, le P-DG du groupe éponyme. « Allô Martin ? C'est Vincent. Il faut qu'on se voie d'urgence. Je viens de ramasser 8,7 % de ton groupe en Bourse, lui explique-t-il calmement. Mais rassure-toi, ma démarche est amicale, cher Martin[22]. » Au début un peu naïf, Martin Bouygues coopère avec l'impétrant jusqu'à signer un pacte d'actionnaires favorable à Vincent Bolloré.

22. Voir La méthode sans merci de Bolloré pour faire fructifier son capital, T.D. Nguyen, *Challenges*, 10 septembre 2013.

Le raider breton place ses titres dans une société civile, La Financière du Loch, représentée au Conseil d'administration de Bouygues par Antoine Bernheim. Qui d'autre ?

La suite ne sera qu'une succession de coups bas. Contrairement à ce qu'il assure à Martin Bouygues, Vincent Bolloré tente de prendre le contrôle du groupe de BTP. Au fil des mois, une guerre de tranchées s'installe entre deux équipes aussi déterminées l'une que l'autre.

D'un côté, la famille Bouygues épaulée par Maurice Levy, le patron de Publicis, un ténor du barreau, Jean-Michel Darrois, et un avocat malmené par la politique, ami intime de Martin Bouygues, Nicolas Sarkozy. De l'autre, Vincent Bolloré et ses conseillers : Alain Minc, l'expert-comptable René Ricol et Antoine Bernheim.

Pour déstabiliser la famille Bouygues, Vincent Bolloré est prêt à tout. Dans sa manche, il dispose d'un rapport d'expertise sur le groupe qu'il aurait commandé à Antoine Gaudino, un ancien inspecteur de la Brigade financière de Marseille reconverti dans les enquêtes privées. Dans sa conclusion que nous révélons ici, le rapport établit des « anomalies de gestion » de la part des actionnaires familiaux du groupe Bouygues. « Ces anomalies, écrit l'enquêteur, ont été conduites pour favoriser un renforcement de contrôle de la famille Bouygues dans Bouygues SA qui est actuellement de l'ordre de 16 %. Les opérations qui en résultent se sont faites au détriment de Bouygues SA avec un préjudice de l'ordre de 1 milliard de francs. Ce type d'agissements s'apparente pour une part à des abus de biens sociaux supportés au final par les actionnaires minoritaires détenteurs de titres du groupe Bouygues SA en Bourse[23]. »

23. Rapport Gaudino, page 41.

Ce rapport, dont Vincent Bolloré a toujours nié l'existence, prouverait que la famille Bouygues a eu recours à des opérations présumées frauduleuses pour monter au capital de son propre groupe. Le problème, c'est que l'analyse apparaîtrait truffée d'erreurs[24] et que le groupe Bouygues, encore aujourd'hui, nie avoir eu recours à la moindre manipulation. Vincent Bolloré ne se décourage pas. Il cherche l'avis d'un spécialiste pour essayer de confirmer les conclusions du rapport. Il s'agit de déceler coûte que coûte des failles dans la stratégie de son concurrent. Au printemps 1998, il recrute discrètement l'industriel Jacques Dupuydauby. On l'a vu, Jacques Dupuydauby fut un proche de Francis Bouygues et le très éphémère vice-président de son groupe de travaux publics. Or, l'homme d'affaires est en froid avec Vincent Bolloré depuis le milieu des années 1980 suite à la vente de la SCAC. Flairant la possibilité de faire un coup, il se laisse pourtant séduire par son ancien bourreau qui veut à tout prix s'emparer de la forteresse Bouygues. Ainsi vont les (dés)amours dans ce monde, ils sont à géométrie variable. Vincent Bolloré met les moyens pour réchauffer les relations. Pour ses conseils distillés entre 1998 et 1999, Jacques Dupuydauby, au travers de sa société Progosa, recevra environ six millions de francs (près d'un million d'euros), sur la base d'un protocole d'accord signé par Vincent Bolloré lui-même.

Pendant des mois, les deux hommes se rencontrent toutes les semaines, s'appellent plusieurs fois par jour. « Le dossier Bouygues, on ne parlait que de ça », confirme Jacques Dupuydauby. Après étude du rapport Gaudino, l'homme

24. Voir Laurent Mauduit, *Petits conseils*, éd Stock, 2007.

d'affaires nous assure avoir « validé ses conclusions », à savoir un montage financier potentiellement illégal.

Reste une question : à qui et à quoi ce rapport Gaudino a-t-il pu servir ? Bien calé dans son fauteuil andalou, Jacques Dupuydauby répond sans ambages : « Ce fut un simple moyen de chantage sur la famille Bouygues, pour prendre le contrôle du groupe, pardi ! »

Le seul hic, c'est que les conclusions du rapport Gaudino ne seront jamais rendues publiques. Et que Vincent Bolloré, sermonné par une partie de ses pairs du CAC 40 choqués par son comportement vis-à-vis de Martin Bouygues, dut renoncer à son raid sur le groupe contrôlant TF1.

La conclusion de cette affaire ? Les opérations présentées comme prétendument frauduleuses de la famille Bouygues ne furent jamais dénoncées. Mais ont-elles jamais existé ? Sinon pourquoi Vincent Bolloré ne les a-t-il pas transmises à la justice ?

Sérieux ou bidon, le rapport Gaudino fut à jamais enterré. La guerre ? Elle se termina par une « paix des braves » à l'issue d'une médiation initiée par Claude Bébéar, le très respecté patron d'Axa. Quant à Vincent Bolloré, il empocha une plus-value de 230 millions d'euros en vendant ses paquets d'actions Bouygues à l'industriel François Pinault.

Dans le milieu des affaires, « l'objectif Bouygues » de Vincent Bolloré eut un effet dévastateur. En 2003, manifestement encore fort contrarié, Martin Bouygues lâcha au magazine *Challenges* ces mots définitifs que vous connaissez déjà : « Vincent Bolloré m'a roulé, trompé, humilié. Je n'oublierai jamais[25]. »

25. Voir La méthode sans merci de Bolloré pour faire fructifier son capital, T.D. Nguyen, *Challenges*, 10 septembre 2013.

Mais là n'est pas le plus important pour notre enquête. Le fait majeur est que cet épisode marque un tournant dans les relations entre Nicolas Sarkozy et Vincent Bolloré qui respectèrent, chacun dans le silence, le secret de possibles montages douteux de la famille Bouygues. Ce pacte tacite constituerait encore aujourd'hui le cœur battant de leur relation, chacun voyant en l'autre une capacité indéfectible à tenir ses positions. Cette reconnaissance mutuelle repose sur un savant mélange d'opportunisme et de pragmatisme qui règle à merveille les relations entre les deux hommes.

Certes, l'industriel breton ne put jamais se payer TF1 et commencer à bâtir son empire médiatique comme il le voulait. Il se promit de prendre sa revanche bientôt. Certes, Me Sarkozy, à la fois proche d'Antoine Bernheim et intime de Martin Bouygues eut du mal à gérer la sortie de crise. Mais pendant combien de temps ? Très peu, si l'on croit certains proches des deux hommes. « Ils ne se sont jamais fâchés, affirme Gérard Longuet, qui deviendra ministre de la Défense de Nicolas Sarkozy entre 2011 et 2012. Nicolas s'est rendu compte à ce moment-là que Vincent était un dur et pas simplement un jeune homme de bonne famille. Il respecte ça[26]. »

S'ils ont pu « se renifler » dès le milieu des années 1980, s'apprécier au début des années 1990, « l'épisode Bouygues », malgré sa violence, semble paradoxalement avoir rapproché Nicolas Sarkozy et Vincent Bolloré. Ce ne fut pas simple. Les deux éminences grises, Alain Minc et surtout Antoine Bernheim, y mirent toute leur énergie. « Avec Bolloré, c'est moi qui ai créé le lien, confie Antoine Bernheim à son biographe. Au début, Nicolas ne voulait

26. Entretien avec les auteurs, 2 novembre 2016.

pas le voir car il avait un différend avec Bouygues. J'ai persuadé Nicolas que Bolloré était quelqu'un de fiable[27]. »

« Les deux hommes ont vite compris le parti qu'ils pouvaient tirer l'un de l'autre », nous explique un industriel français qui les a fréquentés. Pas besoin, semble-t-il, de pacte théâtral où les sang-mêlé jaillissent du fracas des ego. « Ne rêvez pas, cela ne se passe pas comme ça, sauf au cinéma. Les choses sont plus simples. »

Vincent Bolloré a immédiatement saisi le fonctionnement de Nicolas Sarkozy qui, très tôt, a nourri une fascination et un complexe vis-à-vis des puissances d'argent. Le futur président de la République a rapidement mesuré l'obsession de grandeur et de reconnaissance de Vincent Bolloré dont le groupe est aujourd'hui présent dans le monde entier. Cette alliance objective s'inscrit parfaitement dans les mœurs de la Vᵉ République post-de Gaulle, caractérisée par une connivence entre les élites dirigeantes de l'économie et de la politique. Dans ces milieux, on se fréquente étroitement et parfois on s'honore.

Prenez cette mémorable réception du 11 février 2004 organisée dans le très chic restaurant parisien Chez Laurent, situé à deux pas du palais de l'Élysée. Ce jour-là, Vincent Bolloré est promu officier de la Légion d'honneur au milieu des siens. Un photographe a immortalisé la scène.

Sur la petite estrade dressée pour l'occasion dans les recoins d'un salon, Antoine Bernheim, encore lui, s'éternise en compliments et en bons mots avant de décorer le récipiendaire. Les mains croisées sur son costume, le visage traversé par un large sourire, le ministre de l'Intérieur,

27. Pierre de Gasquet, *Antoine Bernheim, le parrain du capitalisme français*, *op. cit.*

Nicolas Sarkozy, accompagné pour l'occasion par son épouse Cécilia, déguste ce moment précieux. Les deux poulains et leur mentor, réunis dans un moment d'entre-soi : le tableau est parfait. « L'affaire Bouygues était oubliée depuis longtemps. L'un était redevenu ministre et l'autre était redevenu le patron fréquentable d'une multinationale. Autant vous dire que l'atmosphère était des plus chaleureuses », se rappelle l'un des convives. Désormais, plus rien n'entravera la progression des deux hommes qui savent pouvoir compter l'un sur l'autre. Deux ambitions en marche, chacune à son rythme, chacune accrochée à son rêve de grandeur.

Chapitre 11

Les réseaux « françafricains »

Certains de ses proches nous l'ont expliqué, Vincent Bolloré n'est pas un passionné d'Afrique. Il ne l'a jamais été. Pour lui, le continent noir ne serait rien de plus qu'une terre de business et de formidable croissance où son groupe réalise aujourd'hui plus d'un quart de son chiffre d'affaires grâce à des positions quasi monopolistiques dans les secteurs de la logistique ou du transport. Vincent Bolloré découvre l'Afrique en 1986 lorsqu'il rachète au groupe Suez la SCAC, un conglomérat industriel qui est très implanté en Afrique, réalisant l'essentiel de son activité dans la manutention portuaire et le transit douanier.

Dans l'intimité de son bureau, logé sous la charpente de sa maison sévillane, Jacques Dupuydauby nous livre à nouveau son témoignage. « Si Vincent Bolloré s'est intéressé à la SCAC, ce n'est pas par hasard. Nous avions des relations privilégiées avec beaucoup de responsables politiques africains. » En dépit de résultats économiques peu flatteurs, l'ancien patron de la SCAC assure que le groupe aurait eu également des réserves financières très importantes qui n'auraient pas été intégrées dans les comptes.

— C'était une manière de se prémunir contre des coups d'État, résister aux aléas africains, vous voyez ? Et ça Bolloré le savait, poursuit Jacques Dupuydauby.

— Comment ?

— Nous l'avions dit à Antoine Bernheim qui devait s'occuper de la restructuration du capital de la SCAC (au sein de la banque Lazard – *N.d.A.*) et qui, au lieu de ça, l'a fait acheter par Bolloré.

Des contacts et du cash ! Quoi de mieux pour conquérir l'Afrique... Sur le continent noir personne n'entre dans les cercles de pouvoir facilement. Alors Vincent Bolloré fait comme tout le monde, il recrute des intermédiaires aux carnets d'adresses bien remplis. Comme nos confrères Renaud Lecadre et Nathalie Raulin l'ont raconté[1], à la fin des années 1980, l'industriel encore novice se fait introduire dans les cénacles gouvernementaux africains par Jean-Pierre Prouteau, l'ancien « M. Afrique » du CNPF[2], le patronat français, également ancien vice-président du Parti radical et ancien maître du Grand Orient de France. Vincent Bolloré jure à nos confrères qu'il utilise les services de Jean-Pierre Prouteau, aujourd'hui décédé, comme « ambassadeur d'ambiance ».

Sur le continent africain, « le boa » utilisera beaucoup « d'ambassadeurs d'ambiance ». Le meilleur d'entre eux

1. N. Raulin / R. Lecadre, *Vincent Bolloré, enquête sur un capitaliste au-dessus de tout soupçon*, Denoël Impacts, 2000.

2. Le Conseil national du patronat français (CNPF) créé en 1945 représente le patronat français, dont les dirigeants des plus grandes entreprises. Il devient le Mouvement des entreprises de France (MEDEF) en 1998 sous l'impulsion d'Ernest-Antoine Seillière.

fut à n'en pas douter Michel Roussin recruté en 1999. Ancien n° 2 des services secrets français, ancien ministre de la Coopération, directeur de cabinet de Jacques Chirac à la Mairie de Paris et à Matignon, Michel Roussin sert au groupe Bolloré de poisson-pilote entre 2000 et 2010, avant de devenir, début 2015, le conseiller personnel de l'industriel breton[3].

Avec sa gouaille et sa carrure de déménageur, Ange Mancini est un des plus fervents thuriféraires de Vincent Bolloré. À cela rien d'étonnant, les deux se connaissent depuis les bancs de la fac de droit. Ancien patron du RAID (unité d'élite de la Police nationale), ancien coordinateur du renseignement national à l'Élysée[4], dès qu'il tombe l'uniforme en 2013, il fonce rejoindre les troupes de son ami « Vincent » qu'il dépeint volontiers comme « un chef de clan de gitans. »[5]

Roussin, Mancini, ce sont ces personnages, beaucoup d'anciens flics, comme René-Georges Querry (ex-patron de l'antigang et ancien cadre de l'antiterrorisme français), qui assurent depuis plus de trente ans le SAV des affaires de Vincent Bolloré, en Afrique et ailleurs. Querry, Roussin, Mancini... Nous les avons évidemment sollicités pour une interview, les trois hommes ont décliné.

En Afrique, tout le monde connaît Vincent Bolloré. Apprécié, vénéré ou craint comme un chef d'État, il

3. Michel Roussin occupe depuis juin 2016 la fonction de censeur au sein du groupe Bolloré.
4. Ange Mancini occupe le poste, entre 2011 et 2013.
5. Voir, *Vincent Bolloré, un ami qui vous veut du bien ?*, un magazine de *Complément d'enquête* diffusé avril 2016, France 2. Pour cette enquête, leurs réalisateurs, Tristan Waleckx et Matthieu Rénier, ont reçu le prix Albert Londres en juillet 2017.

connaît personnellement une grande partie des potentats locaux : le Guinéen Alpha Condé ou le Camerounais Paul Biya font partie de ses relations proches. Entre 2000 et 2015, ses centaines de filiales ont fait de lui un homme surpuissant. À Yaoundé, Conakry ou Abidjan, il est traité comme un seigneur, présent dans plus de quarante pays et comptant plus de 20 000 employés. En enquêtant quelques mois sur son business en Afrique noire, nous avons découvert pas moins d'une quarantaine d'affaires qui font affleurer des comportements discutables en matière de respect des droits de l'homme, de démocratie, de libre concurrence, ou de liberté de la presse. Impossible de toutes les évoquer ici. Parlons d'abord de celles qui sont liées à l'essor de son groupe sur le continent dans les années 1990 et 2000.

À cette époque, c'est dans les anciennes colonies françaises d'Afrique de l'Ouest que Vincent Bolloré se développe le plus rapidement. Grâce à la prise de contrôle du groupe Rivaud en 1996-97, le financier breton règne directement ou indirectement sur des dizaines de milliers d'hectares de plantations. Rien qu'au Cameroun, il exploite aujourd'hui avec ses partenaires industriels 44 485 hectares de palmiers à huile et d'hévéas regroupés dans deux sociétés : la Socapalm et la Safacam. Ces actifs sont gérés par la Société financière des caoutchoucs (Socfin), holding luxembourgeois qui en 2017 exploitait près de 190 000 hectares[6] dans huit pays d'Afrique et deux d'Asie.

6. Le groupe Socfin exploite dans le monde 189 795 hectares de palmiers à huile, d'hévéas et de bois exotiques. (Source) : www.socfin.com/fr. Ces plantations, en forte croissance au sein des activités de Vincent Bolloré, ne représentent que 0,3 % du chiffre d'affaires de l'ensemble de son groupe.

Lorsqu'il est attaqué sur la situation des plantations et les droits des ouvriers, Vincent Bolloré aime répéter qu'il n'est pas responsable de la gestion des actifs détenus par le holding luxembourgeois dont il est actionnaire minoritaire. Sur le papier, cette présentation est inattaquable. Le groupe Bolloré détient en effet 38,75 % de Socfin. En revanche, en étudiant les chiffres et les liens d'intérêts du milliardaire français dans Socfin, nous avons découvert une autre réalité visiblement bien éloignée du discours du « boa ».

Socfin est ce que l'on appelle un « holding de tête » qui déploie et gère ses activités à travers deux autres holdings eux aussi basés au Luxembourg : Socfinaf pour l'Afrique et Socfinasia pour l'Asie[7].

En plus de sa participation dans Socfin, le groupe Bolloré possède également des parts substantielles dans ces deux sociétés, ce qui renforce son contrôle sur l'ensemble. En mettant bout à bout toutes ces données, qu'avons-nous découvert ? Le groupe Bolloré possède en réalité 31,11 % du capital de Socfinaf et 44,47 % de celui de Socfinasia, les deux pépites de Socfin. Le groupe Bolloré se situe toujours en dessous de la barre des 50 % du capital, mais pour un industriel qui dirige Vivendi d'une main de maître avec moins de 21 % de l'entreprise, c'est une situation plutôt favorable.

Vincent Bolloré est-il un simple actionnaire minoritaire de ce meccano financier ? C'est en tout cas l'explication régulièrement avancée par ses avocats. *A minima*, sa présence au Conseil d'administration de Socfin, de Socfinasia, de Socfinaf, mais aussi de douze autres de leurs filiales qui

7. Le groupe Bolloré possède en direct 21,7 % de Socfinasia et 8,6 % de Socfinaf. (Source) : résultats Bolloré 2016, publiés le 23 mars 2017, organigramme économique du groupe au 31/12/2016.

gèrent pour partie les plantations à travers le monde, a de quoi surprendre[8]. Pour nous, il ne fait aucun doute que le grand patron français participe à la gestion de Socfin et que son implication est réelle. Pour asseoir son influence au sein du groupe, Vincent Bolloré s'appuie sur un personnage capital, un certain Hubert Fabri.

Hubert Fabri n'est pas n'importe qui. Domicilié en Suisse, ce citoyen belge de soixante-six ans, surnommé le « roi du caoutchouc », est l'actionnaire majoritaire du groupe Socfin et l'ami de trente ans de Vincent Bolloré. En novembre 2015, nous l'avions observé dans l'un des sous-sols de l'immense palais de justice de Bruxelles. Le pas tranquille, entouré des meilleurs avocats fiscalistes, l'homme d'affaires était alors convoqué par la justice belge dans le cadre d'un procès pour fraude fiscale et blanchiment d'argent[9].

Interrogé pour la première fois sur le fonctionnement de son groupe entre la Suisse, la Belgique et l'Asie, Hubert Fabri paraissait inquiet et fragilisé par les conséquences désastreuses que cette affaire pourrait avoir sur son groupe et son principal partenaire, Vincent Bolloré.

Hubert Fabri et ses coprévenus n'auront pourtant rien à craindre… Après quelques mois, ils seront relaxés pour « vice de forme » à cause d'un procès-verbal mal enregistré dans le dossier judiciaire.

---

8. Vincent Bolloré est également administrateur de Socfindo (Indonésie), de Liberian Agricultural Company (Libéria), Socfin KCD (Cambodge), Socfin Agricultural Ltd (Sierra Leone), Plantations Socfinaf Ghana (Ghana), Coviphama Ldt (Cambodge), Socfinco FR (Suisse) et Socapalm (Cameroun), Bereby-Finances (Côte d'Ivoire), SOGB (Côte-d'Ivoire), Safa Cameroun (Cameroun) et Brabanta (Congo) à travers Bolloré Participations. Source : rapport Bolloré résultats 2016.

9. Le juge d'instruction Jean-Claude Van Espen avait évalué à 20 millions d'euros le montant du préjudice pour la Belgique.

Hubert Fabri a refusé notre demande d'interview. Ce financier aux allures de gentleman-farmer, grand amateur de voitures de luxe, est aussi discret que ses montages dans les paradis fiscaux[10].

Pour un néophyte, cela paraît étonnant, mais le roi du caoutchouc ne possède en direct que 0,01 % du holding luxembourgeois Socfin qu'il dirige ; juste ce qu'il faut pour avoir le droit de siéger au Conseil d'administration et d'en présider les destinées. Pour le reste, l'essentiel de son patrimoine industriel (54,23 % de Socfin) est entre les mains de trois sociétés basées au Lichtenstein et au Luxembourg[11] qu'il contrôlerait à 100 %.

Parmi elles, la plus intéressante s'appelle Afico (Administration and Finance Corporation). Cette société anonyme créée en octobre 1959 au Luxembourg détient à elle seule une écrasante majorité des voix au sein du Conseil d'administration de Socfin. Autrement dit : elle fait la pluie et le beau temps dans ce groupe de plantations. Or, selon des documents financiers du holding luxembourgeois[12], Afico

10. En octobre 2015, la chambre du conseil de Bruxelles a renvoyé Hubert Fabri et plusieurs coaccusés devant un tribunal correctionnel pour des faits de « corruption active » qui auraient été réalisés avant 2008 en Guinée Conakry par Socfinco, une filiale du groupe Socfin. Selon certains éléments du dossier judiciaire révélés par la presse belge, Mariama Camara, la dirigeante de l'entreprise publique de plantations de palmiers à huile et d'hévéas (la SOGUIPAH), aurait reçu un pot-de-vin pour faciliter le travail du groupe Socfin en Guinée. Socfin ne détient pas de plantations en Guinée mais travaille en partenariat avec la SOGUIPAH. Inculpée pour « corruption passive », Mariama Camara ne serait pas la seule à avoir bénéficié des largesses de Socfin. Dans ce dossier nébuleux, plusieurs membres du gouvernement guinéen seraient cités sans jamais avoir été inquiétés. L'argent de la corruption, faisant l'objet des poursuites, est estimé à un million d'euros. Vincent Bolloré n'a jamais été entendu, soupçonné ou inquiété dans ce dossier.

11. Geselfina S.A possède 24,25 % de Socfin, Twosun Finances SA en possède 11,65 % et Administration and Finance Corporation (Afico) en possède 18,33 %.

12. Source : rapport annuel 2016 de Socfin.

compte parmi ses administrateurs un certain… Vincent Bolloré. Et si l'industriel breton suit de près le destin d'Afico, cela ne doit pas être un hasard.

Nous nous sommes bien sûr demandé si Hubert Fabri était l'unique ayant droit des trois entités qui contrôlent plus de la moitié du capital de Socfin. À les observer, ces sociétés de natures et d'origines différentes agissent de concert pour verrouiller le capital du groupe. À ce stade, rien n'interdit de penser que l'homme d'affaires belge pourrait agir, tout ou partie, pour le compte d'un tiers. C'est tout l'intérêt de placer ses actifs dans des paradis fiscaux. Ni vu, ni connu. Mais en l'absence de transparence et de documents qui le prouvent, nous ne pouvons pas l'affirmer.

Ce que nous pouvons affirmer, c'est que depuis la fin des années 1990, Hubert Fabri et Vincent Bolloré ont tissé des liens d'intérêts importants. Si l'industriel breton est très présent dans Socfin et ses filiales, Hubert Fabri, lui, apparaît comme un rouage essentiel dans la gestion des sociétés de la famille Bolloré. Au moins officiellement. « L'ami belge » est en effet membre du Conseil d'administration des deux principaux holdings qui contrôlent ses activités : Groupe Bolloré et la Financière de l'Odet[13]. Au-delà des intérêts financiers, cette proximité entre les deux hommes raconte des liens indéfectibles entre deux familles, les Fabri et les Bolloré, qui gèrent leurs patrimoines industriels avec un sens aigu de la coopération.

Pour beaucoup de nos interlocuteurs, Vincent Bolloré utiliserait depuis plus de trente ans Hubert Fabri comme

13. Hubert Fabri est également administrateur de la Compagnie du Cambodge, de la Financière du Moncey, holdings contrôlés par Vincent Bolloré.

un homme de paille afin de ne pas apparaître en première ligne dans le groupe Socfin. Là aussi, le secret qui entoure la vie des sociétés en Suisse, au Lichtenstein et au Luxembourg, nous empêche de le dire avec certitude.

En revanche il n'est pas absurde de penser que Vincent Bolloré n'est pas l'actionnaire minoritaire impuissant de Socfin qu'il prétend être : sans réel pouvoir sur la gestion et le fonctionnement du groupe. Sa ligne de défense résiste à l'étude des chiffres disponibles et lui permet de balayer les questions embarrassantes sur ses activités en Afrique, terre de conquêtes et de business.

Sur ce continent, Vincent Bolloré est pourtant prêt à travailler avec tout le monde, y compris avec les pires dictateurs auxquels il envoie son émissaire Michel Roussin, ancien numéro 2 des services secrets français et baron de la « Françafrique ».

Pour comprendre la politique africaine du milliardaire français, nous avons rassemblé et étudié les travaux de certains confrères, d'ONG et d'institutions internationales, puis recoupé ces informations grâce à des contacts locaux.

À la fin des années 1990, Charles Taylor prend le pouvoir dans le sang au Liberia. Socfin, le holding luxembourgeois dont le groupe Bolloré vient d'acquérir 38,75 % des parts, décide néanmoins d'investir sur place. En 1998, sans citer nommément Vincent Bolloré, Charles Taylor explique comment il a commencé à faire du business avec des investisseurs français, alors qu'il était encore en guerre : « Il n'y a pas de privilèges. Il se trouve simplement que les hommes d'affaires français sont venus nous voir avant les autres. Ils ont pris des risques. Ce qui explique qu'ils aient aujourd'hui une longueur d'avance. (...) C'est du *business as usual.* Car, sur le fond, les hommes d'affaires n'ont pas de nationalité. Qu'ils viennent de France ou d'ailleurs, ils s'intéressent tous – et c'est bien normal – au bois, au minerai de fer, à l'or et aux diamants du Liberia[14]. »

Au pays de Charles Taylor, la Socfin récupère bientôt la concession du Liberian Agricultural Company, un territoire de plus de 10 000 hectares destinés aux plantations d'hévéas. Chaque jour, les ouvriers agricoles y manient des produits considérés comme toxiques sans équipement de protection. Sur place, les rares responsables syndicaux sont nommés et rémunérés par la direction de la Socfin.

En 2006, recherché pour crime contre l'humanité, Charles Taylor est arrêté au Nigéria. À cette époque, la mission des Nations unies au Liberia constate que des enfants de dix à quatorze ans travaillent dans les plantations. Dans un rapport officiel rendu cette année-là, l'ONU conclut, notamment à propos des activités de la Socfin, que « les conditions de vie et de travail dans les plantations violent les droits humains fondamentaux[15] ». Dans un communiqué, la Socfin a réagi aux accusations onusiennes, expliquant qu'elles étaient « fabriquées et excessivement exagérées[16] ».

Très vite, la justice internationale établit que l'ancien président du Liberia, Charles Taylor, est l'un des principaux responsables des guerres civiles qui ont ravagé son pays et la Sierra Leone entre 1989 et 2003 faisant près de 400 000 morts, pile l'époque où la Socfin fait du business

14. Voir Liberia : les métamorphoses d'un seigneur de la guerre, *Politique internationale*, n° 82, Paris, hiver 1998-1999, pp. 354-355.

15. Voir p. 5 du rapport Human rights in Liberia's rubber plantations : tapping into the future, 88 pages, UNMIL, 2006.

16. Voir communiqué de la Socfin en date du 18 juillet 2008 : UNMIL's report on human rights at Liberia Agricultural Company « LAC ».

avec lui. En 1999, alors que la Socfin collabore activement avec Charles Taylor, Vincent Bolloré répond sereinement à une question du magazine *Jeune Afrique* sur le sujet :

— Avez-vous rencontré Charles Taylor ?

— Pas moi, non. Je ne fais plus rien moi-même [sourire], il y a des dirigeants du groupe qui font ce qu'il faut à ma place[17].

Extradé du Nigéria vers le Tribunal pénal international de La Haye en 2007, Charles Taylor est condamné cinq ans plus tard en appel à cinquante années de prison pour crimes contre l'humanité et crimes de guerre (dont extermination, assassinats, viols, esclavage sexuel, et conscription d'enfants soldats). Depuis, la Socfin fait régulièrement publicité de ses investissements « sociaux » dans ses deux plantations du Liberia qui exploitent désormais 18 417 hectares d'hévéas[18]. Au printemps 2017, deux associations basées en Suisse[19] se sont rendues sur le terrain pour enquêter. Selon leurs premières constations, les populations vivant dans et à proximité de ces plantations seraient victimes de « confiscations de terres, de pollution et de destructions de leurs récoltes vivrières ». Alerté, le groupe Socfin a répondu par un simple communiqué précisant prendre « ces accusations au sérieux » sans que l'on sache si des mesures ont été prises.

En Afrique, le groupe Bolloré ne tire pas ses principaux revenus de l'exploitation des plantations mais des activités de transport et de logistique. Là aussi, les années

---

17. Voir Nous nous conduisons en Afrique comme au Japon ou aux États-Unis, *Jeune Afrique*, 16 février 1999.
18. Source socfin : www.socfin.com/fr.
19. Ces deux ONG sont Advocates for Community Alternatives et Bread for All.

fastes remontent aux années 1990, au moment où le Fonds monétaire international (FMI) et la Banque mondiale incitent les États à privatiser leurs infrastructures.

En 1998, Vincent Bolloré s'empare de sa première concession ferroviaire en Côte d'Ivoire, la Sitarail, dont la principale ligne relie Abidjan (Côte d'Ivoire) à Ouagadougou (Burkina-Faso). L'année suivante il prend le contrôle de la société ferroviaire camerounaise Camrail et devient ainsi le premier transporteur ferroviaire d'Afrique de l'Ouest. En parallèle, il décroche de nombreuses concessions portuaires, notamment à Abidjan (Côte d'Ivoire), à Douala (Cameroun), à Tema (Ghana), à Lagos (Nigeria), à Conakry (Guinée Conakry), à Lomé (Togo) et à Libreville (Gabon).

Sa stratégie commerciale ? Proposer aux clients une chaîne logistique complète permettant de transporter leurs marchandises sur tout le trajet. Certains pays africains étant enclavés et un tel service étant rare, il peut être facturé très cher et générer de confortables marges[20].

L'Afrique est une terre de business compliquée mais très rémunératrice. En 2008, le directeur général du groupe Bolloré, Gilles Alix, donne lui-même les clés de la réussite du groupe au journal *Libération* : « Nous, on est depuis longtemps en Afrique, on connaît bien l'ambiance générale, les milieux des affaires et les milieux politiques. (...) Il faut comprendre que l'Afrique, c'est compliqué. Nous, ça fait quatre-vingts ans qu'on est là-dedans. »

Gilles Alix s'emmêle avec les dates. Le groupe Bolloré n'est pas implanté en Afrique depuis quatre-vingts ans, mais depuis la fin des années 1980. Ce qui est vrai en

20. En 2016, la branche « transports et logistiques » du groupe Bolloré a dégagé avant impôts environ 10 % de bénéfices sur un chiffre d'affaires de 5,45 milliards d'euros.

revanche, ce sont les pratiques récurrentes utilisées par le groupe Bolloré pour développer son emprise sur le continent et son réseau. C'est toujours Gilles Alix qui parle, le n° 2 du groupe Bolloré, dans un aveu de franchise mémorable : « Les ministres, on les connaît tous là-bas. Ce sont des amis. Alors, de temps en temps, je vais être clair, on leur donne, quand ils ne sont plus ministres, la possibilité de devenir administrateurs d'une de nos filiales. C'est pour leur sauver la face. Et puis on sait qu'un jour ils peuvent redevenir ministres[21]. »

Grâce à ces contacts noués au plus niveau des états, le business africain du groupe Bolloré va se développer à merveille, dans la plus grande tradition de la « Françafrique ». L'empire se professionnalise, étend son territoire en obtenant bientôt des positions industrielles sur tout le continent. Cette petite révolution est menée et orchestrée par Dominique Lafont, un homme clé du dispositif de Vincent Bolloré. Dominique Lafont est un ancien du groupe Rivaud : un homme de réseaux, rompu aux histoires africaines. Il passe près de vingt ans aux côtés de Vincent Bolloré en Afrique avant de quitter le groupe en 2015. « Dans les années 1990, nous dit-il, le groupe Bolloré était un groupe de transit et de manutention portuaire et principalement localisé en Afrique francophone. Dans la dernière décennie, Bolloré est devenu un groupe panafricain dans la logistique intégrée et la gestion d'infrastructure portuaires[22]. »

Depuis son départ du groupe Bolloré, Dominique Lafont s'est très peu exprimé. Il faut dire que lui aussi a

21. Le groupe français refuge des ministres retraités, *Libération*, 17/10/2008.
22. Entretien avec Nicolas Vescovacci le 14 novembre 2016.

été malmené par son ancien patron au moment de rompre les amarres. Dominique Lafont a accepté de nous recevoir dans son bureau, chez lui, dans l'ouest de Paris car, dit-il, « j'ai passé de merveilleuses années au contact de Vincent Bolloré qui m'a laissé très libre de faire ce que je voulais ».

Les deux hommes ont eu des divergences : sur la stratégie et la méthode. Dominique Lafont le reconnaît. Mais l'ancien bras droit du patron breton veut avant tout se souvenir de « tout ce boulot qui a été fait et qui a rapporté des milliards à Vincent ». Entre 2000 et 2015, les résultats opérationnels de la branche « transport et logistique » du groupe ont été multipliés par quatre. C'est la principale machine à cash du groupe Bolloré entretenue par un solide réseau « françafricain ».

Ce réseau, en Afrique et en France, est le véritable trésor de guerre de l'homme d'affaires. Vincent Bolloré a mis trente ans à le constituer : des chefs d'État, des policiers, des espions, des magistrats, des entrepreneurs, des hommes et femmes politiques. « Les gens dévoués, ça lui permet d'aller plus vite dans ses affaires, estime un ancien proche. Il décide de tout et appuie sur un bouton pour faire exécuter ses ordres. » Cela fait partie du personnage. Vincent Bolloré ne partage ni pouvoir ni décisions et ne répond presque jamais à la presse sauf lorsqu'il est certain de ne pas être interviewé trop durement.

Pourquoi le ferait-il d'ailleurs tant il considère que beaucoup de choses se jouent directement entre « Dieu et lui ». Rendre des comptes ? « Il en rend toutes les semaines », nous affirme énigmatique un homme d'affaires catholique qui observe Vincent Bolloré à distance depuis plus de trente ans : « Vous connaissez son confesseur ? »

De la Bretagne à la « World Company »

Au départ, nous ne voulions pas forcément aller sur le terrain de la religion, estimant que la vie spirituelle du patron breton relevait de la stricte vie privée. N'est-ce pas utile de connaître les convictions, les valeurs et la philosophie de vie d'une femme ou d'un homme de pouvoir pour comprendre ses choix et sa personnalité ? Au départ donc, nous savons simplement que Vincent Bolloré est un catholique pratiquant, guère plus. Lorsque l'une de nos sources nous met sur la piste de son confesseur, nous sommes loin de nous douter de son importance.

Au fil de l'enquête, nous découvrons que « Vincent le catholique » possède une carte maîtresse dans son jeu. Un homme inconnu du grand public, son docteur de l'âme, capable de lui rendre la vie plus douce et l'esprit plus tranquille.

Ce personnage discret, plusieurs de nos sources nous le décrivent comme « très influent auprès de l'industriel ». Forcément, cela a piqué notre curiosité. Alors nous avons cherché à lui parler. Sans surprise, il n'a pas voulu répondre à nos questions. En revanche, nous avons pu discrètement le voir à l'œuvre, en plein travail, tentant d'expliquer à ses ouailles la portée et les conséquences du péché originel…

Chapitre 12

L'abbé Grimaud, le réseau catho

Un jour gris et froid de novembre 2016, nous poussons incognito la porte d'une petite chapelle dans le très chic 16e arrondissement de Paris. Le prêtre marche d'un pas feutré pour ne pas troubler le silence matinal. Il est 7 h 30 précises lorsqu'il s'approche de l'autel et revêt sa chasuble. En cette fin d'année 2016 elle est pourpre, couleur de l'Avent. D'un geste souple et élégant, l'abbé Grimaud se tourne vers une poignée de fidèles venus célébrer l'Eucharistie. « C'est l'heure du ciel », nous dit l'un d'entre eux, consacrée comme tous les mardis matin… aux journalistes catholiques. Des confrères font probablement partie des personnes présentes. Nous n'en reconnaissons aucun.

Génuflexion recommandée, vierge Marie vénérée, nous sommes dans le temple de *Mater Amoris,* « la mère de l'amour et reine de l'univers ». Dehors, le ciel est encore noir. L'abbé Grimaud, prêtre « tradi », ouvre les bras en croix, respire profondément et, sous l'œil protecteur d'une statue de Jeanne d'Arc, cite à l'envi les évangélistes Matthieu, Luc et Marc. La voix haut perchée d'un jeune diacre accompagne le murmure liturgique. « Le péché originel a perverti tout l'univers jusqu'au fond des galaxies », lance l'abbé Grimaud qui engage les fidèles à faire pénitence dans leur vie quotidienne, à offrir une souffrance ou faire un sacrifice pour sauver les hommes et inculquer à la jeunesse le sens du devoir par la prière. Nous voici face à un prêtre en parfaite maîtrise de son dogme, plaidant pour un renouveau spirituel dans un monde en perdition morale.

Depuis le mois de septembre 2016, l'abbé Grimaud dirige le foyer Jean-Bosco – *Mater Amoris* qui accueille plus de 150 jeunes étudiants, garçons et filles, dans l'ancien couvent des Petites Sœurs des pauvres créé en 1896. Composé d'un hospice, d'une chapelle et d'un parc, ce lieu s'étend sur un hectare le long du boulevard Murat, à deux pas du Parc des Princes, dans le très chic ouest de la capitale.

En plein Paris, ce patrimoine exceptionnel aurait pu accueillir des logements sociaux. Après une longue bataille juridique, Vincent Bolloré rachète les lieux en 2013 pour 70 millions d'euros afin d'accueillir son projet de foyer pour personnes en difficulté. Après rénovation et une trentaine de millions d'euros supplémentaires, l'ancienne propriété de la congrégation religieuse de Saint-Pern (Ille-et-Vilaine) devient le domaine de l'abbé Grimaud. Ce petit paradis est désormais soutenu par des entreprises partenaires. Devinez lesquelles ? Havas, Bolloré (le groupe), Vivendi, Vivendi Jeunes Talents et le journal gratuit *CNews Matin* (ex-*Direct Matin*).

Depuis plus de vingt ans, le prêtre entretiendrait une relation particulière avec Vincent Bolloré. « C'est son confesseur », croit savoir l'homme d'affaires catholique qui nous a mis sur la piste. Vincent Bolloré et l'abbé Grimaud se rencontreraient discrètement plusieurs fois par mois. S'agit-il de simples discussions ? De confessions régulières ? « Il y a entre eux une relation de confiance et de pouvoir », nous assure une source qui a fréquenté les deux hommes.

Comme d'autres, l'abbé Grimaud appartient au jardin secret de Vincent Bolloré, c'est un fidèle, un incontournable de sa sphère privée. Selon l'archevêché de Paris, l'abbé Grimaud est ordonné prêtre en juin 1977 et incardiné[1] dans le diocèse de Paris. Pendant les dix premières années de sa carrière, il est successivement vicaire dans les paroisses parisiennes de Saint-Antoine des Quinze-Vingts (75012), de Saint-Léon (75015) et de Sainte-Odile (75017). Depuis septembre 1988, il fait partie des prêtres exerçant des fonctions extra-diocésaines. Un curé « électron libre » en quelque sorte, sans paroisse, affecté à des « œuvres de jeunesse » pour le compte du diocèse de Saint-Denis-en-France, où il occupe toujours le poste d'aumônier du foyer de la Maison de la Légion-d'honneur.

La rencontre avec Vincent Bolloré remonte-t-elle à cette période ? Difficile de le savoir précisément. En revanche, ce que nous pouvons affirmer avec certitude, c'est que les deux hommes se connaissent déjà au début des années 2000.

À cette époque, entre 2001 et 2005, l'abbé Grimaud est l'un des vicaires (un quart-temps) de la paroisse traditionaliste de Saint-Germain-l'Auxerrois (75001) à deux pas du musée du Louvre. Or, d'après l'une de nos sources, monsieur le curé occupe, à cette époque, un luxueux appartement parisien avec vue sur la Seine, situé dans ce même quartier de Saint-Germain-l'Auxerrois. « C'était immense,

1. Pour un prêtre, être « incardiné » signifie être rattaché à un diocèse.

avec une déco très bourgeoise, se souvient un visiteur. Et l'abbé était fier de nous raconter que c'était Bolloré qui payait. »

Quel rôle cet homme de Dieu a-t-il dans la vie du patron breton ? Est-il simplement l'homme de confiance à qui le généreux milliardaire confie la gestion de ses œuvres de charité, ou est-il davantage un « directeur de conscience » pour un homme d'affaires habitué aux combats financiers sans merci ? Dans l'énigme de leur relation, il y a sûrement un peu de tout ça. Interrogé par le journal *Libération* en 1999, Vincent Bolloré expliquait se rendre à la messe tous les dimanches. « Quand j'en sors, je suis un homme neuf », se réjouissait-il.

Nous avons rencontré un prêtre qui observe l'homme d'affaires depuis plus de vingt ans. Cette source affirme avoir croisé l'abbé Grimaud quelques fois mais « ce n'est pas ma tasse de thé », jure-t-il ses grands dieux. Notre témoin qui souhaite garder l'anonymat croit tenir la clé de la relation Grimaud-Bolloré : « Bolloré, c'est un catholique qui se sert de la religion, estime cet ecclésiastique qui officie dans une grande paroisse parisienne. Lui et son abbé croient au pouvoir magique du sacrement. C'est simple : quand Bolloré fait une bêtise, il se confesse. Il se blanchit et il repart. C'est une conception très vieille France de la religion, préconciliaire (Vatican II) que l'on inculquait aux enfants avant-guerre pour les tenir. »

À écouter ces témoignages, il semble que l'abbé Grimaud soit celui qui réconcilie la vie terrestre de Vincent Bolloré avec ses aspirations spirituelles. L'homme est d'ailleurs présent aux rendez-vous importants de la vie de son bienfaiteur breton. Lorsque sa mère décède à la fin des années 2000, c'est lui qui célèbre ses obsèques en présence du clan familial. En février 2017, lorsque Vincent Bolloré fête les cent quatre-vingt-quinze ans de son groupe à Ergué-Gabéric dans le Finistère, le prêtre sans paroisse préside une cérémonie du souvenir dans la chapelle de Kerdevot, en présence notamment de Jean-Yves Le Drian et de Bernard Poignant, deux amis proches de Vincent Bolloré, alors respectivement ministre de la Défense et conseiller de François Hollande à l'Élysée.

Au terme de nos recherches, la relation entre l'abbé Grimaud et Vincent Bolloré demeure mystérieuse. Aujourd'hui, le prêtre n'occupe plus l'immense appartement avec vue sur la Seine. Il a déménagé dans le 5e arrondissement de Paris à quelques pas de la cathédrale Notre-Dame de Paris.

En lui donnant la direction du foyer Jean-Bosco *Mater Amoris*, le milliardaire lui a confié la gestion d'une grande partie de ses œuvres de charité. Par le passé, l'industriel aurait d'ailleurs financé la construction ou la rénovation d'autres lieux de refuge chers à l'abbé Grimaud, comme le chalet Notre-Dame-du-Christomet en Haute-Savoie ou la Maison des Demoiselles-Guibert située dans la Nièvre, des lieux destinés à accueillir essentiellement des colonies de vacances. Ces résidences seraient gérées par l'abbé Grimaud et son entourage grâce à une association, les Amis des jeunes chrétiens, enregistrée à son domicile actuel.

Il est 8 h 10, c'est la fin de l'office. Nous sortons de la petite chapelle du foyer Jean-Bosco *Mater Amoris*. Alors que les fidèles font une dernière génuflexion face à l'autel, nous repoussons la lourde porte en bois de la chapelle. Dans le hall du foyer, quelques dépliants dédiés aux « œuvres » de l'abbé traînent sur une table. Nous nous approchons et nous tombons sur un texte signé en novembre 2016 par

« G.G. » (l'abbé Gabriel Grimaud). Son titre : *Céder aux pressions ?* Extrait :

« C'est devenu une habitude (...) pour obtenir quelque chose de son patron (...) il faut protester longuement devant l'horrible dictature de celui qui entend ne pas céder à la moindre revendication. (...) Ce comportement, issu des habitudes syndicales (...) et du foisonnement des corporatismes, est néfaste pour les sociétés comme pour toutes les institutions familiales ou éducatives (...) Nos enfants doivent percevoir qu'il ne sert à rien de protester avec véhémence contre ce qui leur semble une brimade tant qu'ils n'auront pas pris la mesure du bien commun. » Signé G.G.

Une armée de jeunes gens aux ordres du Seigneur ou du patron, voilà la société dont semble rêver le très secret abbé Grimaud, confesseur présumé de Vincent Bolloré. Pour l'abbé, l'autorité ne se conteste pas avec véhémence. Selon lui, elle doit s'appliquer à la lettre au nom de ce qu'il nomme « le bien-être de l'ensemble de la communauté ». La conclusion de ce texte pourrait être tirée d'un discours de Vincent Bolloré lui-même : « Céder (aux pressions) serait une capitulation dommageable pour tous. »

Face à la censure voulue par Vincent Bolloré, les auteurs de cet ouvrage et ceux qui y ont participé n'ont jamais capitulé. Face à la violence de la refonte de la ligne éditoriale de leur antenne, les journalistes et personnels d'iTélé ont résisté. Ils ont fait grève pendant trente et un jours pour défendre leur chaîne (propriété de Canal +), leur métier et la liberté d'informer. Ils sont allés jusqu'au bout de leurs forces, jusqu'au bout du combat avant de rendre les armes, épuisés. Fallait-il se plier à l'autorité ? Fallait-il obéir à un patron qui explique que diriger un grand groupe

« mérite un peu de terreur » ? Avant de « réformer » la ligne éditoriale des chaînes du groupe Canal +, Vincent Bolloré a patiemment bâti son empire médiatique, échafaudé comme un instrument d'influence au service de ses intérêts.

En quinze ans à peine, le milliardaire breton a construit un puissant *pôle média* réunissant publicité, journaux gratuits, télévision, jeux vidéo et cinéma. Entre autres conseillers spéciaux consultés tout au long de son édification, le discret abbé Gabriel Grimaud ne sera jamais bien loin, offrant cette fois plus qu'une écoute attentive, il fera office de conseiller éditorial.

Partie III

UN GROUPE D'INFLUENCE AU SERVICE DE SES FINANCES

C'est drôle comme la presse peut attirer les grands patrons. À se demander si les dirigeants de nos chères multinationales n'ont pas raté leur vocation. À entendre Vincent Bolloré, les médias seraient une vieille passion. De notre point de vue, ils constituent plutôt une arme clé au service de son pouvoir, un outil d'influence qu'il est nécessaire d'étudier afin de mieux cerner ses ambitions industrielles et financières et les conséquences pour notre démocratie.

« À la fin des années 1970, il me parlait souvent de Radio Caroline », se souvient le sénateur Gérard Longuet, son ex-beau-frère par alliance. Cette radio pirate anglaise créée dans les années 1960 émettait d'un bateau ancré dans les eaux internationales au large des côtes britanniques. « Il adorait l'idée et il me disait : *on devrait faire ça en France, créer un média libre*[1]. » Libertaire et romantique, Vincent Bolloré ? Si l'idée a pu le séduire pendant ses jeunes années, les faits racontent une tout autre histoire.

---

1. Entretien avec l'auteur, le 2 novembre 2016.

Dans les années 1990, le financier breton acquiert la conviction que, pour faire des affaires, il lui faut un outil d'influence, autrement dit un groupe de médias, sorte de « cordon sanitaire médiatique » destiné à servir et éventuellement protéger ses intérêts. « Personne n'investit dans la presse pour des questions de rentabilité », résumait en 2008 un patron français interrogé par deux journalistes de *Libération* dans leur ouvrage *Vincent Bolloré, ange ou démon ?*. « La presse, en France, c'est de l'influence, poursuivait-il. Et quand, comme lui, on a piqué autant d'argent à autant de gens, les médias fournissent un bouclier très efficace[2]. » Un bouclier mais aussi un sésame pour accéder plus facilement à certains hommes politiques surtout lorsqu'ils sont locataires de l'Élysée.

Ayant échoué à mettre la main sur le groupe Bouygues et TF1 en 1997, Vincent Bolloré va bâtir petit à petit son propre groupe de communication avec pour ambition de le léguer à Yannick, son fils cadet.

Pour dégager du cash, il vend ses activités « tabac » entre 2000 et 2003 (OCB, Zig Zag, Tobaccor...) puis se débarrasse de son pôle de transport maritime en 2006. Son premier fait d'armes ? En 2001, lorsque la gauche annonce la privatisation de la Société française de production (SFP), principal prestataire technique (tournage et diffusion) des chaînes publiques, Vincent Bolloré se jette sur l'occasion. Aux côtés de la société Euro Média Télévision[3], l'industriel

2. Voir N. Cori et M. Gremillet, *Vincent Bolloré, ange ou démon ?* Hugo doc, janvier 2008, p. 82.

3. Société française de prestation technique audiovisuelle. En 2007, Euro Media Télévision se rapproche du Hollandais UBF Media Group pour créer Euro Media Group, présent dans sept pays (France, Belgique, Pays-Bas, Allemagne, Royaume-Uni, Suisse et Italie).

rachète l'entreprise publique pour 20 millions de francs, une bouchée de pain, alors que l'État y avait auparavant investi des milliards pour éviter la faillite. Vincent Bolloré fait alors du romancier et journaliste Philippe Labro[4] son « conseiller spécial pour les médias ». Ensemble, au début des années 2000, ils se battent pour obtenir de l'État une fréquence gratuite de télévision numérique terrestre, la TNT. C'est leur priorité. Mais l'affaire prend du temps. Alors en attendant, Vincent Bolloré prend le contrôle d'un outil d'influence et de communication implanté dans plus de soixante pays : l'agence Havas.

4. De 1985 à 2000 Philippe Labro dirige les programmes de la radio RTL, devenant vice-P-DG de la station en 1996.

Chapitre 13

Havas pôle d'influence

C'est un mastodonte de la com', le sixième groupe mondial du secteur. L'agence Havas œuvre pour le compte de riches annonceurs, réalise des publicités, achète de l'espace dans la presse et s'occupait encore récemment de communication politique. « Il nous a semblé (...) qu'y entrer était une bonne façon de comprendre ce qu'était la communication, ce que voulaient les clients, ce qu'était un message, quels étaient les médias par lesquels il fallait passer pour mieux communiquer », explique Vincent Bolloré au magazine *Jeune Afrique* en 2008.

Pour prendre le contrôle d'Havas, Vincent Bolloré déploie tout son « savoir-faire » : de la discrétion, de la ruse et un énorme culot. En juillet 2004, après avoir racheté 5 % du capital, il passe un coup de fil à Alain de Pouzilhac, le P-DG de la célèbre agence. « Avec le recul, je trouve que c'est un moment complètement dingue », analyse ce dernier. Dans un café parisien, Alain de Pouzilhac, aujourd'hui à la retraite entre le Portugal et la France, a accepté de revenir sur cet épisode. Le temps a passé. La tension est retombée. Mais sa mémoire s'accroche encore aux faits et aux gestes de la trahison, dans les moindres détails. Comme toujours avec Vincent Bolloré, cela va démarrer avec amabilité et sourire, presque sur du velours, en juillet 2004.

« Ce type est extraordinaire. Je ne le connais pas. Il m'appelle pour la première fois et me tutoie d'entrée. *Alain, tu fais un boulot extraordinaire à la tête de l'agence. Continue. Ne fais pas attention à moi. Je te suis, j'investis parce que j'y crois. Je n'ai aucune intention d'aller plus loin* », aurait-il expliqué au P-DG d'Havas. « Quand j'entends ça, je n'ai aucune raison de m'inquiéter, au contraire, poursuit Alain de Pouzilhac, je trouve qu'un nouvel actionnaire de la trempe d'un Bolloré, ça peut même m'aider. »

Le patron d'Havas se souvient d'avoir déjeuné plusieurs fois avec le patron breton : « Toujours sympa. Agréable. Et puis, j'en suis venu à me poser des questions… »

Envahi par le doute, Alain de Pouzilhac décroche son téléphone et appelle son ami Martin Bouygues. « Il me met en garde immédiatement et me dit : *attention, Bolloré c'est un menteur maladif, méfie-toi…* Je me suis donc méfié, mais trop tard… », se désole encore aujourd'hui l'ancien P-DG d'Havas. Car dans les semaines qui vont suivre, ce sera, comme il dit, « un feu d'artifices ».

Alain de Pouzilhac observe la stratégie rampante de Vincent Bolloré sans pouvoir réagir. Derrière la façade courtoise, le financier au masque d'industriel grignote le capital d'Havas, action après action : 5, 10, 20 % jusqu'à en devenir le premier actionnaire. Le 9 juin 2005, c'est le coup de grâce. Lors d'une Assemblée générale mémorable, Vincent Bolloré s'empare du groupe d'une manière si théâtrale et brutale qu'elle restera dans toutes les mémoires.

En apparence avant l'AG, la prise de contrôle de l'entreprise ne lui est pas acquise. Pour l'emporter, Bolloré doit décrocher quatre sièges au Conseil d'administration. Le camp Pouzilhac pense avoir arrangé les choses pour qu'il n'en obtienne que deux. Les actionnaires se prononcent dans l'après-midi lors d'un vote. Or, le matin même, le camp Bolloré s'est assuré la victoire en signant un accord secret avec le second actionnaire de l'agence, le fonds Sebastian Holdings Inc., censé être le principal allié de Pouzilhac ! Soudain, en pleine assemblée, Vincent Bolloré se lève, s'empare du micro et massacre la direction du groupe : « Moi, quand je les entends parler publicité, je trouve ça fantastique. Ce sont des formidables publicitaires, c'est vrai. Quand je les entends parler de chiffres, excusez-moi, j'ai un tout petit peu plus de doutes… »

Vincent Bolloré monte sur scène, micro en main et s'impose physiquement comme le nouveau patron. Assis à la tribune, le P-DG d'Havas observe inquiet ce petit manège tout en gardant un œil sur le vote des actionnaires. À l'énoncé des résultats, Alain de Pouzilhac se prend la tête dans les mains et lâche, dépité : « C'est fini pour moi ! »

« Ce jour-là, mes plus proches alliés m'ont trahi, raconte-t-il aujourd'hui encore ému, en sirotant une eau gazeuse. Beaucoup de ceux avec qui j'avais construit l'agence, comme Jacques Séguéla, ont choisi Bolloré plutôt que la continuité. Imaginez ma déception. En fait, je n'étais pas déçu, j'étais complètement abattu ! »

Non content d'avoir réussi son « putsch », Vincent Bolloré cherche à anéantir durablement Alain de Pouzilhac et ses lieutenants. Il initie contre eux une douzaine de procédures judiciaires. « Je découvre dans la presse qu'on va être mis en garde à vue, se souvient l'ancien P-DG d'Havas, qu'on a utilisé l'avion de la société à des fins personnelles, qu'on a piqué les bouteilles de bordeaux à la cantine, qu'on a envoyé des bouquets de fleurs facturés par Havas… »

Stratégie de déstabilisation ? Après sept années de procédure, la douzaine d'actions civiles ou pénales initiées par Vincent Bolloré fait « pschitt » : « On a gagné tous nos procès. Tout était faux, affirme aujourd'hui Alain de Pouzilhac. Et ça c'est une grande victoire personnelle. »

Pour Jacques Hérail, l'ancien directeur financier d'Havas également ciblé par Vincent Bolloré, l'objectif du milliardaire breton était de faire régner la terreur, d'instaurer un climat menaçant, histoire de leur dire : « Ceux qui résistent : voilà comment je les traite. Si vous voulez vous taper neuf heures de perquisition, quarante heures de garde à vue et être pollué pendant sept ans par des avocats qui vont raconter n'importe quoi à la presse, résistez moi[1] ! » Personne ne résiste à Vincent Bolloré, pas même Havas, l'un des fleurons de la communication mondiale dont il confiera plus tard la direction à Yannick, le deuxième de ses quatre enfants. En attendant, c'est la presse qui l'intéresse : la télé, puis les « gratuits » qui occupent toutes ses journées. Commençons par ses « journaux », c'est le plus édifiant.

1. Voir *Vincent Bolloré, un ami qui vous veut du bien*, T. Waleckx, *Complément d'enquête*, France 2, 7 avril 2016.

Chapitre 13

La propagande des journaux gratuits

À l'été 2006, en association avec le groupe *Le Monde*, Bolloré médias se lance dans les quotidiens gratuits. Son premier titre, *Direct Soir*, disparu en 2010, a été conçu avec les équipes d'Havas. Distribué à 500 000 exemplaires[1], *Direct Soir* est une sorte de support publicitaire pour annonceurs agrémenté de quelques articles non signés traitant l'actualité.

Une façon de « lisser les ego et faire comprendre aux journalistes qu'ils sont des petites mains interchangeables[2] », charge Éric Nunès, alors responsable des pages produites par les rédacteurs du *Monde* pour le « gratuit » de Vincent Bolloré.

À l'intérieur : des programmes télé, des recettes de cuisine et *La blague du jour* parfois rédigée par… Vincent

1. Distribué dans 15 villes de France dont Aix-en-Provence, Avignon, Grenoble, Lille, Lyon, Marseille, Paris, et lancé avec un budget de 20 millions d'euros, *Direct Soir* devait, selon les prévisions de Vincent Bolloré, être à l'équilibre d'ici six ou sept ans.
2. Voir *Moi, mèche et méchant*, V. Le Grand, A. Pedro, *Society*, juillet-août 2015.

Bolloré lui-même ! La ligne éditoriale se veut objective, surtout pas militante.

Pas militante, la presse de Bolloré ? Nous avons fouillé, comme ça pour voir, dans les archives disponibles de *Direct Soir*. Premier constat : le journal gratuit relaie régulièrement en une les thèmes sécuritaires favoris de l'UMP, le grand parti de la droite française. Quand Nicolas Sarkozy devient président de la République en mai 2007, les articles qui le mettent en vedette lui ou ses ministres se multiplient. Information ou propagande ? La genèse du second quotidien gratuit de l'industriel breton, lancé dans la foulée de *Direct Soir*, donne des réponses.

Nous sommes toujours en 2006. Jean-Marie Colombani, alors patron du *Monde*, prestigieux journal national de référence, demande à l'un de ses rédacteurs en chef, François Bonnet, de réfléchir à un « quotidien d'information générale très ancré dans la région Île-de-France ». Jean-Marie Colombani annonce à sa rédaction s'être allié à Vincent Bolloré pour réaliser ce projet. À l'origine *Le Monde* et le groupe Bolloré doivent le financer à parts égales. Mais François Bonnet découvre rapidement que le groupe Bolloré détiendra à terme 70 % des parts de ce nouveau journal baptisé d'abord *Matin Plus* puis *Direct Matin Plus* avant de devenir *Direct Matin* en 2010 (en février 2017, il a été rebaptisé *Cnews Matin* puis CNews en décembre) ! Plus gênant : le financier breton développe le projet avec le célèbre publicitaire Jacques Séguéla.

Fin 2006, écœuré, François Bonnet jette l'éponge et dénonce une « presse d'industrie pensée et formatée pour des publicitaires où l'enjeu de l'information n'existe plus[3] ». Le journaliste décrit un instrument d'influence au service de Vincent Bolloré. « J'ai très vite vu que le journal devait servir ses intérêts, racontait récemment François Bonnet au magazine *Society*. C'était caricatural, comme avec les pages TV, où il y avait quatre *suggestions* et toujours trois sur Direct 8, sa chaîne, même si c'était la rediffusion d'un nanar improbable. »

La direction du *Monde* ne conteste pas l'analyse de son ancien rédacteur en chef devenu depuis l'un des cofondateurs du site Mediapart, mais à l'époque elle juge le projet de Vincent Bolloré et de Jacques Séguéla « plus concurrentiel (...) face à *20 Minutes* et à *Metro*[4] ». Pour Vincent Bolloré il s'agit d'attirer dans son environnement médiatique la marque la plus prestigieuse de la presse française. Pour *Le Monde*, le partenariat avec l'industriel breton permet de mieux rentabiliser son imprimerie dont les rotatives assurent le tirage matinal des 400 000 exemplaires de *Matin Plus*. En outre, *Le Monde* fournit chaque jour quelques articles de fond au quotidien gratuit, dont un de *Courrier international*[5].

Mais cette alliance entre le journal de référence français qui se veut indépendant et la « presse d'industrie » de Vincent Bolloré, selon François Bonnet, va vite se révéler explosive. Le 25 mai 2007, *Le Monde* transmet à *Matin Plus* la traduction d'un article hongrois publié par *Courrier international*. Ce papier raconte comment des musiciens roms ont été maltraités et humiliés par la police

3. Voir « Gratuit *Le Monde*, Bolloré », Bonnet jette l'éponge, *Le Nouvel Observateur*, 7 novembre 2006.
4. *Ibid.*
5. Créé en 1990, *Courrier international* appartient au groupe *Le Monde* depuis 2001.

de l'air et des frontières française à l'aéroport de Roissy. Tout cela à cause d'un supposé « étui à cigare suspect ». Plutôt humoristique, le journaliste hongrois a trouvé les flics de Roissy un peu « soviétiques » ! Mais pour Jean-Christophe Thiery (alors président de Bolloré Média et actuel président du groupe Canal +), critiquer la police française quelques jours après l'arrivé à l'Élysée de Nicolas Sarkozy, ex-premier flic de France et ami personnel du « boa », est inconcevable : « Nous avons une charte éditoriale prévoyant que nous faisons un journal neutre. Là, on avait un article qui était extrêmement désagréable pour la France parce qu'il comparait ce que faisaient ses fonctionnaires à ce qui se passait au temps de l'URSS[6]. » Selon Alexandre Levy, chef du service Europe de l'Est de *Courrier international*, le président de Bolloré médias aurait même lâché : « On ne parle pas ainsi de la police Française[7] ! » « Plus qu'un journal de droite, *Direct Matin* était un journal aux ordres, confie un ancien de la maison. On devait toujours donner la parole aux différentes autorités[8]. »

Chez Bolloré Média, on n'hésite pas non plus à mélanger les genres : information et publicité se côtoient sans que le lecteur en soit véritablement informé. Vincent Bolloré n'a-t-il pas placé à la direction de *Matin Plus* Serge Nedjar, le patron de la régie pub de son groupe ? Ce petit homme sec à fines lunettes se fera un nom dans notre métier quelques années plus tard pour avoir lâché aux journalistes d'iTélé réticents à mélanger publicité et information l'ordre

6. Source : dépêche AFP.

7. Voir Accusé de censure, le groupe Bolloré reconnaît la suppression d'un article, *Le Nouvel Observateur*, 6 juin 2007.

8. Voir *Moi, mèche et méchant*, V. Le Grand, A. Pedro, *Society*, juillet-août 2015.

suivant : « Il n'y aura rien à discuter parce que vous ferez ce qu'on vous dit de faire[9]. » Selon d'anciens subordonnés, à la tête de *Matin Plus*, Serge Nedjar avait pour habitude de respecter trois règles d'or.

Règle numéro un : ne jamais déplaire à Vincent Bolloré.

Règle numéro deux : ne jamais nuire aux clients et partenaires de Vincent Bolloré.

Règle numéro trois : assurer si possible la promotion des produits et services « maison » ainsi que ceux desdits clients et partenaires.

Surnommé le Général Tapioca par ses équipes, Serge Nedjar aurait appliqué avec zèle les consignes de son maître breton jusqu'à gérer son journal « comme une brochure de supermarché », estime un journaliste qui a travaillé à ses côtés[10]. Dès le départ, un lecteur avisé de *Direct Matin* est forcément intrigué par le nombre d'articles que Serge Nedjar consacre au réseau de voitures électriques dont la mairie de Paris vient de concéder l'exploitation au groupe Bolloré. *Autolib confirme son succès, Le nouveau style Autolib', À la maternité grâce à Autolib'*... pour ne citer que quelques titres d'articles.

Autre partenaire que Serge Nedjar cherche manifestement à soigner particulièrement : la RATP, à qui Vincent Bolloré verse des centaines de milliers d'euros pour être le seul à avoir le droit de distribuer ses journaux gratuits dans le métro parisien. Ancienne journaliste à *Direct Matin Plus*, Valérie Zoydo a confié depuis son désarroi : « Il fallait absolument qu'on sorte des articles sur la RATP, même

---

9. Propos confirmés par de multiples sources sur plusieurs médias dont le site *Arrêt sur images*, le 7 juin 2016.

10. Voir Les drôles de pratiques de Serge Nedjar, nouveau patron d'iTélé, M. Molard, *Streetpress*, 27 mai 2016.

quand il n'y avait pas d'actu[11] ! lâche-t-elle dans un éclat de rire. Je me souviens que c'était le cauchemar du chef de service Île-de-France de l'époque, parce qu'il disait : *je ne sais plus quoi raconter, moi, sur la RATP, je crois que j'ai tout raconté !* » En janvier 2009 *Le Monde* fournit à *Direct Matin* un article révélant que le nouveau Pass Navigo (qui doit remplacer la Carte orange de millions de Franciliens) permettra à la RATP de « faire des offres commerciales ciblées [...] en exploitant une énorme base de données ». Le papier explique entre les lignes que la RATP aurait ainsi tous les moyens de surveiller la vie privée de ses clients. Sauf que le jeudi 29 janvier, dans *Direct Matin Plus*, l'article du *Monde* est brutalement remplacé par une page de pub ! Contactés par le site *Rue 89*, ni Jean-Christophe Thiery (alors président de Bolloré Média) ni Serge Nedjar (alors directeur général des rédactions du groupe) n'ont accepté de s'exprimer sur cette censure grossière.

Seule certitude : les lecteurs du quotidien gratuit en région parisienne, majoritairement usagers des transports en commun, auront été privés d'un article particulièrement instructif sur la façon dont la RATP utilise leurs données personnelles.

Autre manie de *Matin Plus* et *Direct Matin* avec ou sans « Plus » : présenter des chefs d'État africains, dont Vincent Bolloré aimerait obtenir des concessions portuaires ou ferroviaires, comme de sympathiques démocrates, alors qu'ils sont régulièrement épinglés par Amnesty international. Le 26 octobre 2007 *Matin Plus* fait ainsi sa une sur le président camerounais Paul Biya, de passage à Paris.

---

11. Cf le documentaire *Bolloré, un ami qui vous veut du bien*, T. Waleckx et M. Rénier, *Complément d'enquête*, France 2, 7 avril 2016.

Régulièrement mis en cause pour la brutalité avec laquelle il traite ses opposants ou les journalistes camerounais, Paul Biya devient dans *Matin Plus* « un président engagé dans la modernisation de son système démocratique » qui assure à son pays une « stabilité macroéconomique ». Quant à son gouvernement, on apprend avec surprise qu'il se démène pour « revaloriser le pouvoir d'achat » des Camerounais et « renforcer les institutions de promotion des droits de l'homme[12] ». Dans une première version de son papier, la journaliste chargée du sujet avait bien évoqué (timidement) les violations des droits de l'homme au Cameroun. Mais, selon nos informations, le paragraphe aurait été censuré par Michel Roussin en personne, « le patron de l'Afrique » au sein du groupe Bolloré à l'époque, qui serait descendu dans la rédaction fou de rage et aurait fait couper ce passage.

Un petit élément de contexte : l'attribution du port de Douala (Cameroun) à Vincent Bolloré fait alors polémique. L'un de ses concurrents locaux met en cause la légalité des méthodes mises en œuvre pour obtenir la concession, au point de porter plainte contre X pour « corruption et favoritisme[13] ». Parmi les rares politiques à soutenir Vincent Bolloré : son ami le président, Paul Biya. Dans ce contexte, la une de *Matin Plus* du 26 octobre 2007 peut difficilement être comprise autrement que comme un renvoi d'ascenseur.

Renvoyer l'ascenseur *via* un journal, c'est bien, mais renvoyer l'ascenseur *via* une télévision, c'est encore mieux ! La télé pour Vincent Bolloré, c'est le rêve d'une vie. Un

---

12. Voir *Matin Plus,* 26 octobre 2007.
13. Le concurrent dépositaire de la plainte est la société espagnole Progosa, dirigée par le Français Jacques Dupuydauby.

rêve qu'il parviendra à concrétiser grâce à l'octroi par l'État français d'une fréquence gratuite sur la TNT. Asseyez-vous maintenant confortablement dans votre canapé et pressez la touche 8 de votre vieille télécommande, si vous en avez encore une…

Chapitre 14

Direct 8, la « vérité de la vie » ?

Le 1er avril 2005, quai de Dion-Bouton à Puteaux dans les Hauts-de-Seine, devant des passants sidérés, un gros oiseau pataud fait mine de déployer ses ailes. Le temps d'ajuster son plumage, le volatile géant arrive sans crier gare devant la tour Bolloré : de grands yeux noirs, un bec jaune planté dans une grosse tête en feutre et un panache violet pour surplomber le tout. Contrairement aux apparences, il ne s'agit pas d'une nouvelle facétie de Rémi Gaillard déguisé en volaille. Avec son bouquet de fleurs, le poulet géant réussit à convaincre les vigiles en faction de le laisser monter dans les étages. Il tâtonne dans les couloirs, frappe à quelques portes et surprend finalement Vincent Bolloré en plein Conseil d'administration. L'homme qui s'est glissé dans cet étrange costume de volatile c'est Yves Brunier, papa du célèbre monstre gentil Casimir. « Les actionnaires, un peu médusés au début par cette soudaine irruption, se sont vite décontractés, racontera-t-il quelques années plus tard dans un livre de souvenirs[1]. Vincent Bolloré est parti dans un grand éclat de rire et remercia chaleureusement Thui Thui pour cette surprise inattendue. » Thui Thui est donc le nom de ce volatile géant, mascotte de la toute nouvelle chaîne de Vincent Bolloré baptisée Direct 8.

Yves Brunier n'a pas choisi la date du 1er avril 2005 par hasard. C'est à la fois le 53e anniversaire de Vincent Bolloré et la première journée de diffusion de Direct 8, sa chaîne de télé. « J'ai eu l'idée de marquer l'événement en faisant entrer Thui Thui en pleine réunion pour offrir un bouquet de fleurs à Vincent Bolloré », poursuit Yves Brunier. L'inventeur du personnage Casimir avait alors imaginé Thui Thui en catastrophe sur la base d'une autre de ses créations : l'oiseau Couic Couic, emblème de la marque de lessive Minidou dont le slogan publicitaire était « petit par la taille, grand par la douceur », tout le contraire de Vincent Bolloré.

C'est le jeudi 31 mars 2005 au soir, à la veille de l'irruption de Thui Thui en plein Conseil d'administration que Direct 8 prend l'antenne pour la première fois. Sur le canal 8 de la télévision française, la tour Eiffel et la tour Montparnasse apparaissent au loin dans un épais brouillard parisien. La chanson *Moonlight Shadow* de Mike Oldfield choisie personnellement par Vincent Bolloré lance le générique. Le logo de Direct 8 surgit à l'écran : une double mappemonde glisse, roule, puis se dessine enchâssée dans un grand 8. Voilà trois ans que le Conseil supérieur de l'audiovisuel (CSA) a accordé gratuitement une fréquence au groupe Bolloré pour créer une chaîne généraliste et

1. Y. Brunier *Dans la peau d'un monstre (gentil) / Ma vie avec et sans Casimir*, éditions Intervalles, 2014.

gratuite sur la TNT. C'est un moment important dans la carrière du Breton.

Le soir de la première, l'industriel est évidemment à l'honneur. Posté au milieu d'un décor sommaire aux côtés de Philippe Labro, son ami et « conseiller média », Vincent Bolloré semble à l'aise dans son costume bleu foncé. À l'écran, l'horloge marque 19 h 01 au-dessus de l'indication : EN DIRECT. Les deux hommes s'avancent face caméra en tonnant de concert : « Bonsoir, bienvenue sur Direct 8. » Philippe Labro, un peu crispé, écoute ensuite le grand patron lancer d'une voix assurée et fière :

« Nous sommes très heureux de vous accueillir ce soir. Cela fait vingt ans en France qu'il n'y avait pas eu de nouvelle chaîne gratuite. » Puis, Philippe Labro enchaîne sur le concept de Direct 8 : du direct, rien que du direct parce que le direct, explique-t-il, « C'est la vérité de la vie. »

Ainsi donc au début, la chaîne diffuse seize heures de direct par jour. Des émissions hebdomadaires s'installent dans la grille : *Opus8* pour la musique, *Fashion8* pour la mode et *À vos fourchettes* pour la cuisine. Sur Direct 8, la religion catholique occupe une très large place grâce à un personnage que nous avons déjà croisé, l'incontournable abbé Gabriel Grimaud, le confesseur présumé de Vincent Bolloré. En 2005, le prêtre participe même activement au recrutement d'une partie de la rédaction de Direct 8. Rassemblant une dizaine de jeunes gens, grâce au réseau de son aumônerie[2], il présente un jour une petite troupe d'apprentis journalistes à Vincent Bolloré, dans son bureau. L'un des participants se souvient du ton souverain avec

2. L'abbé Gabriel Grimaud est également aumônier de la Maison d'éducation de la Légion d'Honneur à Saint-Denis.

lequel l'abbé Grimaud parle au patron breton. « Évidemment, tu me les embauches tous en CDI ! » aurait exigé l'homme d'Église. Ce à quoi Vincent Bolloré aurait répondu, convaincu de tenir là la fine fleur du journalisme : « Ce sera fait ! » Journaliste recruteur, confesseur présumé, référent intellectuel, éminence grise, cette scène confirme combien le prêtre est un intime du grand patron breton. « Il connaît tout de Vincent Bolloré, sinon pourquoi lui donner autant d'influence et de pouvoir ? » s'interroge une source à l'archevêché de Paris.

Fier de son casting, l'abbé Grimaud impose sur Direct 8 *Dieu Merci !*, une émission hebdomadaire 100 % catholique. Parmi les ouailles recrutées : le très prometteur Guillaume Zeller fait ses premières gammes en chroniqueur littéraire[3]. Ancien consultant en relations publiques, petit-fils du général putschiste André Zeller[4], le jeune homme alors âgé de vingt-neuf ans, réputé « catho tradi » et défenseur de l'Algérie française, ne connaît pas grand-chose aux médias. Il sera pourtant promu rapidement rédacteur en chef de *Direct Soir*, avant d'être nommé directeur de Direct 8 en 2011 puis rédacteur en chef du pôle digital de *Direct Matin* en 2012. Mais son principal fait d'armes fut de devenir l'éphémère directeur de la rédaction d'iTélé de septembre 2015 à août 2016 avant que la chaîne ne s'engage dans une grève mémorable. « En onze mois chez nous, ce pur produit Bolloré n'a

3. Avant de faire leurs gammes sur Direct 8, Guillaume Zeller et l'abbé Grimaud avaient notamment écrit à quatre mains une rubrique quotidienne consacrée au « saint du jour » pour *Direct Soir*, puis pour *Direct Matin*, sous le pseudonyme Defendente Genolini. Chronique qui existe toujours dans *CNews Matin*.

4. Le général Zeller a participé au coup d'État contre le général de Gaulle en 1961 à Alger.

absolument rien fait, nous raconte un ancien journaliste d'iTélé. Je crois qu'il a été rappelé par Bolloré parce qu'à un moment donné il a été frappé par le syndrome de Stockholm. Il s'est rapproché de nous et nous disait lui-même qu'il ne comprenait rien à la stratégie de Bolloré pour iTélé[5]. » Nous y reviendrons.

À Direct 8, faute de personnel et de moyens techniques, les équipes de l'abbé Grimaud et de Vincent Bolloré apprennent vite à travailler dans un univers *low-cost* où les coûts sont réduits à l'extrême.

À l'intérieur de la tour Bolloré, il n'existe qu'un plateau. Impossible dans ces conditions d'enchaîner les programmes en direct sans cafouillage. Pour remplir le vide entre les émissions, la chaîne réinvente l'interlude : des plans fixes de plusieurs minutes, avec comme fond sonore une version instrumentale de *Moonlight Shadow*. Direct 8 se filme également elle-même : sa régie, ses couloirs, ses bureaux, sa machine à café… chaque jour, les téléspectateurs éberlués participent malgré eux à la surveillance vidéo du personnel ! Entre deux interludes, Direct 8 diffuse des émissions animées par des débutants qui découvrent les « joies du direct ».

Du petit monde de la télé s'élèvent bientôt des ricanements. Les professionnels des médias se moquent et la France pouffe de rire devant une chaîne qui multiplie les « plantages ». À se demander si Vincent Bolloré regarde vraiment « sa danseuse » pour laquelle il investit à perte des

5. Après avoir été débarqué d'iTélé, Guillaume Zeller a été promu « directeur de projet chez Canal + ». De quels projets ? Parmi nos sources, personne ne le sait précisément. Guillaume Zeller n'a pas voulu, lui non plus, répondre à nos questions.

millions d'euros chaque année. Selon l'un de ses anciens proches, l'industriel n'aurait pas apprécié la dérision dont il était l'objet : « Il y a une chose qu'il déteste, c'est que l'on se moque de tout. De lui en particulier. Que l'on égratigne son groupe et son image de marque. » Vexé, Vincent Bolloré aurait ruminé sa vengeance contre cette élite parisienne qui se répand en critiques. Il aurait été d'autant plus contrarié que le concept du « tout direct » se révèle une fausse bonne idée, un cache-misère pour un milliardaire qui ne voit pas l'intérêt d'investir dans des programmes de qualité. Novice en télévision, l'industriel était persuadé que sa chaîne capterait mécaniquement une part du marché publicitaire : « Il suffit que nous ayons 1 % d'audience pour financer notre chaîne, 1 % des trois milliards d'euros de recettes publicitaires », explique-t-il en novembre 2005 devant des étudiants de l'université Paris-Dauphine.

Début 2006, le milliardaire change de stratégie. Il entreprend de mettre en « vitrine » des vedettes de la télé. Quitte à cibler des stars déchues comme Jean-Marc Morandini. Dans les années 1990, cet animateur proposait sur TF1 *Tout est possible*, une émission présentant des « destins hors du commun » comme Lolo Ferrari et sa poitrine démesurément volumineuse ou un aveugle découvrant sa femme après avoir recouvré la vue. En 1997, TF1 supprime cette émission pourvoyeuse d'audience mais qu'une partie de la presse place aujourd'hui parmi les « classiques » de la « télé poubelle ». Pendant des années, plus aucun grand média ne travaillera avec Jean-Marc Morandini. C'est Vincent Bolloré qui fera revenir avec succès le sulfureux animateur. L'émission *Morandini !* diffusée de 2006 à 2012 sera l'un des programmes phares de Direct 8.

Dix ans avant de l'imposer sur iTélé au prix du plus long conflit social qu'ait jamais connu le paysage audiovisuel privé français, Vincent Bolloré confie à l'animateur le plus « trash » du PAF le soin de décortiquer les programmes des autres chaînes avec ses chroniqueurs. *Morandini !* diffuse un zapping, analyse les audiences ou s'intéresse au *buzz du Net,* le slogan de l'émission est « Nous zappons pour vous ! », un avant goût plutôt sage du futur *Touche pas à mon poste !* de Cyril Hanouna.

Le tournant de la télé commerciale est en marche. Philippe Labro est écarté et remplacé par Yannick Bolloré au poste de directeur des programmes. Fini le temps des concepts audacieux. La publicité se développe. La chaîne généraliste imite désormais ses concurrentes : séries, cinéma, téléfilms, sport et infos.

Pour ses meilleurs amis, Vincent Bolloré fait de la place dans la grille. En 2007, il propulse par exemple Alain Minc, son conseiller en « coups boursiers » à la tête d'une nouvelle émission hebdomadaire de débats intitulée, en toute modestie, *Face à Alain Minc.* Dans les coulisses, l'économiste mondain conseille les grands patrons. À l'antenne, il rayonne comme grand spécialiste de l'industrie et des marchés, professant une parole ultralibérale sans contestation aucune. Sur Direct 8, Alain Minc peaufine sa réputation de visionnaire… Par exemple en janvier 2008, neuf mois avant l'une des plus graves crises financières du siècle, il affirme dans son émission que « le système financier est régulé avec un doigté tel qu'on évitera une crise qui aurait pu être quand même de l'ampleur des très grandes crises financières qu'on a connues dans le passé » ! Et d'ajouter : « C'est quand même un univers au fond qui est très résilient, qui est très bien régulé. » Avant de conclure : « L'économie mondiale est plutôt bien gérée. » En juin 2008, à trois mois du krach qui s'apprête à mettre à terre l'économie mondiale, Alain Minc persiste : « Le risque de grand dérapage est *a priori* passé[6]. » Ouf !!! Les téléspectateurs de Direct 8 sont rassurés.

Comme avec ses journaux, Vincent Bolloré utilise Direct 8 comme une vitrine et un outil d'influence. L'une de ses priorités ? Certains potentats africains avec lesquels il fait du business. En mars 2006, il met à l'antenne *Paroles d'Afrique*. Les présentateurs sont Guillaume Zeller et Michel Roussin. Au côté du jeune journaliste poli et réservé, le second est loin d'être un personnage anodin. Nous l'avons déjà évoqué plus haut. Cet ancien espion (il fut numéro deux des services secrets français), ex-ministre de la Coopération du gouvernement Balladur, condamné en appel en 2007 à quatre ans de prison avec sursis pour « complicité et recel de corruption » dans le dossier des marchés publics des lycées d'Île-de-France[7], est alors vice-président du groupe Bolloré, spécialiste de l'Afrique[8]. C'est un peu comme si le numéro deux d'EDF présentait un magazine consacré aux énergies renouvelables sur une chaîne info.

Sous le magistère de ces deux vedettes, *Paroles d'Afrique* est enregistrée depuis la tour Bolloré tous les mois. Officiellement, il s'agit de « donner une bonne image de l'Afrique » en « donnant la parole aux Africains ». Mais

6. Voir Alain Minc : les crises boursières, on en sort toujours plutôt en bon état, P. Conge, *Marianne*, 25 août 2015.

7. Voir Chronologie des affaires politico-financières du RPR, *L'Express*, 30 octobre 2009.

8. Michel Roussin occupe la fonction de vice-président du groupe Bolloré de 2000 à 2010.

pour le journaliste Thomas Deltombe, qui a longuement enquêté sur l'émission, Direct 8 présente en réalité « une Afrique imaginaire qui épouse de très près les intérêts économiques du groupe Bolloré ». « Dans *Paroles d'Afrique*, remarque le journaliste, on chante par exemple les louanges d'un livre *très intéressant* du président sénégalais Abdoulaye Wade. On écoute religieusement le président gabonais Omar Bongo. On invite l'ambassadeur de la République du Congo à Paris, intime du président Denis Sassou Nguesso ; ou le patron du syndicat patronal camerounais par ailleurs soutien politique du président Paul Biya. Sans oublier de diffuser des reportages colorés sur les ports de Douala ou de Pointe-Noire (des ports évidemment gérés par le groupe Bolloré, *N.d.A.*)[9]. »

Au printemps 2007, dans un contexte où Vincent Bolloré espère décrocher des contrats sur le port de Dakar, le président sénégalais Abdoulaye Wade est de passage à Paris. Le 1er avril, il est l'invité spécial de Direct 8… pendant toute la journée ! Ce jour-là, sans aucune retenue, Vincent Bolloré utilise sa chaîne comme un vecteur de business. Quitte à prendre les téléspectateurs en otage de ses relations d'affaires, en bafouant les devoirs les plus élémentaires du respect de l'indépendance éditoriale et surtout de l'éthique journalistique.

Parfois, Direct 8 serait même allé jusqu'à interviewer des chefs d'État africains simplement pour leur faire croire qu'ils comptaient ! « J'ai fait beaucoup de chefs d'État pour leur montrer qu'on s'intéressait à eux quand ils passaient à Paris mais qui ne sont jamais passés à la télé, se souvient

9. Voir « Direct 8, la chaine de l'afro-optimisme industriel », T. Deltombe, *Le Monde diplomatique*, avril 2009.

un ancien journaliste de la chaîne, interviewé par France 2. C'était de vraies questions, que je leur posais, mais... on ne les diffusait pas ! Le but, c'était de leur montrer qu'ils étaient importants, qu'on leur envoyait une équipe quand ils arrivaient à Paris ». Et l'ancien journaliste de Direct 8 de conclure : « Bolloré, il ne se rêve pas en homme de presse, c'est pas une fin en soi, les médias. C'est un outil pour faire ses affaires[10]. »

La télé, Vincent Bolloré y prend goût. En juin 2010, son groupe rachète à Lagardère un second canal de la TNT, la chaîne Virgin 17 pour la bagatelle de 70 millions d'euros. Le 30 août, elle est rebaptisée Direct Star. Présentée comme la petite sœur de Direct 8, elle revendique un positionnement musical et veut concurrencer W9, propriété de TF1 et de M6. Avec un budget annuel de 25 millions d'euros (40 millions pour Direct 8), Yannick Bolloré affirme alors que Direct Star devrait être à l'équilibre dès l'année suivante[11]. Le fiston parle « de synergies de programmes, de production et de commercialisation » entre les deux chaînes. Il évoque la « mutualisation » des régies publicitaires tout en ménageant « l'identité » de chacune d'elles. « Bolloré fils » parle comme « Bolloré père ». La construction de leur empire médiatique est en marche. Et elle va s'accélérer grâce à Vivendi.

10. Voir *Bolloré, un ami qui vous veut du bien ?* réalisé par T. Waleckx et M. Rénier, *Complément d'enquête*, France 2, 7 avril 2016.
11. Entretien au *Figaro* le 26 août 2010.

Chapitre 15

Quand Vivendi vint à Bolloré

Le 8 septembre 2011, la crème des médias et de la publicité est réunie salle Wagram à Paris. L'Union des entreprises de conseil et achat media (UDECAM) qui rassemble les professionnels de la communication, de la publicité et des institutions publiques concernées (ministère de la Culture, CSA, etc.), organise ses premières « rencontres » sur la révolution digitale en cours. L'intitulé de la conférence affiche l'enjeu : « Renaissance média ». Parmi les invités, des grands noms du secteur : Maurice Levy patron de Publicis, Jean-Charles Decaux dirigeant du groupe éponyme ou encore Mathieu Pigasse de la banque Lazard.

La scène a marqué les participants. Ironie de l'histoire, à ce moment précis, c'est Jean-Marie Messier, l'ancien patron de Vivendi, qui s'exprime à la tribune. Depuis son limogeage du groupe en 2002, le manager reconverti à New York dans les fusions-acquisitions se fait plutôt rare. Le discours de l'ancien grand patron n'a pas l'air d'enflammer les foules. « On s'embêtait ferme », rapporte un participant. Quand soudain, un murmure monte des rangs. Les portables vibrent, de plus en plus nombreux, de plus en plus bruyants, troublant les arguments de l'orateur. Le modérateur interrompt Jean-Marie Messier et demande à la salle : « Vincent Bolloré vendrait ses télés à Canal + ? Quelqu'un peut confirmer l'info ? » Un proche de Jean-Marie Messier se lève et confirme : « Oui c'est vrai, Méheut, le patron de Canal +, vient de l'annoncer. » Cela n'a l'air de rien, mais le « boa » est en train de réussir la première étape d'un coup de génie dont il est familier.

Depuis plusieurs années, Vivendi, maison mère de Canal + souhaite renouveler son offre de télévision. En 2007, la fusion entre Canal + et TPS, un bouquet satellite concurrent, permet bien au groupe de télévision payante d'engranger plusieurs millions de nouveaux abonnés. Mais pour Rodolphe Belmer, le directeur général de Canal +, l'avenir est dans le gratuit. Selon lui, les seuls véritables relais de croissance sont à chercher du côté de la TNT et ses chaînes quelque peu balbutiantes. Au printemps 2011 à la tête du groupe Canal +, Bertrand Méheut lance l'offensive. Il sollicite d'abord Jean-Paul Baudecroux, le président de la chaîne NRJ 12. Mais Méheut le Breton n'a pas très bonne presse chez Baudecroux l'Auvergnat qui ne donne pas suite.

Pendant l'été, Bertrand Méheut ne se résigne pas et prend rendez-vous avec Vincent Bolloré pour tenter de lui arracher Direct 8. Ce n'est pas la chaîne qui l'intéresse mais la fréquence et le numéro du canal de diffusion qui figure sur les télécommandes de tous les Français. Les deux capitaines d'industrie ne partagent rien sauf peut-être un réel attachement à la Bretagne et quelques dîners mondains entre « compatriotes » organisés par le Club des trente, un cercle très prisé d'une soixantaine de patrons bretons[1]. « Le deal, c'est Vincent Bolloré qui va l'imposer », raconte un spécialiste du secteur des médias. L'industriel aurait expliqué à Bertrand Méheut qu'il était prêt à vendre mais à une condition : que le groupe Canal + ne lui rachète pas une, mais deux chaînes, Direct 8 et Direct Star. Vincent Bolloré ne s'arrête pas là : il fixe lui-même le prix et valorise l'ensemble à 465 millions d'euros, un chiffre astronomique alors que les deux antennes perdent de l'argent.

La note est lourde mais Canal + a impérativement besoin de se diversifier. Bertrand Méheut en réfère à sa maison mère. Et aussi incroyable que cela puisse paraître, Vivendi et son patron Jean-René Fourtou, président du Conseil de surveillance, valident l'opération en moins de quarante-huit heures.

Pendant des mois, nous avons cherché à joindre les protagonistes de cette histoire pour en comprendre les coulisses et les enjeux. Bertrand Méheut n'a jamais répondu à nos sollicitations. Rodolphe Belmer, son directeur général de l'époque, a lui aussi refusé de s'exprimer. Quant à Jean-René Fourtou, nous l'avons approché discrètement par téléphone puis par mail. Au bout de quatre mois, il nous rappelle : « Bonjour, c'est Fourtou. » La voix est claire, dynamique, un peu pressée même. À soixante-dix-huit ans, l'ancien grand patron accepte un échange mais uniquement au téléphone, « avec mes affaires, je suis très occupé », nous prévient-il. Jean-René Fourtou appartient à la catégorie des *parrains* du capitalisme français, entendez

1. Michel Lucas, l'ancien patron du groupe Crédit Mutuel-CIC, est lui aussi un membre du Club des trente.

un vieux chef respecté et influent parmi les capitaines d'industrie. Ils sont rares.

Lorsqu'il prend les rênes de Vivendi en 2002, cet ancien dirigeant de Rhône Poulenc vient en pompier éteindre l'incendie Messier, débarqué pour sa mauvaise gestion. « C'est l'affaire de quelques mois. Tu mets de l'ordre, (...) et tu repars[2] », lui promet alors son vieux complice Claude Bébéar, ancien P-DG d'Axa, administrateur de Vivendi. À soixante-trois ans, Jean-René Fourtou rêve de prendre sa retraite entre San Sebastian et Marrakech, ses deux ports d'attache. Il se retrouve à la barre du groupe Vivendi, perclus de dettes et de déficits[3].

Il y restera pendant douze longues années. Sur Vincent Bolloré et son entrée dans Vivendi, le Gascon reconverti aujourd'hui en « roi » du pétrole canadien s'est rarement exprimé. Son témoignage va donc nous permettre d'éclaircir quelques zones d'ombre. N'oublions pas que dans cette affaire, Jean-René Fourtou joua l'un des premiers rôles.

« Au départ c'est Bertrand Méheut, le P-DG du groupe Canal +, qui s'est rapproché de Bolloré. Il voulait aller sur la télévision gratuite pour compléter le payant. Et moi je lui ai laissé toute liberté », confirme Jean-René Fourtou[4]. « La seule chose, c'est que nous n'étions pas d'accord avec Bolloré sur le prix. Nous le trouvions trop élevé. Donc nous avons négocié et cela a pris un peu de temps. »

Le « deal » est en effet tenu secret pendant l'été et n'est annoncé que le 8 septembre 2011, à la surprise générale. Pour faire baisser la facture, Vivendi choisit d'abord de

2. La der des der de Jean-René Fourtou, Bertille Bayart, *Le Figaro*, 23 juin 2014.
3. La dette de Vivendi culmina en 2002 à 37,7 milliards d'euros et ses pertes nettes à 23,3 milliards d'euros.
4. Entretien avec les auteurs le 4 janvier 2017.

payer Vincent Bolloré en actions Canal +. En fin stratège, ce dernier refuse, espérant plutôt obtenir des titres Vivendi ! Ce que lui propose finalement Jean-René Fourtou.

L'industriel, ou plutôt le financier breton, vient de réaliser un tour de force tout en douceur : vendre des actifs déficitaires – ses deux chaînes de télé – contre 1,7 % du capital de Vivendi, fleuron de l'industrie française, présent dans les télécoms, le divertissement et la télévision.

« L'erreur de Jean-René Fourtou est d'avoir accepté de payer Direct 8 et Virgin 17 en actions Vivendi », estime Jean-Baptiste Sergeant, analyste média chez Mainfirst. « Ce n'est pas la réalité, répond Jean-René Fourtou, je voulais mettre Bolloré dans le système et quand j'ai vu qu'il acceptait d'être payé en actions Vivendi, cela m'a arrangé. Nous avions encore beaucoup de dettes à ce moment-là. » En rétribuant Vincent Bolloré en actions Vivendi, Jean-René Fourtou, le président du Conseil de surveillance, entend offrir une base stable et française à l'actionnariat du groupe.

« C'était ma priorité, nous précise Jean-René Fourtou. C'est moi qui lui ai demandé de venir dans Vivendi et d'investir. J'ai fait des pieds et des mains pour le séduire. »

Jean-René Fourtou sait-il que pendant l'été 2011, Vincent Bolloré a déjà racheté discrètement 1,1 % du capital de Vivendi ? « Je ne sais plus si Bolloré m'avait mis au courant, minimise Jean-René Fourtou, mais c'est probable car à ce moment-là, je cherchais à renforcer l'actionnariat du groupe. Et je n'arrêtais pas de faire la quête pour demander à des investisseurs de mettre de l'argent à long terme dans Vivendi car nous étions sous la menace d'une possible OPA (offre publique d'achat, *N.d.A.*). »

L'accord Bolloré-Vivendi-Canal + est une petite révolution dans le monde de l'audiovisuel. C'est la fin annoncée du partage des territoires, sorte de Yalta de la télé qui reposait jusque-là sur une règle simple : à TF1 et à M6 l'essentiel de la télé commerciale gratuite et à Canal + le royaume de la télévision payante.

Désormais, Canal +, filiale de Vivendi, peut compter sur trois fréquences de TNT gratuites : Direct 8, Direct Star et iTélé la chaîne d'information en continu, soit autant que le groupe TF1. Pour Bertrand Méheut, cette opération était inéluctable. Dans *Le Figaro*, il explique qu'elle répond à une logique naturelle dans l'optique de « créer des groupes audiovisuels forts[5] ». Le patron du groupe Canal + jubile. Mais le grand vainqueur de cette opération n'est pas Vivendi. C'est la famille Bolloré. « Aujourd'hui, j'ai l'impression de marier mes deux filles[6] », exulte Yannick Bolloré, patron de Bolloré Média dans les mêmes colonnes du *Figaro*. Est-ce la fin de l'aventure Bolloré dans les médias ? demande le journaliste. « Non, au contraire. Cette opération n'est pas une cession mais un partenariat qui nous ouvre des horizons plus grands (…) si nous voulons faire des choses dans l'audiovisuel, nous le ferons avec Vivendi. » Tout est dit.

Nous ne le savons pas encore, mais les Bolloré père et fils ont déjà un coup d'avance. Leur ambition : faire de « cet accord Canal + » un cheval de Troie pour conquérir un plus vaste territoire, celui de Vivendi et de ses filiales : dans la musique, les jeux et les télécoms. Un monstre qui représente plus de 10 milliards d'euros de chiffre d'affaires[7].

5. *Le Figaro*, 09/09/2011.
6. *Ibid.*
7. En 2012, le chiffre d'affaires de Vivendi (hors SFR vendu en 2014) s'établit à 11,3 milliards d'euros, en 2016 il est de 10, 8 milliards d'euros (Sources : rapport annuel Vivendi).

Mais bizarrement si beaucoup saluent le coup financier, personne ne voit se dessiner le vrai projet, à long terme. Personne ne comprend.

« C'est l'un des plus jolis coups de Bolloré. À l'époque tout le monde est bluffé par cette opération, estime Jean-Baptiste Sergeant, analyste média chez Mainfirst. Bolloré a investi plus de 200 millions d'euros dans Direct 8 et 70 millions pour racheter Virgin 17, futur Direct Star. Mais ces deux chaînes n'ont jamais rapporté le moindre centime. » Autrement dit en 2011, Direct 8 et Direct Star ne valent pas un sou. Sauf évidemment pour Canal + qui a besoin des fréquences de diffusion afin de développer une offre de télévision gratuite.

« Ce qui fait la valeur d'une chaîne, précise Matthieu de Chanville, spécialiste du secteur des médias et professeur à HEC, c'est sa fréquence, son autorisation d'émettre et son numéro. Le numéro est très important pour le positionnement et l'audience. Plus votre numéro est proche des grandes chaînes, plus vous ferez de l'audience. C'est mécanique. Comme les fréquences gratuites sont rares, Vivendi a payé le prix fort. Car en termes d'actifs, Direct 8 et Direct Star ne valaient absolument rien, surtout pas 465 ou même 364 millions d'euros (le montant équivalent à 1,7 % du capital de Vivendi obtenu par Bolloré, *N.d.A.*) ! »

Certaines de nos sources ne comprennent toujours pas comment Vivendi a pu se laisser convaincre, « sauf à imaginer un pacte secret entre Jean-René Fourtou et Vincent Bolloré », lâche un analyste média. Ce « pacte secret » a déjà été évoqué par certains de nos confrères, sans qu'ils aient jamais pu en obtenir confirmation de la bouche d'un des acteurs. Il repose sur une hypothèse simple : une fois l'opération « Bolloré-Canal + » réalisée, Jean-René Fourtou aurait promis le pouvoir à Vincent Bolloré chez Vivendi en échange d'investissements à long terme et d'un soutien indéfectible sur la stratégie. Au téléphone, nous abordons la question avec Jean-René Fourtou qui sourit, puis reconnaît cinglant, sans détour : « Je n'avais qu'une hâte, c'était de me tirer de Vivendi. J'avais soixante-quatorze ans. La situation du groupe me pesait. Je voulais mettre Bolloré à ma place, révèle pour la première fois l'ancien président du groupe de médias. Je me suis entendu avec lui. Il prenait ma succession à condition qu'il mette de l'argent dans Vivendi. Ce qu'il a fait. Il a pris des risques et je lui tire mon chapeau. » L'hypothèse du pacte était donc bien vraie.

En bon *parrain* du capitalisme français, Jean-René Fourtou connaît parfaitement Vincent Bolloré, sa stratégie et ses méthodes. Pour stabiliser le capital de Vivendi, il avait besoin d'un allié de poids. Ce que sous-estime à l'époque le grand patron c'est l'appétit grandissant de son poulain pour les médias. En lui ouvrant la porte de Vivendi, Jean-René Fourtou a tout simplement fait entrer le loup dans la bergerie. Une analyse évidemment qu'il conteste.

Pour Vincent Bolloré, Vivendi est la proie idéale : un capital éclaté, des actifs rémunérateurs et une action sous-valorisée. L'homme d'affaires l'a démontré par le passé : il n'a pas son pareil pour prendre le contrôle d'une entreprise sans lancer d'OPA sur la totalité du capital. Sa stratégie est toujours la même : acquérir une participation minoritaire et grignoter, grignoter encore… 5 %, 10 % puis 20 % du capital avant de prendre définitivement le pouvoir sur l'entreprise, comme il l'a fait chez Havas. Le 5 décembre 2011, le groupe Bolloré se félicite de l'accord final signé avec Canal + et annonce dans un communiqué posséder 3 % du capital de Vivendi. En septembre 2012, le Conseil supérieur de l'audiovisuel (CSA) donne son feu vert au rachat de Direct 8 et de Direct Star. Un mois plus tard le groupe Bolloré annonce avoir franchi le seuil des 5 % du capital de Vivendi.

C'est peu 5 % ? Trop peu ? Les apparences sont trompeuses. Avec 5 % du capital, Vincent Bolloré devient tout simplement le premier actionnaire de Vivendi devant le fonds américain Black Rock et la banque française Société Générale.

Ainsi en décembre 2012, Jean-René Fourtou accueille tout naturellement Vincent Bolloré au Conseil de surveillance de Vivendi. Cette fois pas de scandale façon Havas, pas de trahison. Le nouvel actionnaire dominant accepte de patienter dans l'ombre pendant que Jean-René Fourtou redéfinit le périmètre du groupe afin de le recentrer sur les contenus et les médias. « Avec Vincent Bolloré nous avions discuté stratégie. Il était d'accord et a suivi de près tous les événements », précise Jean-René Fourtou.

En étudiant attentivement la stratégie de Vincent Bolloré dans Vivendi, nous nous sommes rendu compte d'une chose : les moyens qu'il déploie n'ont rien d'exceptionnel – ils sont communs à tous les activistes boursiers – mais il faut reconnaître à l'industriel des talents hors norme de tacticien, capable de brouiller les pistes, endormir sa proie, convaincre le cas échéant et frapper fort au moment opportun. Avec Vincent Bolloré, on se réveille souvent trop tard. Le « boa » est déjà bien enroulé autour de vous quand vous prenez conscience de ses intentions, juste avant de perdre définitivement connaissance. Le récit de sa montée au capital de Vivendi vaut son pesant d'or. Lisez plutôt.

Vincent Bolloré n'a pas vocation à jouer les seconds couteaux. Chez Vivendi, il veut tenir son rang. En juillet 2013, il abandonne son mandat d'administrateur chez Natixis. En août, il cède la présidence d'Havas à son fils Yannick et s'installe quelques jours par semaine dans un bureau au siège de Vivendi. L'industriel veut accélérer le processus de transition pour construire les contours d'un nouveau Vivendi, celui dont il rêve, recentré sur les médias. Au sein du groupe, les décisions stratégiques tardent à venir et Jean-René Fourtou semble vouloir jouer les prolongations. La guerre de succession de Jean-Bernard Lévy, le patron du directoire de Vivendi qui vient de quitter brutalement ses fonctions[8], va mettre le feu aux poudres.

Fin août 2013, Jean-René Fourtou demande à un « chasseur de têtes » de trouver un remplaçant à Jean-Bernard Lévy. Plusieurs noms sont évoqués. Le candidat identifié comme étant le plus sérieux est un Allemand : Thomas Rabe, le patron du géant Bertelsmann. « Autour de moi, tout le monde me dit qu'on a trouvé la perle rare, raconte Jean-René Fourtou. Mais Thomas Rabe n'était pas vraiment candidat. C'est vrai qu'il a rencontré des administrateurs de Vivendi, mais rien n'était fait. »

Jean-René Fourtou est alors persuadé que Vincent Bolloré peut soutenir l'éventuelle candidature de Thomas Rabe. C'est le contraire qui va se produire. L'industriel breton se saisit de l'occasion pour engager un bras de fer.

8. Le directoire est l'instance opérationnelle et de décision d'un groupe. Jean-Bernard Lévy claque la porte de la présidence du directoire de Vivendi en juin 2012 en raison de profondes divergences avec Jean-René Fourtou sur l'évolution stratégique du géant français.

Le samedi 7 septembre, une rumeur se répand dans Paris. Vincent Bolloré serait candidat à la présidence du directoire de Vivendi. L'annonce est imminente. Un putsch serait en préparation. Coup de bluff ou de butoir ? La pression est trop forte. Claude Bébéar, l'ancien patron d'Axa, membre du Conseil de surveillance de Vivendi, joue les conciliateurs. Il fait comprendre à Jean-René Fourtou qu'il ne peut pas se lancer dans une bataille contre Vincent Bolloré. Fourtou fait mine de résister mais cède après quarante-huit heures. L'hypothèse « Thomas Rabe » est abandonnée.

Dans un communiqué Vincent Bolloré se félicite du retrait « du candidat présenté par Jean-René Fourtou, tout en faisant savoir qu'il sera *vigilant sur l'évolution prochaine du directoire et du Conseil de surveillance*[9], et qu'il est *déterminé à ce que Vivendi soit géré en toute transparence, pour bien rester français et ne pas risquer d'être démantelé* ».

Dans le monde de l'industrie et de la finance, un tel avertissement vaut déclaration de guerre. « Les deux crocodiles sont peut-être montés un peu vite dans les tours, commente un responsable syndical de Vivendi. Bolloré a reconnu être allé un peu trop loin, mais c'est Fourtou qui a cédé le premier. » Le Breton a-t-il voulu pousser le Gascon vers la sortie ? Lorsque nous l'interrogeons, sur ce dossier, l'ancien patron de Vivendi est très sévère avec son successeur. Il estime que « Vincent Bolloré a commis une erreur en mettant le sujet Thomas Rabe en avant ».

En pleine crise, les deux hommes se parlent au téléphone. Jean-René Fourtou se souvient d'avoir sermonné

9. Vivendi : Bolloré pousse Fourtou vers la sortie, Marie-Cécile Renault, *Le Figaro*, 10/09/2013.

son cadet : « Tu déconnes, lui aurait-il dit. Tu aurais dû me parler au lieu de faire toute une histoire avec Thomas Rabe. »

Le vieux Gascon amateur de bonne chère et de rugby reconnaît avoir été débordé par la fougue de l'homme de l'Ouest, « là où l'huître, sous le citron, bouge », comme Vincent Bolloré aime à le répéter. « Derrière, j'ai dû ramer avec le Conseil de surveillance de Vivendi qui était remonté contre Bolloré pour avoir fait éclater cette histoire. Heureusement, j'ai réussi à calmer les esprits et garder Bolloré à bord. C'est l'une de mes réussites diplomatiques », estime Jean-René Fourtou qui aime se donner le beau rôle.

Vincent Bolloré s'est-il précipité ou a-t-il soigneusement suivi son plan de prise de pouvoir de Vivendi ? Les faits penchent en sa faveur. Le « boa » a peut-être tout simplement voulu montrer qu'il avait du pouvoir et qu'il fallait désormais compter avec lui.

Mardi 5 novembre 2013, au siège de Vivendi, avenue Friedland à Paris. Vincent Bolloré et Jean-René Fourtou sont réunis pour faire des annonces importantes. Les deux hommes affichent une complicité retrouvée. Oubliées les querelles ? Personne n'est obligé de les croire. Mais le matin même, ils viennent d'annoncer la vente de leur participation dans Maroc Telecom pour 4,2 milliards d'euros. Chez Vivendi, c'est l'effervescence. La restructuration du groupe semble enfin en marche. Le tandem fonctionne à nouveau. À soixante-quatorze ans Jean René Fourtou ne veut pas rater sa sortie et à soixante et un ans Vincent Bolloré prépare son triomphe romain.

En marquant son territoire, l'industriel breton s'est assuré auprès de son aîné que, le jour venu, il prendrait sa succession. Jean-René Fourtou le lui a promis. Ce sera chose faite quelques mois plus tard lors de l'Assemblée générale des actionnaires.

En 2005, Jean René Fourtou déclarait à *Paris Match* : « Dans la vie, je suis attiré par le côté western, collectif de l'action. » Sous l'ère Bolloré, Vivendi va vivre un western permanent.

Depuis le lancement de Direct 8 en mars 2005, la gueule d'ange du Smiling Killer a pris quelques rides. Mais lorsque le 24 juin 2014 Vincent Bolloré accède à la tribune de l'Assemblée générale des actionnaires de Vivendi pour s'emparer du pouvoir, c'est Jean-René Fourtou qui semble avoir pris un coup de vieux. Lui qui a sauvé Vivendi de la faillite, organise la passation. Vincent Bolloré devient le président du Conseil de surveillance du groupe[10] et fait nommer son obligé, Arnaud de Puyfontaine, au poste de président du directoire. Tout est réglé au millimètre, y compris les échanges d'amabilités. Vincent salue « Jean-René, un garçon plein de jeunesse » et rappelle leur amitié de trente ans. Jean-René Fourtou met en avant « l'effet Bolloré » sur le cours de l'action et conclut : « Je suis sûr que le choix de Vincent Bolloré est le bon, car c'est le mien. Je l'ai choisi car c'est un véritable entrepreneur et je ne voulais pas nommer l'un de ces énarques qui sont trop nombreux à la tête de nos entreprises. » Applaudissements nourris pour les deux hommes. La salle est conquise.

Vincent Bolloré pose ses premiers jalons : « Vivendi doit devenir un groupe industriel intégré dans les contenus,

10. En théorie le Conseil de surveillance supervise la stratégie d'un groupe mais ne prend pas de décisions opérationnelles. Vincent Bolloré se servira de ce poste pour tout contrôler, transgressant les règles de fonctionnement de ces instances.

explique-t-il, le groupe recèle une valeur cachée qui est celle des synergies pouvant être mises en œuvre. » Autre axe de développement : mettre l'accent sur les pays émergents dont l'Afrique, continent que le patron breton connaît bien.

Ce 24 juin 2014, Vincent Bolloré célèbre sa conquête de l'un des plus grands groupes de divertissement au monde grâce à la vente de deux petites chaînes de télévision sans envergure et le rachat de quelques millions d'actions.

« Trois ans après avoir vendu ses chaînes au groupe Canal +, il en est redevenu le patron », constate l'analyste média de Mainfirst, Jean-Baptiste Sergeant. Vincent Bolloré aura réussi à bluffer tout le monde avec uniquement… 5 % du capital de Vivendi. « C'est sa méthode, précise l'un de ses anciens collaborateurs. Quand il arrive dans une boîte, il essaie tout de suite de prendre le pouvoir alors qu'il raconte à tout le monde le contraire. Ensuite il monte au capital et renforce son contrôle pour rester incontournable. » Cette fois-ci, on a bien compris !

Ce qu'il n'a pas pu faire avec le groupe Bouygues dans les années 1990, il le réalise avec succès dans les années 2000 chez Havas avant sa plus belle prise marquant le triomphe de la stratégie du « boa », celle de Vivendi, maison mère de Canal + et propriétaire du groupe Universal Music. Désormais, Vincent Bolloré a les mains libres pour écrire l'histoire de Vivendi et imprimer sa marque à la ligne éditoriale et programmatique de la chaîne cryptée.

Chapitre 16

Le Vivendi de Bolloré

Pour parvenir au sommet, en haut, tout en haut, il faut de l'endurance, de la détermination, du courage et surtout des moyens : du cash ! Vincent Bolloré n'en manque pas. Il contrôle désormais l'un des plus grands groupes de communication au monde. La seule question qui compte à présent est la suivante : à quoi ce géant des médias va-t-il lui servir ?

Auditionné par la commission de la Culture, de l'Éducation et de la Communication du Sénat le 22 juin 2016, il affirme vouloir mettre en avant le patrimoine et la culture français dans un groupe intégré. « Le monde entier vient en France, ce serait dommage de ne pas en profiter. Et investir dans le patrimoine, ça peut rapporter de l'argent », explique-t-il devant des sénateurs plutôt conquis par ce discours cocardier. Vincent Bolloré se rêve soudain en héraut de la culture française, comme s'il voulait faire oublier que l'ancien « Petit Prince du cash-flow » est avant tout un financier. En vendant une bonne partie de ses actifs, Vivendi aura bientôt dans ses caisses plus de 8 milliards d'euros de cash à dépenser. Gardez cela en tête, ce sera utile pour la suite.

Après le temps de la conquête vient celui du règne. Sans partage. Au début de l'année 2015, aucun actionnaire n'avait encore jamais possédé autant de capital de Vivendi. Or Vincent Bolloré sait sa situation fragile. Le moindre prédateur mal intentionné pourrait le reléguer au fond de la classe, loin des premiers rangs. Le capital de Vivendi est toujours très éclaté, rendant le groupe très exposé à un raid boursier hostile.

Fidèle à sa stratégie du « grignotage », il va organiser sa domination pour s'imposer comme l'homme providentiel avec en point de mire un rendez-vous très important : l'Assemblée générale des actionnaires prévue le 17 avril 2015.

Vous croyiez commencer à connaître votre Bolloré ? Attendez de voir la véritable histoire de l'industriel attablé chez Vivendi. Voici pourquoi et surtout comment Vincent Bolloré, que le président François Hollande qualifiera plus tard de « pirate », est parti à l'abordage… de son propre groupe.

Certains y ont vu une folie des grandeurs, une expédition périlleuse. En moins d'un mois, le financier breton va casser sa tirelire pour grimper le premier son mont Everest de peur de se faire doubler. Avec lui, quand on parle de chiffres, on a rapidement le tournis. Et là c'est un festival, un tourbillon.

— Le 2 mars 2015 le groupe Bolloré débourse 852 millions d'euros pour acheter 40,5 millions de titres Vivendi supplémentaires au prix de 21 euros faisant passer sa participation de 5,15 % à 8,15 %.

— Le 26 mars le même groupe Bolloré porte sa participation de 8,15 % à 10,20 % du capital de Vivendi en achetant 27,7 millions d'actions supplémentaires au prix de 22,85 euros soit un investissement de 632 millions d'euros.

— Le 2 avril le groupe Bolloré achète près de 2 % de capital supplémentaire pour 568 millions d'euros.

Ces rachats d'actions se font grâce à des mécanismes financiers que le dirigeant affectionne. Il gage ses propres actions Vivendi auprès des banques pour emprunter de l'argent frais et acheter... de nouvelles actions Vivendi. Mais ce n'est pas fini !

— Le 9 avril 2015 Bolloré acquiert à nouveau 2,51 % de Vivendi, soit un investissement de plus de 800 millions d'euros. Vincent Bolloré porte alors sa participation à 14,5 % du capital. En à peine quatre semaines, le magnat breton a déboursé près de 3 milliards d'euros et triplé le montant de sa participation dans Vivendi. Il détient alors 196 millions d'actions pour une valeur boursière de 4,7 milliards d'euros.

« Avec le recul, je ne peux qu'approuver cette stratégie, nous dit Jean-René Fourtou. Vincent Bolloré est un mélange. C'est un industriel courageux, entêté et puis, il a aussi un côté raider boursier. Je ne suis pas comme lui. Mais il prend des risques, il sait faire et force est de constater que ça marche ! »

Si Vincent Bolloré fait ainsi le forcing, c'est qu'il veut peser de tout son poids lors de l'Assemblée générale du 17 avril. Son but : faire voter par les actionnaires une disposition inscrite dans la « loi Florange » portée par le bouillonnant ministre du Redressement productif, Arnaud Montebourg. Grâce à un coup de poker dont il a le secret, cette mesure va lui permettre, de nouveau, de renforcer son pouvoir au sein de Vivendi, sans débourser un centime.

Marquée par l'arrêt des hauts fourneaux en Moselle, la loi dite « Florange » est promulguée le 29 mars 2014 avec pour objectif de « redonner des perspectives à l'économie réelle et à l'emploi industriel ». Défendu par Arnaud Montebourg, le texte est la réalisation d'une promesse de campagne du candidat François Hollande élu en 2012.

Il contraint toute entreprise qui envisage de fermer un établissement de plus de mille salariés de rechercher un repreneur avant tout licenciement. Il confère également aux actionnaires présents depuis plus de deux ans au capital d'une entreprise un double droit de vote lors des assemblées générales. Dans l'esprit du gouvernement, il s'agit de lutter contre les pratiques hostiles de certains financiers, de favoriser l'actionnariat à long terme, et si possible de vendre des participations de l'État sans perdre une once de pouvoir de décision.

C'est bien la première fois que Vincent Bolloré est fan d'une mesure socialiste. Pour lui, c'est une aubaine. Pensez ! Un mécanisme servi sur un plateau pour démultiplier son pouvoir de décision : le vote « compte double », un peu comme au Scrabble, l'arme fatale de l'actionnaire fidèle. La loi Florange s'applique automatiquement aux entreprises mais la règle du « vote double » peut être évitée en cas d'opposition des deux tiers des votants de l'Assemblée générale des actionnaires d'une société. C'est ce qui tracasse Vincent Bolloré : faire accepter la disposition par une majorité d'actionnaires de Vivendi. Or certains d'entre eux veulent s'opposer à la stratégie du Breton. Au passage, rappelons que ce dernier est certes détenteur de titres de Vivendi depuis plus de deux ans mais avec 5 % du capital… C'est seulement quelques semaines avant l'AG annuelle du groupe qu'il a triplé sa participation pour la porter à 14,5 %, ces nouvelles actions ne donnent pas droit à un vote « compte double ».

Habituellement ce genre de bras de fer se déroule en coulisses. Et on en entend rarement parler. D'un côté un milliardaire déterminé, de l'autre des actionnaires minoritaires décidés à entrer en résistance. Nous avons sollicité l'un des représentants de ces frondeurs : Denis Branche. Il est l'un des responsables de PhiTrust, une société de gestion actionnaire de Vivendi.

Pour lui, la stratégie de Vincent Bolloré est alors assez claire. Un peu comme au poker, il veut le pouvoir, tout le pouvoir, mais sans payer pour voir. « C'est tout l'enjeu de la campagne de lobbying menée par l'industriel en amont de l'Assemblée générale, nous explique-t-il, afin que cette mesure dite Florange passe comme une lettre à la poste. »

Pour PhiTrust, la disposition revenait à laisser à Vincent Bolloré le soin d'exercer son emprise sur Vivendi sans payer de prime de contrôle. Sans passer par la case OPA, sans effort en quelque sorte. Grâce à la loi Florange, Vincent Bolloré peut en effet espérer obtenir environ 20 % des droits de vote du groupe avec seulement 14,5 % du capital. « Quand j'ai expliqué à Vincent Bolloré pourquoi moi et certains autres, nous étions contre cette proposition[1], il m'a répondu qu'il ne comprenait pas ce que je lui racontais. *Je suis là pour préserver et développer Vivendi,* m'a-t-il affirmé. Il a surtout développé ses propres intérêts », conclut, amer, le gestionnaire de fonds Denis Branche. Attention, c'est le moment du grand « bluff », celui où la partie de poker bascule.

1. En tout, huit actionnaires représentant environ 1 % du capital de Vivendi avaient décidé de s'allier pour contrer la proposition de Vincent Bolloré. Sans succès.

Pour contrer toute opposition, Vincent Bolloré et le groupe Vivendi vont habilement mettre en scène les exigences d'un autre actionnaire minoritaire basé à New York : Peter Schoenfeld Asset Management (PSAM). Ce genre de fonds dit « activiste » investit dans des entreprises, comme Vivendi, qui réalisent des cessions d'actifs afin de récupérer un maximum de cash et de dividendes. Avant l'Assemblée générale 2015, PSAM annonce la couleur : le fonds souhaite que le groupe de médias français redistribue à ses actionnaires une grande partie de l'argent généré par la vente de ses actifs : pas moins de 9 milliards d'euros ! Le PDG du fonds se fend même d'un séjour à Paris pour convaincre d'autres actionnaires d'appuyer la demande, notamment certains investisseurs institutionnels. « PSAM nous a appelés pour savoir si nous allions voter pour ses résolutions, nous indique l'un d'entre eux, mais nous n'étions pas favorables à ce que Vivendi vide ses caisses aussi rapidement. »

Dans un communiqué, le directoire de Vivendi dénonce des « tentatives de démantèlement du groupe » et réaffirme sa volonté de « construire un groupe industriel mondial, champion français des médias et des contenus[2] ». Un consultant qui a requis l'anonymat raconte : « Bolloré se serait bien passé de cette pression américaine, mais c'est là qu'il a été très malin. Il a fait croire à tout le monde que Vivendi était en danger. »

Selon cette source, PSAM n'aurait jamais eu l'intention d'organiser de raid hostile sur Vivendi. C'est pourtant la rumeur que fait courir Vincent Bolloré en agitant le chiffon rouge du patriotisme économique. Dans une lettre publiée sur le site du groupe français, Vivendi rappelle une

2. Source : communiqué Vivendi du 23 mars 2015.

disposition de la loi française de 1986. Cette loi interdit la détention de plus de 20 % du capital social d'une société de télévision par des personnes étrangères non européennes. La menace d'une action en justice à l'encontre du fonds américain est directe : si PSAM parvenait à rassembler 20 % d'actionnaires non européens autour de lui, il « s'exposerait à de très graves préjudices », prévient la lettre. Aussitôt, le patron de PSAM prend la plume à son tour, pour dénoncer une tentative d'intimidation : « Nous considérons cette attitude comme totalement inacceptable », écrit-il.

Dans sa bataille pour le contrôle du géant des médias, Vincent Bolloré sort l'artillerie lourde, drapé dans un étendard tricolore. Son objectif : créer une peur panique chez les actionnaires pour qu'ils restent dans son camp. Même les syndicats de Vivendi, unanimes, tombent dans le panneau. Dans un communiqué commun, ils dénoncent « la coalition menée par un fonds activiste américain visant à déstabiliser Vivendi qui contrôle le groupe Canal + ».

En sidérant l'ennemi, Vincent Bolloré frappe un grand coup. Il fait oublier sa capacité de nuisance pour s'imposer à terme comme l'ultime recours, le gardien de l'empire. « Vous appelez ça une stratégie, vous ? s'emporte Denis Branche de la société PhiTrust. Bolloré a fait pression sur les investisseurs en leur mentant sur les risques de voir un actionnaire américain prendre le contrôle de Vivendi. Résultat, beaucoup d'Américains nous ont appelés et nous ont dit : "A-t-on un risque de poursuites ?" Ils se sont tous écrasés. Moi, je dis que ce sont des méthodes absolument dégueulasses. »

« La menace de Bolloré était scandaleuse, renchérit Charles Pinel, du cabinet Proxinvest, conseiller de la société de gestion PhiTrust. Ce genre d'attitude, ce n'est pas quelque chose d'inédit mais dans de telles proportions, je ne l'avais jamais vu ! »

À Paris comme à New York, le bluff fonctionne. « À partir de là, PSAM est entré en négociation avec Bolloré et la hache de guerre a été vite enterrée », se souvient Charles Pinel. La date de l'Assemblée générale de Vivendi approche et effectivement tout va rentrer dans l'ordre. Le 8 avril 2015, un accord est annoncé. Le fonds américain PSAM obtient le versement minimum de 6,75 milliards d'euros de dividendes aux actionnaires d'ici à 2017 alors qu'il réclamait 9 milliards à se partager. En échange, PSAM s'engage à voter en faveur de la résolution proposée par Vincent Bolloré sur les droits de vote double. Fin de la partie. Bolloré sort vainqueur par K.-O.

Le 17 avril 2015, l'Assemblée générale des actionnaires de Vivendi se tient à l'Olympia. « L'ambiance était calme, se souvient un participant. Tout avait été réglé en amont avec PSAM. La paix des braves avait été signée. »

L'« industriel financier » ou le « financier industriel » est presque seul en scène. Exemples et chiffres à l'appui, il démontre comment Larry Page et Mark Zuckerberg, les patrons de Google et de Facebook, détiennent plus de 50 % des droits de vote de leur société alors qu'ils ne possèdent que 15 % du capital.

« C'est un gage de stabilité, explique Vincent Bolloré, la résolution sur les droits de vote double nous apportera cette stabilité, c'est la raison pour laquelle je vous invite à la voter. » « C'est la première fois que je voyais Bolloré à la manœuvre en train de faire son numéro, poursuit notre témoin, je l'ai trouvé cabot. Comme grisé par son opération. »

Ce 17 avril 2015, en l'absence d'une opposition suffisante, la stratégie de Vincent Bolloré est validée intégralement par les actionnaires : les dispositions concernant les droits de vote double et les versements de dividendes sont votées sans difficulté.

Avec le recul, Denis Branche de PhiTrust estime que « cette histoire était cousue de fil blanc ». Selon lui, Vincent Bolloré se serait servi du fonds américain sur tous les tableaux. D'abord pour faire pression et obtenir les droits de vote double, puis s'octroyer des dividendes importants. Le beurre, l'argent du beurre et la multinationale. Les faits sont là : en tant que premier actionnaire de Vivendi, Vincent Bolloré est le premier bénéficiaire du plan de redistribution de cash décidé cette année-là.

« Ce qui est étonnant, commente un spécialiste du secteur des médias, c'est que Vivendi ait cédé si rapidement aux injonctions de PSAM sur la distribution du cash. Après tout PSAM pesait moins de 1 % du capital de Vivendi. Pourquoi lui avoir ainsi déroulé le tapis rouge ? »

« C'est pour le moins une alliance de timing et d'intérêts, précise Charles Pinel du cabinet de conseil aux investisseurs Proxinvest. Au départ Bolloré se serait bien passé de PSAM. Il ne l'a pas vu venir. Mais c'est vrai que ses demandes l'arrangeaient bien… »

Rien que pour l'année 2015 qui marque les douze premiers mois de gestion de Vincent Bolloré, le groupe Vivendi va donc tripler le montant des dividendes distribués aux actionnaires, soit de 1 à 3 euros par action. Coût de la facture : 3,95 milliards d'euros[3].

3. Le versement du montant total des dividendes issu de l'accord avec PSAM s'étale sur 2015 et 2016.

Comparaison n'est pas raison mais comparons tout de même. Les groupes LVMH et BNP Paribas sont bien plus gros et bien plus rentables que Vivendi. En 2015, ils ont respectivement redistribué : 1,8 et 2,9 milliards d'euros de dividendes, pas 3,95 milliards ! Certes en Europe, la France est le pays le plus généreux avec le peuple des actionnaires. En 2015, selon une étude, les groupes français ont redistribué 47 milliards de dollars de dividendes devant l'Allemagne (34,2 milliards de dollars) et l'Espagne (23,1 milliards de dollars)[4].

Mais cette année-là, grâce à Vivendi, Vincent Bolloré a battu tous les records de générosité… avec lui-même ! Le groupe s'en défend, expliquant que c'est le résultat de l'accord avec PSAM. Tout ça serait la faute des Américains ! Ils ont parfois bon dos, les Américains.

Le coup de poker gagnant de Vincent Bolloré sur Vivendi ne s'est pas réalisé sans conséquence. Le groupe Bolloré a dû emprunter[5] et dépenser pas loin de cinq milliards d'euros pour monter au capital de l'un des tout premiers groupes européens de médias.

Après avoir investi dans Vivendi entre 2011 et 2016, le financier breton estime devoir être payé en retour. Il y a près de 5 milliards d'euros en jeu, il ne peut se permettre d'attendre. Sa prise de pouvoir lui a coûté très cher, il a besoin de désendetter son groupe familial avant de le léguer à ses enfants, le 17 février 2022, date qu'il a lui-même fixée.

Depuis qu'il règne sur Vivendi, Vincent Bolloré a donc puisé sans vergogne dans le trésor de guerre accumulé par

---

4. Source : étude d'une société de gestion, *Henderson, Global Investors*, 2016.
5. En 2016, l'endettement net du groupe s'élevait à 4, 259 milliards d'euros. Au premier septembre 2017, il s'établit à 3, 981 milliards d'euros. Source : documents financiers du groupe Bolloré.

le groupe de médias grâce à ses cessions d'actifs. Rien qu'en 2015, Bolloré, premier actionnaire de Vivendi, a touché 325 millions d'euros nets de dividendes en cash contre 44 millions en 2014. En 2016 et 2017, il en empoche 400 millions supplémentaires[6]. Vous devez maintenant comprendre beaucoup mieux pourquoi Vivendi intéressait Vincent Bolloré.

Nous sommes d'accord, les chiffres c'est barbant. Et souvent il n'est pas facile de les faire parler. Il s'agit d'abord d'aller les débusquer au fin fond de rapports financiers ennuyeux. Ensuite, il faut les comprendre, les analyser pour ne pas tomber dans le piège de la com'. Notre luxe, c'est d'avoir ce temps-là, ce que nous appelons dans notre jargon de journalistes « le temps de l'enquête ». Indispensable évidemment. Ainsi, histoire de connaître votre « Vincent Bolloré » sur le bout des doigts, nous vous offrons un dernier petit tour de manège financier. Accrochez-vous, cela vaut le coup !

On le sait, en 2015, avec 14,5 % du capital, l'industriel breton est le premier actionnaire de Vivendi.

Pour consolider sa position et maximiser ses dividendes, l'homme d'affaires doit acquérir davantage d'actions. Il va utiliser une dernière botte secrète. Elle est discrète et a l'avantage de profiter à tous les actionnaires, surtout lorsqu'ils sont gros. Cette astuce c'est le rachat d'actions. Simple, imparable et tout à fait légal. Voici comment ça marche. Retenons d'abord le principe : une entreprise (ici donc Vivendi) propose de racheter ses propres actions sur le marché. Les actionnaires de son capital qui le souhaitent

6. Source : communiqué de presse du groupe Bolloré, 1er septembre 2017.

peuvent alors lui vendre tout ou partie des titres qu'ils détiennent. L'entreprise peut en quelque sorte se consolider elle-même.

Le rachat d'actions est un mécanisme très répandu dans le monde de la finance. Par le passé, Vincent Bolloré l'a souvent utilisé, notamment pour renforcer son contrôle sur le groupe Havas. Autorisé le 17 avril 2015 par cette fameuse Assemblée générale des actionnaires, le plan 2015 prévoit que Vivendi ne pourra pas détenir plus de 10 % de ses propres actions (soit 136,86 millions d'actions). Il est indiqué également que les rachats d'actions sur le marché ne se feront qu'en dessous d'un plafond fixé à 20 euros par action. Retenez ce chiffre, il est très important. Car le 17 avril 2015, l'action Vivendi vaut encore 23 euros et 43 centimes. « En annonçant ce plan à ce moment-là, il est certain que Bolloré et Vivendi ont clairement affiché leur volonté de faire baisser le cours de l'action, explique Jean-Baptiste Sergeant, analyste chez Mainfirst. Cette stratégie est manifeste car elle est expliquée dans les documents financiers de Vivendi. »

Dans la pratique un grand patron aime en général voir le cours de son action grimper. Cela paraît logique. Cela signifie que les investisseurs lui font confiance et que l'entreprise prend de la valeur. Dans le cas de Vivendi, tout démontre que ses dirigeants ont privilégié pendant deux ans la baisse de leurs propres actions. On entend déjà les cris d'orfraie. « Ce serait gonflé, proteste un haut cadre d'une grande banque privée, cela ne se passe pas comme ça ! » Vraiment ? Nous avons pris le temps de vérifier.

Première période importante : entre le 17 avril et le 9 novembre 2015. L'action chute régulièrement au gré des mauvaises nouvelles pour Canal + : l'annonce de la censure du film sur le Crédit Mutuel-CIC, les rumeurs de disparition des *Guignols*, les purges de la direction. Le marché est fébrile. L'action recule mais elle se maintient au-dessus des 21 euros. Impossible donc de lancer le plan de rachat d'actions.

À 18 heures, le 10 novembre 2015, le groupe Vivendi annonce ses résultats financiers pour les neuf premiers mois de l'année. « Conformes aux prévisions », peut-on lire sur le communiqué de presse. Mais les journaux économiques, eux, titrent sur des chiffres décevants. Le jour même, sur fond de rumeurs de fuite des abonnés, étonnamment, le groupe Canal + communique sur ces chiffres : de juillet à septembre 2015 en France métropolitaine Canal +, Canal Play et Canal Sat auraient perdu 38 000 abonnés. En un an, l'hémorragie s'élève à 88 000 abonnés ! C'est encore une mauvaise nouvelle pour Vivendi, mais pas pour son directeur financier Hervé Philippe, l'un des proches de Vincent Bolloré.

Le lendemain matin, à l'heure où la République honore ses soldats tombés au champ d'honneur de la Grande Guerre, l'action Vivendi dévisse sous la barre des 20 euros. Le général Hervé Philippe qui attend cela depuis des mois sonne immédiatement la charge. Les premiers ordres d'achats vrombissent dans les téléphones. Son plan peut enfin se mettre en branle ! Ce jour-là, Vivendi rafle un premier paquet de 345 472 actions au cours moyen de 19,82 euros. La bataille est lancée. Le 13 novembre, nouvelle offensive sur le marché parisien : Vivendi rachète plus d'un million de ses actions. En deux jours, la multinationale débourse près de 30 millions d'euros.

La semaine suivante, un autre petit million d'actions tombe dans l'escarcelle de Vivendi. La semaine d'après, c'est 2,5 millions d'actions que Vivendi rachète, toujours sous la barre fatidique des 20 euros. Les offensives se multiplient, les acteurs du marché comptent les points. Début décembre : un autre paquet de 4,5 millions d'actions termine dans les caisses de Vivendi. Le groupe français finit l'année 2015 en plein festin boursier : entre le 14 et le 18 décembre, Vivendi rachète plus de 6,2 millions d'actions pour la bagatelle de 119,8 millions d'euros. Et ce n'est encore rien par rapport à ce qui se prépare.

En théorie, une entreprise rachète ses propres actions pour faire monter son cours de Bourse. Mais, dans le cas de Vivendi, le résultat est surprenant. C'est l'inverse qui se produit. Le 11 novembre 2015, l'action valait 20,38 euros. Le 30 août 2016, le titre s'échange à seulement 17,45 euros. En dix mois, le cours de Vivendi a perdu près de 3 euros soit 15 % de sa valeur alors que la Bourse de Paris sur la même période n'a concédé que 10 %. L'incertitude sur l'avenir de Canal + et de Vivendi, alimentée par les déclarations de Vincent Bolloré, est telle que l'action Vivendi s'enfonce régulièrement. Seul acteur de ce petit jeu à se frotter les mains : le général Hervé Philippe, toujours à la manœuvre dans l'ombre.

Pendant toute cette période, dès qu'une annonce fragilise le groupe, le directeur financier de Vivendi semble être en embuscade et saute sur l'occasion pour racheter du capital. Au début de l'année 2016, Canal + négocie un partenariat exclusif avec BeIN Sports. Les investisseurs se méfient. Pour la chaîne cryptée ce pourrait être une bouée de sauvetage, mais pour Vivendi cela s'annonce comme un gouffre financier. L'action perd une nouvelle fois du terrain.

Le 4 janvier 2016, le titre Vivendi vaut 19,18 euros à la clôture du marché parisien. Cinq semaines plus tard, le 11 février, il dévisse pour atteindre 16,70 euros. Entre-temps, le groupe se jette sur ses propres actions et rachète près de 25 millions de titres pour 474 millions d'euros.

Cette frénésie correspond point par point aux plans de Vincent Bolloré et de son exécutant, le directeur financier de Vivendi. À chaque coup de mou de l'action, Hervé Philippe dégaine son carnet de chèques. Pas pour soutenir le malade, ni même pour le guérir, non... pour mieux le contrôler.

Reste une question et elle ne trotte pas que dans nos têtes. Vincent Bolloré a-t-il volontairement entretenu pendant des mois une communication négative autour de Vivendi et de Canal + pour servir ses propres intérêts financiers et accentuer son contrôle sur les deux entités ?

Regardons de près ce qu'il se passe entre le 15 et le 19 février 2016. Pour Vivendi, c'est la semaine de tous les dangers. Le 18 février le groupe doit annoncer ses résultats financiers annuels pour l'année 2015. Dans un communiqué, Vivendi évoque pour la première fois de son histoire des résultats catastrophiques pour les six chaînes du groupe Canal + en France métropolitaine qui accumuleraient des pertes importantes. Le 16 et le 17 février, soit deux jours avant cette annonce, Vivendi a racheté 4 millions de ses propres actions pour 73 millions d'euros. Le 18 février, jour de l'annonce de ces résultats plutôt décevants, l'action perd du terrain et Vivendi acquiert de nouveau un paquet de 2 millions de ses actions. Le lendemain, 1,8 million d'actions Vivendi sont commandées par le général Hervé Philippe, toujours sabre au clair.

Bilan des opérations : entre le lundi 15 et le vendredi 19 février 2016, semaine de tous les records, Vivendi s'est offert : 9 234 729 de ses actions pour la somme de 166,121 millions d'euros sur fond de communication négative à propos de ses propres activités.

Autre exemple : le 21 avril 2016 lors de l'Assemblée générale des actionnaires, Vincent Bolloré évoque pour la première fois… un risque de faillite pour le groupe Canal + ! Depuis des mois, le président du Conseil de surveillance de Vivendi n'a de cesse de dresser un portrait catastrophique du groupe de télévision payante. Mais cette fois, il va plus loin : « Si les pertes continuent, explique-t-il, il y a un moment, on sera obligés d'arrêter le robinet parce que Vivendi ne pourra pas apporter indéfiniment de l'argent à Canal. » Stupeur chez les salariés ! Cette simple phrase déclenche une nouvelle période d'incertitude pour Vivendi. L'action chute aux environs de 16,50 euros. Et dans les semaines qui suivent, le groupe active encore son plan de rachat. Rien qu'en juin 2016 Vivendi s'offre 25 millions de titres pour 196 millions d'euros.

Pour la multinationale, la campagne 2015-2016 de rachats d'actions s'est soldée par l'acquisition totale de 99 027 320 de ses propres titres, soit 7,24 % du capital social de l'entreprise. Du jamais-vu pour ce groupe français qui a déboursé pas moins de 1,85 milliard d'euros, puisé directement dans ses caisses. Une fois rachetées, et selon le plan établi par Vincent Bolloré, une grande majorité de ces actions[7] Vivendi (88 % soit 86 874 701 titres) sera définitivement annulée (soit 6,35 % du capital social)[8]. Disparues, plus rien, terminé ! Vincent Bolloré serait-il devenu fou ? Pas du tout. Au contraire, c'est la dernière petite touche du tableau financier que le « boa » est en train de préparer. Attention, c'est presque de la magie. Non, c'est encore mieux que de la magie, c'est la simple vérité, pure et dure.

La réduction du capital d'une entreprise a un objectif principal. Elle permet mécaniquement aux actionnaires d'accroître leur emprise sur un groupe : chacun a toujours le même nombre d'actions mais le nombre d'actions total diminuant, la part relative de chacun augmente. En quelque sorte, lorsque la taille du gâteau se réduit, les parts deviennent plus grosses, plus belles et surtout plus rentables. Pour Vincent Bolloré, ce petit tour de passe-passe financier lui permet de faire un bon non négligeable au capital de Vivendi, de 14,5 % à 15,33 % du gâteau. Ramené à sa valorisation boursière, 1 % du capital de Vivendi représente à l'époque une prime potentielle de 225 millions d'euros, engrangée sans effort, sans douleur et surtout sans débourser le moindre centime. Au passage, le groupe Bolloré obtient davantage de droits de vote. Merci qui ? Merci Vivendi !

Évidemment quand Vincent Bolloré gagne à la Bourse, tous les actionnaires se goinfrent. Alors en avril 2016, que pensez-vous que fît l'Assemblée générale de Vivendi ? Elle remit ça et renouvela le plan de rachat de ses propres actions.

---

7. 86 874 701 titres seront annulés en juin 2016, soit 88 % du nombre total d'actions achetées entre novembre 2015 et avril 2016.
8. Source : document Vivendi du 17 juin 2016.

En février puis en mars 2017, nouveau festin d'actions Vivendi dévorées par Vivendi lui-même : plus de 12 millions de titres supplémentaires achetés à la faveur de nouveaux résultats financiers décevants. Au mois d'avril 2017, Vivendi avait donc mis la main, selon nos calculs, sur environ 130 millions de ses propres actions pour la somme de 2,5 milliards d'euros. Quant au groupe Bolloré, il possède 20,54 % du capital de Vivendi avec près de 30 % de la totalité des droits de vote, ce qui lui confère une position quasi inattaquable.

À ce stade de notre enquête, il convient de poser clairement la question : faut-il voir dans ces opérations financières un opportunisme de génie pour développer Vivendi ou bien une stratégie machiavélique au seul profit de la famille Bolloré ?

Aucune de nos sources ne tranche véritablement la question mais toutes évoquent la même hypothèse : une communication négative organisée pour faire baisser le cours de l'action, les racheter et dépenser moins. « Ce serait un super coup ! » s'exclame un analyste… qui préfère garder l'anonymat. Étonnante cette capacité du « boa » à susciter la peur même lorsque l'on vante son talent.

« C'est un scénario possible, même probable, car les rachats d'actions sont des leviers formidables pour renforcer la puissance des actionnaires », estime un second analyste lui aussi masqué. « Toute la communication négative autour de Canal + pendant l'été 2015 et jusqu'au printemps 2016 va dans le sens des intérêts de Bolloré, alors pourquoi s'en priver ? » avance un troisième anonyme.

Quelle que fût la réalité des intentions de Vincent Bolloré, les faits sont là : la faiblesse du cours de l'action Vivendi a coïncidé avec les intérêts financiers de son groupe familial.

Imaginons maintenant que tout cela n'ait pas été planifié, ni même orchestré. Vincent Bolloré a, au vu et au su de tout le monde, au minimum habilement retourné la situation à son avantage en utilisant un mauvais cours de Bourse pour renforcer ses positions dans le groupe de médias et de divertissements. Rappelons que ces opérations se sont déroulées conformément à la loi. Et qu'à notre connaissance aucune autorité ne s'est penchée sur l'activité boursière du groupe Vivendi entre 2015 et 2016. Aucune plainte n'a été déposée en ce sens, aucune enquête n'a été diligentée.

Pour le Smiling Killer du capitalisme français, l'essentiel est pour l'instant de façonner une gouvernance d'entreprise à sa main, de renforcer son contrôle sur le groupe dès qu'il le peut, tout en lui faisant cracher du cash. Le jeu en vaut la chandelle. À mesure que son pouvoir grandit dans Vivendi, la valeur de sa participation s'accroît, les dividendes pleuvent et l'endettement de son entreprise familiale diminue.

Cela semble être le sens de son action au sein du groupe de médias. Le bilan des deux premières années de gouvernance Bolloré à la tête de Vivendi montre que le développement du groupe n'apparaît pas comme une priorité. Tout concourt à penser que le patron breton se sert de Vivendi comme d'un holding financier avec deux objectifs : redistribuer du cash issu de la vente d'actifs (Maroc Telecom, l'opérateur brésilien de téléphonie mobile GVT, l'éditeur de jeux Activision blizzard, etc.) et racheter des participations industrielles minoritaires.

Depuis son arrivée dans Vivendi, Vincent Bolloré a ainsi réussi la vente de 28,5 milliards d'euros d'actifs mais n'en a racheté que pour 6,8 milliards d'euros à l'heure où s'imprime ce livre.

Principales cessions d'actifs de Vivendi depuis 2014	**Principales acquisitions de Vivendi depuis 2014**
SFR : 13.2 Md€	Telecom Italia (23.94 %) : 2.6 milliards €
Maroc Telecom (53 %) : 4.1 Md€	SECP (100 %) : 522 millions €
Activision Blizzard (12 %) : 2.1 Md€	Dailymotion (100 %) : 246 millions €
GVT (100 %) : 4.2 Md€	Ubisoft (26.63 %) : 745 millions €
Numericable SFR (20 %) : 3.8 Md€	Gameloft (100 %) : 621 millions €
Vivo (4 %) : 0.8 Md€	Banijay Zodiak (31,4 %) : 290 millions €
TVN (25 %) : 0.3 Md€	Mars Films (30 %) : non connu
	Fnac (15 %) : 159 millions €
	Boulogne Studios : 40 millions €
	Radionomy (64,4 %) : 24 millions €
	Mediaset (28.8 %) : 1,3 milliard € (estimation)

À l'entendre, Vincent Bolloré souhaite construire un groupe européen intégré dans les médias et les contenus. Les synergies, il les annonce et les brandit comme une panacée, sauf que personne ne comprend grand-chose à sa stratégie industrielle. Pour tenter d'éclaircir notre lanterne, nous avons interrogé certains des meilleurs spécialistes du groupe Vivendi. Vous en avez l'habitude, la plupart des propos à suivre sont tenus anonymement mais croyez-nous sur parole, ils sont solides et « sourcés ».

Un premier analyste s'interroge : « Pourquoi avoir liquidé des participations minoritaires dans les jeux vidéo et les télécoms, pour un an plus tard réinvestir dans les jeux vidéo et les télécoms ? »

Selon lui, des prises de participation dans des sociétés comme Ubisoft, Gameloft, ou encore Telecom Italia, ne répondent à aucune véritable logique industrielle claire. En revanche, elles s'intègrent parfaitement dans la stratégie financière et spéculative de Vincent Bolloré. Ces sociétés sont sous-valorisées. Leur capital est éparpillé entre de multiples actionnaires. C'est exactement ce que recherche l'homme d'affaires. Encore et toujours cette stratégie du grignotage. Bolloré ne fait ni plus ni moins que du « Bolloré ». Dans une note du cabinet Oddo securities, les analystes sont d'ailleurs plutôt inquiets : « Ces incursions minoritaires pourraient entraîner une hausse de la décote de holding de Vivendi. » Traduction : cette stratégie financière pourrait peser sur le cours de Bourse car les investisseurs détestent les groupes trop éparpillés. Vivendi en est un, comme au temps de Jean-Marie Messier dans les années 1990. « Bolloré aimerait réussir là où Messier a échoué, nous assure un consultant, spécialiste des médias. C'est-à-dire construire un empire intégré dans les contenus. Malheureusement pour Vincent Bolloré, Vivendi en est encore loin. »

Jean-René Fourtou, l'ancien patron de Vivendi, lui, s'inscrit en faux : « Je ne crois pas à cette analyse financière de l'action de Bolloré. Vincent Bolloré a les contenus chevillés au corps. C'est un industriel qui ne peut faire de l'argent que si sa stratégie industrielle réussit. »

Notre analyse et celle de Jean-René Fourtou sont-elles irréconciliables ? Elles sont au contraire plutôt complémentaires. Aucun doute possible, Vincent Bolloré sait construire des Meccano industriels et financiers, c'est même ce qu'il aime faire par-dessus tout. En revanche, il est loin d'être le meilleur des « opérationnels » pour inventer des synergies et gérer l'usine à gaz qui résulte souvent de ses choix stratégiques. « Mon boulot, c'est de faire un diagnostic et de nommer des équipes pour faire ce qu'il y a à faire », aime-t-il répéter souvent.

Chez Dailymotion, les équipes de Vincent Bolloré auraient pu tester en direct les synergies souhaitées entre Canal +, Universal Music, Dailymotion et Gameloft. Or jusqu'à présent, cette stratégie de pont entre les entités du groupe s'avère délicate à mettre en œuvre.

Dailymotion a été acheté en juin 2015 par Vivendi. Or les clips d'Universal Music disponibles en France, ne sont visibles sur la plateforme que depuis l'été 2017. Mais surtout You Tube, son écrasant concurrent, propose souvent davantage de choix à travers le catalogue américain d'Universal Music[9]. Visible également depuis peu sur Dailymotion, les vidéos d'humour de Studio Bagel, autre entité du groupe, se terminent par un aveu de faiblesse : *Abonne toi sur You Tube.*

Les contenus Canal + présents sur Dailymotion ne représentent qu'une part infime de l'audience du site, qui par ailleurs peine à définir la ligne de son contenu, le

9. Voir *Les résultats de Dailymotion en chute libre*, BFM Business, 5 septembre 2017.

dernier projet en date étant justement de mettre l'upload des vidéos des internautes au second plan pour privilégier des vidéos professionnelles[10]. Les équipes de la plate-forme travaillent pourtant d'arrache-pied sur les contenus de Canal +. « Je ne pense pas qu'il y ait de synergie possible », tranchait un cadre du site cité par le journal *Le Monde*[11].

Depuis l'arrivée de Bolloré, l'effectif de Dailymotion a ainsi connu une véritable saignée. Un an après le rachat, la moitié des salariés avaient déjà quitté le navire, présentant pour la plupart leur démission. Les cadres historiques de l'entreprise comme Martin Rogard ont, eux aussi, fait leurs bagages, fuyant les méthodes de réduction de coût imposées par les *cost killers* de la maison mère.

« Où est la colle ? » s'interroge Jean-Baptiste Sergeant, analyste chez Mainfirst qui en vient lui aussi à la même conclusion : « Bolloré affiche des synergies mais on ne les voit pas beaucoup et surtout il ne donne souvent aucune explication. La motivation première de Bolloré, c'est, comme d'habitude, de cibler des valeurs décotées au capital éclaté qui peuvent rapporter de l'argent. »

La méthode de Vincent Bolloré, « c'est la méthode des activistes, celle qui consiste à procéder à un contrôle rampant sans payer de plus-values aux actionnaires », explique Yves Guillemot, le P-DG d'Ubisoft, la dernière victime en date de l'industriel breton.

Actionnaire activiste, qu'est-ce que c'est ? C'est un fonds d'investissement qui prend des actions dans une entreprise pour peser sur ses activités afin de les mettre en adéquation

10. Source *Freenews* article du 14 avril 2017 Dailymotion ne veut plus de vos vidéos.
11. Source : *Le Monde*, 15/07/2016.

avec ses intentions : obtenir tout de suite de gros dividendes si l'on poursuit un but financier ou *a contrario* stopper par exemple l'exploitation des énergies fossiles lorsque le fonds activiste est porté par des militants écologistes. Activiste ? C'est justement comme cela que Vincent Bolloré se définit lui-même lorsqu'il fait la leçon aux cadres de Canal + le 3 septembre 2015 avant d'en mettre à la porte une bonne partie : « Nous sommes des activistes, nous pensons que c'est nécessaire. » En juin 2016, Bolloré accorde l'une de ses rares interviews au *Financial Times.* Le patron de Vivendi s'explique enfin : « L'idée, c'est de fournir des contenus à travers un réseau d'opérateurs télécoms partenaires. C'est comme un peintre, détaille-t-il, vous ne comprenez pas forcément pourquoi il y a un point bleu et un trait de marron mais à la fin vous verrez que nous peignons quelque chose qui fait sens[12]. »

Le dernier projet de cet artiste au pinceau finement dessiné est à ce point spectaculaire qu'il a laissé tous les observateurs perplexes, cette fois, des deux côtés des Alpes. À l'origine de l'affaire : l'appétit de Vincent Bolloré pour Mediaset, le premier groupe de télévision italien (Canale 5, Italia 1 et Rete 4) contrôlé par la famille Berlusconi.

Vincent Bolloré et Silvio Berlusconi se connaissent bien sans véritablement s'apprécier. Au printemps 2016, les deux « papys » de la finance décident pourtant de signer un accord amiable dans le secteur de la télévision payante qui permet à Vivendi de croquer 100 % de Mediaset Premium (un bouquet de chaînes thématiques de Mediaset) en échange d'une participation du groupe Mediaset au

12. Source : *Financial Times*, 02/06/2016.

capital de Vivendi à hauteur de 3,5 %. Tout semble se dérouler entre gentlemen. Mais quelques semaines plus tard, en juillet, Vivendi renonce à l'accord expliquant avoir été floué sur la marchandise. Arnaud de Puyfontaine, le président du directoire de la multinationale française, s'emporte : « C'est comme s'ils nous avaient invités à dîner dans un restaurant trois étoiles et qu'ensuite nous nous étions retrouvés chez McDonald's. » Cet été-là, en pleine hostilité, Silvio Berlusconi fête ses quatre-vingts ans et Vincent Bolloré lui transmet par écrit… ses amitiés.

Mais contre toute attente, alors qu'il tente d'imposer un nouvel accord moins ambitieux, le « boa » décide de déclencher un raid hostile sur Mediaset[13]. L'action du groupe italien est au plus bas. L'industriel français flaire le bon coup et, en quelques jours, Vivendi met plus d'1 milliard d'euros en cash sur la table pour se payer près de 30 % du navire amiral des Berlusconi.

La famille italienne a beau dénoncer une forme de « capitalisme cannibale », elle découvre à ses dépens les méthodes du « boa », capable de transformer une banale histoire industrielle en un combat épique, mêlant pouvoir, famille et argent. Tourné vers la démesure, Vincent Bolloré ne semble mettre aucune limite à son désir de conquête. Et personne dans son entourage n'est aujourd'hui capable de freiner ses accès d'hubris et de débordement d'ego.

Avec Mediaset dans son escarcelle, il souhaite à coup sûr accélérer en Italie la convergence entre les contenus et les télécoms. Mais c'était compter sans la résistance de la famille Berlusconi. Même divisée, elle dépose plainte et

13. Ce raid de Vivendi sur Mediaset débute le 12 décembre 2016.

demande trois milliards d'euros de réparation à Vivendi. Les « Berlusconi » reprochent au groupe français d'avoir fait délibérément chuter le cours de Mediaset, en annonçant la rupture de leur accord stratégique dans la télévision payante l'été 2016, avant de se lancer dans une OPA hostile.

Vivendi juge la plainte « sans fondement et abusive » mais le parquet de Milan a, lui, ouvert une enquête en février 2017, pour « manipulation de marché[14] ». Déjà condamné une fois en Italie pour « manipulation de cours », Vincent Bolloré pourrait ainsi de nouveau subir les foudres de la justice italienne, à moins d'un accord de dernière minute entre les deux parties[15] qui viendrait mettre un terme à l'affaire.

Autant dire qu'avant d'admirer le chef-d'œuvre marmoréen promis par Vincent Bolloré lui-même, il faudra attendre un peu. À coups d'acquisitions minoritaires, de rachats d'actions et surtout de versements de dividendes[16], Vincent Bolloré a surtout siphonné le trésor de guerre de 8 milliards d'euros nets sur lequel Vivendi était assis en septembre 2015. Au rythme où vont les choses, que restera-t-il fin 2018 ?

---

14. En avril 2017, l'Agcom, le gendarme italien des télécommunications, estime que la prise de participation de Vivendi dans Mediaset et aussi dans Telecom Italia (que Vivendi contrôle désormais) n'est pas légale. Elle exige que le groupe français ramène sa participation à moins de 10 % dans l'une des deux entités en vertu de la loi sur les concentrations dans le secteur des communications. En octobre 2017, dans le cadre de la plainte déposée par la famille Berlusconi, la police française mène une perquisition au siège de Vivendi à Paris.

15. À l'heure où nous écrivons ces lignes, un accord amiable est sur le point d'aboutir entre Mediaset et Vivendi.

16. Entre 2014 et 2017, Vivendi a distribué 7,2 milliards d'euros à ses actionnaires sous forme de dividendes et de rachats d'actions.

Date	Sept 2015	Déc 2015	Mars 2016	Sept 2016	sept 2017
Trésorerie nette (euros)	8 milliards	6,4 milliards	4,8 milliards	2 milliards	497 millions

Fin 2017 en tout cas, Vivendi enregistrait quelques signes encourageants, poussé notamment par une croissance solide d'Universal Music Group[17]. 2018 sera t-elle l'année « vérité » pour Vincent Bolloré ? Saura t-on enfin si sa stratégie financière et industrielle était ou non pertinente ? Une chose est sûre, le génie de Vincent Bolloré repose sur une stratégie de contrôle. Ce qui l'intéresse, c'est de construire un Meccano industriel et financier autour d'une proie qu'il aura séduite ou étouffée. Concernant Vivendi, le temps de « la séduction » est passé. Désormais, le « boa » affiche clairement son ambition, en voulant faire de cette entreprise qu'il dirige avec à peine plus de 20 % du capital le grand pôle média et communication de son groupe familial.

Le rachat d'Havas symbolise parfaitement ce dessein. C'est la grande opération de printemps de Bolloré père et fils. Le 6 juin 2017, Vivendi prend le contrôle de l'agence de communication. Concrètement Vivendi rachète les 59,2 % du capital d'Havas détenus par... le groupe Bolloré. Ainsi en vendant la totalité de ses actions Havas, le groupe Bolloré empoche 2,3 milliards d'euros, ce qui lui permet de continuer à éponger ses dettes s'élevant à 4,2 milliards d'euros[18]. Avec cet accord, la famille Bolloré

17. Source : *Rapport financier de Vivendi des 9 premiers mois de l'exercice 2017*, vivendi.com
18. Chiffres consolidés de 2016.

est à la fois acheteuse et vendeuse. Dorénavant Vincent actionnaire à 100 % du groupe Bolloré contrôle Vivendi qui contrôle Havas dirigé par Yannick, fils et dauphin de l'empire. En attendant son sacre prévu pour 2022, l'héritier reste P-DG d'Havas et, bien sûr, membre du Conseil de surveillance de Vivendi présidé par son père.

Pour acquérir 100 % du capital d'Havas, « l'opération pourrait coûter au total 3,9 milliards d'euros à Vivendi, précise l'analyste financier Jean-Baptiste Sergeant, la dette nette de Vivendi devrait donc s'établir à environ 3,4 milliards d'euros, ce qui demeure soutenable ». Cette dernière opération démontre, s'il le fallait encore, que Vivendi est clairement utilisé par les Bolloré comme un holding financier au service des intérêts familiaux.

Si la synergie familiale est parfaitement assurée, la pertinence industrielle est beaucoup plus discutable. « Moi, je dis chapeau l'artiste, ironise le dirigeant d'un grand rival de Havas dans *Libération*[19]. C'est un très beau mouvement patrimonial pour Bolloré : il se vend en cash à lui-même, 10 % au-dessus de sa valeur, une boîte que personne ne veut racheter. »

L'article souligne le fait que beaucoup d'analystes financiers (Invest Securities, Deutsche Bank, Société Générale ou Barclays) sont très critiques à propos de cette transaction. Mais surtout les observateurs avisés s'interrogent sur les possibles conflits d'intérêts auxquels risque d'être confronté Vivendi : Havas, groupe de communication et de publicité, sera-t-il tenté de favoriser les médias – à commencer par les chaînes de télévision – du groupe Vivendi au détriment des intérêts de ses clients annonceurs ? L'avenir nous le

19. *Libération*, 21 mai 2017 : Vivendi et Havas unis par les gains sacrés du mariage / Jérôme Lefilliâtre.

dira. Yannick Bolloré promet une transparence totale et se réjouit déjà des synergies que le *board* d'Havas « espère mettre en place [avec Vivendi][20] ».

Et le journalisme dans tout ça ? Ces vieilles lubies ringardes et inutiles que sont l'indépendance éditoriale et la liberté d'informer ont-elles encore du sens pour les rédactions de *Cnews* ou de Canal + ? Que se passera-t-il lorsque les journalistes du groupe enquêteront non seulement sur un secteur d'activité où est présent le groupe Bolloré, mais encore lorsqu'ils travailleront avec un peu de persévérance sur un client d'Havas ? Procès d'intention, répondront sans doute nos détracteurs dont certains de nos confrères... Sans doute les mêmes qui se montraient déjà sceptiques lorsque nous dénoncions publiquement la censure du documentaire sur le Crédit Mutuel-CIC.

En attendant pour bâtir un grand groupe médias basé sur l'harmonie des synergies, encore faut-il ne pas siphonner toutes ses ressources et ses actifs.

Pour parfaire son désendettement personnel et continuer à maintenir en état de marche la machine à cash Vivendi, Vincent Bolloré n'aura pas d'autres moyens, selon Jean-Baptiste Sergeant, que de vendre Universal Music Group dans un proche avenir. « Ce serait la logique des choses », explique l'analyste de Mainfirst. Le label américain, numéro un mondial dans la musique, constitue la réelle pépite du groupe. Devant Sony et Warner Music, c'est la plus grande des trois majors. Gérée depuis Santa Monica en Californie, Universal Music représente près de 40 % du marché mondial de la musique. Mais Vincent

20. *Challenges*, 15 mai 2017, Havas-Vivendi : Yannick Bolloré rejette tout soupçon de favoritisme / Marc Baudriller.

Bolloré ne s'y intéresserait pas. La Californie, c'est plus loin que la Bretagne ou l'Afrique et comme il le rappelle : « Je ne peux pas être partout. » Sauf évidemment pour aller faire un peu de ménage en virant certains cadres qui ne lui plaisent pas. Pascal Nègre, par exemple, l'ancien patron du label en France, en sait quelque chose, lui qui affirme dans un sourire et non sans humour avoir été « bollorévoqué ! ».

Le catalogue d'artistes d'Universal Music ferait pourtant rêver n'importe quel producteur de disques : Justin Bieber, Kanye West, Rihanna, les Beatles, les Rolling Stones, Pink Floyd, Jimmy Hendrix, Prince, Lady Gaga, Cold Play, Sting, Brassens, Brel, Balavoine, Hallyday, Sardou, Zazie, Stromae... En plus les labels de la marque ont plutôt bien résisté à l'offensive du numérique et du *streaming*. La tentation de la vente existe-t-elle ?

En mai 2016, Vincent Bolloré glissait au journal *Les Échos* qu'Universal Music valait 30 milliards d'euros. Or le Breton ne dit jamais rien en l'air. « 30 milliards, ce n'est pas crédible. Mais il a tout intérêt à faire monter les enchères. Les Apple ou Google pourraient être intéressés. Pourquoi d'ailleurs donner un prix si on n'a pas l'intention de vendre ? s'étonne Jean-Baptiste Sergeant. Bolloré espère valoriser Universal Music à 20 milliards d'euros. En mettant en Bourse 20 % du capital de la major il pourrait récupérer 4 milliards d'euros. Cette somme lui permettra par exemple de désendetter complètement Vivendi », conclut l'analyste.

« Dans les années 2000, nous raconte Jean-René Fourtou, l'ancien patron de Vivendi, Steve Jobs (Apple) et d'autres Américains, même des Japonais, voulaient nous racheter Universal Music. Je ne serais donc pas étonné que Bolloré vende peut-être une partie d'Universal. »

En vendant tout ou partie d'Universal Music, Vincent Bolloré pourrait bien réussir un nouveau tour de force : rembourser en quelques années son investissement dans Vivendi. Ce n'est qu'un scénario. Mais il est tout à fait crédible. D'autant que son rêve de voir Orange racheter Canal + s'éloigne. Le P-DG du numéro un français des télécoms, Stéphane Richard, intéressé par l'opération en 2016, semble aujourd'hui avoir changé d'avis. Est-ce parce qu'il ne croit plus en l'avenir de la chaîne cryptée et de son modèle payant ?

Car pour l'heure, la tache noire dans le tableau s'appelle Canal +. En 2016, le résultat opérationnel des chaînes du groupe en France est de 399 millions d'euros. En France métropolitaine, celles-ci ont perdu 492 000 abonnés payants en 2016, soit 192 000 de plus qu'en 2015. En 2017, grâce à de nouveaux accords de distribution, la direction de la chaîne affirme que l'hémorragie est terminée. « Canal + va mieux », assure Franck Cadoret, le directeur de la distribution du groupe dans une interview au Figaro, assurant que la chaîne regagnerait 100 000 abonnés en 2017[21].

La réalité oblige à une plus grande modestie. Au troisième trimestre 2017, pour la première fois depuis deux ans, Canal + France a gagné plus d'abonnés qu'il n'en a perdu. Le gain demeure cependant symbolique : 1 000 abonnés de plus, seulement. Est-ce le début d'une embellie ? Il est beaucoup trop tôt pour le dire. Canal + est loin d'être tiré d'affaire et le pôle gratuit du groupe (CNews, C8), reste fragile.

Dans un entretien aux *Échos* en mai 2016, Vincent Bolloré, lui, évoquait l'urgence de redresser la situation de

21. Source : *Le Figaro*, le 20 septembre 2017.

Canal + : « Quand vous avez le feu dans la cave, il faut d'abord éteindre l'incendie avant d'inviter à déjeuner votre famille. » Un an plus tard, l'incendie n'est pas éteint... Une catastrophe que le financier breton a déclenchée lui-même en entrant avec fracas dans la maison Canal +. Car depuis deux ans qui est à la manœuvre ? Qui est responsable du quasi-naufrage économique et éditorial du groupe ?

Pour l'heure la seule stratégie claire de Canal + France est la réduction des coûts. Comment ? En menant à bien d'ici à la fin 2018 un plan drastique d'économies chiffré et budgété (depuis la fin août 2016) à 300 millions d'euros.

Le temps des promesses faites par Vincent Bolloré aux salariés de la chaîne réunis à l'Olympia en novembre 2015 d'investir dans les contenus à hauteur de deux milliards d'euros n'est plus d'actualité. Aujourd'hui le régime est extrêmement sévère. Mais Vincent Bolloré a-t-il vraiment envie de réussir la mue du groupe de télévision en France ? En a-t-il jamais eu la volonté ? Il semble avoir d'autres ambitions pour sa proie : développer l'international, notamment en Afrique où Canal + engrange toujours plus d'abonnements, d'année en année. Envisagerait-il de vendre les chaînes françaises du groupe ? Une chose est certaine : à ce jour, il n'a pas de projet industriel cohérent.

CHAPITRE 17

Canal dans le brouillard

Pour nous, Canal + a toujours symbolisé la réussite d'une certaine impertinence française, d'une télé innovante et familière basée sur un mélange subtil d'esprit libertaire à la *Charlie Hebdo*, populaire tendance *Téléfoot* et culturel façon Hollywood. En tant que journalistes d'investigation, nous avons modestement contribué à cette aventure. Longtemps les programmes les plus représentatifs de « l'esprit Canal » ont cartonné. Dans les années 2000, l'émission d'investigation *90 minutes* diffusée aux seuls abonnés flirtait régulièrement en prime time avec le million de téléspectateurs. Karl Zéro et son *Vrai Journal* faisaient encore mieux tous les dimanches en clair. *Les Guignols de l'info* scotchaient entre deux et trois millions de fans au petit écran, chaque soir à 19 h 55. *Nulle Part ailleurs* puis *Le Grand Journal* et *Le Petit Journal* ou l'inoxydable *Zapping* étaient également des émissions très populaires. Vous connaissez la chanson par cœur, quand on commence comme ça, on radote, on enchaîne avec Les Nuls, Antoine de Caunes, Jamel Debbouze, *Groland*, *Bref*...

Au début des années 2010, malgré son leadership et son audace en fiction sur les séries, Canal + avait clairement besoin d'un nouveau souffle, les audiences commençant à baisser peu à peu. Mais pour autant une catastrophe économique se profilait-elle ?

Pour la première fois, nous allons apporter une réponse précise et documentée à une question majeure : quand Vincent Bolloré débarque dans Canal + au printemps 2015, le groupe de télévision était-il en si mauvaise santé financière que cela ? Car c'est alors l'un des arguments clés du nouveau patron pour justifier le reformatage de la chaîne.

Nous nous sommes plongés dans la documentation financière et avons exhumé quelques chiffres intéressants. Des chiffres... encore des chiffres. Pas de panique, allons-y pas à pas car il est impossible de les éviter lorsque l'on examine les entrailles d'une multinationale.

Fin 2015, la direction de Canal + n'a pas fière allure. Le groupe vient de se faire souffler, sans avoir vu le coup partir, les droits de diffusion de la ligue de foot anglaise par son concurrent Patrick Drahi, propriétaire de l'opérateur SFR. Pas de bol, la *Premier League* est justement l'une des plus-values de Canal + depuis quinze ans !

Pour rebondir, le groupe tente de nouer un partenariat avec son ancien ennemi et concurrent : la chaîne qatarie BeIN Sports afin de récupérer des millions d'abonnés.

Pour réussir ce pari, la direction de sa maison mère Vivendi doit impérativement obtenir le feu vert de l'autorité de la concurrence. « Dans la maison, se souvient un salarié, il y avait plutôt urgence. » Alors, au début de l'année 2016, l'armée Vivendi aux ordres de son général

Bolloré va jouer à un jeu dangereux. Elle va noircir le tableau quitte à charger la barque pour s'attirer la compassion du régulateur. On vous explique.

Ce 18 février 2016 : pour Vivendi, c'est jour de résultats financiers annuels. Le genre de rendez-vous où il ne faut pas se rater. Les *yes men* de Vincent Bolloré se sont mis sur leur trente et un. Costume de rigueur, sourires figés, éléments de langage verrouillés. Tout est prêt.

Les résultats du groupe sont moins bons que prévus mais là n'est pas l'essentiel. L'important est de faire passer un message : Canal + perd de l'argent, beaucoup d'argent. Pour la première fois de son histoire, Vivendi chiffre très précisément les pertes financières des six chaînes du groupe en expliquant « qu'elles enregistrent une perte opérationnelle de 264 millions d'euros en 2015 ». Combien ? 264 millions d'euros, c'est écrit dans le communiqué de presse[1].

Jusqu'ici le lent déclin de l'activité de la télévision payante en France était un sujet tabou pour Canal +. L'annonce des résultats de Vivendi marque donc un tournant dans la communication. Vivendi est inquiet mais se dit déterminé à « arrêter les pertes des chaînes Canal + en France ». Car pour ses dirigeants : « Cette situation menace l'ensemble du groupe de télévision qui emploie 8 200 personnes. » Vivendi explique surtout ne pas avoir « les moyens de supporter indéfiniment les pertes des chaînes Canal + en France ».

Cette communication négative surprend tous les spécialistes du secteur des médias. D'habitude, un groupe a plutôt tendance à enjoliver les résultats de ses filiales, à

1. Source : communiqué de presse de Vivendi du 18/02/2016.

masquer les faiblesses. Même les analystes financiers n'y comprennent rien. Jean-Baptiste Sergeant (Mainfirst) se souvient d'avoir été troublé par ces 264 millions d'euros de pertes opérationnelles. « J'ai refait plusieurs fois les comptes et je ne tombais pas sur ceux de Canal +. Ces chiffres sont en fait invérifiables. Ils ont été sortis du chapeau sans que l'on puisse vérifier leur réalité comptable. »

Jean-Marc Jeanneau, élu CGT, reconnaît que le recul de l'activité de la télévision payante est une réalité mais il estime que ce chiffre de 264 millions d'euros de pertes opérationnelles « n'est pas le reflet de la véritable santé économique du groupe. C'est un chiffre construit de toutes pièces pour communiquer négativement sur le groupe », nous affirme-t-il.

Dans une note, les analystes d'Exane BNP Paribas confirment qu'il est très difficile de comprendre comment les chaînes Canal + ont pu perdre 264 millions d'euros en 2015. Alors ils plaident pour une explication : « Présenter des pertes massives fait partie du jeu pour convaincre les autorités compétentes d'autoriser l'accord avec BeIN Sports. » Même son de cloche chez les spécialistes de chez Oddo securities, un gestionnaire de fonds : « Ce discours anxiogène a des chances d'émouvoir le régulateur, ce qui maximisera les chances de Canal + d'arriver à ses fins. »

Pour Jean-Baptiste Sergeant, cette communication cache une habile opération de lobbying menée par la direction de Vivendi : « Bolloré avait besoin de faire passer un plan d'austérité et de montrer que Canal + perdait de l'argent pour amadouer l'autorité de la concurrence. » Dans la presse, l'annonce de Vivendi fait un carton. De nombreux quotidiens et sites Internet reprennent l'information, sans pouvoir la vérifier. Dans *Le Monde* on peut lire :

« L'érosion du modèle Canal + en France enfin reconnue par Vivendi. » Pour le quotidien du soir il est clair que « le modèle de développement de Canal + est à bout de souffle et que cela lui vaut de subir des pertes de 264 millions d'euros en 2015[2] ». CQFD !

Pendant des mois, ce message est martelé par Vincent Bolloré et ses *yes men* qui semblent au bord de la crise de nerfs. Lors de l'Assemblée générale annuelle de Vivendi en avril 2016 on atteint des sommets dans la dramaturgie.

Stéphane Roussel, l'un des directeurs généraux de Vivendi, parle d'une situation plus que préoccupante des chaînes payantes en France : « L'équation de rentabilité devient très difficile à résoudre, précise-t-il. Canal + a accusé une perte opérationnelle de 264 millions d'euros en 2015 et si nous ne réagissons pas ce sera plus de 400 millions d'euros en 2016. » Imaginez 400 millions !

À la tribune, Vincent Bolloré évoque lui « une situation de faillite » mais affiche sa volonté de redresser l'entreprise : « Cela va dépendre de… pendant combien de temps ils vont perdre de l'argent, (…) si on n'a pas l'autorisation de distribuer BeIN, si les pertes continuent… il y a un moment, on sera obligés d'arrêter le robinet parce que Vivendi ne pourra pas apporter indéfiniment de l'argent à Canal +. » Cette petite phrase sentencieuse ciselée à la fin d'une longue séance d'autopromo marque les esprits. Ce jour-là, Vincent Bolloré lie très clairement le sort de Canal + en France à l'approbation par l'Autorité de la concurrence de l'accord de distribution exclusive de BeIN Sports. Sinon…

---

2. Voir L'érosion du modèle Canal + en France enfin reconnue par Vivendi, A. Delcambre, *Le Monde*, 18 février 2016.

Le chef d'entreprise jongle avec les chiffres et sait faire mal avec les mots : « J'y ai mis à titre personnel avec ma famille et nos autres associés 4 milliards ou un truc comme ça. Voilà, ce n'est pas que je pense que c'est d'la daube. (Rires) Mais il peut m'arriver de me tromper… » Le grand patron annonce alors un plan de réduction des coûts. Triomphe dans la salle. Les actionnaires sautent sur leur boîtier électronique et votent comme un seul homme en faveur de la stratégie de Vivendi qui propose un régime sec afin de ramener Canal + à l'équilibre en 2018. Et le tour est joué !

En coulisses, les salariés du groupe prennent un nouveau coup au moral. Pour la première fois, leurs dirigeants évoquent en public un risque de faillite : « C'est qu'il doit y avoir péril en la demeure. Et si l'Autorité de la concurrence ne donnait pas son feu vert au rapprochement avec BeIN Sports, que se passerait-il ? À la direction de Canal +, on croise les doigts car, de l'avis général, il n'y a pas de plan B pour sortir de l'impasse. La balle est dans le camp du régulateur qui n'accédera que partiellement en juin 2017 à la demande de Canal +[3]. »

La stratégie de Vincent Bolloré est risquée car, comme on l'a vu, de nombreux observateurs se demandent si les mauvais chiffres mis en avant ne sont pas une construction comptable. Et si tout ça n'avait été qu'un énorme mauvais coup de com', *a minima* un coup de bluff ?

À Canal +, depuis des années, la direction masque le recul du nombre d'abonnés par une hausse des prix. C'est

---

3. Le 22 juin 2017, le Conseil supérieur de l'audiovisuel (CSA) autorise Canal + à commercialiser BeIN Sports dans son bouquet de chaînes avec la restriction suivante : le groupe a pour obligation de permettre aux autres diffuseurs comme SFR, Free ou Orange de distribuer les chaînes qataries à l'unité.

ainsi que le chiffre d'affaires du groupe a longtemps résisté au détriment de la rentabilité. Le diagnostic de Vincent Bolloré n'est donc pas faux : Canal + s'essouffle et son modèle de télévision payante s'époumone.

Devant ses dociles actionnaires, le financier breton martèle à sa guise qu'il n'est « pas la cause mais la conséquence des pertes de Canal + et peut être même… la solution[4]. »

À Canal + l'élu CGT Jean-Marc Jeanneau a toujours contesté la présentation des chiffres faite par la direction. « Ils font peser le poids des restructurations et des dépenses qui étaient jusque-là réparties sur toutes les entités du groupe, uniquement sur les chaînes Canal +. Sans Canal + France, il n'y aurait pas de chaînes en Afrique, au Vietnam ou en Pologne. Tout cela est escamoté dans une présentation partielle », estime le syndicaliste. Vincent Bolloré serait donc bel et bien en train de bluffer. Mais où sont les preuves ?

Un témoignage nous met sur la piste, celui de Gérald-Brice Viret. Quelques jours après l'Assemblée générale des actionnaires de Vivendi, le directeur général des antennes du groupe Canal + reconnaît lors d'un Comité d'entreprise dont nous avons obtenu le procès-verbal que « financièrement et légalement parlant, attribuer à l'avance un déficit de 400 millions d'euros à Canal + ne me semble pas du tout justifié. C'est une perspective et une manière de voir les choses, et M. Castaing (le directeur financier du groupe Canal +) a bien dit qu'il s'agissait d'un point de vue et pas d'une vérité[5]. » Si c'est la direction qui le dit… alors.

4. Assemblée générale des actionnaires de Vivendi le 21 avril 2016.
5. Procès-verbal CE, 28 avril 2016.

Pour compléter la démonstration, il nous fallait avoir accès à tous les chiffres. Grâce à un cadre de l'entreprise écœurée par Vincent Bolloré, nous avons pu obtenir l'ensemble de la comptabilité du groupe entre 2012 et 2015. Commençons par le plus simple : l'examen des comptes sociaux de la Société d'Édition de Canal Plus (SECP), c'est-à-dire la société qui renferme l'autorisation d'émettre. Ces comptes révélés par un confrère de BFM[6] montrent que la chaîne Canal + est largement bénéficiaire en 2015. Son résultat net s'établit à 57 millions d'euros, soit 10 millions de plus qu'en 2014. On constate donc une baisse d'activités mais pas la moindre trace de déficit. Conclusion : la chaîne Canal + Premium est rentable. Mais qu'en est-il de l'ensemble des six chaînes du bouquet : Canal + Premium donc, Canal + Cinéma, Canal + Sport, Canal + Séries, Canal + Family et Canal + Décalé ? Pour nous, c'est forcément au niveau du groupe Canal + que nous devrions trouver la réponse. Vous allez voir que tout est une question de point de vue et de présentation.

Pour y voir plus clair, nous allons nous aider d'un rapport confidentiel interne à la chaîne cryptée, présenté fin 2016. Tout y est : analyses, chiffres, tout !

Première constatation : le chiffre des pertes opérationnelles des chaînes françaises de Canal + (– 264 millions d'euros) annoncé à grand renfort de publicité n'apparaît jamais dans les comptes officiels du groupe. Nous avons bien cherché. Ce chiffre n'existe pas !

Deuxième constatation : les chaînes de Canal + en France n'enregistrent aucune perte opérationnelle pour

6. Voir Pourquoi Bolloré transforme les profits de Canal + en pertes – BFM Business, 31 mai 2016.

l'année 2015 ! Seuls les bénéfices opérationnels ajustés (les gains donc) des chaînes Canal + en métropole reculent de 42 % sur un an, mais ils restent largement positifs (+190 millions d'euros). Les experts, auteurs de ce rapport, ont étudié de près cette baisse de rentabilité qui inquiète tant la direction de Canal +. Le résultat est stupéfiant : cette baisse est le produit d'une augmentation des frais généraux, d'une hausse des provisions pour des litiges et des coûts inattendus de réorganisation pour le second semestre 2015. L'étude de ces derniers coûts vaut le détour. En jargon comptable, on appelle ça des coûts de « restructuring ». Ils représentent 47 millions d'euros. Or sur ces 47 millions d'euros, 40 millions auraient servi, selon nos informations, à payer le plan de départ des cadres, souhaité par Vincent Bolloré.

Pour nos experts, aucun doute possible : en 2015, les résultats opérationnels se sont dégradés « essentiellement à cause de coûts non récurrents ». C'est écrit noir sur blanc. Voilà comment, en quelques chiffres, la direction de Vivendi a plombé artificiellement les résultats positifs des chaînes Canal + : en lui imputant tous les maux de 2015 y compris le très coûteux plan de départ initié par Vincent Bolloré lui-même qui a concerné une trentaine de cadres très bien rémunérés, dont Rodolphe Belmer, l'ex-directeur général.

Les chiffres parlent d'eux-mêmes. Il ne s'agit pas de nier les mauvais résultats des chaînes françaises du groupe mais de constater que si leur taux de rentabilité a fortement chuté, c'est sous l'effet de coûts exceptionnels et des pertes de recettes publicitaires. D'ailleurs, malgré cette « faiblesse française », la très forte progression des abonnements en Afrique (priorité de Vincent Bolloré), ou la bonne tenue de l'activité « cinéma » ont permis au groupe Canal + d'afficher des résultats positifs en 2015[7].

Le bénéfice opérationnel ajusté du groupe Canal + s'élève donc en 2015 à 454 millions d'euros et son bénéfice net à 211 millions d'euros. Oui, 211 millions ! Contrairement au « déclinisme » de la direction, le groupe Canal + a donc bel et bien gagné beaucoup d'argent en 2015. Évidemment, c'est quatre fois moins qu'en 2012. Cela choquera les thuriféraires du satané retour sur investissement. Mais ce n'est tout de même pas mal pour une entreprise au bord de la faillite, non ?

Pour s'en convaincre, examinons cette dernière donnée : le versement des dividendes. C'est-à-dire l'argent qui part dans la poche des actionnaires quand Canal + fait des bénéfices. C'est une autre de nos révélations. Entre 2011 et 2015, le groupe Canal + a versé 341 millions d'euros de dividendes. Ce n'est pas énorme mais sur ces 341 millions, 277 millions l'ont été en 2015 ! Pour être plus clair, Vivendi seul actionnaire du groupe Canal + a siphonné une partie des réserves en cash de sa filiale. Et à ce stade, nous n'avons pas besoin de vous dire qui est l'actionnaire principal de Vivendi. Le bluffeur Vincent Bolloré a donc, là aussi, transformé le groupe Canal + en une petite « pompe à fric » pour la maison mère qu'il contrôle. Pratique…

Les experts, auteurs du rapport confidentiel que nous avons consulté, ne sont pas des révolutionnaires mais ils semblent en avoir gros sur la patate : « La communication

7. Si le chiffre d'affaires des activités du groupe Canal + en France métropolitaine recule de 6,1 % sur un an, à l'inverse le chiffre d'affaires à l'international affiche une croissance de 5,7 % par rapport à 2015, grâce à la progression du nombre d'abonnés, particulièrement en Afrique où la hausse s'élève à 692 000 en un an pour atteindre près de 2,8 millions à fin décembre 2016 (source : rapport annuel 2016 Vivendi).

sur les pertes du groupe et de Canal en particulier a non seulement initié /ou contribué à entretenir le "Canal Bashing" fortement dommageable pour le groupe, mais empêche également de capitaliser sur la communication positive habituelle qu'aurait dû générer le lancement de nouvelles créations originales. » Prudents, ils expliquent ainsi que « l'approche est biaisée. (...) Laisser entendre (...) qu'une fermeture des chaînes de Canal + permettrait de redresser la situation (...) est selon nous une contre-vérité ».

Concernant les atteintes à l'indépendance éditoriale (notamment la suppression du *Zapping* et de *Spécial Investigation*), ces mêmes experts concluent : « Si la corrélation directe entre les choix éditoriaux et la communication assumés par la direction et les évolutions présentées sur la satisfaction des abonnés n'est pas mécaniquement démontrable (...) ils ont certainement joué un rôle majeur dans l'accélération des tendances négatives sur le parc des abonnés à partir de mi-2015. »

Autrement dit : ces experts indépendants affirment à demi-mots que les choix éditoriaux de Vincent Bolloré ont contribué à la dégringolade de Canal +.

Plongés dans les chiffres jusqu'au cou mais dans une eau de plus en plus claire, nous voilà enclins à nous poser une dernière question : existe-t-il des preuves montrant les conséquences de l'entrée fracassante de Bolloré à Canal ? Quels liens peut-on établir entre son arrivée, les chutes d'audience et les désabonnements ? En 2015 et 2016, a-t-on assisté à un « effet Bolloré » comme il existe en météo un « effet de foehn » ou un « effet de lac » ? Nous avons creusé et nous avons trouvé.

Avec l'arrivée de Maïtena Biraben aux commandes du *Grand Journal* en septembre 2015 – l'animatrice a été choisie personnellement par Vincent Bolloré –, Canal + n'a pas le droit à l'erreur. *Le Grand Journal*, c'est le baromètre de la chaîne. Au temps de sa superbe en 2011, le talk-show alors présenté par Michel Denisot réunissait jusqu'à deux millions de téléspectateurs tous les soirs, soit 11 % de parts d'audience (PDA). L'émission, présentée ensuite par Antoine de Caunes, perdra près d'un million de téléspectateurs. Autant dire que lorsque Maïtena Biraben prend les rênes du navire amiral de Canal + le 7 septembre 2015, elle est attendue au tournant. Les équipes de Flab, la société qui a remplacé KM dans l'urgence début juillet pour produire l'émission, ont travaillé tout l'été. Le plateau a changé, le générique, les chroniqueurs. Tout. La rentrée de l'émission a lieu le 7 septembre avec une semaine de retard. L'invité est Manuel Valls, le Premier ministre.

Siège de Canal +, le lendemain, il est 9 heures. Comme chaque matin de la semaine à cette heure-ci, les audiences télé de la veille sont publiées. Producteurs et patrons de chaîne se jettent sur leur boîte mail. Fébrile, Maxime Saada, le directeur général de la chaîne, découvre sur son smartphone les audiences de la première du *Grand Journal* sous l'ère Bolloré.

Petit succès de curiosité : 915 000 personnes étaient devant l'émission soit 5,1 % de parts d'audience (PDA). Le lendemain, le chiffre tombe à 769 000 personnes (4,5 % de PDA). Au troisième jour, mercredi, *Le Grand Journal* chute à 736 000 personnes (4,4 % de PDA). Le jeudi, Maïtena Biraben ne rassemble plus que 611 000 téléspectateurs (3,6 % de part d'audience), soit le score le plus faible de l'émission depuis 2006. C'est la panique.

En public, la direction de la chaîne explique que les audiences sont « décevantes » mais qu'il faut « donner du temps » à Maïtena Biraben. En privé, Maxime Saada parle de « catastrophe industrielle » : – 30, – 40 % d'audience. Quand Antoine de Caunes atteignait péniblement 6 ou 7 % de parts d'audience, Maïtena Biraben ne dépasse pas les 5 %, battue chaque soir par ses concurrents directs, *C à Vous* sur France 5 et *Touche pas à mon poste !* sur D8 (aujourd'hui C8).

Le Grand Journal relégué dans les profondeurs des audiences se situe au niveau des programmes trash de NT1 et W9 : une humiliation pour cette émission qui s'était installée au fil des années comme l'un des rendez-vous du PAF.

Jour après jour, la presse rend compte du naufrage. Le 15 septembre, *Le Parisien* : « Audiences toujours aussi décevantes pour *Le Grand Journal.* » Le 19 septembre, *L'Obs* : « Comment *Le Grand Journal* est tombé. » Le 24 septembre, *Le Figaro* : « Les audiences ne décollent toujours pas. »

Le 24 septembre au matin, le nouveau patron de Canal +, Vincent Bolloré, a sans doute préféré la lecture de *Direct Matin,* son journal, à celle du *Figaro* ou de *L'Obs.* Le quotidien gratuit fait en effet une tout autre analyse des performances du *Grand journal* avec ce titre : *La nouvelle équipe de l'émission s'impose sur Canal +. Direct Matin* rend hommage à « la meneuse » Maïtena Biraben, « l'effronté » Cyril Eldin, « la défricheuse » Lauren Bastide et « l'érudit » Augustin Trapenard. Poursuivons la lecture… *Maïtena Biraben et son équipe font souffler un vent de fraîcheur sur Canal +. Le talk-show jongle en effet avec brio entre l'actualité, les débats de société et les nouvelles tendances culturelles*

(…). Une belle alchimie, conclut *Direct Matin.* À croire que Vincent Bolloré aurait écrit le papier lui-même. Le soleil brille sur le plateau du *Grand Journal,* aurait dit Orwell. Seulement, le lendemain le mauvais esprit de la presse hors contrôle en remet une couche *via* son titre de référence, *Le Monde,* qui annonce : « Des audiences catastrophiques pour *Le Grand Journal*[8]. »

On connaît la suite. *Le Grand Journal* ne relèvera jamais la tête. « Maïtena, tu es avec nous jusqu'en 2022 », avait lancé Vincent Bolloré à l'animatrice en novembre 2015 avant de la débarquer quelques mois plus tard, pour faute grave. Depuis, elle a porté l'affaire devant les prud'hommes.

En septembre 2016, le journaliste Victor Robert prend à son tour les commandes du *Grand Journal.* Après un décollage raté, rasant le sol à 124 000 téléspectateurs par jour, l'émission s'écrase en pleine saison le 3 mars 2017. Pour Canal + c'est « du jamais-vu, » écrit notre confrère Julien Bellver du site *Pure Medias* (spécialiste des médias et du divertissement audiovisuel) dans un article au vitriol qui résume ce que pensent la plupart des acteurs et observateurs du Paysage audiovisuel français. Son titre : *Canal + : les promesses non tenues de Vincent Bolloré*[9]. Les « célèbres » sentences profondes et visionnaires de ce dernier à propos de son projet de rénovation de Canal + y sont répertoriées. Allez, une seule pour la route, prononcée par le patron tout-puissant en juin 2016 lors de son audition au Sénat, souvenez-vous : « Vous allez être surpris par la remontée du nombre d'abonnés à Canal. »

8. *Le Monde,* 25 septembre 2015.
9. *Pure Medias,* 5 juin 2017.

L'article décrit la politique contradictoire mise en place sur les programmes en clair : « La gestion des plages en clair symbolise à elle seule la stratégie fluctuante de Vincent Bolloré depuis sa prise de pouvoir. Elles ont à moitié disparu, puis réapparu en version mi-cryptée mi-claire avant de revenir totalement comme à l'ancienne époque. Cette ligne illisible a tué la vitrine de la chaîne (...). Les recettes pub se sont effondrées. Malgré ces échecs successifs du *Grand*, *Gros* et *Petit Journal*, Bolloré ne renonce pas et partira à la reconquête du clair à la rentrée avec Yves Calvi. »

L'info du Vrai[10], l'émission d'Yves Calvi, mise à l'antenne en septembre 2017, semble subir le même désaveu avec 300 000 téléspectateurs au mieux. En 2017, il n'y a donc pas eu de miracle Calvi.

Puremedias note ainsi la perte d'un savoir-faire précieux : Canal +, « cet incubateur de talents (...) n'en a révélé aucun depuis deux ans ». Au lieu de ça, Bolloré fait prendre l'air à quelques dinosaures : PPDA, Rachid Arhab ou Jean-Pierre Elkabbach sur Cnews, William Leymergie sur C8, sans oublier Philippe Labro ! Ne tombons pas dans un jeunisme facile, mais tout de même... Où sont les idées nouvelles ? Où est l'innovation ? Pas dans les programmes de sport – jadis fleuron du groupe – dont l'appauvrissement inquiétant fait fuir les abonnés. Ajoutons la fin de l'investigation sur Canal + Premium, la mort de l'humour remplacé par la vulgarité crasse d'un Cyril Hanouna sur C8 et voici le nouvel *esprit Canal*. Le « Petit Prince du cash-flow » serait-il un mauvais génie du flux ?

Les conséquences financières de ce naufrage : des pertes énormes en recettes publicitaires. Les prix des écrans pubs

10. Émission diffusée en clair sur Canal + du lundi au vendredi de 18 h 20 à 20 h 20.

de la chaîne étant indexés sur le nombre de téléspectateurs, moins il y en a devant le poste, moins il y a d'entrées d'argent. C'est mathématique. Selon nos informations, un tiers du recul du chiffre d'affaires 2015 de Canal + serait dû à la chute des recettes publicitaires. Alors, il semble bien que « l'effet Bolloré » ait bien eu un impact négatif très fort sur Canal +. Encore faut-il le démontrer et ne pas tirer de conclusion hâtive.

On l'a vu précédemment, dans les armoires du siège social de Canal + à Issy-les-Moulineaux, il y a des réponses précises à nos questions à l'intérieur de certains documents confidentiels. Concernant « l'analyse maison » des raisons de la fuite des abonnés, un cadre haut placé a fini par nous transmettre le dossier idoine, après plusieurs semaines d'hésitation : des documents internes estampillés « strictement confidentiels » encore jamais publiés, c'était plutôt sensible.

Ces pages compilent notamment toutes les données d'audience de Canal + en fonction du nombre d'abonnés, du nombre d'abonnements et des zones géographiques : en métropole mais aussi dans le reste du monde (Afrique, Pologne, Vietnam, Outremer). À partir de ces éléments, le groupe comptabilise précisément les conquêtes d'abonnés et les résiliations.

Parce qu'un abonné peut détenir plusieurs abonnements Canal + (Canal +, CanalSat, etc.), nous avons choisi d'étudier la situation des abonnements en métropole pour l'ensemble du groupe pour les années 2015 et 2016, ce qui reflète la situation des chaînes en France, sachant que Vivendi ne communique officiellement que l'évolution du nombre d'abonnés et non d'abonnements.

Les graphiques nous indiquent qu'en 2015 le groupe Canal + (Canal + et CanalSat) a perdu 385 000 abonnements. Selon les auteurs du rapport, la direction analyse ces chiffres comme un effet de « la baisse du rapport qualité-prix et la pression concurrentielle en particulier sur le sport ». En 2016, la situation est pire : le groupe Canal + (Canal + et CanalSat) a perdu 632 000 abonnements supplémentaires (Vivendi avait annoncé une perte de 492 000 abonnés) ! « Cette baisse est beaucoup plus conséquente que prévu », expliquent froidement les documents confidentiels.

Le bilan des deux premières années « Bolloré » est donc sans appel. Il établit une perte de plus d'un million d'abonnements. C'est la plus grosse baffe jamais enregistrée par le groupe en France.

Essayons d'aller plus loin encore en cherchant à estimer la part de responsabilité de Vincent Bolloré lui-même, ses décisions, ses choix pour la chaîne cryptée. « Difficile de répondre à cette question, nous rétorque un syndicaliste, parce que les résiliations se font à la date anniversaire de l'abonnement. Il y a l'arrivée de Bolloré et puis il y a tout le reste, comme la perte d'attractivité de la chaîne avec la disparition du foot anglais par exemple. » Comment alors distinguer « l'effet Bolloré » des autres causes ? Pour trancher, sans parti pris, voici ce que disent les auteurs des documents confidentiels internes à Canal +.

Ils rappellent d'abord que le début de la diminution du nombre d'abonnés en métropole remonte à l'année 2006. Que sous l'effet de la concurrence, Canal + a constamment perdu du terrain : près de 1,5 million d'abonnés entre 2006 et 2015.

« L'impact sur le chiffre d'affaires a été un temps limité par un travail sur le revenu par abonné », expliquent-ils. Autrement dit, l'augmentation des prix des offres a longtemps compensé l'érosion de la base des abonnés.

L'année 2011 marque le début de la glissade : les abonnés sont de plus en plus nombreux à quitter Canal + et les revenus de la chaîne diminuent sensiblement. Jusqu'à l'arrivée de Vincent Bolloré. Et là… voici ce que nous lisons : « 2015 et 2016 marquent une accélération nette de la dégradation de la situation. » À partir de mi-mai 2015, les experts « maison » ayant décortiqué les chiffres de Canal + notent « un repli plus marqué des indices de satisfaction, moins 2 points entre mai et décembre 2015, des audiences qui chutent sur la saison 2015-2016 et un recul des abonnements qui s'accroît nettement à partir du mois d'octobre 2015 ». Ce constat effectué, les experts n'ont pas l'air emballés par les choix du nouveau patron : « Après l'échec de la rentée 2015 et la baisse des audiences, (…) les attentes sont fortes. (…) On se contentera de constater que les problèmes rencontrés par Canal + lors de la rentrée de septembre 2015 et la communication négative autour de la chaîne coïncident assez précisément avec l'accélération du recul des abonnements à Canal +. »

Mais encore : « Les nouveaux choix éditoriaux et la communication négative (Canal + Bashing) depuis le changement de direction au niveau de Vivendi ont accéléré les tendances négatives observées. Les nouvelles formules aux audiences décevantes du *Petit journal* & *Grand Journal* et des *Guignols*, les émissions arrêtées comme *Le Zapping* sont vécues comme des ingérences de l'actionnaire dans la stratégie éditoriale de Canal. »

La démonstration ne vient pas d'un journaliste partial, mal intentionné ou mal renseigné. Elle est établie dans des documents internes du groupe et par des experts parfaitement informés qui fréquentent assidument Canal + et ses représentants. Le phrasé, même diplomatique, marque sans ambiguïté la corrélation entre l'accélération de la chute des abonnements et les choix faits par le *big boss*.

Nous pourrions tourner les données dans tous les sens : le résultat serait le même. Il est implacable : les saisons 2015-2016 enregistrent la plus grosse chute d'abonnements à Canal + depuis sa création. Et si Vincent Bolloré n'est pas l'unique responsable, il y est évidemment pour beaucoup. Instructive, par exemple, la lecture des très nombreux commentaires postés sur les sites des journaux qui rapportent, fin juin 2016, la suppression de l'investigation ou du *Zapping* annoncée du bout des lèvres par la direction le 27 juin. Quelques exemples, parmi des dizaines : « RIP Canal + », « Heureux d'avoir résilié mon abonnement après vingt-sept ans de présence !... je ne désire pas soutenir Bolloré et sa clique plus longtemps. J'espère donner l'idée à de nombreux abonnés qui se sentent trompés ! », « Oui enterré ! C'est bien là un fossoyeur ! *Spécial Investigation* une des meilleures émissions du PAF et *Le Zapping*, souvent imité, jamais égalé ! Hâte d'être à l'échéance qui me permettra de résilier mon abonnement ! Mais c'est bien tristement que je le ferai », « Le ménage est très bien fait. Tellement d'ailleurs que même les abonnés sont balayés. »

Partie IV

BOLLORÉ, L'AMI DES PRÉSIDENTS

C'est une conversation qui nous a mis sur la voie, puis une rencontre presque fortuite qui a fini par faire écho à l'ensemble de notre enquête. Cette personne ne souhaite évidemment pas que son nom apparaisse. Nous la décrirons comme un intime de « Vincent », depuis plus de vingt ans en activité au sein de son groupe.

— Comment est-ce que vous décririez Vincent Bolloré ?

— Vincent est quelqu'un de très discipliné. Il s'occupe de ses affaires pour le bien de son groupe. J'ai longtemps cru ça. Mais dès qu'il s'est rapproché du pouvoir présidentiel, lorsqu'il est devenu un homme public, dès que tout le monde s'est mis à parler du yacht et de Sarkozy, alors son comportement a changé.

— C'est-à-dire ?

— Vincent était devenu l'ami du président. Et quand il a eu ce statut, il est entré petit à petit dans ce que j'appellerais une toute-puissance, jusqu'à ne plus écouter les critiques.

— Est-ce que Nicolas Sarkozy et Vincent Bolloré se donnent des coups de main et profitent de l'influence l'un de l'autre ?

— J'ai plutôt l'impression que c'est Vincent qui en a profité. Ce statut d'ami du président, cela veut dire beaucoup de choses en Afrique. Vous comprenez bien que cela renforce la position du groupe en Afrique francophone.

Un milliardaire ami des chefs d'État en France et en Afrique est incontestablement un homme de grand pouvoir. La République française fonctionne encore aujourd'hui à certains égards comme sous l'Ancien Régime avec ses privilèges, sa justice de classe, ses passe-droits, ses rentiers et ses censeurs.

Quand les frontières entre business et politique deviennent poreuses, quand nous ne savons plus très bien ce qui relève de l'action publique ou du privé, quand la ligne de démarcation entre information et propagande disparaît peu à peu, alors les connivences et les arrangements entre amis affaiblissent l'État de droit. Les intérêts particuliers l'emportent sur l'intérêt général. L'amitié entre Vincent Bolloré et Nicolas Sarkozy nous est indifférente en soi, elle relève de leurs vies privées. Elle devient un objet d'étude si elle débouche sur un mélange des genres entre la sphère intime et les affaires publiques. Elle pose la question d'éventuels conflits d'intérêts, en particulier entre 2007 et 2012, lorsque Nicolas Sarkozy est locataire de l'Élysée.

Pendant le quinquennat de François Hollande (2012-2017), nous avons également pu observer et documenter des proximités fortes entre des personnalités proches du président et Vincent Bolloré, certaines « se pavanant » devant le patron breton sans grande retenue. Dans ce cas précis, c'est la mécanique du pouvoir et ses frontières poreuses avec le monde du business qui posent questions. Comme nous, vous vous ferez une opinion sur la base de faits et de témoignages que nous avons patiemment recueillis.

CHAPITRE 18

Tous au Fouquet's

Sur la soirée du Fouquet's tout a été écrit : le retard de « Cécilia », la faute de goût bling bling, le mélange des genres : célébrités, journalistes et milliardaires célébrant la victoire de leur poulain en politique, Nicolas Sarkozy. Autour de la table, ils sont tous là... ou presque[1]. François Fillon, futur Premier ministre, Vincent Bolloré, P-DG du groupe éponyme et patron du groupe Havas, l'un des poids lourds mondiaux de la communication, Martin Bouygues, P-DG de Bouygues, premier actionnaire de TF1, Arthur, producteur et animateur de télévision, Stéphane Courbit alors président d'Endemol France, Bernard Arnault, président de LVMH, numéro 1 du luxe français et première fortune de France, Antoine Bernheim, l'ami banquier d'affaires qui préside Generali, Albert Frère, première fortune de Belgique, actionnaire principal de Suez, Robert Agostinelli, fondateur d'un fonds d'investissements, Henri Proglio, P-DG de Veolia, Alain Minc, conseil de grands

1. Arnaud Lagardère, le patron du groupe Lagardère, est absent.

dirigeants (dont Vincent Bolloré et Nicolas Sarkozy), Serge Dassault, sénateur UMP, P-DG du groupe Dassault et du journal *Le Figaro*, Nicolas Beytout, son directeur de la rédaction, Nicolas Baverez, chroniqueur au *Point*, Patrick Balkany, député maire de Levallois-Perret, Isabelle Balkany, première adjointe de son mari et vice-présidente du Conseil général des Hauts-de-Seine, Claude Guéant, préfet, futur secrétaire général de l'Élysée, Rachida Dati bientôt garde des Sceaux, Dominique Desseigne, P-DG du groupe d'hôtels et de casinos Lucien Barrière, Pierre Giacometti, directeur d'IPSOS France, Johnny Hallyday, numéro 1 des vendeurs de disques en France. Bref, le Tout-Paris des affaires et des médias se régale avec le nouveau président, Nicolas Sarkozy.

« C'était une erreur, rien de scandaleux, mais cette soirée était une erreur », reconnaît aujourd'hui Henri Guaino[2], l'ancien conseiller spécial de Nicolas Sarkozy présent lui aussi au milieu des convives. Malgré son élection toute fraîche, Nicolas Sarkozy passe une très mauvaise soirée. Sa femme Cécilia est sur le point de le quitter, après avoir fait l'effort de rester à ses côtés pendant la campagne. Nicolas Sarkozy sourit à ses hôtes mais le président élu n'est pas dans son état normal. Dans un coin, Vincent Bolloré a capté sa détresse. Quelques jours auparavant il lui a déjà proposé son jet et son yacht privés au cas où il aurait souhaité se reposer. Ce soir-là, il insiste : « Si vous voulez le *Paloma* pour vous reposer quelques jours... » Nicolas Sarkozy accepte. Tant pis pour la commune de Figari en Corse qui était prête à lui dérouler

2. Entretien avec les auteurs.

le tapis rouge. En fin de soirée, Cécilia débarque devant le Fouquet's, le cœur serré. Le couple file vers la place de la Concorde. Nicolas Sarkozy lui propose alors un arrangement : quelques jours en famille, loin des photographes. « Nicolas Sarkozy est président, c'est sa soirée, raconte Henri Guaino. Cécilia ne pouvait pas refuser mais ce choix du yacht n'était pas un choix rationnel, il faut comprendre le contexte Cécilia[3]. »

C'est donc pour sauver son couple que Nicolas Sarkozy aurait accepté que Vincent Bolloré lui prête ses joujoux, avion et bateau. Loin de la retraite de moine anachorète qu'il avait évoquée quelques mois plus tôt en cas de victoire.

Départ le lendemain, donc, pour l'île de Malte dans le jet privé de Vincent Bolloré : un séjour aller-retour tous frais payés. L'avion, le bateau, le personnel, la pension complète, tout est offert par « la maison Bolloré ». Bienvenue sur le *Paloma*, 60 mètres de long, 2 ponts, 7 cabines pour une capacité de 12 passagers, plus les hommes d'équipage. Tarif de location à la semaine : 190 000 euros. Le jet privé, un Falcon 900, est habituellement facturé 6 000 euros de l'heure.

Sept mois plus tard, à Noël, rebelote, encore un petit tour « gratis » dans le Falcon 900 de Vincent Bolloré pour aller en Égypte. Cette fois Nicolas Sarkozy a changé de femme mais pas de voyagiste. Qu'il emmène Cécilia ou Carla Bruni, Air Bolloré assure le service. « Écoutez, il n'a pas d'argent Nicolas ! » s'emporte Antoine Bernheim lorsque son biographe aborde la question avec lui[4].

3. *Idem.*
4. Pierre de Gasquet, *Antoine Bernheim, le parrain du capitalisme français*, Grasset, 2011.

La question n'est pas là. Nicolas Sarkozy n'est-il pas censé représenter les Français qui l'ont élu ? Tous les Français ? N'a-t-il pas un devoir d'indépendance totale vis-à-vis du monde des affaires ? En ce mois de mai 2007, il découvre que certains de ses électeurs ont le sentiment que leur président élu a été « acheté » par un milliardaire. Lui n'y avait pas vu malice, évidemment. Abandonné par un père hongrois volage, élevé à Neuilly par une mère divorcée, le jeune Nicolas s'est toujours senti rejeté par la « bonne société », volontiers conservatrice. Toute sa vie, il a tenté de se faire accepter et reconnaître par cette élite, ce monde richissime, suffisant, mais si fascinant...

Après « Le Fouquet's » et « Le *Paloma* », pour une partie des Français Nicolas Sarkozy apparaît désormais comme l'obligé des milliardaires. Un gamin émerveillé par leur argent, au point de se faire inviter gracieusement sans forcément réaliser qu'il faudra peut-être un jour devoir renvoyer l'ascenseur ! On est loin du rigorisme du général de Gaulle qui mettait un point d'honneur à payer sa facture d'électricité quand il était à l'Élysée. Comme il fallait s'y attendre, « l'affaire du yacht » provoque un tollé. « Une forme d'arrogance », une « insulte », une « faute de goût », des « loisirs sponsorisés », des « vacances de milliardaire », lit-on dans la presse. Depuis Paris, les ténors du Parti socialiste s'en donnent à cœur joie. « M. Sarkozy semble être assisté mais par les milliardaires », ironise Vincent Peillon. « Est-il normal qu'un futur président de la République fasse sponsoriser ses loisirs par des personnages fortunés qui ont tout à gagner des bonnes grâces du pouvoir ? » s'interroge le député socialiste de Paris, Jean-Marie Le Guen.

Vincent Bolloré ne s'attendait pas à se retrouver pour la première fois au centre d'un tel feuilleton médiatique. Faisant passer l'amitié avant la politique, son ami Bernard Poignant, député européen socialiste, ancien maire de Quimper et breton lui aussi, lui passe un coup de téléphone et lui glisse un conseil amical : « Vincent, il faut faire taire cette polémique, tu n'as qu'à dire que ta famille a une longue tradition d'accueil des politiques. Tu n'as qu'à parler de Léon Blum, tiens. C'est bien ça, Léon Blum[5]. »

Sur ces conseils avisés, Vincent Bolloré s'exécute et fait paraître, après deux jours de silence, un communiqué dans lequel il se dit « honoré d'avoir reçu M. Sarkozy et sa famille après sa campagne et avant qu'il ne soit président ». Il ajoute : « C'est d'ailleurs une tradition dans la famille Bolloré qui a eu l'occasion de recevoir Léon Blum plusieurs semaines dans son manoir, au retour de captivité. » La référence à Blum fait bondir les héritiers de la famille de l'ancien président du Conseil qui n'imaginent pas un seul instant que le leader du Front populaire ait pu s'éclipser, comme ça, chez un patron. Et pourtant si ! C'est bien la vérité, avec cette différence : au moment de l'invitation de la famille Bolloré, Léon Blum n'occupait plus aucune fonction publique.

Dans sa liste, Vincent Bolloré aurait également pu rajouter Georges Pompidou qui adorait naviguer sur le voilier de ses parents dans le golfe de Saint-Tropez, ou encore Valéry Giscard d'Estaing qui appréciait la compagnie de Michel Bolloré, son père. Le 9 mai à Malte, descendu à terre pour un bref jogging, Nicolas Sarkozy défend sa cause et celle de son ami devant micros et caméras : « Il m'a invité sur son bateau, il aurait pu m'inviter dans une maison. Je

5. Source : Entretien de Bernard Poignant avec N. Vescovacci le 7 octobre 2016.

ne vois pas où est la polémique. Je suis à Malte, dans un pays européen... Je vais vous dire une chose : je n'ai pas l'intention de me cacher, j'ai pas l'intention de mentir, j'ai pas l'intention de m'excuser. (...) Vincent Bolloré est un des grands industriels français. Il n'a jamais travaillé avec l'État, il fait honneur à l'économie française (...)[6]. »

Dans son communiqué, l'industriel assure n'avoir « jamais eu aucune relation commerciale avec l'État ». Sans revenir sur les circonstances de la privatisation de la SEITA, cette affirmation conjointe de Nicolas Sarkozy et de Vincent Bolloré est tout simplement mensongère. Très vite, la CGT de France 3 rappelle que la SFP (Société française de production), rachetée pour une bouchée de pain par Vincent Bolloré quelques années auparavant, « bénéficie de commandes publiques obligatoires qui la font fonctionner au détriment de l'outil public de France 3 et de ses salariés ». La presse découvre pour sa part qu'en 2005 et 2006 les ministères de la Défense et des Affaires étrangères ont accordé à SDV, la branche logistique du groupe Bolloré, deux contrats de plusieurs dizaines de millions d'euros[7].

Moins connu, mais toujours en 2006, le groupe Bolloré est choisi par le gouvernement Villepin dont Nicolas Sarkozy fait partie, pour exploiter des licences Wimax, une technologie d'accès à l'Internet mobile. Certes, le groupe Bolloré ne vit pas de la commande publique. Mais il fait bien des affaires avec l'État.

Une fois Nicolas Sarkozy élu président, les deux hommes se sont-ils rendu des services « amicaux » ? Une première

6. Nicolas Sarkozy fera son *mea culpa* sur son séjour sur le *Paloma*, dans un livre, *La France pour la vie*, éd. Plon, 2016.

7. Voir Le groupe Bolloré a bien obtenu des marchés publics, *Le Monde* du 10/05/2007.

constatation : l'appui de Vincent Bolloré au chef de l'État ne se limite pas à lui prêter son yacht ou son jet privé, il prend la forme d'une protection médiatique. Avec des articles favorables dans les journaux gratuits du groupe, où sur l'antenne de Direct 8 (aujourd'hui C8), comme en atteste la brutale déprogrammation le 25 janvier 2008 d'une émission qui risquait d'embarrasser le nouveau locataire de l'Élysée.

Ce soir-là, la chaîne alors dirigée par Yannick Bolloré, prévoit une soirée d'information autour du thème « Sarkozy et les femmes ». Après la surexposition médiatique de Cécilia Sarkozy, son départ, son retour, puis son rôle public, le thème est d'actualité et déborde de la simple sphère intime. Pour en débattre en direct dans l'émission *88 minutes*, Direct 8 a invité Laurent Léger, coauteur de *Cécilia, la face cachée de l'ex première dame* (2008, Pygmalion), Jean-François Probst, ancien conseiller de Jacques Chirac, dont l'ouvrage s'intitule *Les Dames du président* (2008, Éditions du Rocher), Michaël Darmon qui vient d'écrire *Ruptures* (2008, Éditions du Rocher) et le publicitaire Jacques Séguéla.

Or, quelques heures avant le débat, les invités sont informés par la chaîne que l'émission est annulée pour des raisons « techniques ». Selon une source interne à Direct 8 interrogée par *Le Nouvel Observateur*, la déprogrammation aurait en fait été décidée par Yannick Bolloré, patron des programmes, sur consigne de son père Vincent. L'information est tout de suite démentie par la direction de la chaîne qui affirme que « le mélangeur de la régie de production était en panne[8] ».

8. Voir « Sarkozy et les femmes » : Direct 8 annule une émission, *Le Nouvel Observateur*, 28 janvier 2008.

L'affirmation révolte Jean-François Probst, ex-futur participant au débat : « Si c'était seulement un incident technique, Direct 8 aurait organisé l'émission la semaine suivante. Non, cela s'appelle de la censure, s'insurge-t-il à l'époque. J'ai tout de même du mal à croire que Vincent Bolloré n'était pas lui-même au courant du thème de l'émission. Si l'ordre d'annuler vient de lui, c'est très grave. Ce sont là des méthodes de dictateur africain. Ce n'est tout de même pas possible qu'en 2008 on se fasse bâillonner par des hommes qui prétendent défendre le libéralisme[9] ! »

9. Voir « Sarkozy et les femmes », Probst dénonce la censure à Direct 8, *Le Nouvel Observateur*, 30 janvier 2008.

Chapitre 19

Des affaires en « Françafrique »

Les chiffres le démontrent sans aucune contestation possible : c'est sous la présidence de Nicolas Sarkozy entre 2007 et 2012 que l'activité du groupe Bolloré s'est le plus vite développée, plus particulièrement dans la branche « transport et logistique »[1]. Depuis des années en fait, cette activité est la principale machine à cash du groupe Bolloré.

L'industriel breton a-t-il pour autant profité de ses relations privilégiées au plus haut sommet de l'État pour conquérir de nouvelles parts de marché ? Pour répondre à cette question, nous vous proposons un nouveau voyage qui fleure bon la Françafrique.

La Françafrique, le nom ferait presque rêver. Continent mythique où les cultures se mélangent et les richesses se partagent entre la France et l'Afrique. À dire vrai, c'est tout le contraire et la culture n'a rien à voir là-dedans. L'expression Françafrique est inventée en 1999 par l'économiste

1. Voir http://www.bollore.com/fr-fr/investisseurs/information-reglementee.

François-Xavier Verschave qu'il définit comme la continuation d'un véritable « pillage colonial » portant gravement préjudice aux populations africaines, volontairement maintenues dans un état de pauvreté incompatible avec la dignité humaine. Ce « pillage colonial » décrit par l'économiste met en cause les grandes sociétés françaises qui ont toujours travaillé dans l'ancien empire colonial en lien étroit avec les chefs d'État africains et les représentants de l'État français. François-Xavier Verschave parle même d'un « pillage triangulaire » du continent africain[2]. En quoi cela touche-t-il le groupe Bolloré ? Celui-ci est directement l'héritier du groupe Rivaud dont nous avons déjà évoqué le nom. Ce conglomérat industriel absorbé en 1996-1997 par Vincent Bolloré s'est développé dans les années 1930, tirant d'immenses richesses de la culture de plantations en Afrique mais aussi en Asie.

Pour nous, il ne s'agit pas de revenir sur ce passé, ni même de mettre en cause les activités africaines de Vincent Bolloré, des ONG et institutions internationales l'ont déjà fait. Il s'agit en revanche d'examiner précisément ses relations de pouvoir et d'intérêts avec certains chefs d'État africains et, dans ce contexte, avec les deux derniers présidents français ayant précédé Emmanuel Macron, Nicolas Sarkozy (2007-2012) et François Hollande (2012-2017), ainsi que leurs entourages.

Avec l'arrivée de Nicolas Sarkozy à l'Élysée, Vincent Bolloré se retrouve en situation extrêmement favorable. Entre 2007 et 2012, le milliardaire breton obtient plusieurs

2. Voir F.-X. Verschave, *La Françafrique, le plus long scandale de la République*, Stock, 1998.

concessions portuaires très convoitées en Afrique : Conakry Terminal (Guinée), Freetown Terminal (Sierra Leone), Terminal conteneur du port de Monrovia (Liberia), Terminal conteneur du port de San Pedro (Côte d'Ivoire), Abidjan Terminal (Côte d'Ivoire), MPS Terminal (Ghana), Togo Terminal Lomé (Togo), Bénin Terminal (Cotonou), Tincan Terminal Lagos (Nigéria), Douala International Terminal (Cameroun), Bangui Terminal (République centrafricaine), Owendo Terminal Libreville (Gabon), Terminal conteneur du port de Port-Gentil (Gabon), Congo Terminal Pointe-Noire (Congo), Moroni Terminal (Union des Comores), Terminal Conteneur Le Port (La Réunion, France).

Le président Nicolas Sarkozy l'aurait-il aidé ? Officiellement il serait resté neutre, se contentant d'inciter les chefs d'État africains à privilégier la France sans accorder de faveur particulière au groupe Bolloré. Quant à Vincent Bolloré lui-même, selon ses déclarations lors d'une audition devant la Brigade financière, il ne se serait jamais occupé de concessions portuaires au sein de son groupe. Pour certaines de nos sources, cette présentation serait une fable. L'amitié « Sarkozy-Bolloré » aurait bien joué en faveur du milliardaire breton : « Bolloré a été remboursé au centuple de son yacht et de ses avions », estime par exemple Jacques Dupuydauby. L'ancien rival de Vincent Bolloré en Afrique est en conflit permanent avec l'industriel breton. Nous ne prenons pas cette déclaration pour argent comptant. Regardons et vérifions.

Dans une enquête, il y a des pièces qui constituent des objets d'étude de laboratoire, un peu comme ces cabinets de curiosités de la Renaissance où l'on entreposait au vu et au su de l'aristocratie ses médailles, ses insectes séchés ou ses squelettes. Nous ne sommes plus sous le règne de François Ier, mais nous avons exhumé certains squelettes et trouvé en Afrique notre laboratoire des pratiques industrielles du groupe Bolloré et au passage, bien sûr, celles de ses concurrents. Nous sommes partis d'un appel d'offre pour l'attribution d'une concession d'un port à conteneurs au Sénégal. Au départ, rien que du classique, avant que cela ne finisse en foire d'empoigne. Un exemple de précipité de relations africaines où les coups de pression se mêlent aux coups bas.

Des chalutiers, des thoniers-senneurs, des navires congélateurs, des cargos, des porte-conteneurs, des pétroliers... Ils acheminent ou chargent plus de 15 millions de tonnes[3] de marchandises dans l'un des lieux de transit commercial les plus importants d'Afrique : le port autonome de Dakar, la capitale du Sénégal.

Début 2007 l'attribution de la concession du terminal à conteneurs est un enjeu majeur pour une partie de l'Afrique francophone. Dans le secteur de la logistique portuaire, le groupe Bolloré a de très sérieux concurrents venus de Chine ou des émirats du Golfe. Lorsqu'un appel d'offre est lancé, chacun des géants du secteur déploie des campagnes intenses de lobbying auprès des autorités locales.

En 2007, le groupe Bolloré est le principal exploitant du port de Dakar et souhaite garder sa concession. « Nous étions un peu les roitelets du port, se souvient un cadre du groupe au Sénégal. Et nous étions persuadés que personne ne pourrait nous contester ce marché. » Face à la

3. Chiffres de 2015, sources : Port autonome de Dakar.

concurrence, Vincent Bolloré mobilise tout de même un ancien ministre français, Alain Madelin, afin d'appuyer son dossier auprès du président Abdoulaye Wade en personne. Rappelez-vous, cet ancien ministre avait été présenté à Vincent Bolloré par Gérard Longuet, son ex-beau-frère, dans les années 1990. À l'époque Alain Madelin faisait partie de la fameuse « bande à Léo » du nom de François Léotard, l'ancien ministre de la Défense du gouvernement Balladur (1993-1995) et président du Parti républicain, puis de l'UDF entre 1996 et 1998. Selon deux confrères spécialistes de l'Afrique[4], Vincent Bolloré aurait même missionné les réseaux d'Arnaud Lagardère, patron du groupe éponyme, afin de tenter de décourager Dubai Ports World, son principal concurrent.

Lorsque le président sénégalais Abdoulaye Wade est réélu le 25 février 2007, Vincent Bolloré met son jet privé à la disposition d'Alain Madelin, proche du chef d'État sénégalais, pour qu'il assiste à la cérémonie d'investiture. Le 20 mars 2007, les deux journaux gratuits de Vincent Bolloré titrent en une : « Abdoulaye Wade, un grand d'Afrique ». Le 1er avril 2007, le président Wade est l'invité de *Direct midi*, sur Direct 8. Mais voilà, malgré cette intense campagne de séduction, pour une fois, Vincent Bolloré va perdre la bataille et rendre les armes.

D'abord, il y eut la visite catastrophique de Nicolas Sarkozy à Dakar en juillet 2007. Le nouveau président français explique dans un discours prononcé à l'université Cheikh-Anta-Diop que le « drame de l'Afrique » vient du fait que « l'homme africain n'est pas assez entré dans

4. Antoine Glaser et Stephen Smith, *Sarko en Afrique*, Plon, Paris, 2008, pp. 96-100.

l'Histoire ». Ce discours controversé écrit par son conseiller spécial Henri Guaino n'a peut-être pas pesé dans la balance. Mais il n'a assurément pas aidé son ami Vincent Bolloré dans sa conquête du port de Dakar. Les propos ont évidemment choqué le président sénégalais qui déclarera : « Il arrive qu'un président soit victime – passez-moi l'expression – de son nègre. »

Ensuite, le concurrent du groupe Bolloré, Dubai Ports World, possède une carte maîtresse que le Français n'a pas dans son jeu : une proximité avec le fils du président sénégalais, Karim Wade, un homme d'affaires très influent auprès de son père. Or, le « fiston Wade » a misé sur le sultan Ahmed Ben Sulayem, le tout nouveau président de Dubai Ports World, en échange d'une pluie d'investissements sur le Sénégal, pas moins de 3 milliards de dollars. « De toute façon, l'appel d'offre était complètement vérolé », affirme un cadre du groupe Bolloré qui a travaillé au Sénégal sur le dossier. Vérolé ? « Les dés étaient pipés si vous voulez, d'ailleurs certaines personnes de chez nous ne voulaient pas y aller parce qu'elles estimaient qu'on ne pouvait pas l'emporter. »

Dominique Lafont, l'ancien bras droit de Vincent Bolloré en Afrique[5], se montre plus précis : « C'est Karim Wade qui a fait basculer l'appel d'offre en faveur de Dubai Ports World. » Comme nous l'avons déjà évoqué, Dominique Lafont fut pendant près de vingt ans une pièce très importante du dispositif de Vincent Bolloré, d'abord en Afrique anglophone puis sur tout le continent. « Sur Dakar, cela s'est passé en plein milieu d'un week-end de l'été 2007 : alors que nous avions la meilleure offre financière,

5. Dominique Lafont a dirigé Bolloré Africa Logistics entre 2005 et juillet 2015.

on nous a disqualifiés techniquement, nous qui étions un acteur majeur du port de Dakar depuis des décennies », nous raconte-t-il.

Le groupe Bolloré aurait-il été battu à son propre jeu ? « Sur le fond, on était un peu responsables, lâche l'ancien dirigeant de Bolloré Africa Logistics. Au fil des années on s'était laissé convaincre qu'on était devenus incontournables à Dakar. En fait, le groupe a sûrement péché par excès de confiance. »

Furieux de l'échec de ses équipes, Vincent Bolloré joue son va-tout en sollicitant Nicolas Sarkozy[6]. À l'issue de l'appel d'offre perdu, le groupe Bolloré lui adresse une note de quatre pages. Cette note précise notamment qu'au dernier moment la commission décisionnaire serait passée de sept à quatre membres, lui donnant une « tournure plus politique ». Le groupe de Vincent Bolloré en aurait donc appelé directement au chef de l'État pour qu'il s'implique dans le dossier. « Nous nous sommes battus avec l'énergie du désespoir en alertant toutes les autorités françaises, nous confirme un peu gênée une source proche du dossier, mais qui ne l'aurait pas fait ? » Nicolas Sarkozy est-il intervenu personnellement ? Impossible de le savoir avec précision. « Je ne peux pas l'exclure », nous lâche cette même source. Mais le résultat est là, Dakar est un échec sur toute la ligne.

En Afrique de l'Ouest, cet échec demeure néanmoins une exception. En matière de concessions portuaires, le groupe Bolloré obtient très souvent gain de cause quitte à employer des « méthodes de cow-boy ». Sur le port de Conakry, la capitale de la République de Guinée, tout

6. Voir A. Glaser, S. Smith, *Sarko en Afrique, op. cit.*, pp. 99.

le monde se souvient d'une sombre affaire impliquant le futur président guinéen et Vincent Bolloré.

En 2010, en pleine campagne présidentielle guinéenne, Vincent Bolloré met l'agence Euro RSCG, filiale d'Havas, au service du candidat Alpha Condé, soutenu également par le président français Nicolas Sarkozy et son ministre des Affaires étrangères Bernard Kouchner. Jean Bothorel, journaliste proche de l'industriel, est même appelé à la rescousse pour publier un livre vantant les mérites du candidat Condé[7]. « Vincent me l'a demandé. Cela a certainement été un bon point pour Vincent Bolloré (...) Je reconnais que ceux qui lui reprochent de se mêler un peu trop de leur politique africaine, de manière indirecte, n'ont pas tort. Mais c'est son job, aussi ! Il défend ses intérêts, il se bat pour avoir des marchés, aux autres de s'aligner[8]. »

Ce combat pour « avoir des marchés » sera couronné de succès. Quatre mois après son accession à la présidence, en mars 2011, Alpha Condé résilie par décret la convention de concession du terminal à conteneurs du port de Conakry, décrochée deux ans auparavant par l'armateur français Necotrans, pour l'offrir à Vincent Bolloré. En quelques heures, les dirigeants de Necotrans sont expulsés par l'armée. « On a été sortis du pays presque *manu militari*, se souvient Abdou Diouf, l'ancien directeur du port. C'était inexplicable, en face, il n'y avait pas de dialogue, il n'y avait rien, juste un décret qui mettait fin à tout. Il fallait partir[9]. »

7. *Un Africain engagé, ce que je veux pour la Guinée*, entretiens avec J. Bothorel, éd. J. Picollec, Paris, 2010.
8. Voir *Bolloré, un ami qui vous veut du bien ? Complément d'enquête*, France 2, 7 avril 2016.
9. Ibidem.

Cette éviction brutale de Necotrans du port de Conakry ne déplaît pas à tout le monde. Bernard Kouchner[10], proche d'Alpha Condé (un ami de lycée) et de Vincent Bolloré déclare à l'époque : « Cette petite entreprise (Necotrans) n'était sans doute pas à la hauteur. Alpha a pris une sage décision.[11] »

Le départ de Necotrans n'est pas directement imputable à Vincent Bolloré, bien sûr. Mais au sein de son groupe, Dominique Lafont l'aurait alerté sur les risques qu'il y avait à valider une décision aussi arbitraire : « Sur Conakry, j'ai fait comprendre à Vincent que je n'approuvais pas la méthode et que j'en appréhendais les conséquences en termes d'image. On s'est un peu comportés comme des cow-boys. On ne m'a pas entendu », regrette aujourd'hui l'ancien bras droit du Breton en Afrique.

Après une bataille juridique portant sur l'indemnisation de Necotrans, le groupe Bolloré est condamné en octobre 2013 par le tribunal de commerce de Nanterre (Hauts-de-Seine) à lui verser plus de 2 millions d'euros de dédommagements au titre des « investissements effectivement réalisés par la société (...) qui ont bénéficié au nouveau concessionnaire ». Les méthodes de cow-boy peuvent parfois rapporter gros mais coûter cher... L'histoire va pourtant à nouveau basculer en faveur du groupe Bolloré. Dans l'incapacité de faire face à la force de frappe du conglomérat breton, Necotrans va rencontrer de graves difficultés financières. Placé en redressement judiciaire en juin 2017, l'armateur sera racheté en août par l'incontournable groupe

10. Bernard Kouchner a été le ministre des Affaires étrangères du président Nicolas Sarkozy de mai 2007 à novembre 2010.
11. Source : Guinée, Bolloré, Sarkozy, l'embarrassante affaire du port de Conakry, Sylvain Courage, *L'Obs*, mars 2011.

Bolloré qui prendra ainsi possession d'une grande partie de ses actifs en Afrique et en France pour une bouchée de pain.

L'histoire du port de Conakry en Guinée porte la marque de la « méthode Bolloré », mais sur ce cas singulier, il est difficile de savoir dans quelle mesure l'État français dirigé par Nicolas Sarkozy a joué un rôle déterminant ou non. Alors nous nous sommes intéressés à une autre de ces histoires africaines : celle du port de Lomé au Togo qui implique le meilleur ennemi de Vincent Bolloré, Jacques Dupuydauby. Attention, affaire compliquée en vue.

À la fin des années 1990, Jacques Dupuydauby et Vincent Bolloré enterrent plus ou moins la hache de guerre en décidant de travailler ensemble sur la base de plusieurs projets en Afrique. Le port en eau profonde de Lomé, la capitale du Togo, est l'un de ceux-là. À l'époque, Jacques Dupuydauby, réputé proche des réseaux chiraquiens, manque de moyens financiers mais il est à tu et à toi avec l'indétrônable président togolais Gnassingbé Eyadema, alors en froid avec Vincent Bolloré.

Chacun y voit son intérêt : Dupuydauby et Bolloré décident de s'associer. L'industriel breton apporte les fonds et Dupuydauby pilote le projet grâce à Progosa, sa société de droit espagnol. D'ailleurs, c'est bien Progosa qui obtient le marché de la manutention du port de la capitale togolaise en 2001. Pour Jacques Dupuydauby, c'est un joli coup. L'industriel croit en l'avenir du port de Lomé au point de vouloir construire un troisième quai et faire de ces installations en eaux profondes un grand hub maritime de la sous-région. Mais les choses ne vont pas se passer comme prévu.

Le 26 février 2002, première alerte. Jacques Dupuydauby reçoit un fax de Gilles Alix, le directeur général du groupe Bolloré. Ce dernier lui écrit que « l'installation d'un hub à Lomé pourrait être très préjudiciable à nos activités maritimes et terrestres en banalisant l'opération de transport sur l'Afrique ». Le port d'Abidjan en Côte d'Ivoire, où le groupe Bolloré règne en maître, est en effet tout proche. Et ce futur hub togolais pourrait vite devenir un concurrent gênant.

Jacques Dupuydauby ne lâche pas l'affaire pour autant et continue à développer son activité de manutention sur le port de Lomé : « Jacques avait entièrement la main sur les sociétés Progosa et ses filiales togolaises, c'était lui le patron. Bolloré avait mis de l'argent, c'est tout », nous explique l'un de ses anciens employés.

C'est tout le problème : comment savoir à qui appartiennent vraiment Progosa et ses filiales togolaises ? Pendant des années, les deux industriels vont se livrer un *mano a mano* judiciaire, au Togo, en Espagne et en France pour trancher la question. Le groupe Bolloré soupçonne Dupuydauby d'avoir siphonné des actifs vers le Luxembourg alors que Jacques Dupuydauby accuse Vincent Bolloré d'avoir manipulé la justice togolaise qui, après lui avoir donné raison, lancera bientôt un mandat d'arrêt international contre lui. Pour le meilleur ennemi de Vincent Bolloré, la situation tourne au cauchemar. « Si vous ne faites rien, Bolloré vous écrase, nous explique Jacques Dupuydauby dans sa maison de Séville. Alors je me suis défendu, c'est tout. »

En 2007, l'affaire prend une tournure politique. Selon Jacques Dupuydauby, dès son accession à l'Élysée, Nicolas

Sarkozy aurait usé de son influence pour peser en faveur de son ami breton à la faveur d'un changement dynastique.

En février 2005, le dictateur Gnassingbé Eyadema décède à l'âge de soixante-neuf ans. Son fils, Faure Gnassingbé, quarante et un ans, remplace immédiatement son père à la tête du Togo. Et ce n'est pas forcément une bonne nouvelle pour Jacques Dupuydauby. Avec la disparition du « Grand Baobab de Pya », qui a régné en maître sur le pays pendant trente-huit ans, celui-ci va perdre de son influence au palais présidentiel.

Assis dans un fauteuil, cigare allumé, l'industriel nous rapporte une conversation qu'il aurait eue en 2007 avec le jeune président togolais. « Juste après le sommet de Lisbonne en décembre 2007, Faure Gnassingbé, que je voyais tous les mois, m'a soudainement expliqué : "J'ai un gros problème. Lors du sommet, nous nous sommes vus avec Sarkozy. Il m'a dit que la France soutenait ses amis, comme le Togo, mais qu'en contrepartie la France attendait de ses amis qu'ils se comportent de manière amicale." Et là, Faure Gnassingbé me dit que Sarkozy lui a demandé de donner la gestion du port de Lomé à Bolloré en direct. » Le patron de Progosa nous affirme avoir recueilli d'autres témoignages concordants : « Plusieurs ministres togolais me l'ont également confirmé (...) et Faure Gnassingbé m'a précisé qu'il avait voulu résister, mais qu'il n'avait pas pu. »

De fait, en 2010, au moment du renouvellement de la concession du terminal à conteneurs du port de Lomé, le marché est attribué pour trente-cinq ans au groupe Bolloré. Simple coïncidence ? Cette même année 2010, l'agence Havas s'occupe de très près de la campagne présidentielle du jeune héritier, réélu haut la main président de la République du Togo.

Lors de la campagne présidentielle, un autre candidat, le Franco-Togolais Kofi Yamgnane, bien connu en France pour avoir été secrétaire d'État à l'intégration de 1991 à 1993, tire la sonnette d'alarme en émettant un avis tranché sur la question : « Le port autonome de Lomé est la vache à lait de ce pays. (...) Faure (le président togolais) veut récupérer Bolloré pour financer sa prochaine campagne[12]. »

Nous aurions aimé aller plus loin et avoir des réponses des principaux protagonistes politiques de ce dossier. Aucun n'a voulu apporter le moindre commentaire, à commencer par Vincent Bolloré lui-même. Nos questions sur le sujet font partie du fameux lot à 700 000 euros transmis par l'huissier... En 2011, lorsque le site Mediapart évoque les mêmes soupçons d'intervention de Nicolas Sarkozy, les avocats du groupe Bolloré répondent : « La date de 2007 figurant dans votre article et les allégations évoquées sont pour le moins fantaisistes et dénuées de tout fondement. »

Aujourd'hui, Jacques Dupuydauby n'en veut même pas au président togolais. L'industriel à la retraite dénonce l'attitude de Vincent Bolloré qui, selon lui, « aurait usé de ses bonnes relations avec l'Élysée pour l'écraser ». Comme souvent, nous ne pouvons apporter de preuve incontestable. Comment confirmer d'ailleurs le contenu d'un entretien entre deux présidents, si ce n'est avec les principaux intéressés ou leurs proches conseillers ?

Ce que nous savons c'est que selon des notes prises en 2007 par des diplomates du quai d'Orsay, la discussion entre Nicolas Sarkozy et Faure Gnassingbé n'aurait tourné qu'autour de questions économiques et d'un conseiller

12. Voir Togo : un port en eaux troubles, G. Davet, *Le Monde*, 9 juillet 2009.

français du président togolais, Charles Debbasch, qualifié par M. Sarkozy de « mercenaire ». Mais officiellement, rien sur le port de Lomé. Ces notes prouvent-elles que les présidents français et togolais n'ont pas évoqué la question ? Absolument pas. Nous n'en avons tout simplement pas la preuve formelle.

Sur ce dossier, après plus de dix ans de procédure, Jacques Dupuydauby a été lourdement condamné au Togo. Il a également été condamné en Espagne en juin 2016 par la Cour suprême de Madrid à trois ans et neuf mois de prison ferme ainsi qu'à 10 millions d'euros de dommages et intérêts au profit du groupe Bolloré. L'industriel aujourd'hui à la retraite a été reconnu coupable d'avoir siphonné les actifs de sociétés – qu'il dirigeait pour le compte du groupe Bolloré – notamment au Togo.

Jacques Dupuydauby conteste cette décision et dénonce une justice espagnole qui n'a pas voulu entendre ses arguments et ses témoins. Il poursuit inlassablement son combat judiciaire en France. Quant à la justice espagnole, elle a lancé un mandat d'arrêt européen contre lui en juillet 2017.

Il y a des haines tenaces, viscérales et physiques, disions-nous au début de notre enquête en décrivant les rapports qu'entretiennent Jacques Dupuydauby et Vincent Bolloré. Cette haine est peut-être encore plus profonde que nous ne le pensions. Elle se nourrit du moindre frémissement médiatique lié à l'industriel breton. Jacques Dupuydauby est à l'affût et le reconnaît lui-même : « Parfois, ça tourne à l'obsession. »

Lorsque Vincent Bolloré pénètre un jour de février 2013 dans le bureau d'un commandant de police de la Brigade financière pour être interrogé sur ces affaires de concessions portuaires africaines, l'ancien vice-président du groupe

Bouygues croit tenir une partie de sa revanche. Rien de tout cela ne va se produire. Même si la scène est digne d'un film policier.

Nous nous sommes procuré le procès-verbal de l'audition de Vincent Bolloré. L'industriel est entendu dans le cadre d'une plainte contre X déposée en octobre 2012 par Jacques Dupuydauby pour des faits qu'il qualifie à l'époque de « trafic d'influence et de corruption ». Depuis, cette plainte a permis l'ouverture d'une information judiciaire pour les mêmes chefs d'inculpation dans ces affaires de concessions portuaires au Togo, au Gabon, en Côte d'Ivoire et au Cameroun.

Un procès-verbal, ou PV, c'est le verbatim précis des déclarations d'un témoin. Y accéder nous permet, à nous journalistes, de nous faire tout petits, comme une souris, afin de savoir ce qu'il s'est dit dans l'intimité du cabinet d'un juge ou du bureau d'un policier. À vrai dire, nous ne devrions pas avoir un tel document sous les yeux, il est en théorie protégé par le secret de l'instruction. L'une de nos sources a néanmoins jugé utile de nous en faire parvenir une copie contre la promesse de protéger son anonymat. Le procès-verbal en question est fort instructif. C'est la raison pour laquelle nous décidons de publier son contenu pour la première fois.

Vincent Bolloré est convoqué en tant que témoin libre le 20 février 2013 à 9 h 30 au Château des rentiers, surnom de la Brigade financière, située rue du Château-des-Rentiers à Paris. C'est à ce jour la seule et unique fois, à notre connaissance, que l'industriel breton a été entendu dans le dossier des concessions portuaires. Ce commandant de police l'informe qu'il est soupçonné d'avoir commis les infractions de corruption d'agents étrangers et trafic d'influence sur la période 2003-2011.

« Il est arrivé très affairé pour bien nous montrer qu'il perdait son temps dans une affaire qui semblait ne pas le concerner, nous raconte une source policière. Vincent Bolloré répond simplement aux questions mais il reste vague, poursuit ce témoin, ses réponses ne collent évidemment en rien avec la version du plaignant. »

L'audition porte sur les relations qu'entretiennent Vincent Bolloré et Jacques Dupuydauby. Sur la manière dont il a été associé au raid sur le groupe Bouygues en 1998. « Un rendez-vous aurait eu lieu en votre présence à Bruxelles en 1998. Est-ce exact ? » lui demande-t-on. Réponse de Vincent Bolloré : « Je n'ai pas le souvenir de ces sujets qui étaient traités pour l'essentiel par les équipes en charge. »

L'officier de police évoque un autre rendez-vous à Genève. Réponse de Vincent Bolloré : « Je n'ai pas le souvenir. » Aux questions précises sur les conditions d'emploi, de paiement de Jacques Dupuydauby, il enchaîne les mêmes mots : « Je ne me souviens plus (...) Je ne me souviens pas (...) Je ne sais pas. »

À la question « êtes-vous le représentant légal de la société Financière du Loch ? » qui à cette époque aurait rémunéré Jacques Dupuydauby 500 000 francs par mois et pendant plusieurs mois en 1998, Vincent Bolloré oppose, une fois encore, un « je ne sais pas ».

La Financière du Loch n'est pas n'importe quelle société. C'est un holding que Vincent Bolloré a créé lui-même, le 3 février 1998[13]. Jusqu'à sa liquidation le 27 décembre

13. Les actionnaires de la Financière du Loch en 1998 sont toutes des sociétés contrôlées par le groupe Bolloré : la SCAC, représentée par Vincent Bolloré, Mines de Kali Sainte-Thérèse, représentée par Vincent Bolloré, la Société industrielle de

2012, ce holding fut l'un des principaux bras armés de ses nombreuses opérations boursières, dont le raid sur le groupe Bouygues.

Pendant toute la durée de vie de la société, Vincent Bolloré a été l'un des responsables de la Financière du Loch. Sa signature figure sur la plupart des documents financiers de ce holding en notre possession. Autrement dit, devant la Brigade financière, il ne dit pas toute la vérité. La question est : pourquoi ? « J'ai fait pas mal de brigade criminelle dans ma vie et j'ai eu l'impression d'avoir en face de moi l'un de ces voyous qui ne savent jamais rien, n'ont rien vu, ni entendu. C'était très frappant », nous explique un témoin de la scène. Lorsque Vincent Bolloré est interrogé sur une concession portuaire au Gabon, il minimise le rôle de ce secteur d'activités dans le groupe qui ne représente, selon lui, que 15 % des activités totales, puis affirme : « Je n'ai jamais suivi ni signé aucun dossier de concession portuaire. »

Là encore c'est totalement faux, comme nous avons pu le démontrer dans l'affaire du port de Conakry en République de Guinée. Sur le cas du Togo, des proches du chef d'entreprise nous ont expliqué qu'il considérait ce dossier comme une chasse gardée. Et de fait, il s'est bien associé à Jacques Dupuydauby pour profiter de ses contacts avec la famille Eyadema. Et nous verrons plus loin à quel point le Togo est un sujet ultra sensible qui a eu des conséquences directes sur la ligne éditoriale de *L'Effet Papillon*, le magazine d'actualité internationale diffusé chaque weekend sur Canal +.

---

l'Artois, représentée par Vincent Bolloré, la Compagnie du Cambodge et la Compagnie des caoutchoucs de Padang. Ces deux dernières sociétés sont représentées par l'un des hommes de paille de Vincent Bolloré décédé en 2007, Michel Roqueplo, ancien secrétaire général du groupe Bolloré.

Retour au Château des Rentiers. Autre question du policier en charge du dossier des concessions portuaires :

— Quelles sont les relations entretenues par le groupe Bolloré avec la famille Bongo ?

— Aucune.

Là encore, non content d'avoir eu le même avocat, la famille Bongo et le groupe Bolloré entretiennent des liens d'intérêts très directs. Comme le révèle Mediapart en 2015, la famille Bongo possède un holding familial, Delta Synergie, sorte de cash machine dont l'ancien président gabonais Omar Bongo, décédé en 2009, était le principal bénéficiaire avec, notamment, ses enfants Ali et Pascaline. Dans un rapport strictement confidentiel daté du 15 avril 2012 établi par deux avocats parisiens, Delta Synergie apparaît comme détenteur de participations dans de nombreuses sociétés gabonaises dont cinq filiales locales de multinationales françaises : Bouygues, Eramet, Veolia, BNP Paribas et… le groupe Bolloré.

Selon ce document, en avril 2012, Delta Synergie possédait 30 % du capital de Gabon Mining Logistics, une filiale du groupe Bolloré qui fut un temps dirigée par Pascaline Bongo, la sœur du président Ali Bongo.

Vincent Bolloré a-t-il pu l'ignorer ? C'est peu probable. Cette question, l'officier de la Brigade financière n'a malheureusement pas pu la lui poser, car l'information n'avait pas été révélée au moment de son audition. Quant à ses relations avec les autorités françaises ? Sur ce dossier, l'industriel breton prend les devants : « Je précise et souligne que le gouvernement français n'est jamais intervenu sur une demande quelconque qu'on aurait pu leur faire, ni au niveau du président de la République ni du Premier ministre, ni du ministre de l'Intérieur, ni du ministre des Affaires étrangères.

Que ce soit sous la présidence de M. Sarkozy, avant ou après. » Crédible ? Nous laissons le lecteur en juger.

Une dernière chose : l'officier de la Brigade financière devait revoir Vincent Bolloré pour les besoins de l'enquête avant la fin de l'année 2014. Sauf qu'après vingt années passées à la Brigade, le fonctionnaire sera muté. Il quitte son service au début de l'année 2015 et ne pourra jamais interroger l'homme d'affaires, comme prévu. « C'est vrai que cet officier avait demandé sa mutation depuis longtemps mais sa mutation s'est faite très rapidement », se souvient un collègue.

En théorie, ce changement de poste n'aurait pas dû affecter les investigations de la police. En pratique, il va sonner la fin de l'enquête sur Vincent Bolloré. Car à ce jour, selon nos informations, son remplaçant à la Brigade financière, supervisée depuis mai 2013 par Gilles Aubry, n'a jamais manifesté la volonté d'entendre à nouveau le patron qui « ne sait pas ».

Les affaires, ça s'en va et ça revient parfois en boomerang. Un retour de bâton frappe ainsi Vincent Bolloré de manière spectaculaire le 8 avril 2016. Ce jour-là, des policiers de l'Office central de lutte contre la corruption et les infractions financières et fiscales (OCLCLIFF) débarquent sans prévenir dans le hall de la tour Bolloré. Son bureau, situé au 17e étage, est perquisitionné en son absence.

Quand les policiers prennent possession des lieux, ils exigent immédiatement des documents d'attribution de concession de certains ports. Ils fouillent, retournent le bureau. Les juges du Pôle financier, Serge Tournaire et Aude Buresi, recherchent des traces de « corruption d'agent public étranger » notamment dans les dossiers des ports de Conakry en Guinée et de Lomé au Togo. Simple coup d'éclat ou coup de maître ? Les policiers ont-ils trouvé ce qu'ils cherchaient ? Impossible de le dire précisément à l'heure où est imprimé ce livre. Ce que nous savons en revanche, c'est que la justice n'a toujours pas réentendu Vincent Bolloré dans ce dossier.

Chapitre 20

Au pays des socialistes

Plus on explore l'empire de Vincent Bolloré, plus on a le tournis. Canal +, l'Afrique, ses liens avec le clan Sarkozy... Le groupe est tentaculaire et son président décidément introduit dans tous les milieux, à droite comme... à gauche. De ce côté de l'échiquier aussi le patron breton est influent.

Lorsque Vincent Bolloré avait censuré notre film sur le Crédit Mutuel, aucune personnalité de gauche de premier plan n'avait vraiment réagi. À vrai dire, nous n'attendions rien de la part des ministres ou des parlementaires, ni du président Hollande. Ce fatalisme sera partiellement contredit plus tard avec l'adoption fin 2016 de la loi sur *la liberté, l'indépendance et le pluralisme des médias,* au contenu malgré tout encore très incomplet.

Comme nous l'avons fait avec Nicolas Sarkozy, il était naturel que nous regardions de près les liens entre la gauche, alors au pouvoir, et l'industriel breton. À vrai dire nous allons découvrir que ces liens sont surprenants, voire stupéfiants. Ce qui nous amène très vite à réfléchir au sens profond de l'action de Vincent Bolloré au sein du groupe Vivendi en partant d'une hypothèse : et si Vincent Bolloré avait bénéficié du soutien de l'Élysée et du gouvernement de Manuel Valls dans sa conquête du pouvoir au sein de Vivendi et donc de Canal + ? Hypothèse complotiste ou réaliste ? Pour en avoir le cœur net il nous fallait d'abord ouvrir un album de famille… celui des six générations de Bolloré entrepreneurs.

Les Bolloré et la gauche, c'est une vieille histoire. Depuis déjà deux siècles, les célèbres industriels accueillent leurs amis politiques en leur manoir breton de l'Odet, du nom de ce petit fleuve côtier qui borde la propriété familiale, siège historique de l'entreprise. À la fin de la Deuxième Guerre mondiale, Gwenn-Aël, héros de guerre et oncle de Vincent Bolloré, reçoit un invité de marque plutôt inattendu que lui recommande son médecin, le professeur Laporte… également docteur de Léon Blum. Deux ans après son retour de déportation et un bref passage à la tête du gouvernement, l'ancien leader du Front populaire a besoin de repos. Le professeur Laporte lui suggère de prendre congé dans une famille « au-dessus de tout soupçon » sur les bords de l'Odet. Comme en attestent plusieurs photos, Léon Blum séjourne six semaines chez les Bolloré en septembre et octobre 1947. « C'est ainsi que Léon Blum, que nous ne connaissions pas, raconte Gwenn-Aël Bolloré dans ses mémoires, débarqua chez ma sœur Jacqueline Cloteaux, à Beg-Meil, avec sa femme et que nous partageâmes sa convalescence. Physiquement fatigué, son esprit avait superbement supporté l'épreuve et sa conversation ne manquait ni de charme ni d'enseignement. L'événement fit grand bruit dans le pays et mit le comité d'entreprise de l'usine, que je présidais à l'époque, dans l'embarras : le leader du Front populaire était en résidence chez le patron...[1] »

Quelque trente-cinq ans plus tard, en 1981, lorsque François Mitterrand remporte l'élection présidentielle, le patron du groupe familial est déjà Vincent Bolloré. À vingt-neuf ans le jeune entrepreneur, aux côtés de son frère aîné Michel-Yves, vient de récupérer pour deux francs symboliques la papeterie familiale. L'entreprise est exsangue. Elle perd un million de francs par mois. Bernard Poignant, élu député socialiste dans la foulée de la victoire de François Mitterrand, est le seul responsable politique local à recevoir le jeune homme à la recherche de soutiens financiers. « Il est venu à ma permanence, rue Étienne-Gourmelen à Quimper, raconte l'ancien député maire breton. Il m'a présenté son projet : sauver les emplois contre la baisse des salaires. Je lui ai dit, vous êtes capitaliste, je suis socialiste, vous êtes banquier et moi professeur d'histoire, mais on va s'entendre, et depuis on ne s'est plus quittés. » Vincent Bolloré ne l'oubliera jamais, jusqu'à lui faire fabriquer en 2013 un petit « album de famille » sur mesure – textes et photos – retraçant leur complicité[2]. « Que ce livre de souvenirs témoigne des efforts des Bretons, du temps qui passe et de l'amitié qui demeure », dit la dédicace signée Vincent Bolloré.

En 1981, l'arrivée de la gauche au pouvoir est ainsi une chance pour le hardi entrepreneur breton. Les banques et les organismes de financements publics sont sommés d'aider les entreprises en difficulté. Les frères Bolloré en profitent avec l'aide de la Banque nationale de Paris

1. Gwenn-Aël Bolloré, *Mémoires parallèles*, Jean Picollec, 1996.
2. Bernard Poignant nous a fait parvenir un exemplaire de ce livret de famille en novembre 2016.

(BNP) et la Banque de France. En juin 1983, la papeterie Bolloré fête ses premiers excédents. Deux ans plus tard, l'entreprise familiale chaperonnée par Antoine Bernheim, associé-gérant de la banque Lazard et ami d'enfance de la mère de Vincent, est quasi sortie d'affaire.

Fasciné par ce jeune Breton, Bernard Poignant réussit à convaincre le président François Mitterrand de venir inaugurer en octobre 1985 une nouvelle usine Bolloré dans le fief familial à Ergué-Gabéric. « François Mitterrand arrive en hélicoptère en compagnie de Raymond Marcellin, le président de la région Bretagne, se souvient Bernard Poignant. Il voit Vincent à côté de moi et lui dit : *j'ai très bien connu vos parents et vous, je vous ai vu tout petit*[3]. »

Poursuivi toute la journée par des militants CGT hostiles à sa politique économique, le président de la République trouve en Vincent Bolloré, que le député Bernard Poignant lui présente comme l'un des futurs grands de l'industrie française, un symbole de la « France qui gagne ». Confronté à l'échec de la relance, François Mitterrand, visiblement séduit par le jeune « boa », apprécie sa présence alors que le pays est déjà frappé par un chômage de masse. Bernard Poignant n'est pas peu fier.

Depuis 1981, ce socialiste breton est, à gauche, la clé de voûte du réseau de Vincent Bolloré. Au fil du temps, l'élu présente à son ami industriel de nombreux éléphants du PS et parmi eux deux futurs Premiers ministres. En 1987, il lui fait rencontrer Michel Rocard, dont Vincent

3. Dans les années 1960, Michel Bolloré, le père de Vincent, confiait ses travaux de reliure à Danielle Mitterrand.

Bolloré financera plus tard certaines actions humanitaires en Afrique[4]. En 1996, ce sera le tour de Lionel Jospin. Le 8 mars 2007, c'est évidemment Bernard Poignant qui organisera le premier tête-à-tête entre Vincent Bolloré et François Hollande à la tour Bolloré, à Puteaux. « J'avais dit à François Hollande : "Tu devrais t'intéresser à la stratégie de ce groupe, la batterie électrique. La stratégie en Afrique, c'est important pour la France" », se souvient l'ancien député maire de Quimper.

Ce jour-là, en plein cœur de la campagne présidentielle de son épouse Ségolène Royal, François Hollande, premier secrétaire du Parti socialiste, savoure un petit déjeuner en compagnie de Vincent Bolloré avant de visiter les locaux de Direct 8 où travaille sa future-ex, la journaliste politique Valérie Trierweiler. « À ce moment-là, je ne connaissais pas sa relation avec Valérie Trierweiler. Je me dis aujourd'hui que Hollande a voulu absolument voir où travaillait Valérie », devine Bernard Poignant.

Lorsqu'en mai 2012 François Hollande entre au palais de l'Élysée, Bernard Poignant emménage dans un petit bureau, juste au-dessus de celui du président, qui lui demande d'être « ses yeux et ses oreilles » dans les territoires. Il doit capter les bruissements du pays, sentir les polémiques, entendre les doléances des élus, rencontrer des syndicalistes, comme des chefs d'entreprise, puis rapporter le tout dans des « notes d'ambiance » à son patron.

4. Vincent Bolloré et Michel Rocard finiront par se brouiller en 2015 à propos du projet de la boucle ferroviaire Cotonou-Abidjan que le groupe Bolloré est en train de construire, après avoir refusé de financer le projet Rocard. Juste avant son décès Michel Rocard s'était estimé trahi par celui qui l'avait autrefois soutenu : « Vincent Bolloré est en train d'essayer de nous voler », avait-il déclaré. Voir Ligne Cotonou-Abidjan : Vincent Bolloré est en train d'essayer de nous voler, dénonce Rocard, J. Tilouine, S. Michel, *Le Monde*, 13 septembre 2015.

C'est dans ce bureau « du château » que Bernard Poignant nous reçoit en octobre 2016 pour nous conter « son ami Vincent ». « Bolloré est un type épatant, un amoureux de la pêche à la crevette, vous saviez ça ? On est copains et j'en suis fier. » Bernard Poignant ne cherche pas à être impartial. « Quand on parle de Vincent, je ne peux pas l'être. » Celui qui est alors conseiller de François Hollande affirme pourtant – cela nous surprend – « ne pas être un intime » de l'industriel. Il est vrai que Vincent Bolloré demeure secret, se livre peu. Mais Bernard Poignant fait assurément partie de son clan : des indéfectibles soutiens qui l'ont porté pendant les moments de tempête. Ils ne sont pas nombreux. À l'Élysée, le conseiller du chef de l'État, ami du milliardaire, se dresse comme une vigie, un organisateur, voire un facilitateur.

Pendant l'été 2013, Vincent Bolloré veut s'assurer du soutien du président de la République dans sa bataille pour la gouvernance de Vivendi. Bernard Poignant rend alors possible l'organisation d'un déjeuner (non inscrit à l'agenda du président) entre François Hollande, Vincent Bolloré et Emmanuel Macron, à l'époque secrétaire général adjoint à l'Élysée, au palais présidentiel le 22 août. Jean-René Fourtou, le patron de Vivendi, donne l'impression de vouloir imposer l'Allemand Thomas Rabe, P-DG de Bertelsmann, comme futur président du directoire du groupe français de médias et de divertissements. Entre la poire et le fromage, Vincent Bolloré se dit déterminé à éviter qu'un étranger prenne les rênes de Vivendi, jouant, devant son hôte, la carte du patriotisme économique : « Vivendi doit rester français avec son siège social en France et je suis le seul à pouvoir le garantir », aurait-il expliqué au président de la République[5].

Jean-René Fourtou s'apprêtait-il à court-circuiter Vincent Bolloré auquel il avait sans doute promis depuis au moins un an la direction de Vivendi ? Ce n'est pas ce qu'il nous a confié à l'occasion de cet ouvrage mais c'est tout de même une possibilité. Le financier breton ne veut rien laisser au hasard et obtient, ce jour-là, le soutien de François Hollande qu'il revoit pour la première fois depuis longtemps.

Trois semaines après ce déjeuner, Jean-René Fourtou laissera tomber son candidat allemand et nommera Vincent Bolloré vice-président du Conseil de surveillance de Vivendi en échange du plein et entier soutien de celui-ci.

Lors de ce déjeuner du 22 août 2013, le président de la République confirme aussi la promesse faite à Bernard Poignant quelques mois plus tôt de bientôt venir en « pays Bolloré », sur les traces de Léon Blum et de François Mitterrand. Le prétexte ? L'inauguration d'une nouvelle usine de batteries électriques. Le déplacement doit avoir lieu le 19 septembre 2013. « Pourquoi avoir choisi cette date ? » demande François Hollande à Vincent Bolloré. « C'est simple, répond ce dernier, parce que c'est la date des grandes marées et l'anniversaire de Bernard Poignant ! » La visite de François Hollande sera remise au 20 septembre car le 19, jour anniversaire de l'incontournable Bernard, le président Français se rend à Bamako pour assister à l'investiture du président de la République du Mali.

Ce 20 septembre 2013, François Hollande débarque en « Bolloré » là où « l'empereur Vincent » et les siens

5. Propos rapportés par Bernard Poignant lors de notre entretien le 7 octobre 2016.

règnent en maître depuis six générations. À première vue, le courant passe. Le président semble conquis par cet entrepreneur espiègle capable de s'affranchir de tous les codes et de tous les protocoles. Sur les terres des Bolloré, il y a pourtant des coutumes à respecter. Comme ses prédécesseurs, François Hollande a droit à une visite d'usine et à un couplet sur les immémoriales racines bretonnes de son hôte. Impossible d'y échapper.

Quand viennent les discours, François Hollande, très à l'aise, s'adresse directement aux deux compères, amis de trente-cinq ans, Vincent Bolloré et Bernard Poignant : « J'attendais depuis longtemps ce moment. Bernard Poignant me parlait depuis tant d'années de ce que vous faisiez ici. De la qualité, de l'innovation dont vous étiez capable. Et de vous Vincent Bolloré. » François Hollande salue, l'« audace », la « persévérance », l'« excellence » et la « fidélité » du chef d'entreprise à son territoire. Le président vante les mérites d'une révolution industrielle en marche : « L'avenir de la voiture électrique est ici ! » clame-t-il. Et lorsque le président évoque Autolib' et la logique de partage, il lance au grand patron déjà comblé par tant d'éloges : « Vous ne saviez pas que vous étiez en train de faire le socialisme ? »

Bolloré, Hollande, Poignant : les visages hilares de ce trio complice couronnent un moment rare entre un chef d'État, un industriel et son vassal.

François Hollande serait-il devenu amnésique ? L'escapade du président Sarkozy à bord du luxueux yacht de son hôte, en mai 2007, avait déclenché une bronca socialiste. Le premier secrétaire du parti, un certain… François Hollande, avait multiplié les attaques critiquant des vacances de milliardaire. Invité au *Grand Journal* de Canal + le 8 mai 2007, il avait déclaré : « Ce qui pose un problème, c'est le style de ces vacances, le fait qu'il soit sur le bateau d'un riche homme d'affaires et qu'on ne sache pas aujourd'hui si c'est la République qui assure le défraiement de ce déplacement. Quand on emploie le mot *habiter la fonction*, on fait attention à ne pas habiter dans n'importe quel lieu avant la prise des responsabilités. »

À y regarder de près, le rapprochement entre Vincent Bolloré et le président François Hollande est, à nos yeux, un autre exemple du fonctionnement connivent qui n'a pas subi de rupture par rapport au quinquennat de Nicolas Sarkozy.

Vincent Bolloré a réussi à séduire le président. C'est un fait. Son charisme et ses réseaux à gauche ont joué en sa faveur. Mais l'État a fait beaucoup plus qu'accompagner l'industriel dans ses affaires. En 2014 et 2015, François Hollande va d'abord « sauver la peau » de Canal + avant de soutenir avec ses ministres le coup de force financier de Vincent Bolloré sur Vivendi, maison mère de l'impertinente chaîne cryptée.

Nous l'avons vu, lorsque Vincent Bolloré s'empare de Vivendi en 2014, Canal + cherche déjà un second souffle. Sous la pression de concurrents, le groupe perd chaque année des dizaines de milliers d'abonnés. BeIN Sports, un bouquet qatari de chaînes sportives, menace directement les intérêts de la chaine cryptée.

Le 30 juin 2011, le Qatar avait fait une première entrée fracassante dans le sport français en rachetant le club de football de la capitale, le Paris-Saint-Germain (PSG). Dans la foulée, BeIN Sports avait raflé une grosse partie des droits de diffusion de la Ligue 1 pour la période 2012-2016. Face à ce concurrent qatari aux moyens illimités, Canal + voit rouge. Mais comment lutter ? Comment stopper l'hémorragie ?

Le P-DG de Canal +, Bertrand Méheut, réagit très violemment. Fin 2011, en marge d'un colloque, il dénonce l'émergence d'un acteur qu'il qualifie alors d'« économiquement irrationnel »[6]. Quelques mois plus tard, le patron de Canal + lance un appel à l'aide sous la forme d'une tribune publiée dans le journal *Le Monde*. Bertrand Méheut parle du Qatar comme d'un État opérant une « forme de concurrence déstabilisante » et exige des pouvoirs publics qu'ils « fassent preuve d'imagination pour adapter nos principes de régulation et notre cadre juridique[7] ».

Cet appel au secours tombe en pleine campagne présidentielle. Les candidats Sarkozy et Hollande, le sortant et le suivant, ne relèvent pas l'urgence absolue à se pencher sur le cas Canal +. Quelques semaines plus tard, la victoire du candidat de gauche n'est pas forcément une très bonne nouvelle pour le groupe. La direction de Canal + sait qu'elle va devoir batailler pour sauver son business et tenter de barrer la route aux ambitions de BeIN Sports. Le groupe se lance alors dans une double offensive de lobbying, auprès des parlementaires et auprès du gouvernement. Ces deux opérations simultanées, aussi discrètes que préparées, virent toutes deux au fiasco.

En pleine guerre avec BeIN Sports, le gouvernement ne semble pas enclin à faire une faveur à Canal +. Et tout semble indiquer que son concurrent qatari va rafler l'intégralité des droits de la Ligue 1 de football pour la période 2016-2020 lors d'enchères décisives qui doivent se dérouler le 4 avril 2014.

6. Voir Pour Canal +, Al-Jezira est un acteur économiquement irrationnel, *Le Nouvel Observateur*, 13 déc 2011.
7. *Idem.*

Dans l'urgence Bertrand Méheut et Rodolphe Belmer se précipitent à l'Élysée pour rencontrer le président de la République, grand fan de foot. Mais le temps presse. La suite, François Hollande l'a racontée aux journalistes Gérard Davet et Fabrice Lhomme : « J'ai appelé l'émir du Qatar. Je lui ai dit : *Vous allez venir en France en juin, on vous a défendus par rapport aux Saoudiens, on est à vos côtés (....) Il y a aussi l'histoire du foot... Je souhaite qu'il y ait un partage*[8]. » Comprenez évidemment un partage des droits de la Ligue 1 de football ! Les règles de la libre concurrence ne s'appliquent pas de la même manière pour tout le monde.

Le message passe tellement bien que, le 4 avril 2014, Canal + remporte finalement contre toute attente l'essentiel des droits de la Ligue 1 pour la période 2016-2020. Sans que BeIN Sports n'enchérisse !

Sept jours plus tard, interrogé par *Le Figaro*, le P-DG de Canal + semble avoir rangé ses couteaux. Il explique que BeIN Sports est désormais un acteur « respectable » des droits sportifs. Un brin satisfait de lui-même, François Hollande expliquera à nos confrères Gérard Davet et Fabrice Lhomme : « On a sauvé Canal[9]. » Cette intervention du plus haut sommet de l'État aura effectivement permis au groupe de télévision payante de respirer.

Grâce à Bernard Poignant, l'industriel breton a bénéficié tout au long du quinquennat de François Hollande d'un accès privilégié aux plus hauts personnages de l'État. Cet atout majeur donne toute sa puissance à la fin du printemps 2014. À cette époque, Vincent Bolloré, premier actionnaire de Vivendi, apprend que la Caisse des dépôts

8. *Un président cela ne devrait pas dire ça...*, Gérard Davet et Fabrice Lhomme, Stock, 2016.
9. *Ibid.*

et consignations (CDC) souhaite se débarrasser de sa participation dans le groupe de médias français. Avec 3,41 % des parts du groupe, reliquat des vieilles participations de l'État dans la Générale des Eaux transformée sous le règne de Jean-Marie Messier en Vivendi-Universal, la CDC se situe alors au troisième rang des actionnaires. Pour Vincent Bolloré, cet acteur public est un allié de poids qu'il ne peut se résoudre à voir partir. « Vincent m'appelle, nous raconte Bernard Poignant, et il me dit être inquiet, la Caisse des dépôts, c'est vu comme l'autorité de la France. Si l'État vend ses parts, ce serait des plus mauvais signes. »

Bernard Poignant n'a pas besoin d'être missionné par Vincent Bolloré. Le conseiller du président de la République comprend l'urgence de la situation et appelle, « sans même en référer au président », nous précise t-il, deux hommes clés du dossier : Jean-Pierre Jouyet, le secrétaire général de l'Élysée qui vient de passer deux ans à la tête de la CDC, et Emmanuel Macron, devenu ministre de l'Économie. « Je leur dis : *il faut à tout prix que vous corrigiez ça.* Ma ligne de conduite c'est : Vivendi doit rester français ». Les intérêts du pays une fois de plus pour justifier les stratégies privées.

Le secrétaire général de l'Élysée, Jean-Pierre Jouyet, est d'ailleurs parfaitement informé de la situation de Vivendi et de Canal +. Sur son bureau, quelques pages rédigées par Jean-René Fourtou en personne lui donnent tous les détails de la situation du groupe de médias. « Je lui avais fait parvenir une note pour lui expliquer nos difficultés notamment sur Canal + et son modèle qui était à bout de souffle », nous confirme Jean-René Fourtou, l'ancien président de Vivendi.

Selon Bernard Poignant, il ne faut pas longtemps pour que Jean-Pierre Jouyet et Emanuel Macron fassent le nécessaire. Heureux hasard ? Quelques mois plus tard, la Caisse des dépôts et consignations change de stratégie et décide de garder ses parts dans Vivendi, maison mère de Canal +, parts qu'elle possède toujours aujourd'hui[10].

« Il ne s'agissait pas de soutenir Bolloré, nous explique Bernard Poignant. On soutenait celui qui était en mesure de garder Vivendi en France. » Décidément, Bernard Poignant sait comme personne faire entendre la voix de son ami à l'Élysée, brandissant à l'envi les intérêts supérieurs de la nation.

Vincent Bolloré, Jean-Pierre Jouyet et Bernard Poignant auront d'ailleurs l'occasion de parler stratégie lors de deux déjeuners à l'Élysée. L'un fin 2014 et l'autre début 2015. « On a parlé du groupe Bolloré et de tout en général. Le pouvoir politique ne peut pas ignorer ce que fait un patron comme Vincent Bolloré en France et dans le monde, insiste Bernard Poignant. Pour beaucoup de gens, Bolloré c'est un bout de France. Les bouts de France, ce n'est pas que les ambassades. »

Début 2015. Lors de son second déjeuner à l'Élysée avec Jean-Pierre Jouyet, Vincent Bolloré aurait abordé, selon Bernard Poignant, un texte de loi cher à son cœur : la loi Florange promulguée en mars 2014. « Vous savez que je suis un défenseur de cette loi, c'est formidable ! » aurait alors tonné le patron breton. Cette loi recèle effectivement une disposition qui a tout pour plaire à Vincent Bolloré, archétype de l'actionnaire activiste qui privilégie le contrôle d'une entreprise à la possession majoritaire du capital. La loi Florange portée par le ministre du Redressement productif Arnaud Montebourg octroie un double droit de

10. Fin 2017, la CDC possédait 2,99 % du capital de Vivendi, se situant au 5e rang des actionnaires.

vote pour chaque action détenue depuis plus de deux ans par un investisseur. Autrement dit la loi offre une prime politique aux actionnaires de long terme : une action est alors égale à deux droits de vote.

À partir de mars 2015, l'homme d'affaires met tout en œuvre pour verrouiller l'actionnariat de Vivendi. Comme nous l'avons déjà raconté, il lance une *blitzkrieg* et en quelques semaines monte au capital pour bénéficier au plus vite des dispositions de la loi Florange. Mais le coup ne sera magistral que si les actionnaires ratifient la disposition souhaitée par Vincent Bolloré lors de la prochaine Assemblée générale.

Pour cela, le financier breton a besoin d'un allié incontournable pour satisfaire son ambition. Cet allié possède 3,41 % du capital de Vivendi. C'est alors le troisième actionnaire derrière le groupe Bolloré et le fonds américain Black Rock. Cet allié, c'est l'État français lui-même, bien sûr, à travers la Caisse des dépôts et consignations alliée à la Banque publique d'investissements. Tout a été négocié et verrouillé en amont de l'Assemblée générale qui doit se tenir le 17 avril 2015. Le 9 avril, Emmanuel Macron, ministre de l'Économie et admirateur de Vincent Bolloré, déclare sur RTL : « L'État français croit à l'actionnariat de long terme, Bolloré, dans sa bataille pour Vivendi, va dans la même direction et a tout mon soutien[11]. » Vincent Bolloré sait faire vibrer la corde sensible des ministres. L'argument qui fait mouche ? « Renforcer la base française de l'actionnariat de Vivendi. » À Bercy et à l'Élysée, on est pour. Ce 17 avril 2015, le scrutin n'est qu'une formalité. L'État vote Bolloré et permet à l'homme d'affaires d'accomplir

11. Source : interview d'Emmanuel Macron sur RTL à 7 h 50 le 9 avril 2015.

sa stratégie d'activiste au sein de Vivendi. En avril 2015, avec un peu plus de 14 % du capital, Vincent Bolloré peut espérer à terme obtenir grâce à la loi Florange un peu plus de 20 % des droits de vote. Mais à l'époque, qui s'en soucie ? Sûrement pas les salariés de Canal +, dont la plupart ignorent tout de la prise de contrôle de leur chaîne fétiche par le financier breton. C'est d'ailleurs à ce moment-là que nous démarrons l'enquête sur le Crédit Mutuel pour *Spécial Investigation.* Nous nous souvenons d'un échange avec les responsables de l'émission où nous nous disions un peu tous, naïvement : « Allez, on a encore un peu de liberté pour un an ou deux avant que Bolloré ne reprenne en main la ligne éditoriale. » Ce fut en fait beaucoup plus rapide et bien plus violent que ce que nous imaginions...

Au début du mois de juillet 2015, les rumeurs de suppression des *Guignols* agitent le Tout-Paris. La presse relate leur fin probable et immédiatement se répand sur Twitter un fameux *#JesuisGuignols.* Une pétition est même lancée sous le slogan *Touche pas aux Guignols.* Le 2 juillet, les politiques brocardés tous les soirs par PPD et ses invités s'emparent du sujet. Même l'Élysée est inquiet. Rodolphe Belmer, le directeur général de Canal +, rassure tout de suite le palais. « C'est une affaire en voie d'être réglée », croit-il pouvoir indiquer. Il sera brutalement viré le lendemain par Vincent Bolloré. En tout cas, François Hollande semble rassuré, lui qui entame ce jeudi 2 juillet une tournée éclair au Bénin, en Angola et au Cameroun. Une tournée très marquée par les intérêts de Vincent Bolloré.

À Cotonou, le président de la République doit retrouver l'industriel qui a prévu de lui faire visiter sa *Blue Zone*, un espace gracieusement financé par son groupe à destination de la jeunesse béninoise. On y trouve des ordinateurs, du wifi, des espaces de travail, un centre d'apprentissage pour les artisans, des terrains de sport, le tout alimenté par des batteries électriques qui sont une publicité géante pour le groupe Bolloré. Au dernier moment, retenu à Paris pour gérer la crise des *Guignols*, Vincent Bolloré devra s'excuser auprès de la présidence de la République, tout en demandant à François Hollande une audience expresse à son retour d'Afrique. Pour l'heure, c'est à Ange Mancini qu'incombe la tâche de recevoir le président de la République dans la *Blue Zone*. Ange Mancini, ancien patron du Raid (l'unité spéciale d'intervention de la police française), proche de Nicolas Sarkozy, a fini sa carrière à l'Élysée comme coordinateur national du renseignement. Il connaît la maison.

Depuis sa retraite en 2013, ce vieux briscard de la négociation a été parachuté par Vincent Bolloré comme le principal responsable du projet de boucle ferroviaire du groupe en Afrique de l'Ouest. En compagnie de Thomas Boni Yayi, le président béninois, Ange Mancini fait découvrir à François Hollande cette fameuse *Blue Zone*. Arpentant les allées de ce petit parc industriel, le chef de l'État ne pipe mot sur la suppression possible des *Guignols*. Son homologue béninois pointe du doigt une grande banderole « Canal + » dressée sur les grilles d'enceinte. Lettres dorées sur fond noir, on peut y lire ce slogan : *Maintenant, on s'enjaille + grand*. Comprenez : *Maintenant on s'amuse + grand*, c'est l'un des slogans publicitaires de Canal + Afrique, très implanté dans l'ouest du continent avec près de deux millions et demi d'abonnés. Vincent Bolloré veut faire du groupe télévisuel et de Vivendi les fers de lance de ses activités industrielles sur le continent africain.

Après le Bénin et l'Angola, voici François Hollande au Cameroun, troisième étape d'une tournée menée au pas de charge. Et là aussi le président français joue à nouveau la carte Bolloré, mais cette fois dans un dossier sensible. Le groupe Bolloré est historiquement très implanté au Cameroun. Son patron est un proche du président Paul Biya. À cette époque, le groupe Bolloré, déjà concessionnaire d'installations portuaires à Douala, la capitale économique du pays, lorgne un nouveau port en eau profonde construit plus au sud, à Kribi, pour désengorger le trafic maritime du pays.

Allié à deux autres sociétés du secteur, le groupe Bolloré s'est lancé dans l'appel d'offre camerounais plutôt confiant. Or, en avril 2015, coup de théâtre : le consortium dont il est leader est exclu de la liste définitive des entreprises retenues pour gérer le terminal à containers du port de Kribi. Dans un rapport, la commission d'appel d'offres qui a étudié toutes les propositions émet des réserves sur « la viabilité de la proposition du consortium de Bolloré » et rejette le projet du groupe français. Rejeté ? Pas tout à fait… Car l'avis de la commission n'est que consultatif. Il appartient donc *in fine* au gouvernement camerounais de choisir le meilleur des opérateurs.

C'est dans ce contexte qu'intervient la visite de François Hollande au Cameroun. Le chef de l'État français doit rester à peine une demi-journée sur place, le temps d'un entretien privé avec son homologue, la signature de quelques partenariats et d'un dîner organisé par Chantal Biya, l'épouse du président camerounais, dont la fondation (FCB) avait été financée en 2008 par le groupe Bolloré.

Paul Biya dirige le Cameroun depuis 1982. Âgé de quatre-vingt-trois ans, parfois surnommé « le sphinx », il est un pilier de la Françafrique. Devant les caméras de sa télévision nationale, Paul Biya offre à François Hollande la sculpture d'un cavalier intrépide. « Voilà du renfort », commente François Hollande qui, en retour, remet à Paul Biya un stylo Dupont : « C'est pour signer vos décisions », lance-t-il au chef d'État camerounais. Mais à quelles décisions François Hollande fait-il référence ?

Dans leur entretien en tête à tête, les deux présidents évoquent le dossier du port en eaux profondes de Kribi et la candidature retoquée du groupe Bolloré. « Le président français a-t-il influencé le choix des autorités camerounaises ? Vous pouvez vous poser la question ! » nous fait remarquer un proche conseiller du président Biya. Le chef d'État camerounais a-t-il été influencé par le président français ? « Là aussi, vous pouvez vous posez la question », lâche la même source. La réponse ? « Eh bien Bolloré est suffisamment puissant pour que son projet soit évoqué dans un entretien entre deux présidents et finalement c'est lui qui a été choisi souverainement par les autorités camerounaises. La décision a été politique. Et ça, c'est un fait ! » conclut ce conseiller de Paul Biya.

En effet, quelques semaines plus tard, le 25 août 2015, le consortium dirigé par le groupe français, pourtant écarté en commission, est déclaré vainqueur de l'appel d'offre du gouvernement camerounais : après le terminal à conteneurs de Douala, le port en eaux profondes de Kribi passe sous le pavillon Bolloré qui doit en assurer l'exploitation et l'expansion pour les vingt-cinq prochaines années.

L'intervention de François Hollande a-t-elle été déterminante dans ce choix ? Peut-être pas. En revanche, la chronologie plaide pour cette analyse, quoi qu'en disent à l'époque l'Élysée et le groupe Bolloré qui ont refusé de nous répondre sur ce dossier.

Le sujet est tellement sensible que dans la plainte en diffamation déposée par Vincent Bolloré contre France Télévisions devant le tribunal de Nanterre en novembre 2016 à la suite de la diffusion d'un portrait de l'industriel dans le magazine *Complément d'Enquête* sur France 2, le groupe Bolloré estime comme « diffamatoires » les propos du journaliste Tristan Waleckx qui évoque l'intervention probable du président français pour défendre le projet de Vincent Bolloré au Cameroun.

L'avocat de l'industriel va même plus loin. Il en vient à écrire que ces propos reviennent à accuser le président de la République de « corruption de fonctionnaire étranger », et Vincent Bolloré de « complicité de corruption ».

Sollicité en octobre 2017 par notre confrère Tristan Waleckx, dans le cadre de cette plainte en diffamation, François Hollande opérera un virage à 180 degrés. Muet en 2015, muet en 2016, l'ancien président de la République, soucieux sans doute de défendre la liberté d'informer, reconnaîtra formellement en 2017 avoir « évoqué le dossier Kribi avec le président Biya en juillet 2015 », sans expliquer si son intervention avait été déterminante[12]. Oui François Hollande a bien fait du lobbying pour Vincent Bolloré en 2015. Ce n'est plus contestable. Est-ce un problème ? Est-ce une anomalie dans le fonctionnement d'une démocratie comme la nôtre ? Nous laissons aux lecteurs le soin de se faire une opinion.

Revenons en 2015. Car la proximité entre François Hollande et Vincent Bolloré s'illustre d'une autre façon. De retour d'Afrique, où il vient de passer un peu plus de quarante-huit heures, François Hollande reçoit Vincent Bolloré à sa

12. E-mail du 4 octobre 2017 envoyé par Sybil Gerbaud, attachée de presse de François Hollande à Tristan Waleckx. Document en notre possession.

demande à l'Élysée. L'urgence ? Officiellement, le patron breton n'est pas venu évoquer le port de Kribi au Cameroun mais les droits de retransmission du festival de Cannes[13]... La présidente de France Télévisions, Delphine Ernotte, s'apprête en effet à déposer une offre pour déloger Canal + de la Croisette, siège du prestigieux festival de cinéma. Concurrencé sur les droits sportifs, il est hors de question pour Vincent Bolloré de perdre la partie sur le cinéma. Cela vaut-il une entrevue présidentielle ? Selon une source élyséenne, le patron du groupe Bolloré n'aurait en fait pas limité son intervention au festival de Cannes. L'actionnaire activiste de Vivendi en aurait profité pour désamorcer la crise des *Guignols* et rassurer le président sur sa gestion de Canal +. François Hollande, nous dit-on, en aurait pris bonne note. Faisons cette fois grâce au président Hollande. La révélation de la censure de notre film sur le Crédit Mutuel n'a pas encore éclaté au grand jour. À l'Élysée, le chef de l'État ne dispose pas de cette information qui sera rendue publique pour la première fois deux semaines plus tard, le 24 juillet 2015.

La nouvelle se répand comme une traînée de poudre. Journaux, radios, sites Internet, en plein cœur de l'été, la décision de Vincent Bolloré et ses conséquences éditoriales à Canal + occupent une partie de nos confrères. Tous veulent connaître les coulisses de cette censure « à l'ancienne » comme nous la qualifions, expression directe de la verticalité du pouvoir d'un patron qui n'a de surcroît à l'époque aucune responsabilité officielle à Canal +.

À la fin du mois de juillet, le député socialiste Patrick Bloche pénètre dans le bureau de François Hollande.

13. Source : Karim Rissouli et Antonin André, *Conversations privées avec le président*, éditions Albin Michel, 2016.

Comme tous les ans depuis 2012, le président de la Commission des affaires culturelles à l'Assemblée nationale a pris l'habitude de rendre visite au locataire de l'Élysée pour l'entretenir des dossiers en cours. « 80 % de nos discussions portent en général sur les médias », nous raconte Patrick Bloche. En cette fin de mois de juillet, la censure, nous dit-il, « est l'un des sujets prioritaires que je veux aborder avec le chef de l'État. J'avais le film sur le Crédit Mutuel en obsession », nous affirme le député socialiste qui a accepté de nous recevoir dans son bureau de l'Assemblée nationale[14].

En cet été 2015, précise-t-il, « Hollande est inquiet du danger que peut représenter la concentration des médias. C'est le moment où Patrick Drahi vient d'élargir son empire avec le rachat de SFR. Nous parlons de la non-diffusion de votre documentaire. Mais devant moi, François Hollande n'a pas de mots durs concernant Vincent Bolloré. Il exprime une inquiétude sur le pluralisme de l'information. Il ne critique aucunement Vincent Bolloré ».

Seule avancée : Patrick Bloche sort de ce rendez-vous « missionné » par le président de la République pour rédiger une proposition de loi. Pendant sa campagne, le candidat Hollande avait promis de mieux protéger le secret des sources des journalistes. Président de la République, il se saisit de la crise autour de notre film pour engager une réponse parlementaire discrète, censée renforcer la liberté, l'indépendance et le pluralisme dans les médias[15]. « Sans la censure de votre film, c'est sûr qu'il n'y aurait pas eu de loi, estime aujourd'hui Patrick Bloche, cela a été un élément déclencheur. »

---

14. Entretien avec les auteurs le 30 août 2016.
15. Cette loi dite « Bloche » sur *la liberté, l'indépendance et le pluralisme des médias*, sera adoptée en novembre 2016.

Au début du mois de septembre 2015, Vincent Bolloré finit le travail de sape qu'il a entamé quatre mois plus tôt. À Canal +, la valse des dirigeants se poursuit. Sans aucune expérience de l'information en continu, Guillaume Zeller, trente-huit ans, est propulsé directeur d'iTélé. Ce protégé de Vincent Bolloré et de l'abbé Grimaud fait de nouveau un bond dans sa carrière. Son arrivée est un signe tangible de la reprise en main éditoriale de Canal +. Officiellement à l'Élysée, on explique « suivre de près » les événements. Dans la réalité, c'est un silence radio assourdissant. Ni l'exécutif ni les parlementaires ne s'expriment publiquement. Il faut dire qu'à cette époque le milliardaire breton se montre particulièrement prévenant à l'égard de François Hollande et Nicolas Sarkozy. Début septembre 2015, il fait par exemple déprogrammer *Hollande/Sarko : guerres secrètes*, une enquête de l'agence Premières Lignes sur les coups bas que se livrent alors en coulisses les deux présidentiables, nous allons y revenir... Quelques mois plus tard, en janvier 2016, la nouvelle direction de Canal + renvoie à nouveau l'ascenseur au président. Alors que l'équipe de *Spécial Investigation* voulait engager, dans la perspective de la présidentielle de 2017, quatre enquêtes portant sur le bilan de François Hollande (ses guerres, ses exportations de matériel de répression, son bilan face au terrorisme, sa gestion de la haute fonction publique), elles sont toutes retoquées par Maxime Saada, le directeur général du groupe Canal +.

« Que voulez-vous qu'on fasse, Canal + est une boîte privée, François Hollande ne peut pas intervenir, et pour dire quoi ? » nous expliquait à l'automne 2015 un proche conseiller du président de la République. À ce détail près : Canal + utilise une fréquence publique, et à ce titre les autorités auraient pu intervenir. Or absolument rien n'a été fait, ni même envisagé.

À vrai dire, nous n'attendions pas de François Hollande qu'il prenne position pour ou contre Vincent Bolloré. Nous attendions du président de la République qu'il envoie un message fort à tous ceux, actionnaires, patrons et industriels qui seraient tentés un jour de fouler aux pieds l'un des fondements de la démocratie, à savoir la liberté d'informer. Un simple message. On a choisi « *le faire* et préparer une loi, plutôt que *le dire...* », se justifie aujourd'hui le député socialiste Patrick Bloche.

À l'automne 2015, l'inquiétude déborde le petit cercle des journalistes frappés par la censure de Vincent Bolloré. À quelques-uns, nous allons nous activer pour porter un message que nous estimons d'intérêt public et qui fonde la crédibilité de notre travail, celui de la défense d'une information libre et indépendante. Que le lecteur soit persuadé qu'il ne s'agit pas là d'un combat corporatiste, mais bien d'une bataille pour sensibiliser nos dirigeants à ce qui nous paraît essentiel, un pilier de notre système démocratique, face aux attaques répétées de certains actionnaires. Ce combat est loin d'être gagné. Écrire cette simple phrase paraît anachronique. Pourtant, c'est bien la réalité.

En quelques semaines, nous voilà devenus apprentis lobbyistes avec un message et une association pour nous soutenir. Le collectif Informer n'est pas un délit (INDP) s'est improvisé en janvier 2015 à l'initiative de quelques journalistes d'investigation dont Édouard Perrin, Laurent Richard ou Fabrice Arfi et de Virginie Marquet, une avocate spécialiste du droit de la presse, pour dénoncer des mesures gouvernementales liberticides en matière de « secret des affaires ». Les auteurs de ce livre appartiennent aussi à ce collectif[16]. Si nous avons réussi à faire reculer Emmanuel Macron, ministre de l'Économie qui tentait d'imposer le « secret des affaires » dans un projet de loi sur la modernisation de l'économie, nous échouerons en revanche quelques mois plus tard à Bruxelles. Le Parlement européen votera en avril 2016 une directive sur le secret des affaires (certes édulcorée sous la pression de nombreux organismes comme le nôtre) contestée par beaucoup mais soutenue par le gouvernement de Manuel Valls. Un épisode qui en dit long sur la prétendue volonté de François Hollande et de son gouvernement de « renforcer le droit à l'information ».

Informer n'est pas un délit regroupe une centaine de journalistes et d'autres professions liées aux métiers de l'information. Ainsi, dès septembre 2015, le collectif s'intéresse de près au putsch éditorial de Vincent Bolloré sur Canal +. Apparemment inquiet de la situation, le Conseil supérieur de l'audiovisuel (CSA) demande poliment à entendre l'homme fort de Vivendi. En coulisses, Informer n'est pas un délit se mobilise. Le 23 septembre, veille de l'audition de Vincent Bolloré par le CSA, il publie une tribune dans *Le Monde* – *Bolloré au CSA : les questions qui dérangent* – dénonçant différentes censures survenues à Canal +, dont celle du Crédit Mutuel[17]. Première des questions posées : *Pourquoi un documentaire consacré au Crédit Mutuel et programmé par Canal + le 18 mai 2015 a-t-il été censuré ?* L'audition de Vincent Bolloré doit se dérouler à huis clos. Nous voulons

---

16. En 2017 le bureau du collectif Informer n'est pas un délit se compose de : Édouard Perrin (président) Jennifer Deschamps, Laurent Richard, Jean-Pierre Canet (vice-présidents), Fabrice Arfi, Valentine Oberti (porte-parole), Véronique Blanc (trésorière), Rémi Labed et Nicolas Vescovacci (secrétaires).
17. Voir Bolloré, les questions qui dérangent – *Le Monde*, 23 septembre 2015.

inciter le gendarme de l'audiovisuel, réputé pour sa mollesse à agir, à entendre Vincent Bolloré en audience publique au nom de la liberté d'informer.

Lors de son audition, Vincent Bolloré ne répondra à aucune question précise. Et pour cause : aucun des neuf membres du CSA ne posera ces fameuses questions qui dérangent. Vincent Bolloré promet ce jour-là de créer un comité d'éthique au sein du groupe Canal +. Il annonce qu'il aura pour mission de garantir, sous le contrôle du CSA, l'indépendance éditoriale comme celle de l'information. Le CSA prend également acte « des engagements formulés par M. Bolloré en matière de pluralisme et de diversité à l'antenne ».

Suite à l'audition du patron breton, convaincus que l'instance de régulation n'a pas pris la mesure de la gravité des faits, nous rédigeons une note confidentielle à l'intention du CSA et annexons une liste de preuves. Dans un courrier, nous demandons officiellement à Olivier Schramek, président du CSA nommé par François Hollande, d'ouvrir une enquête. À la suite de cette démarche, quelques membres du collectif ainsi que Christophe Deloire, le secrétaire général de Reporters sans frontières (RSF), sont reçus discrètement et entendus par une dizaine de membres du CSA. À la fin de la réunion, l'une des rares « sages » de l'institution à avoir une expérience de journaliste de terrain lâche à la délégation : « Tirez le signal d'alarme ailleurs, ici, malheureusement, il ne se passera rien ! » Et de fait, le CSA ne lèvera pas le petit doigt contre les censures ordonnées par Vincent Bolloré.

Après avoir été une promesse faite la main sur le cœur par la direction, la constitution d'un Comité d'éthique au sein du groupe Canal + sous l'ère Bolloré a longtemps été une sorte de blague. En 2016, six noms ont été avancés mais rapidement deux d'entre eux, ayant alors des liens d'affaires avec Vincent Bolloré, se sont désistés. Le comité est redevenu un vague concept, loin de toute réalité. De longs mois se sont déroulés. Jusqu'à décembre 2017 où a été annoncée une équipe de quatre membres : Brice Charles, rapporteur au Tribunal administratif de Paris ; Jacqueline Franjou, présidente du Festival de théâtre de Ramatuelle et ex-directrice générale du Women's Forum for the Economy and the Society (Publicis Groupe) ; Sabine Bourgey, spécialiste en numismatique, ex-antiquaire ; enfin Laurent Le Mesle, ex-conseiller justice de Jacques Chirac à l'Elysée, ancien Procureur général près la Cour d'Appel de Paris et surtout Premier avocat général près la Cour de Cassation jusqu'en 2019. Le Canard Enchainé a aussitôt relevé que Laurent Le Mesle pourrait se retrouver rapidement en situation de conflit d'intérêt car plusieurs procès intentés par Vincent Bolloré contre des journalistes sont susceptibles d'arriver un jour devant la Cour de cassation[18]. Laurent Le Mesle a répondu sur ce point au *palmipède* : « Je suis arrivé par Vincent Bolloré (...). C'est gratuit, je ne suis pas rémunéré. Si un dossier le concernant vient devant la chambre commerciale de la Cour, où je suis, je me déporterai. » Le lecteur se forgera sa propre opinion. En attendant pour juger d'éthique journalistique, le panel du comité ne semble pas particulièrement spécialisé dans le droit de la presse.

« Malgré ses prérogatives et ses pouvoirs de sanction, le CSA n'a pas exercé son autorité sur le groupe Canal +, étalant sa faiblesse institutionnelle, se faisant balader au gré des déclarations d'intention par un industriel sans vergogne. Il faudra attendre les frasques de Cyril Hanouna sur C8 pour

18. Voir *Un magistrat éthique et toc chez Bolloré*, C. Nobili, Le Canard Enchainé, 14 décembre 2017.

voir le groupe Canal + être mis à l'amende par le gendarme de l'audiovisuel. Au mois de juin 2017, l'émission *Touche Pas à Mon Poste* (TPMP) est d'abord interdite de publicité pendant trois semaines[19]. Un mois plus tard, le CSA infligera à la chaîne une amende de trois millions d'euros pour un canular jugé homophobe. Vincent Bolloré frappé au portefeuille, c'est assez rare. Mais pour nous, journalistes du collectif et réalisateurs du film sur le Crédit Mutuel-CIC, l'absence de prise de conscience par nos institutions et nos dirigeants politiques des menaces réelles pesant sur la liberté d'informer fut une déception immense… qui demeure aujourd'hui. »

À la fin de l'année 2015 en revanche, nous ne nous attendions pas à ce que la ministre de la Culture de François Hollande prenne publiquement la défense de Vincent Bolloré. Invitée de la matinale de France Inter le 28 septembre 2015, Fleur Pellerin explique avoir eu Vincent Bolloré au téléphone avant son audience au CSA.

— Est-ce que cela vous inquiète, ce qui se passe à Canal + ? demande Léa Salamé.

— Je suis vigilante (…) je suis garante de l'indépendance des rédactions qui doit être respectée, répond Fleur Pellerin.

— La déprogrammation de deux enquêtes, elle en pense quoi la ministre de la Culture ?

— Pour le moment, aucune enquête n'a révélé s'il y avait eu une intervention directe… s'il s'avérait qu'il y avait eu des interventions directes d'annonceurs, de l'actionnaire sur une chaîne pour déprogrammer des programmes qui dérangent, j'en serais extrêmement contrariée. Il faudrait sans doute que j'évoque le sujet avec le CSA.

19. À la suite de cette sanction, le groupe Canal + a demandé 13 millions d'euros de dédommagements au CSA.

La ministre de la Culture a-t-elle toutes les cartes en main pour se faire une opinion ? Pour lever toute ambiguïté, Mediapart publie après son intervention radio de nouvelles citations démontrant qu'en réunion de délégués du personnel, la direction de Canal + a parfaitement – et publiquement – assumé cette censure de l'enquête sur le Crédit Mutuel dans les termes suivants : « La direction tient avant tout à défendre les intérêts du groupe Canal + et estime qu'il est donc préférable d'éviter certaines attaques frontales ou polémiques à l'encontre de partenaires contractuels ou futurs[20]. » Après son plaidoyer maladroit en faveur de Vincent Bolloré, la ministre de la Culture change de ton et fait savoir qu'elle a appelé longuement le président du CSA, Olivier Schrameck. Selon Fleur Pellerin, le CSA n'aurait pas eu les moyens juridiques de sanctionner Canal +.

Face à l'inertie politique, nous prenons les choses en main. Et c'est dans un esprit constructif que le collectif Informer n'est pas un délit prend rendez-vous avec la ministre de la Culture au mois de novembre 2015. Fleur Pellerin accompagnée de deux conseillers nous accueille dans son bureau rue de Valois. « On tape sur les technos, mais des fois, ça sert à quelque chose », se félicite la ministre de la Culture en venant à notre rencontre. Petit satisfecit. La veille de notre rendez-vous, vingt-huit députés socialistes venaient de déposer un amendement au projet de loi du gouvernement destiné à prolonger l'état d'urgence pour rétablir le contrôle de la presse. Rien que ça ! « Quand on a vu apparaître ce truc, le téléphone a chauffé dans la nuit. Et je peux vous dire qu'on a eu chaud

20. Voir Crédit Mutuel : la direction de Canal + assume la censure par Bolloré, F. Arfi, Mediapart, 5 octobre 2015.

aux fesses. Les choses sont rentrées dans l'ordre heureusement. » L'amendement est retiré. Dont acte.

Autour de la table, l'avocate Virginie Marquet et Christophe Deloire, le secrétaire général de Reporters sans Frontières, et nous, les deux auteurs de ce livre.

À tour de rôle, nous exprimons nos inquiétudes : la reprise en main de Canal +, un CSA absent, la censure de Vincent Bolloré. Sur ce dernier point, Fleur Pellerin reconnaît son erreur : « Vous comprenez, moi au début, je n'ai lu que des articles de presse, mais je suis ministre de la République, je ne peux pas me mettre à jeter l'opprobre sur untel ou untel sur la base d'articles. J'attends d'avoir des preuves. (…) Après j'ai eu des échanges avec certains protagonistes de cette histoire qui m'ont dit qu'il y avait eu intervention. Bolloré m'avait pourtant juré la main sur le cœur qu'il n'avait rien fait. Il a fait la même chose au CSA. Mais je ne peux pas relayer ce genre de choses publiquement. Ce n'est pas mon rôle. »

Dans le secret d'un bureau ministériel, Fleur Pellerin nous affirme qu'elle n'a rien pu faire et que ce n'est pas « son rôle » d'intervenir en pareil cas. Madame la ministre n'a-t-elle pas dit à France Inter qu'elle était « la garante de l'indépendance des rédactions » ? Un ou une ministre ne pourrait donc pas dénoncer un milliardaire coupable de censure, vraiment ? Mais quelle est donc la force obscure qui pourrait l'en empêcher ? De notre point de vue, aucune, sauf à considérer que Vincent Bolloré est tout-puissant. Que la vérité n'est pas forcément bonne à dire.

Pourquoi d'ailleurs Fleur Pellerin se mouillerait-elle quand au-dessus d'elle, à Matignon ou à l'Élysée, personne ne bronche ? C'est la force de quelques industriels et patrons de presse en France : intouchables et donc invulnérables.

Pour faire changer les choses, la ministre de la Culture nous propose un pacte[21], ou plutôt une petite loi efficace voulue par le président de la République, garantissant l'indépendance des rédactions, donnant des pouvoirs supplémentaires au CSA, mais pas la grande réforme de la loi sur la presse de 1881 ou de celle, obsolète, de 1986 régulant la concentration des médias, que nous réclamons.

Le calendrier parlementaire est surchargé et le gouvernement ne peut prendre le risque de s'empêtrer dans un projet d'envergure. Nous décidons d'avancer sur le terrain de la loi et de soutenir tout de même cette proposition portée par le député Patrick Bloche, sans évidemment renoncer à notre exigence de vérité.

En janvier 2016, le journal *Le Monde* révèle l'existence de cette proposition de loi. Le texte est une réponse partielle à la crise que nous avons vécue sur la censure du film sur le Crédit Mutuel-CIC sans cibler frontalement Vincent Bolloré. Pour le gouvernement et Patrick Bloche, il n'est pas question d'aborder dans ce texte la question de la concentration des médias, mais de renforcer certains principes constitutionnels de liberté, de pluralisme et d'indépendance. Cette modeste proposition va pourtant s'attirer les foudres de nombreux patrons de presse, des quotidiens régionaux jusqu'aux patrons de TF1 ou de M6.

Un samedi matin, Patrick Bloche entend sonner son téléphone. « Bonjour, c'est Vincent Bolloré. » Le patron de Vivendi se recommande de Bernard Poignant, le conseiller de François Hollande. « Ce qui m'a frappé c'est le mépris que j'ai senti dans ses propos, nous confie Patrick Bloche. Il a été

21. Un second rendez-vous aura lieu au ministère de la Culture en novembre 2015.

tellement obséquieux, répétant cent mille fois qu'évidemment il ne voulait en rien m'influencer et qu'il était éminemment respectueux de la représentation nationale et du suffrage universel que j'ai eu le sentiment d'un mépris social. Il ne m'a rien demandé sinon pour me dire sa disponibilité dans la discussion. Il a pensé m'impressionner. Du coup, je devais m'inquiéter de porter une proposition de loi et le fait qu'il m'ait appelé, c'était une manière de me dire : fais gaffe ! »

À l'entendre, Vincent Bolloré ne ferait pas de politique. Sauf pour défendre ses intérêts en exerçant une forme de pression sur un parlementaire sans avoir l'air d'y toucher. C'est aussi cela Vincent Bolloré.

Après ce coup de fil, Patrick Bloche est bien décidé à entendre le patron breton devant la Commission des affaires culturelles de l'Assemblée nationale. L'invitation est lancée, mais l'audition est repoussée et finalement annulée par un Vincent Bolloré manifestement pas si pressé de s'expliquer devant le Parlement. Le 1er juin 2016, le président du Conseil de surveillance de Vivendi délègue finalement sa garde rapprochée : Jean-Christophe Thiery, le patron de Canal +, et Maxime Saada, son directeur général. Devant les députés de la commission culturelle, Maxime Saada affirme qu'« il n'y a jamais eu de censure ni d'instructions d'où qu'elles viennent », allant jusqu'à réaffirmer son grand attachement à l'investigation qu'il arrêtera pourtant trois semaines plus tard sur Canal +. « Nous savions qu'il mentait, raconte un député socialiste présent dans la salle. Mais dans ce genre de réunion, les députés ne sont pas là pour juger mais pour acter les positions des uns et des autres. » C'est l'une des faiblesses de nos institutions. Contrairement au Congrès américain, le Parlement français n'a quasi aucun pouvoir d'investigation.

Pendant des mois, le Sénat a lui aussi demandé à Vincent Bolloré de venir s'expliquer devant sa propre commission de la Culture, de l'Éducation et de la Communication, présidée par la sénatrice centriste Catherine Morin-Desailly. Avec les sénateurs, un peu comme on reporte sans cesse un rendez-vous sans importance, il a repoussé l'audition plusieurs fois, avant de finir par consentir à se rendre au Sénat le 22 juin 2016.

Au palais du Luxembourg, aucun parlementaire n'a jamais vraiment mis personne « sur le gril ». Et c'est sans doute l'une des raisons qui ont poussé Vincent Bolloré à venir s'exprimer devant la chambre haute du Parlement. Pour tenter d'aider nos élus à affûter leurs questions, nous sollicitons la veille de l'audition Catherine Morin-Desailly qui nous reçoit dans son bureau au nom du collectif Informer n'est pas un délit[22].

« Vous avez un boulevard pour poser les questions qui fâchent et remplir votre rôle », expliquons-nous à la présidente de la commission Culture, Éducation et Communication du Sénat. Notre plaidoyer *pro domo* se heurte au mur des convenances sénatoriales. Cette élue de la République refuse, nous dit-elle, d'endosser « les habits du procureur. Ce n'est pas à nous de trancher, ni de juger ». Nous voulions simplement qu'elle pose des questions pertinentes… L'audience du 22 juin 2016 est retransmise en direct sur le site du Sénat. Dans un coin de la tribune de presse, nous sommes venus assister à ce triste spectacle.

Pour l'industriel, peu habitué à ce genre d'exercice démocratique, c'est une première. Mais les questions sont polies et les réponses à la hauteur du personnage : « Le passé plaide

22. Sont présents pour le collectif INPD : Laurent Richard, Jean-Baptiste Rivoire, Jean-Pierre Canet.

pour mon avenir », commence-t-il. Le patron de Vivendi est assisté de ses *yes men* : Maxime Saada, le directeur général de Canal +, Jean-Christophe Thiery, président du groupe, Arnaud de Puyfontaine, président du directoire de Vivendi. Devant les sénateurs, l'actionnaire breton déroule ses éléments de langage : « Je ne suis pas la cause du problème de Canal + mais la conséquence et peut-être la solution. » Déjà entendu ! « Les gens ont crié au loup sur des histoires qui n'en sont pas parce qu'ils ne veulent pas de la diète. » Déjà entendu !

« Vous voulez que je vous dise, Canal + est redressé ! La situation s'améliore. » La phrase nous fait sursauter. « Pour la première fois depuis longtemps, le nombre d'abonnés a augmenté en juin par rapport à juin de l'année dernière. » Tiens, le Vincent Bolloré catastrophiste se fait aujourd'hui plus rassurant. Il ne cite aucun chiffre, surtout pas. Car la tendance annoncée ne correspond pas à la réalité. Mais est-ce bien un souci ? Les Sénateurs ne disposent d'aucun élément chiffré pour contredire leur invité. La plupart d'entre eux n'ont pas « potassé » leur sujet.

Et sur la liberté à Canal + ? Le directeur général Maxime Saada qui se trouve aux côtés de Vincent Bolloré répond : « Qui peut douter de la liberté à Canal + ? Les journalistes sont libres, voire trop libres. »

Sur la censure ? Maxime Saada vole à la rescousse de son patron et donne une nouvelle version de l'affaire du documentaire sur le Crédit Mutuel. Cette fois, il tente de faire croire aux sénateurs que Vincent Bolloré n'a aucune responsabilité et que c'est lui, Maxime Saada, qui a été à l'origine de la déprogrammation : « J'ai jugé tout seul que les infos n'étaient plus valables, donc je ne voulais plus du film. » Couvert par cette nouvelle version, le milliardaire breton, assis à côté de Maxime Saada, approuve généreusement d'un signe de tête. Dans la tribune de presse, nous sommes quelques journalistes à assister impuissants à cette désolante plaidoirie d'un patron de chaîne mentant en direct aux sénateurs pour protéger son actionnaire.

Dans la salle, le sénateur socialiste David Assouline interrompt cet exposé par une question mêlant la censure à la situation sociale désastreuse à iTélé[23]. « C'est une charge étonnante », répond énervé Vincent Bolloré. Marie-Christine Blandin, du groupe écologiste, reprend le flambeau :

— Pouvez-vous, les yeux dans les yeux, nous dire que vous n'avez pas empêché un sujet ?

— Je réponds dans les yeux. Tout cela, c'est des prétextes pour éviter la diète. Les yeux dans les yeux, je suis incapable d'intervenir.

Ces quelques échanges entre Vincent Bolloré, Maxime Saada et les parlementaires attentifs à la liberté d'informer nous laissent un goût amer. « À ce niveau-là, c'est de la dentelle, Bolloré ment comme un arracheur de dents, confie un député socialiste qui refuse que son nom soit cité. C'est sa manière à lui de nous faire gober n'importe quoi. »

François Hollande a-t-il, lui aussi, « gobé » toutes les explications de Vincent Bolloré ? En public, malgré la décapitation des *Guignols*, la censure de notre enquête sur le Crédit Mutuel, et la suppression du *Zapping* et de l'émission *Spécial Investigation*, le président de la République n'a jamais émis la moindre critique. Ni lui ni ses ministres. Publiquement, le président a soutenu l'homme d'affaires. Il l'a encensé, voire défendu auprès de certains chefs d'État.

23. Une quarantaine de contrats à durée déterminée seront supprimés le 30 juin 2016.

En privé, François Hollande s'est tout de même parfois montré plus critique à l'égard de l'industriel breton.

Nous sommes le 12 septembre 2015. Canal + vient à peine de se remettre de sa grande purge d'automne, le président Hollande reçoit nos confrères Karim Rissouli et Antonin André à l'Élysée. Les deux journalistes politiques préparent un livre « bilan du quinquennat » qui repose sur de nombreux entretiens avec François Hollande. Ses propos, le président le sait, ne seront révélés qu'un an plus tard, lors de la parution de l'ouvrage[24]. Sur Vincent Bolloré, il se montre très sévère : « Bolloré éradique tout ce qui pouvait être esprit contestataire, à commencer par *Les Guignols*. (...) Quand Bolloré est venu me voir, il m'a dit : *On va reprendre* Le Grand Journal, Les Guignols *ça deviendra une émission internationale*. Puis, il me dit qu'il va faire venir une nouvelle génération de comiques : Dany Boon et Arthur ! Comme il a un physique plutôt moderne, Bolloré, on ne le voit pas venir, mais c'est un catho intégriste en réalité ! » Sur Guillaume Zeller, le futur ex-patron d'iTélé, bientôt rebaptisé CNews, il se lâche : « on pourrait penser qu'il a nommé Guillaume Zeller sans faire attention, mais non ! Bolloré est sur la ligne de Zeller ! C'est un catho intégriste qui reproche à Canal non pas d'être à gauche mais de ne pas être sur ses valeurs à lui. Il reproche à Canal d'attaquer le pape, la religion, etc. »

Conclusion du chef de l'État, le milliardaire breton est un danger : « Je pense qu'il faut se méfier de Vincent Bolloré. Mais pas simplement politiquement. Ceux qui ne s'en sont pas méfiés sont morts. C'est un pirate. »

24. Source : Karim Rissouli et Antonin André, *Conversations privées avec le président, op. cit.*

Qui croire ? Le François Hollande qui assassine le « boa » en privé ou le François Hollande jouant les VRP de l'homme d'affaires breton en Afrique et qui ferme les yeux sur le torpillage éditorial de Canal + ?

« Vous venez de résumer son quinquennat », nous confie un parlementaire socialiste, hollandais de la première heure. « Hollande a incarné et incarne toujours cette contradiction. C'est pour cela qu'il a fini son mandat à 15 % de popularité ! »

Dans son bureau niché dans une soupente de l'Élysée, Bernard Poignant, le fidèle conseiller du président, n'en revient toujours pas que François Hollande ait si violemment critiqué l'industriel breton : « Je ne comprends pas. Je ne comprends pas… J'ai eu Vincent Bolloré au téléphone le jour même ou le lendemain de la sortie du livre. Il a été blessé, meurtri et je lui ai dit : *je ne partage pas l'avis de mon ami de trente ans sur mon ami de trente-cinq ans !* » Bernard Poignant, le compagnon jovial tout en rondeur, a pour une fois du mal à cacher sa colère. Lui qui a été pendant si longtemps le sherpa des relations entre François Hollande et Vincent Bolloré. Lui qui a servi ses deux « présidents » avec le même sens du devoir. Poignant se sent trahi. « Je considère que ce n'est pas juste de réduire Vincent Bolloré au *Grand Journal* et aux *Guignols*. C'est quand même quelqu'un qui a des activités industrielles en France et dans le monde. La cerise sur le gâteau, ce sont les commentaires du président sur les convictions religieuses de Bolloré. Bolloré est catholique. (…) Mais ce n'est pas un intégriste. Je n'ai pas aimé cette page… »

Non, Bernard Poignant n'a pas aimé cette page. Mais alors pas du tout ! Il poursuit : « Vincent Bolloré me l'a dit, ces déclarations apportent une certaine gêne à l'étranger parce qu'elles circulent... C'est quelque chose dont il aurait mieux valu se passer. » Dans le trio Hollande, Poignant, Bolloré, seul le « sherpa » ne s'en remettra pas. En politique, la trahison n'est qu'une question de date dit-on souvent... Le fidèle conseiller du chef de l'État choisit de rejoindre Emmanuel Macron, un autre proche de Vincent Bolloré, dès mars 2017, pour l'aider à conquérir l'Élysée...

Élu président de la République en mai 2017, Emmanuel Macron n'a jamais caché son admiration pour Vincent Bolloré. Comme nous l'avons déjà mentionné, c'est en tant que ministre de l'Économie qu'il avait soutenu l'industriel dans sa montée au capital de Vivendi. À l'instar de ses illustres prédécesseurs, François Hollande et Manuel Valls, le futur chef de l'État avait lui aussi été invité à visiter les usines Bolloré.

Présent le 15 janvier 2016 à l'inauguration de la ligne d'assemblage des bus électriques de l'entreprise, Emmanuel Macron loue alors fièrement l'enracinement du groupe dans son territoire breton et salue le « pari aventurier que l'entrepreneur illustre ».

Ministre de l'Économie ou président de la République, Emmanuel Macron n'a jamais interrogé publiquement les méthodes de l'industriel ni même osé aborder les ravages éditoriaux causés par Vincent Bolloré à Canal +. Il n'est pas trop tard.

Avec quelques confrères et le soutien de Reporters sans Frontières, le collectif Informer n'est pas un délit continuera de se mobiliser pour défendre la liberté de la presse et porter ses convictions en particulier sur la question essentielle de la concentration des médias. En octobre 2016, le collectif remporte une première victoire.

Malgré de nombreuses réticences, à gauche comme à droite, la loi sur l'indépendance et le pluralisme des médias, que nous avons bien malgré nous initiée, est alors votée *a minima* par l'Assemblée nationale mais votée tout de même.

Le texte a pour avantage de consolider les pouvoirs du CSA et impose à toutes les rédactions depuis le 1er juillet 2017 une charte éthique censée garantir l'indépendance éditoriale des journalistes vis-à-vis des actionnaires. Ce texte renforce également la protection des sources. Pas de quoi fouetter un industriel interventionniste, mais c'est tout de même mieux que rien. En conclusion, la loi est un progrès, mais elle n'est pas à la hauteur des enjeux.

Au président de la République élu en mai 2017, nous disons donc ceci : il est grand temps que les autorités de ce pays engagent une refonte des textes qui régissent la presse en France, dans l'optique de mieux défendre la liberté et l'indépendance des rédactions. Répétons-le, nous ne cherchons pas à protéger une corporation. Nous voulons renforcer l'exercice d'un métier consubstantiel à la démocratie qui est en train de craquer sous la menace de nombreux pouvoirs politiques et financiers.

Monsieur le Président, ouvrez ce chantier, engagez un dialogue et vous trouverez en nous des partenaires responsables. Dans la même optique la réforme nécessaire de l'audiovisuel public ne doit pas se faire en affaiblissant les moyens humains et financiers des rédactions de France Télévisions et Radio France. Dans ce contexte de concentration des médias privés, il est essentiel que le service public puisse continuer à réaliser en interne des reportages difficiles et des enquêtes complexes ou sensibles.

Partie V

BOLLORÉ, LE « GANGSTER » DE L'INFO

Des personnages entrés dans la légende du Far West, on ne retient que les faits d'armes ou les coups bas : ceux des cow-boys, des militaires, des entrepreneurs, des éleveurs ou des Indiens. Ils ont forgé l'histoire américaine dans la violence et dans le sang. Dans ce casting tragique, la figure du gangster qui sidère, terrorise et s'empare du butin demeure cardinale. Elle agit de manière ambiguë suscitant tour à tour fascination, admiration et dégoût. Dans l'un de ses célèbres articles sur le genre, Robert Warshow écrit que « le gangster est un homme de la ville, qui possède le langage et le savoir de la ville, avec ses talents étranges et malhonnêtes et sa terrible audace[1] ».

Que connaissons-nous de la personnalité de Vincent Bolloré ? Pas grand-chose. Or, la définition de Robert Warshow nous paraît coller à la réalité de son image publique. Bolloré aime terroriser, il le dit lui-même. Métaphoriquement, à beaucoup d'égards, il a en quelque sorte « braqué » Canal +.

Quand l'industriel breton se rêve en patron de presse, à quoi pense-t-il ? À conquérir la planète média ? À prendre sa

1. *The Gangster as a Tragic Hero,* Robert Warshow, 1948.

revanche ? À faire de l'argent ? Pas besoin d'être grand clerc pour comprendre que l'information libre et indépendante n'a jamais été sa tasse de thé. Ramenée à ses activités industrielles, elle représente très peu de son chiffre d'affaires et c'est d'ailleurs comme cela qu'il la considère, à la marge de son empire, une quantité négligeable.

L'arrivée de Vincent Bolloré à la tête du groupe Canal + a été violente. Elle a marqué un tournant dans l'histoire de la chaîne avec la disparition de marqueurs forts comme l'investigation, *Le Zapping*, et l'affadissement des *Guignols de l'info*.

Comme un « gangster », Vincent Bolloré n'a pas non plus hésité à « défourailler ». Sans que personne ne bouge ou si peu. Même les proches du Breton n'ont pas compris son attitude : « Ce qui s'est passé à iTélé, c'est inimaginable », nous glisse l'un d'eux. Face au groupe Canal +, la maison mère d'iTélé, la rédaction aura mené deux grèves avant d'être littéralement « vidée » de sa substance et d'une bonne partie de son personnel. Elle poursuit aujourd'hui sa course comme un astre mort.

Nous, auteurs de cette enquête, avons travaillé il y a longtemps pour iTélé devenue aujourd'hui Cnews. Et contrairement à ceux qui l'ont dirigée en haut lieu pendant la crise, nous connaissions la chaîne, ses points forts, ses défauts, son fonctionnement et surtout ceux qui l'ont fait vivre pendant plus de quinze ans.

Reporters, présentateurs, caméramans, techniciens, impossible de citer tous les noms. Par solidarité, nous sommes venus quelques fois les soutenir. Peut-être pas assez. Ce qu'ils ignorent, c'est que nous avons souvent été au-dessus de leurs épaules, sans leur dire, à écouter, à noter, à documenter leur mouvement de l'intérieur. Nos sources ont été nos yeux et nos oreilles. Comme toujours, indispensables.

Chapitre 21

iTélé décimée

« iTélé, c'est évidemment l'histoire d'un grand mensonge ! » Ça claque comme une *punchline*, et sonne comme un cri du cœur. En quelques mots, ce journaliste de la rédaction résume ce qu'il a vécu sous l'ère Bolloré pendant quinze mois : des promesses, beaucoup de promesses, et une inexorable descente aux enfers. Comme une majorité de ses confrères, il a aujourd'hui quitté la chaîne d'information en continu.

L'histoire débute en septembre 2015 par un « classique » de la maison Bolloré : la décapitation de Cécilia Ragueneau et de Céline Pigalle, respectivement directrice générale et directrice de la rédaction de la chaîne, virées sans même un coup de fil[1]. Leur remplaçant ? Un jeune protégé de Vincent Bolloré et de l'abbé Grimaud, Guillaume Zeller, journaliste maison, tendance « catho tradi » que nous avons déjà croisé plus haut dans cet ouvrage : trente-huit ans alors, aucune expérience des chaînes d'information. Petit-

1. Les deux directrices d'iTélé sont remerciées le 3 septembre 2005.

fils d'André Zeller, putschiste contre le général de Gaulle en 1961, Guillaume n'a pas à être jugé à l'aune de son héritage familial mais il a tout de même été élevé dans la nostalgie de l'Algérie française, information à connaître vu son poste à responsabilité. Courtois, timide, féru d'histoire, il a maintes fois pris la défense du général Paul Aussaresses, connu pour avoir assumé la torture de nombreux indépendantistes algériens entre 1954 et 1962[2].

C'est pour soutenir son jeune champion[3] et remonter le moral des troupes que Vincent Bolloré débarque dans la rédaction d'iTélé le 25 septembre 2015. Guillaume Zeller est à ses côtés en compagnie de Jean-Christophe Thiery, le P-DG de Canal +, de Philippe Labro, son conseiller média, et d'Arnaud de Puyfontaine, le président du directoire de Vivendi. Après l'été meurtrier, attention, opération séduction ! Même s'il faut se pincer pour le croire, les propos de Vincent Bolloré qui vont suivre sont bel et bien les siens, mot pour mot. C'est le *verbatim* exact de l'industriel planté devant une centaine de journalistes et personnels d'iTélé. L'une de nos sources a eu la bonne idée d'enregistrer.

Devant les équipes, soutenu par ses *yes men,* le patron est seul à prendre parole : « Je sais que certains d'entre vous sont inquiets, (…) je suis là pour vous rassurer dans la mesure du possible. Moi, je suis là pour investir. Je crois qu'il est stratégique pour un groupe comme Canal d'avoir une chaîne d'information. Votre problème, c'est que vous perdez 10 millions d'euros (par an, *N.d.A.*) et qu'avec un actionnaire normal on vous fusionnerait ou

---

2. Voir G. Zeller, *Paul Aussaresses aurait pu être un héros national,* Boulevard Voltaire, 4 décembre 2013.
3. Contacté par mail et par téléphone, Guillaume Zeller n'a pas donné suite à nos sollicitations.

on vous fermerait. Nous, on a mis 3 milliards dans la voiture électrique et la batterie, on doit pouvoir mettre quelques dizaines de millions dans iTélé ! Je crois à la marque Canal. (...) Je suis là pour donner des réponses. Je suis cette réponse ! »

Conscient qu'iTélé affiche deux fois moins d'audience que sa concurrente BFM TV, Vincent Bolloré se dit ambitieux : « Sans doute vous pourrez repasser devant. C'est à ça que je sers, à apporter des moyens pour que vous puissiez passer devant. » L'industriel vante sa recherche de synergies au sein du groupe Canal +. Et ça tombe bien, il a un exemple sous la main : « Hier soir, j'ai eu une grande joie, d'abord parce que Cyril Hanouna a fait 2,2 millions de téléspectateurs, mais ce n'est pas pour ça que j'ai eu une grande joie. (...) Pour la première fois, les gens de Canal sont allés lui fêter son anniversaire et il y a eu un duplex. Et j'ai pensé que cette maison qui était organisée en silos avec des gens qui ne se parlaient pas, a commencé à se parler. (...) C'est ça que je cherche. Car c'est comme ça qu'on réussira. »

Le monologue dure une trentaine de minutes. Vincent Bolloré se plie ensuite au jeu des questions réponses. Après la purge du début du mois, les salariés d'iTélé réclament des garanties sur l'emploi. Réponse du boss : « Je n'ai jamais fait de licenciement collectif. Cela ne m'est pas arrivé une seule fois. Sans doute que j'ai de la chance. Je suis toujours parti avec la même idée : non pas essayer de réduire les coûts, mais au contraire d'essayer d'investir et de faire du développement. Je crois que le développement est la seule façon d'avancer. En tout cas avec moi, c'est ce que l'on va essayer de faire. »

Questionné sur le projet éditorial, Vincent Bolloré s'agace : « Mais non c'est pas ça le sujet, y a pas de ligne, y a pas de machin… Y a pas de truc qui ferait la différence. Sinon ça fait longtemps que cela se saurait. (…) Comment on fait, moi j'en sais rien. Je suis en maternelle moyenne section. Je viens d'arriver. C'est aux personnes qui sont en charge. Allez voir Guillaume (Zeller). »

Parfois incohérent et agité, le discours du patron ne rassure qu'à moitié une rédaction qui de longue date a l'impression d'être délaissée au sein du groupe Canal +.

Devant ses troupes dubitatives, le boss termine : « Personne ne veut tout changer (à iTélé). J'ai jamais cru au grand soir. (…) Ne pensez pas que deux cents personnes vont être remplacées par deux cents personnes. Attendez… Je ne suis pas complètement crétin quand même ! Mon passé plaide pour mon futur. »

Beaucoup de journalistes ont cru à ce plaidoyer *pro domo*. Fidèle à lui-même, séduisant, direct et franc. « Moi, je savais que tout cela n'annonçait rien de bon, nuance un ancien présentateur, Bolloré nous a fait du Bolloré, avec un numéro de charme que j'avais déjà entendu ailleurs. »

Selon nos sources, ce 25 septembre, le nouveau maître de la chaîne donne le change. Alors que l'industriel explique aux journalistes d'iTélé qu'il va investir dans la chaîne, il cherche en fait à s'en débarrasser. iTélé perd de l'argent et ne lui rapporte rien en termes d'image[4]. Selon nos informations, il prend alors contact avec plusieurs repreneurs potentiels : Fiducial (Sud radio, Lyon Capitale), le groupe Dassault (*Le Figaro*), Patrick Drahi (*Libération*, *L'Express*, RMC,

4. Le groupe Canal + a longtemps communiqué sur une perte opérationnelle de 24 millions d'euros pour iTélé en 2016. Or, la chaîne, selon nos sources, aurait perdu 15 millions d'euros en 2016.

BFM TV) et Matthieu Pigasse (*Les Inrocks*, Radio Nova). Seul ce dernier entamera des négociations avec Vincent Bolloré qui lui demande deux cents cinquante millions d'euros pour sa chaîne d'info. À un prix aussi astronomique, même Matthieu Pigasse, banquier associé de chez Lazard, n'a pas les moyens de se l'offrir. Le « deal » ne se fera pas.

En l'absence de projet éditorial pour la chaîne, certaines figures d'iTélé s'organisent début novembre pour tenter d'obtenir des réponses à leurs questions. Pour cela, Olivier Ravanello, Guillaume Auda, Antoine Genton ou Jean-Baptiste Rivoire réactivent une société des journalistes (SDJ) iTélé/Canal +. Dans une rédaction, une SDJ est une association qui a pour but de défendre l'indépendance éditoriale, de réfléchir aux grands choix rédactionnels en échangeant avec la direction pour lui faire des propositions, le cas échéant. Des investissements ont été annoncés, un nouvel habillage, une refonte de la grille serait en cours d'élaboration. La SDJ souhaite être associée à la réflexion. Il y a urgence. Quand BFM TV, la chaîne concurrente, envoie trois équipes sur une « actu », iTélé n'en mobilise en général qu'une seule, faute de moyens.

Un bureau de cinq membres est bientôt élu. Assez vite, les représentants de l'association demandent à rencontrer la direction de Canal +, Jean-Christophe Thiery, le P-DG du groupe, et Maxime Saada, son directeur général. Le 18 décembre, au cours d'une réunion au siège de Canal +, les deux dirigeants rechignent à annoncer des investissements dans iTélé, reconnaissant en creux que les promesses de Vincent Bolloré du 25 septembre ne sont plus d'actualité : « On ne va pas mettre de l'argent pour mettre de l'argent », indiquent-ils en substance. La direction annonce en revanche la nomination prochaine d'un « comité d'éthique » chargé de rédiger une « charte d'indépendance » souhaitée par le Conseil supérieur de l'audiovisuel. La SDJ indique qu'elle voudrait avoir un représentant au sein de ce comité pour pouvoir participer à la rédaction de la charte.

— Ce n'est pas la démarche validée avec le CSA, prétend Jean-Christophe Thiery.

— Je ne peux pas croire que le CSA avalise votre démarche en solo, et si c'est le cas, je vais les appeler pour en avoir le cœur net, rétorque Olivier Ravanello.

— Je ne te le conseille pas, menace Jean-Christophe Thiery.

Pendant des mois la Société des Journalistes d'iTélé / Canal + se heurte à un mur. Les journalistes acquièrent rapidement le sentiment que Jean Christophe Thiery n'est pas décisionnaire. Que tout se passe au-dessus de lui, dans le bureau de Vincent Bolloré.

Le 1er mars 2016, le président de la SDJ explique dans les colonnes du journal *Le Monde* pourquoi les journalistes du groupe Canal + veulent « signer une charte avec Bolloré ». Olivier Ravanello invoque l'indépendance nécessaire des rédactions et dénonce le traitement réservé à l'investigation sur les antennes du groupe. Dès la parution de ses propos, le président de la SDJ reçoit un coup de fil du président du groupe. Jean-Christophe Thiery est en colère : « Je ne comprends pas, dit-il, on se parlait régulièrement lors de réunions, pourquoi vous exprimer publiquement, Vincent (Bolloré) ne va pas le comprendre ? »

La rédaction d'iTélé aura beau engager le dialogue, ni ses dirigeants ni la direction de Canal + n'apporteront jamais la moindre garantie sur l'indépendance éditoriale. Quant aux investissements prévus par Vincent Bolloré ? Rien, pas le moindre centime. Le projet éditorial ? « Encéphalogramme plat », s'inquiète à l'époque un journaliste.

Devant l'un des comités d'entreprise de Canal +, Jean-Christophe Thiery finit par reconnaître devant des élus médusés : « Le groupe Canal + a laissé iTélé en jachère depuis septembre 2015[5]. » « Depuis dix mois, témoigne un reporter expérimenté, on est en complète autogestion. Zeller et son adjointe ne font rien. Si on n'était pas là pour faire le taf, la boîte s'écroulerait sans qu'ils s'en aperçoivent. »

Un exemple parmi d'autres : dans la soirée du 13 novembre 2015, alors qu'une série d'attentats à la bombe et à l'arme automatique déciment Paris et Saint-Denis (130 morts, plus de 400 blessés), le directeur général de Canal +, Maxime Saada, découvre que Guillaume Zeller n'est pas « sur le pont ». Il se retrouve à l'appeler à son domicile, pour lui enjoindre de retrouver ses équipes à iTélé. Lorsqu'il arrive en fin de soirée, manifestement dépassé par l'événement, le directeur propose gentiment… d'aller chercher des pizzas[6] !

Guillaume Zeller n'est pas seulement mal calibré pour son poste, il applique à la lettre les consignes de Vincent Bolloré : la recherche de synergies au sein du groupe quitte à oublier la frontière entre information et communication. L'histoire a marqué les esprits.

En avril 2016, en regardant le magazine *Complément d'enquête* consacré à Vincent Bolloré, les journalistes de la chaîne d'information en continu manquent de s'étrangler. Ils découvrent avec surprise qu'en Guinée Conakry une

5. Source : Procès-verbal du comité d'entreprise de Canal +, juin 2016.
6. Contacté, Guillaume Zeller ne répondra jamais à nos sollicitations.

jeune journaliste locale a été missionnée, au nom d'iTélé, pour filmer le président guinéen en train de poser la première pierre d'une salle de spectacle, Canal Olympia, appartenant à Vincent Bolloré.

— Là, je travaille pour iTélé, déclare cette journaliste dans le documentaire de France 2.

— Et iTélé, cela les intéresse, la construction d'une nouvelle salle de concert en Guinée ? demande le reporter.

— Oui, bien sûr, c'est une première chez nous ! répond notre jeune consœur.

— Vous savez à qui cela appartient, iTélé ?

— Non, pas du tout !

— À Vincent Bolloré !

— Ah bon ?

Surprise, la journaliste éclate de rire. Après vérification, cette jeune femme n'est ni membre de la rédaction ni correspondante d'iTélé en Afrique. Mais alors qui l'a missionnée ? Canal + ? L'agence Havas ? Le groupe Bolloré ? Peu importe en fait. Vous allez comprendre.

Olivier Ravanello, alors président de la SDJ, se souvient d'une scène qui lui avait paru à l'époque presque anodine. « Un lundi matin, raconte-t-il, au mois de septembre 2015, Guillaume Zeller, le patron de la chaîne, était arrivé en évoquant des images tournées en Guinée Conakry montrant le président Alpha Condé posant la première pierre d'une salle de concert. Et il avait dit : *ce serait bien de faire un sujet, non ?* » Aussi prudent que dubitatif, le rédacteur en chef de permanence avait alors consulté la SDJ et décidé de refuser ce qui s'apparentait à un publireportage pour les activités du groupe Bolloré en Afrique.

Confronté à ce refus de la rédaction, Guillaume Zeller aurait ce jour-là bredouillé des excuses, prétextant qu'il s'était « trompé » et que les images étaient pour « D17 » ou « Havas »... Vous avez dit mélange des genres ?

Au cours des mois suivants, les équipes d'iTélé n'auront de cesse de dénoncer *en off* l'amateurisme de leur direction, leur manque de savoir-faire et l'absence de décision. Guillaume Zeller est alors écarté en douceur pour être remplacé par un autre pur produit de la maison Bolloré, un certain Serge Nedjar, dont nous avons déjà évoqué le parcours. Patron des journaux gratuits et de la régie pub du groupe Bolloré, il s'était fait la réputation parmi ses journalistes de gérer *Direct Matin*, le gratuit du groupe Bolloré, « comme une brochure de supermarché. (...) L'après-midi, au lieu de se brancher sur les chaînes d'info en continu comme le ferait n'importe quel directeur de quotidien, il regarde Cyril Hanouna », se désole cet ancien collaborateur de Serge Nedjar cité par *Streetpress*[7]. En voilà un au moins qui est *corporate* !

Dès le 25 mai 2016, jour de sa nomination comme directeur d'iTélé et directeur de la rédaction, une « double casquette » qui va vite créer la polémique, Serge Nedjar rencontre les journalistes d'iTélé et leur annonce qu'il va falloir « faire des économies ». À une rédaction stupéfaite, il lâche qu'il va être « difficile » de renouveler une cinquantaine de CDD travaillant au sein de la chaîne. Déjà en manque de forces de terrain, par rapport à sa concurrente BFM TV, la rédaction se demande comment elle va pouvoir travailler avec un quart d'effectif en moins !

Le 1er juin, Serge Nedjar fait encore plus fort. Avec Jean-Christophe Thiery, le P-DG du groupe Canal +, et Gérald-Brice Viret, son directeur des antennes, ils rencontrent

7. Voir Les drôles de pratiques de Serge Nedjar, le nouveau patron d'ITélé, Mathieu Molard, *Streetpress*, 27 mai 2016.

Olivier Ravanello et Antoine Genton de la SDJ iTélé / Canal +, au siège de la chaîne, à Issy-les-Moulineaux. Dès le début de la réunion, Serge Nedjar braque ses interlocuteurs. Il confirme qu'une cinquantaine de CDD seront supprimés. Puis, il révèle que pour faire rentrer de l'argent, Vincent Bolloré veut développer les supports publicitaires et les programmes sponsorisés sur la chaîne. « iTélé doit participer davantage à des opérations de partenariat. Il va falloir que les mentalités changent (…) S'il faut parfois faire venir des patrons, on le fera. » Quand la SDJ fait remarquer que cela entraînera des discussions selon le type de programmes, Serge Nedjar pète les plombs : « Non, il n'y aura pas de discussions ! Et je vais vous dire une chose, il n'y aura rien à discuter parce que vous ferez ce qu'on vous dit de faire. (…) Le journalisme comme vous le faites, je l'ai vu dans la presse écrite. À la moindre occasion, quand on parlait d'argent, ils posaient les stylos et aujourd'hui, ces journalistes, ils sont au chômage. » Fixant Olivier Ravanello, président de la SDJ et une des figures de la chaîne, Serge Nedjar conclut par ces mots : « Vos scrupules sont des débats dépassés et quand je vois des gens comme vous, ça ne me donne pas envie. »

Nous avons sollicité Serge Nedjar afin qu'il puisse nous expliquer sa vision des choses. Le directeur d'iTélé n'a pas répondu à nos sollicitations. Au fond, ce « Bolloré *boy* » a sans doute résumé mieux que personne sa conception de l'information ainsi que celle de son maître : une tendance à instrumentaliser les journalistes à des fins de propagande. Voici une autre preuve qui illustre de nouveau le mélange des genres « à la sauce » Serge Nedjar.

Sur D8, devenu C8, propriété du groupe Canal + – une chaîne de la maison Bolloré –, Adrienne de Malleray, présentatrice du magazine *Au cœur de l'enquête,* est également l'une des responsables du *brand content*, l'une des nouvelles plaies de notre métier puisqu'il s'agit littéralement de « contenu fourni par des marques », diffusé tel quel, sans que le téléspectateur en soit informé.

En juin 2016, Adrienne de Malleray demande à quelques journalistes d'iTélé de tweeter une vidéo promotionnelle sponsorisée et réalisée par EDF. Pourquoi ? Parce qu'un joueur de l'équipe de France de football, dont EDF est partenaire, y est interviewé par Laurent Paganelli, un journaliste de Canal +. EDF est aussi un gros client de Havas, l'agence de pub contrôlée par le groupe Bolloré. Craignant à juste titre un mélange des genres, les journalistes sollicités refusent de tweeter la vidéo. Une partie de la rédaction est vent debout. Cette publicité finira sa course par une diffusion sur le compte Twitter *@Itéléfoot* – un compte iTélé – avec la mention « contenu sponsorisé ».

Écœuré, un journaliste de la chaîne d'information nous explique alors : « Ces pratiques sont incompatibles avec le journalisme. Elles portent atteinte à la réputation et à l'honnêteté des journalistes d'iTélé et de Canal +, qui n'ont pas à faire la promotion de marques et à faire de la communication. » Selon une source interne à Canal +, l'opération aurait été validée par Guillaume Zeller. Quant à son successeur Serge Nedjar, il aurait également soutenu l'opération de communication lancée depuis D8 (devenue depuis C8). Contactés, Adrienne de Malleray, Guillaume Zeller et Serge Nedjar n'ont pas souhaité répondre à nos questions.

Choquée par l'attitude et les propos de Serge Nedjar lors de la mémorable réunion du 1er juin, la SDJ soumet à la rédaction quelques jours plus tard le vote d'une « motion de défiance ». C'est l'une des armes dont dispose une rédaction pour s'opposer à sa direction. Le 10 juin, en dépit de l'opposition d'Audrey Pulvar[8], la motion de défiance à l'égard de Serge Nedjar est adoptée à 89,5 % des voix (avec un taux de participation historique de… 88 % !). La direction de Canal +, elle, renouvelle immédiatement sa confiance au patron d'iTélé.

Entre les murs de la chaîne, le dialogue est devenu impossible. La rumeur de l'arrivée de l'animateur Jean-Marc Morandini à l'antenne écœure encore un peu plus les journalistes. De son côté, la direction n'a plus qu'un objectif : réduire les coûts et faire partir 52 journalistes et personnels employés jusque-là en CDD.

« Cette petite musique devenait insupportable, nous explique un jeune reporter, sans ces cinquante personnes indispensables au fonctionnement de la chaîne, nous savions que nous n'irions pas loin. » Les salariés vont alors s'organiser. En vue d'une Assemblée générale prévue le 24 juin, ils demandent à l'avocat du comité d'entreprise de Canal + de les éclairer sur la situation sociale des 52 CDD menacés à iTélé. L'une de nos sources se souvient d'avoir vu arriver son associé, l'air serein, détendu, lunettes d'écolier et cheveux frisottés tirés vers l'arrière. Cet associé n'est autre que Thomas Hollande, le fils du président de la République, jeune avocat spécialiste du droit du travail.

Pendant quatre-vingt-dix minutes, Thomas Hollande remonte le moral d'une rédaction à la dérive : « La direction aurait dû mettre en place un plan de sauvegarde de l'emploi, explique le fils du président à des journalistes

8. Dans ce conflit, Audrey Pulvar a pu donner l'impression de défendre ses intérêts personnels en refusant de s'associer aux démarches collectives de la rédaction d'iTélé. En mai 2016, elle décrochera une émission culturelle, *Pop Up*, produite par l'agence Capa pour la chaîne C8 qui ne durera qu'une saison.

médusés. Sinon, les 52 ruptures sont nulles et vous pourrez demander leur réintégration. Par ailleurs, le comité d'entreprise n'ayant pas été consulté, c'est un délit d'entrave. »

Au fil des questions, Thomas Hollande gagne en détermination. À la manière d'un leader syndical, il suggère à ses interlocuteurs un moyen de pression : « Dans une négociation, l'arme des salariés, cela ne peut être que la grève. Vous pouvez voter la grève tout de suite. » Devant la centaine de journalistes présents, le fils de François Hollande souligne l'impact considérable qu'aurait, selon lui, un mouvement social à iTélé : « Peu d'entreprises ont un tel pouvoir de nuisance, vous ne vous rendez pas compte ! »

« Voir le fils Hollande recommander la grève contre Vincent Bolloré alors que le père, président de la République, n'avait pas levé le petit doigt contre le massacre éditorial à Canal +, cela avait un petit côté surréaliste », sourit un journaliste présent à l'AG.

Le lundi 27 juin, suivant les conseils du fils de François Hollande, l'écrasante majorité des journalistes d'iTélé présents vote ce qui sera bientôt la deuxième plus longue grève de l'histoire de la télévision française. Parmi les revendications, ils réclament des garanties éditoriales à leur direction. Sauf que de garanties, ils n'en auront jamais. Ce même jour, les dirigeants de Canal + confirment au grand dam de la SDJ l'arrivée sur iTélé de Jean-Marc Morandini sur l'antenne. Quelques jours plus tard, *Les Inrocks* révèlent que l'animateur aurait profité de sa notoriété pour organiser des castings érotiques dans le cadre d'un projet de série, *Les Faucons*.

La direction de Canal + ne réagit pas immédiatement. Jean-Marc Morandini, lui, est placé en garde à vue par la police, puis mis en examen en septembre 2016 pour « corruption de mineur aggravée » et placé sous contrôle judiciaire[9]. Dans ce contexte, Europe 1 et NRJ 12 imposent à l'animateur de ne plus apparaître à l'antenne. Pas Canal + qui confirme son arrivée sur iTélé pour le mois d'octobre afin de présenter *Morandini live*, une émission quotidienne sur les médias.

« Au sein de la rédaction, nous étions atterrés, se souvient un ancien présentateur. En 2015, ils nous avaient fait un doigt d'honneur, en nous crachant à la figure. En 2016, ils nous ont pris au piège en instrumentalisant Morandini. » Dans une interview au *Parisien*, Michaël Darmon, qui dirigeait alors le service politique d'iTélé, analyse : « Morandini était la tête de pont d'un projet consistant à casser le modèle de la chaîne. L'imposer à 18 heures avec une émission média, alors que nous avions ramé pour avoir des politiques à cette heure, annonçait un massacre de l'info[10]. »

Le lundi 17 octobre 2016, tandis que l'animateur arrive à la rédaction pour présenter sa première émission, les salariés d'iTélé déclenchent leur deuxième mouvement de grève. « Si nous avions su que cela allait durer trente et un jours, explique une jeune journaliste, on ne serait sans doute pas partis bille en tête. Mais bon, que pouvions-nous faire d'autre ? » Parmi les revendications des grévistes : la « signature d'une charte éthique », la « mise en retrait de l'antenne de Jean-Marc Morandini » et la « définition d'un projet stratégique et éditorial clair et précis ».

---

9. Début 2017, la plainte est classée sans suite pour « infractions insuffisamment caractérisées ». Déplorant cette décision, les plaignants se sont engagés depuis dans une nouvelle procédure.
10. leparisien.fr, Des révélations des *Inrocks* à la grève d'iTélé, retour sur l'affaire Morandini, 3 novembre 2017.

Pendant trente et un jours, les journalistes d'iTélé votent massivement la grève. Soutenus sur les réseaux sociaux par une grande partie de la profession (#jesoutiensITELE), nos confrères parlent « éthique », « déontologie », « indépendance de l'information ». Pendant trente et un jours, la direction de Canal +, sourde et méprisante, leur répondra « indemnités de départ » en leur indiquant la porte.

Une scène parmi d'autres a marqué l'une de nos sources au sein de la rédaction. Les traits tirés, le visage creusé, pour ce journaliste d'expérience, la grève fut une épreuve morale et psychologique qu'il revit avec difficulté. Nous sommes le 19 octobre 2016. À peine deux jours de grève et le dialogue est déjà totalement bloqué. Maxime Saada, le directeur général de Canal +, débarque devant les grévistes, flanqué de Serge Nedjar, patron de la chaîne.

Visiblement, Maxime Saada est en mission « sauver ce qui peut l'être ». À cinq jours du lancement de la nouvelle grille, iTélé doit être rebaptisée Cnews en plein conflit, catastrophique en termes d'image. « Écoutez, je débarque. Je n'ai pas suivi iTélé, je ne peux rien vous dire, je ne m'en occupe que depuis hier », explique-t-il à des grévistes estomaqués.

Serge Nedjar reprend sur un ton méprisant : « Le directeur de la rédaction, c'est moi ! Une charte éthique, je ne sais pas ce que c'est. » De l'assemblée des journalistes monte alors une voix grave et posée : « En vingt ans de métier, je n'ai jamais vu un patron de rédaction détester autant sa rédaction, la mépriser à ce point. » Maxime Saada, appelé à la rescousse, soutient son directeur : « Serge défend la rédaction, il est solidaire de la rédaction. »

Au milieu de journalistes pétrifiés, le directeur général de Canal + aborde ensuite le cas « Morandini » : « Je ne conteste pas qu'on puisse avoir un problème de conscience avec Morandini. Mais on a besoin de savoir qui veut rester, qui veut partir. » Les journalistes s'étonnent de la méthode : Jean-Marc Morandini, « pour ou contre » ? Serait-ce le seul mètre étalon pour savoir qui part ou qui reste ? Dans sa précipitation, la direction donne trois jours aux journalistes pour se décider, sans la moindre information sur la nouvelle grille de Cnews.

La chaîne perd 120 000 euros par jour. Les annonceurs « évoquent un problème Morandini et se font la malle », annonce Francine Meyer, la directrice de la régie pub, présente ce jour-là à l'Assemblée générale. « Depuis un an, on réclame un projet éditorial ! » hurle Françoise Feuillye, élue du syndicat maison *+Libres*. Sur le cas Morandini, le ton monte très rapidement.

— On défend Morandini car on défend la présomption d'innocence, lâche Serge Nedjar.

— Le problème, rétorque l'un des journalistes chargé de la police et de la justice à iTélé, c'est que dans cette affaire la direction donne l'impression de prendre parti ! Vous soutenez Morandini.

— Si on le lâche, bredouille Maxime Saadda, on donne l'impression de lâcher nos incarnations.

C'est donc cela la priorité du directeur général de Canal +. Faire incarner sa chaîne d'information en continu par un animateur mis en examen pour « corruption de mineur aggravée. » Certains journalistes n'en peuvent plus. Les nerfs lâchent. Dans un coin, un « vieux de la vieille » fond en larmes. « Je vais partir. Je vais partir…, marmonne-t-il, je bosse tout le temps, mais je vais partir… je n'en peux plus. » Ses confrères tentent de lui remonter le moral, des applaudissements montent des rangs. La directrice des ressources humaines détourne le regard. Maxime

Saada ose ces mots : « Vous faites un travail formidable. Mais ce n'est pas une démocratie participative. Un choix a été fait. Celui de garder Morandini. »

La grève vient à peine de commencer que la rédaction a compris qu'elle a perdu la bataille. Le directeur général de Canal + a déjà tourné la page. Devant des journalistes abattus, il dévoile le nouveau slogan de Cnews : *Sur Canal +, l'info est plus claire.*

« Nous savions que nous n'obtiendrions pas grand-chose, nous explique un reporter, parmi les leaders de la grève. Nous savions qu'ils ne lâcheraient rien. Mais on s'est battus quand même pour notre dignité. Et ça on l'a fait collectivement. C'est notre victoire. »

Vincent Bolloré et ses cerbères n'ont effectivement rien lâché. En face, le journaliste Antoine Genton et ses collègues incarnent avec élégance, fermeté et discrétion un combat pour l'information libre et indépendante. Nous avons participé à leurs rassemblements, porté leur T-shirt en forme de ralliement #jesoutiensITELE, toujours avec la conviction qu'ils avaient raison et que Canal + avait tort. Mais sans jamais perdre de vue que l'issue serait funeste. Près d'une centaine de journalistes et personnels de la chaîne quitteront leurs postes contre l'assurance d'indemnités amèrement arrachées au milliardaire patron de Vivendi.

Vincent Bolloré allait ainsi réussir à boucler un plan social déguisé en un temps record. Était-ce son ambition première ? Y avait-il une volonté de nuire ? D'écraser une rédaction contestataire ? « iTélé, il les emmerde », nous avait lâché Gérard Longuet, son ex-beau-frère par alliance lors de notre rendez-vous.

Encore aujourd'hui, beaucoup d'anciens journalistes d'iTélé qui ont quitté leur rédaction s'interrogent sur la stratégie du puissant actionnaire breton. Elle semble tenir en quelques lettres que Canal + essaie de faire poser un week-end de grève sur le bâtiment qui abrite iTélé à Boulogne-Billancourt. Ces lettres les voici : NEWS FACTORY, deux mots d'anglais qui signifient « usine à informations ». Un samedi matin, en plein conflit, le rêve de Vincent Bolloré est sur le point de s'accomplir : réunir en un seul et même lieu, sans avoir préalablement consulté les instances représentatives de Canal +, les journalistes d'iTélé et de *Direct Matin*. Objectif : mutualiser la ressource et faire baisser les coûts. Une usine à infos, modèle du journalisme *low cost,* le doigt sur la couture du pantalon.

La suite de l'histoire est 100 % authentique. Postés sur leur nacelle des techniciens viennent d'achever de coller les lettres « NEWS FACTORY » sur la façade d'iTélé, lorsque le « E » et le « O » se détachent brutalement, venant heurter le sol dans un fracas d'acier et de verre. Si le dieu du journalisme s'est manifesté ce jour-là, il eut le souci de ne blesser personne. Les lettres gisant au sol furent un rappel trop bref de ce que nous pensions du projet de Vincent Bolloré : un échec de la mission d'informer. Un temps, juste un temps, l'humiliation changea de camp. À la suite d'une procédure en justice du comité d'entreprise et du comité d'hygiène et de sécurité de Canal +, la NEWS FACTORY fut retardée et la fusion des rédactions de *Direct Matin* et d'iTélé annulée par la justice.

Le 16 novembre 2016, après trente et un jours de grève, épuisés, les salariés d'iTélé votent la fin du plus long conflit social de l'histoire de la télévision privée en France depuis 1968. Un protocole d'accord *a minima* est signé. Sur le fond, les journalistes n'obtiennent pas grand-chose à part la nomination d'un directeur adjoint de la rédaction, Serge

Nedjar conservant ses deux casquettes de directeur de la rédaction et de patron de la chaîne. Sur Morandini ? Rien. Sur le projet éditorial ? Rien. Sur la charte éthique ? Rien.

Quelques jours plus tôt, une rencontre inattendue aurait pourtant pu faire basculer le conflit... Discrètement, le président François Hollande reçoit à l'Élysée deux journalistes d'iTélé pour un rendez-vous prévu de longue date. L'entretien, qui dure quarante-cinq minutes, est poli, avisé mais sans engagement aucun. « Hollande nous a reçus. C'était sa façon à lui de nous soutenir », estime après coup l'un des journalistes présents. Pourtant la chaîne d'information se meurt depuis un an. Le président et son Premier ministre, Manuel Valls, ne se sont jamais mobilisés publiquement.

Ce 10 novembre au soir, la seule chose qui tourmente le président de la République est de savoir si les deux journalistes révéleront publiquement la teneur de l'entretien. Au détour de la conversation, François Hollande a cette phrase : « Je serai votre dernière cartouche. » Cette dernière cartouche élyséenne ne fut évidemment jamais tirée. Les deux journalistes d'iTélé n'entendront plus jamais parler du locataire de l'Élysée.

Le sort réservé à iTélé n'est que l'épilogue d'une longue agonie de l'information sur la chaîne Canal +, où même les JT furent supprimés à l'été 2016[11]. Depuis la fin des années 1990, l'investigation en particulier était devenue l'une des marques de fabrique du groupe Canal +, très appréciée des abonnés.

Rattrapée par les remords ou plus sûrement par la loi Bloche qui l'exige, la direction de Canal + CNews,

11. Contactés, Jean-Christophe Thiery, Maxime Saada, Guillaume Zeller et Serge Nedjar n'ont pas souhaité répondre à nos questions.

ex-iTélé, a fini par établir une charte déontologique en fin d'année 2017, visant à garantir l'indépendance de la rédaction. Il aurait été plus constructif de le faire plus tôt puisqu'il s'agissait, comme on l'a vu, de l'une des principales revendications des journalistes grévistes d'iTélé en 2016. Certes, il n'est jamais trop tard pour bien faire… Le site *Les Jours* a été le premier à s'être procuré le texte[12]. Et comment dire ? Les premiers mots semblent sonner juste : *Les rédactions du Groupe Canal*[13] *sont indépendantes dans leur fonctionnement de tout pouvoir. Les intérêts économiques des actionnaires du Groupe et des annonceurs ne portent aucune atteinte au principe d'indépendance éditoriale des rédactions.*

En fait relisez bien la seconde phrase, doit-on comprendre qu'il s'agit d'une vérité immuable ? Ou est-ce une exigence vis-à-vis des actionnaires ? Nous chipotons ? Très bien, poursuivons la lecture :

Tout journaliste du Groupe Canal se doit de refuser toute pression ou directive, d'où qu'elles viennent, qui pourraient porter atteinte à son indépendance éditoriale. Au moins c'est clair, un peu vague, mais plutôt clair. En revanche, la suivante… :

Tout journaliste du Groupe Canal a le droit de refuser de divulguer ses sources. Là, Albert Londres doit se retourner dans sa tombe. *Tout journaliste a <u>le droit de refuser</u> de divulguer ses sources ?????* Non en fait la bonne formule devrait être : tout journaliste <u>doit protéger ses sources !</u> Et pas seulement quand il travaille à CNews. Ce n'est pas

12. Voir *Pipi de Charte* (*L'Empire*, épisode 80), R. Garrigos et I. Roberts, Les Jours, 14 décembre 2017.

13. Le Canal + de l'ère Bolloré est en train de perdre son « + ». Ainsi depuis peu, les abonnés se connectent au site myCANAL.

une option, c'est juste l'un des principes fondamentaux de la profession. La *Charte de Munich* (signée en 1971) qui fait autorité au sein de la presse, le rappelle... La formule de *Canal,* elle, c'est un peu comme si l'on écrivait : *Un juge a le droit de rendre justice (s'il a envie).* Ou encore : *un policer peut maintenir l'ordre (s'il le veut).*

En poursuivant la lecture de ce document intitulé *Charte déontologique du groupe Canal* on pourrait être tenté de reformuler le titre : *Charte de souplesse déontologique du groupe Canal* (rien à voir avec l'élasticité des bretelles de Maxime Saada). Car voyez-vous, par exemple, le nouveau règlement tolère les fameux « ménages » auxquels certains journalistes succombent pour augmenter leur revenu (par exemple un weekend à animer une conférence organisée par telle ou telle entreprise). Il suffit pour cela qu'ils soient *déclarés à la direction.* Un petit colloque sur les ventes d'armes ? Les médicaments ? Le transport maritime ? Y'a t-il des candidats aux « ménages » ? Pas de problème s'ils préviennent. Simplement ils *porteront attention à éviter* (sic) *les conflits d'intérêt. Par ailleurs, la rémunération de ces prestations devra rester dans des proportions raisonnables* (Re sic sans trop remplir son sac, donc).

Aller un petit condensé pour finir : la charte nous apprend que dorénavant les journalistes de la maison pourront *être amenés à couvrir des événements d'actualité en lien avec une activité économique du groupe et/ou de son actionnaire.* Voilà comme ça plus de problème pour justifier la mobilisation d'une équipe rédactionnelle pour aller filmer l'inauguration d'un CanalOlympia, la tournée de Justin Bieber (artiste Universal Music) ou l'ouverture d'une station Autolib. Un reporter de CNews aura tout de même le droit de refuser ou de changer d'avis, mais dans ce cas là, un collègue moins buté finira son travail.

Le lecteur non rassasié, pourra achever l'exégèse du nouveau règlement en lisant l'excellent article de nos confrères du site *Les Jours*, *Pipi de Charte*, précédemment cité.

L'approche déontologique du journalisme par la pensée Bolloré pourrait nous faire rire encore un moment. Comment peut-il oser présenter une charte qui bafoue à ce point les règles élémentaires de notre profession, se demande t-on. On imagine en toute bonne foi que ça ne passera pas. Et pourtant ? Cette vision déontologique ne va t-elle pas faire des émules au sein d'autres groupes de presse privés dont les actionnaires ont de multiples intérêts souvent contradictoires avec le journalisme… C'est peut-être un effet pervers de la loi Bloche : imposer l'élaboration de charte de déontologie au sein des rédactions de France part d'une volonté de progrès, mais il aurait fallu exiger dans la législation que ces « règlements intérieurs » aient l'obligation d'appliquer a minima la Charte de Munich reconnue par toute la profession en Europe.

Aujourd'hui malheureusement, chacun peut établir ses propres règles, formulé sa propre définition du journalisme, en s'appuyant sur la loi.

La censure de notre film sur le Crédit Mutuel-CIC en mai 2015 n'annonçait rien de bon pour la suite. Nous en avions conscience. Mais nous ne pouvions imaginer à quel point Canal + allait enterrer définitivement ce qui avait contribué à son succès. Grâce à des sources internes au sein de la chaîne, nous avons pu reconstituer la chronique de cette mort annoncée de l'investigation dans une chaîne où nous avions fait nos premières armes d'enquêteurs.

Chapitre 22

L'investigation au placard

Au printemps 2013, quand Maxime « les bretelles » Saada, ancien consultant chez McKinsey, remplace Rodolphe Belmer à la tête du comité d'investigation, il prend l'habitude de « filtrer » de plus en plus sévèrement les propositions faites par Stéphane Haumant et son équipe, à la tête du magazine *Spécial Investigation*.

Voici trois exemples de projet documentaire que la rédaction en chef du magazine d'enquête souhaite programmer et qui passeront sous les fourches caudines du comité d'investigation. Nous sommes bien avant l'affaire du Crédit Mutuel.

Après la politique, le fric ? Un film qui devait montrer comment d'anciens présidents ou Premiers ministres (Tony Blair, Bill Clinton ou Nicolas Sarkozy) ont pu monnayer leur carnet d'adresses après avoir quitté le pouvoir. Ce sera « niet ». Retoquée également, une enquête sur l'obsession française du Tout Diesel dont la pollution aux microparticules concourt à 48 000 décès par an en

France[1]. « Pas génial, de critiquer des entreprises françaises », avait lâché en substance Maxime Saada à l'équipe de *Spécial Investigation* pour justifier son refus.

Non validée également, une enquête intitulée *Hauts-de-Seine : le coffre-fort de la République*. Fabrice Lhomme, l'un des auteurs, et Patrick Rothman, le producteur pressenti, sont reçus à Canal + pour une réunion de travail. Mais le projet, qui risque d'égratigner les ténors historiques du plus riche département d'Île-de-France comme Nicolas Sarkozy, ne sera jamais lancé.

Enfin, l'arrivée de Vincent Bolloré à la tête de Vivendi au printemps 2015 provoquera le choc de la déprogrammation du documentaire sur le Crédit Mutuel-CIC sur Canal +.

Comme après un séisme, les répliques n'attendront pas. Une bonne partie des films commandés seront alors discrètement abandonnés, victimes eux aussi de la nouvelle politique éditoriale. *BNP-Paribas, la banque qui dirige la France*, abandonné. *Le Monde selon Michelin*, abandonné. Le film sera enterré lorsque le producteur se rendra compte que le caoutchouc produit pour faire les pneus se trouve à quelques encablures des plantations d'hévéas du groupe Socfin, dont Vincent Bolloré est actionnaire. Impossible de s'aventurer sur ce terrain…

Au début de l'été 2015, alors que l'équipe de *Spécial Investigation* se bat à nos côtés pour tenter de sauver notre film sur le Crédit Mutuel-CIC, ses rédacteurs en chef se heurtent au refus de la direction de lancer deux nouveaux

1. Source : étude nationale de *Santé publique France* portant sur la pollution aux particules fines de type « PM 2,5 », rendue publique en juin 2016. Cette étude fait suite à une première publiée en 2000 (étude CAFE) estimant le nombre de décès liés à la pollution atmosphérique à environ 40 000 chaque année en France.

projets d'enquête, l'un sur Patrick Drahi (*Télécoms, la guerre secrète du mobile)* et l'autre sur les exportations françaises de matériel de sécurité vers des pays pas toujours recommandables. Son titre : *Répression made in France*. Ces deux enquêtes sont bloquées en comité d'investigation[2] par Maxime Saada en personne, fraîchement nommé directeur général du groupe Canal + par Vincent Bolloré, à la place de Rodolphe Belmer. Le 20 juillet, Maxime Saada convoque Stéphane Haumant, le présentateur et patron de l'émission *Spécial Investigation* pour un point éditorial. « À la sortie de la réunion, Stéphane Haumant semble un peu sonné », nous raconte un témoin. Le journaliste présentateur résume alors la discussion aux membres de son équipe et cela ne sent pas très bon.

Vincent Bolloré se serait plaint auprès de Maxime Saada de toutes ces enquêtes « à charge » et notamment une qui lui aurait valu une lettre d'Emmaüs, à la suite d'un film consacré à l'organisation fondée par l'Abbé Pierre en 1949. Maxime Saada répercute la critique et explique à Stéphane Haumant que « le boss suggère » de travailler avec Upside, une société de production avec laquelle il n'y aurait jamais eu de problèmes, selon l'industriel. Détail intéressant : Upside, société de production de qualité travaillant pour de nombreux magazines télé dont *Envoyé Spécial*, est… l'une des très nombreuses filiales du groupe Havas dirigé par Yannick Bolloré et contrôlée par Vivendi.

« Le message envoyé n'annonçait rien de bon », se souvient un membre de l'équipe du magazine. Hasard ou signe du destin, quarante-huit heures plus tard, Vincent Bolloré en personne débarque dans les bureaux de *Spécial*

2. Décision prise au comité d'investigation du 6 juillet 2015.

Investigation à Boulogne-Billancourt. Guidé par une responsable de production, l'homme qui en veut aux *Guignols* pousse la porte et se retrouve nez à nez avec Jean-Baptiste Rivoire, l'un des deux rédacteurs en chef adjoints de l'émission : « C'est la première fois que je voyais mon nouveau patron. Celui qui avait dégommé une partie de la direction. Et je me retrouve face à lui alors que je sais à l'époque qu'il a censuré le film sur le Crédit Mutuel-CIC. » Costume clair, teint hâlé, détendu, Vincent Bolloré remonte une travée et se fige devant un tableau noir, sur lequel figure la liste des enquêtes diffusées et celles qui le seront bientôt.

« Bolloré a bloqué son regard sur deux films, se souvient Jean-Baptiste Rivoire. Le premier portait sur la famille Mulliez, propriétaire d'Auchan, et l'autre sur Dominique Strauss-Kahn, DSK. Il a bredouillé les deux noms « *Mulliez, DSK,* en faisant une moue, et là je ne sais pas ce qui m'a pris, j'ai dit : *vous voulez qu'on ajoute Vincent Bolloré ?* » Surpris par tant d'insolence, l'industriel éclate de rire et répond « allez-y, je n'ai rien à cacher ! »[3].

Le lendemain, Stéphane Haumant informe les deux rédacteurs en chef adjoints que le projet *La guerre des télécoms*, susceptible d'égratigner Patrick Drahi, a été refusé par la direction. Quant à *Répression made in France*, il semble définitivement enterré lui aussi. « Si vous avez des idées de sujets pour le prochain comité d'investigation, je suggère qu'elles soient plutôt orientées grand reportage… », explique Stéphane Haumant à ses deux adjoints.

Nul besoin de sous-titres ou d'augures pour interpréter les désirs du Jupiter breton. Dès le milieu de l'été 2015,

3. Voir *Il y a un bâillonnement éditorial à Canal +*, JB Rivoire, OZAP, 1er avril 2016.

l'équipe de *Spécial Investigation* comprend que l'émission est menacée. La censure de notre film vient d'être révélée. Canal + se carapate. Stéphane Haumant refuse de communiquer. La chaîne est assaillie de coups de fil de confrères. Sur la toile, les internautes se déchaînent. Certains abonnés enragent de ne pas voir les journalistes se battre pour leur indépendance : « Pourquoi vous n'êtes pas en grève, les journalistes de Canal +, après la censure de Bolloré ? C'est votre profession même qui est menacée et on ne vous entend pas !!! » s'interroge un abonné sur la page Facebook de *Spécial Investigation*[4]. Aucun membre de l'équipe ne se risquera à lui répondre…

« L'objectif de la direction à ce moment-là, se souvient un journaliste de Canal +, c'était la caporalisation des équipes. Il fallait que tout le monde rentre dans le rang et soit derrière le patron. »

Dans l'espoir de sauver ce qui peut l'être, Stéphane Haumant propose à la direction de faire évoluer *Spécial Investigation* dans un sens plus compatible avec les intérêts de Vincent Bolloré. Sauf qu'un nouveau couac va perturber la rentrée de septembre 2015.

Même débordé par la rentrée catastrophique du *Grand Journal*, Maxime Saada, le directeur général de Canal +, voit tout, lit tout. En cette rentrée, il a repéré au fond de la grille de Canal + un film programmé pour le 28 septembre qui pourrait bien ne pas plaire au patron. Baptisée *Hollande / Sarko : guerres secrètes*, l'enquête porte sur la rivalité entre François Hollande et Nicolas Sarkozy en vue de la présidentielle de 2017. Tout cela paraît aujourd'hui

4. Message du 31 juillet 2015.

bien dépassé mais à ce moment-là, la question anime le débat politique. On est encore loin du renoncement du locataire de l'Élysée ou d'une candidature possible d'Emmanuel Macron.

Le film évoque les « coups bas » que se livrent en coulisses les deux présidentiables. Il révèle que le photographe personnel du couple Sarkozy est mêlé à plusieurs « scoops people » dérangeants pour François Hollande. La fameuse photo du président en compagnie de l'actrice Julie Gayet prise depuis l'intérieur de l'Élysée ? Le photographe du couple Sarkozy y serait mêlé. À l'instar de l'enquête sur le Crédit Mutuel, le film *Hollande/Sarko* dont le montage est achevé, prêt à être diffusé, a été validé par le service juridique de Canal +. Mais, comme notre film, il est déprogrammé, cette fois sur ordre de Maxime Saada qui n'a même pas pris la peine de le regarder. Dans l'équipe de *Spécial Investigation*, les deux adjoints, Jean-Baptiste Rivoire et Steeve Baumann, sont consternés. Ils ne sont pas au bout de leurs surprises.

Quatre jours plus tard, le 11 septembre 2015 précisément, une réunion de crise est organisée en urgence dans le bureau de Maxime Saada au siège de Canal + à Issy-les-Moulineaux, à deux pas du bureau de Vincent Bolloré. Sont convoqués Vincent Navarro, directeur adjoint de la programmation de Canal +, une responsable juridique et Stéphane Haumant, le présentateur de *Spécial Investigation* dont la rédaction est installée à Boulogne, de l'autre côté de la Seine. Dans l'ascenseur, une hôtesse se souvient d'avoir croisé Stéphane Haumant.

— C'est dur, au siège ? lui demande-t-il.

— Oui, les gens pleurent, répond-elle.

Sur le film *Hollande/Sarko : guerres secrètes*, Maxime Saada explique dans le secret de cette réunion que c'est Vincent Bolloré en personne qui a refusé sa diffusion. « Et il ne consentira à le diffuser, dit-il, que si l'enquête est équilibrée et validée par Frédéric Crépin, le secrétaire général du groupe Vivendi. »

Dans le bureau, le climat est tendu. Vincent Navarro fait remarquer à Maxime Saada que l'investigation fonctionne très bien auprès des abonnés : « On en met plein dans les trous de programmation. Si vous arrêtez les films, il y aura des trous dans la grille ! » prévient-il. La juriste apporte son éclairage :

— Canal + a des quotas audiovisuels à respecter. Si vous choisissiez de réduire la voilure à dix films par an seulement, ce sera compliqué.

— J'ai besoin de l'investigation, Canal + en a besoin, conclut Navarro, directeur adjoint de la programmation.

Manifestement, Maxime Saada n'est plus sensible à un argument qu'il a pourtant lui-même maintes fois développé. Désormais, le directeur général du groupe semble résolu à diviser par quatre le nombre d'enquêtes lancées par Canal + chaque année : « Je préfère dix cases de 90 minutes, même si on n'en aura que trois de prêtes la première année, on montera en puissance ensuite… »

Lorsque le journal *Le Monde* révèle quelques jours plus tard la déprogrammation du film sur François Hollande et Nicolas Sarkozy, Maxime Saada est contraint de prendre sur lui et reprogramme finalement l'enquête pour calmer les esprits[5]. « Le film n'avait [encore] jamais été programmé »,

5. Produit par l'agence *Premières Lignes*, le film sera finalement diffusé le 26 octobre 2015.

affirme-t-il avec aplomb alors que le documentaire, il le sait, avait été annoncé en juillet pour une diffusion le 28 septembre 2015[6].

Pendant des mois, Maxime Saada se retrouve coincé entre le marteau et l'enclume. D'un côté, il obéit aux ordres de Vincent Bolloré, de l'autre, il tente de faire croire à la presse « que non l'enquête n'est pas morte sur Canal + ». Par la suite, « déprogrammer » ne suffira même plus à apaiser la nouvelle direction de la chaîne cryptée. Pour se débarrasser des reportages sensibles, la direction va chercher à virer coûte que coûte l'un de ses journalistes d'investigation « maison ». Quitte à faire une énorme bourde.

Le scénario est digne d'un très mauvais polar écrit par un très mauvais réalisateur. Au cœur de l'intrigue : Jean-Baptiste Rivoire, ancien de l'agence CAPA et rédacteur en chef adjoint de *Spécial Investigation*, journaliste « 100 % Canal » depuis plus de vingt ans. Rapidement, dès les premiers coups donnés par Vincent Bolloré, « JB » décide de ne pas se taire et même de se faire entendre. Il est l'un des très rares à adopter une telle attitude. Est-ce son récent face-à-face avec Vincent Bolloré qui s'était mal passé ? Les pressions répétées de la direction ? La censure de notre film sur le Crédit Mutuel ? C'est un peu tout cela qui agace le journaliste, un brin rebelle, témoin en première ligne du jeu de massacre éditorial. Espérant sauver l'investigation, ce journaliste d'expérience entame des démarches pour prendre un mandat syndical et défendre l'indépendance éditoriale devant le comité d'entreprise.

6. Voir Le documentaire sur Sarkozy-Hollande finalement reprogrammé, H. Marzolf, *Télérama*, 14 septembre 2015.

En octobre 2015, alors que ce processus est en cours depuis plusieurs jours, nous apprenons que « la DRH a reçu ordre de le virer », comme nous le confie un syndicaliste affilié à la CGT. Pendant quelques heures, la CGT de Canal + se démène pour s'assurer que Jean-Baptiste Rivoire est déjà couvert par un mandat syndical. Qu'il a bien envoyé un courriel pour en informer ses collègues. Mais est-ce suffisant ? En urgence, les instances nationales de la CGT sont consultées : le journaliste a bel et bien un mandat syndical en bonne et due forme. La direction, niant l'évidence, insiste pour que lui soit néanmoins adressée une lettre de *convocation préalable en vue d'un éventuel licenciement.* « C'est illégal, avertit la direction des ressources humaines, son mail vaut mandat… Le virer parce qu'il s'est syndiqué serait une discrimination syndicale caractérisée ! C'est un journaliste d'investigation connu, il est dangereux. »

Mais ce jour-là, la pression est trop forte. Nous sommes à la veille d'un week-end. Et dans l'après-midi du vendredi 9 octobre, la directrice des ressources humaines finit par signer à contrecœur une lettre convoquant le rédacteur en chef adjoint de *Spécial Investigation* à un *entretien préalable à un éventuel licenciement* pour le lundi 19 octobre 2015 à 15 heures. « Mets-lui la pression avec ce courrier, puis, négocie son départ », lui auraient glissé certains responsables de Canal +, signe que la direction est consciente que la procédure est bancale. En fin d'après-midi, la directrice des ressources humaines poste elle-même le recommandé. Elle tente de joindre Jean-Baptiste Rivoire, pour le prévenir et lui proposer un accord transactionnel. Sans succès. Le lundi 12 octobre, l'avis de recommandé parvient dans la boîte aux lettres du journaliste. Jean-Baptiste Rivoire récupère l'enveloppe, l'ouvre le souffle court, assis sur les marches d'un escalier. En tête de page, une phrase en gras barre toute la largeur de la page :

Objet : convocation à un entretien préalable en vue d'un éventuel licenciement

Tout est dit. Mais la direction est allée trop vite. À vouloir « flinguer » trop vite parfois, on peut se tirer des balles dans le pied. Le journaliste est bien protégé par son mandat syndical. Et le « gros chèque » que lui font miroiter des responsables de Canal + ne suffit pas à acheter son silence. Les patrons de la chaîne cryptée viennent de commettre une bourde. La presse est alertée. Et lors du rendez-vous qui aurait dû enclencher la séparation, la DRH explique à Jean-Baptiste Rivoire que la procédure de licenciement est tout simplement annulée…

Sur la lettre recommandée qu'il a reçue, une petite mention en bas à gauche a attiré son attention : « copie : Maxime Saada ». Preuve que le directeur général de Canal + a été associé à une tentative de licenciement illégale d'un représentant syndical.

Le 22 octobre 2015, à peine remis de ses émotions, le journaliste participe à son premier comité d'entreprise face à ceux qui ont voulu le virer : Maxime Saada, le directeur général de Canal +, Jean-Christophe Thiery, le P-DG groupe et Stéphane Roussel, le directeur des opérations de Vivendi. Les débats s'engagent et viennent vite sur le terrain de l'investigation.

Stéphane Roussel, l'un des *yes men* de Vincent Bolloré, prend la parole et explique que « Vincent Bolloré veut investir dans l'investigation, mais dans une investigation complète[7], afin que l'abonné en ait pour son argent ». Maxime Saada renchérit : « Les investigations (...) il n'y a pas du tout de volonté de les éteindre, mais au contraire une ambition de les poursuivre et d'en faire de meilleures. Je ne peux pas être plus clair[8]. » Dire le contraire aurait été une nouvelle déclaration de guerre aux salariés. La direction est en phase de séduction. Il s'agit d'éteindre le feu plutôt que de l'attiser. Or, après cette réunion, il n'y aura plus que deux comités d'investigation à Canal +, ce qui bloquera la commande de nouveaux films.

Fin janvier 2016, l'équipe de l'émission *Spécial Investigation* sélectionne une douzaine de projets documentaires sur une trentaine proposée par des sociétés de production en vue du comité, parmi lesquels :

— *François Homeland*, de David Revault d'Allonnes, du journal *Le Monde*, sur les guerres du président (Mali, Syrie...) et leurs conséquences.

— *Volkswagen, entreprise de tous les scandales.*

— *Répression made in France*, un regard acéré sur la façon dont la France exporte du matériel de répression et des savoir-faire de maintien de l'ordre à des régimes peu recommandables.

— *Attentats : les dysfonctionnements des services de renseignements.*

— *Les placards dorés de la République*, sur les emplois fictifs dans la haute fonction publique.

— *Nutella, les tartines de la discorde,* sur les conditions de production des ingrédients du Nutella.

7. Cette énigmatique expression « investigation complète » signifie probablement que V. Bolloré considère les enquêtes diffusées jusque-là comme étant trop partisanes ou à charge.

8. Source : procès-verbal du CE Canal + du 22 octobre 2015.

— *Le monde selon Youtube.*

Tous ces reportages seront recalés par Maxime Saada : sept propositions sur douze. Soit un taux de refus inhabituel. Une claque, même pour les responsables de l'émission habitués à voir valider 90 % de leurs suggestions. Seuls cinq films seront acceptés par le directeur général de la chaîne : une enquête sur la fortune de Fidel Castro, un reportage sur les chasses au trésor, une enquête sur les biens spoliés durant la guerre de 1939-45, une infiltration au cœur d'une cellule islamiste de Châteauroux et un reportage sur le retour d'une Française embrigadée par l'organisation État islamique en Syrie. De bons sujets, bien sûr. Mais l'équipe de *Spécial Investigation* remarque qu'ils ne dérangent aucun homme politique, grande entreprise, ou « partenaire actuel ou futur » du groupe Bolloré…

Protégé par son mandat syndical, Jean-Baptiste Rivoire révèle publiquement ces nouvelles censures et documente ses mésaventures avec la direction, faisant enrager tous les costumes cravates de Canal +[9]. Les cinq enquêtes citées seront les dernières commandées par la chaîne. Contrairement à ses promesses, la direction de Canal + mettra fin à l'émission *Spécial Investigation* le 27 juin 2016 lors d'une conférence de presse.

« L'investigation, il y en a sur toutes les chaînes », explique alors sans ciller Gérald-Brice Viret, le directeur des programmes. Ce n'est pas un thème « distinctif », ajoute Maxime Saada, le directeur général du groupe. « Distinctif », c'est pourtant exactement le mot que ce cher « Maxime » avait employé devant nous un an plus

9. Voir notamment Volkswagen, renseignements et Nutella, sujets interdits à TV Bolloré, *Arrêts sur images*, 14 février 2016.

tôt pour vanter la force marketing et commerciale que représentait l'investigation auprès des abonnés de Canal +. « Je me demande encore pourquoi *Cash Investigation* n'est pas sur Canal + ! » tonnait-il en fin d'été 2014.

Le 27 juin 2016, cette conférence de presse de rentrée de Canal + restera dans toutes les mémoires des journalistes médias. Car pour la première fois, nos confrères ne seront pas conviés au siège de Canal +, mais à Vivendi, avenue de Friedland, près des Champs-Élysées, en présence de Vincent Bolloré.

Au premier rang, tous les animateurs vedettes de la chaîne ont été appelés en renfort pour faire la claque devant le patron : Djamel Debbouze, Antoine de Caunes, Cyril Hanouna, Daphné Bürki, Victor Robert, Daphné Roulier, Sébastien Thoen. Toutes et tous ne sont pas forcément à leur aise. Mais ils sont là pour accueillir le « nouveau *Canal* ». Pour Vincent Bolloré et son orchestre, le « nouveau *Canal* » sera désormais sur un positionnement « Pop culturel » autour d'« axes forts » : le cinéma, le sport, le divertissement et les créations originales. L'info, c'est désormais iTélé, future Cnews, détaille Maxime Saada qui vient de recruter l'animateur Jean-Marc Morandini sur ordre de Vincent Bolloré.

Sans en avoir l'air, son double, Gérald-Brice Viret, annonce de son côté la fin de l'impertinent *Zapping*, très apprécié des téléspectateurs, mais sûrement pas assez « pop » pour faire partie de la nouvelle grille. Raison invoquée ? « Il y a des zappings sur toutes les chaînes et cela n'a pas de sens de faire la promotion des programmes des autres chaînes. »

Affirmer que *Le Zapping* faisait la promo des programmes concurrents c'est un peu comme si l'on disait que *Guernica*, le tableau de Picasso, faisait la promo de la guerre. *Le Zapping*, ce programme quotidien de quelques minutes à peine, était au contraire depuis toujours un miroir déformant, une critique fine et acérée, positive ou négative, du monde de la télé. Une sorte d'éditorial sans commentaire, savamment orchestré par un homme talentueux mais inconnu du grand public, Patrick Menais, manifestement devenu, lui aussi, une cible à abattre.

Son audace et son indépendance se sont particulièrement illustrées le 8 octobre 2015, au lendemain de la diffusion par France 3 de notre documentaire sur le Crédit Mutuel. *Le Zapping* de Canal + avait alors choisi de reprendre de larges extraits du film censuré par Vincent Bolloré, n'omettant rien de la polémique autour de l'industriel breton. Dans la plus pure tradition de Canal +, le patron du *Zapping* avait balayé devant sa porte, s'était moqué de son propre patron, refusant de se laisser instrumentaliser pour de prétendues « synergies corporate », incompatibles avec la liberté d'expression et l'honnêteté élémentaire que l'on doit au public.

Ce sera le début de la fin pour lui entre les murs de la chaîne cryptée. Relayant à l'antenne dans les mois suivants, non par provocation mais par professionnalisme et conviction, les principales vicissitudes de *Canal Bolloré*, il sera brutalement licencié à l'été 2016 pour faute lourde après avoir tenté de déposer en son nom les marques *Le Zapping* et *L'année du Zapping* à l'Institut national de la propriété industrielle (INPI), motif par la suite invalidé par le ministère du Travail.

Patrick Menais a créé *Le Zapping* en 1989. Il poursuit son aventure critique et éclairée sur France 2 avec un nouveau programme de zapping édito : *Vu*, diffusé tous les jours à 20 h 50 depuis le 16 janvier 2017. Sur le site de France Télévisions, la page de l'émission présente *Vu* comme étant *Un regard impertinent et libre, orchestré par Patrick Menais et son équipe, sur le monde de l'image*[10].

La reprise en main de Canal + par les *Bolloré boys* a aussi des conséquences sur beaucoup de partenaires du groupe. En 2017, elle prend la forme d'une brutale diminution de 20 % du budget alloué à certains documentaires de la case *Création originale.* Les producteurs n'ont plus qu'à faire mieux avec moins d'argent. Même régime pour le magazine *L'Effet Papillon* produit par l'agence Capa, moins 30 % de financement.

L'Effet Papillon... est d'ailleurs la dernière victime de *L'Effet Bolloré.* Jusqu'ici le magazine hebdomadaire d'actualité international, lancé en septembre 2006 sur Canal +, avait réussi à éviter le « nettoyage » éditorial du grand patron. L'émission diffuse depuis plus de dix ans des grands reportages tournés au quatre coins du monde. Du business du mariage en Chine jusqu'à la guerre contre l'organisation Etat islamique, en passant par un festival libertarien dans le New Hampshire, on trouve un large panel de sujets au menu du magazine, comme dans Paris Match ou sur le site Vice. Du grand reportage, pas d'investigation, mais au moins un sujet qui a fâché... Celui diffusé le 15 octobre 2017 intitulé *Togo : lâche le trône.*

Depuis des mois déjà, un vent de contestation populaire souffle au Togo contre le président Faure Gnassingbé, héritier du « trône » de son père, Étienne Eyadéma Gnassingbé

10. Depuis, *Vu* a tout de même subi une censure sur le service public : déprogrammé le 2 octobre 2017 en raison d'un traitement trop appuyé sur l'émission *On n'est pas couché,* diffusée deux jours plus tôt sur France 2, théâtre d'un clash entre Christine Angot et Sandrine Rousseau.

(dit Gnassingbé Eyadéma). Cinquante ans de pouvoir familial à eux deux, un record africain. *L'Effet Papillon* s'honore de couvrir ces manifestations violemment réprimées dont personne ne parle en France. Sauf que deux jours après sa diffusion, le reportage d'une dizaine de minutes est brutalement retiré du *replay* de l'émission, de You Tube et de Dailymotion. Canal + interdit aussi toute rediffusion sur l'ensemble de ses chaînes[11]. Il suffit de quelques mots clés pour comprendre : Afrique, Bolloré, logistique portuaire, business, Gnassingbé en colère. Nous l'avons vu précédemment, le Togo est un sujet ultra sensible pour Vincent Bolloré. Son groupe est présent dans les secteurs économiques clés du pays. Mais surtout Bolloré Africa Logistics gère un fleuron national, acquis de haute lutte : le port à conteneur de Lomé, la capitale[12].

Il est donc parfaitement inconcevable pour le « boa » que sa chaîne, Canal +, critique le chef d'Etat togolais, Faure Gnassingbé qui est un partenaire de premier ordre. Après l'interdiction de rediffusion du reportage, Vincent Bolloré se rend illico au Togo où il doit inaugurer un nouveau CanalOlympia[13], du nom de ces salles de spectacle et de cinéma qu'il implante dans plusieurs villes africaines. Belle occasion pour l'homme d'affaires français de glisser quelques mots d'apaisement au Président Gnassingbé. Ouf, tout rentre dans l'ordre, le reportage n'est plus visible.

---

11. Nous avons suivi cette affaire survenue au moment du bouclage de notre livre. Les sites d'information Arrêt sur images et Les Jours ont rendu compte de cette nouvelle reprise en main éditoriale et de ses conséquences. Voir *Canal + enterre un reportage sur le Président du Togo,* arretsurimages.net, 24 novembre 2017 et *Togo : le renvoyé spécial de Bolloré,* lesjours.fr, 14 décembre 2017.
12. Voir chapitre 19 : Des affaires en *Françafrique.*
13. L'inauguration de CanalOlympia *Godopé* a eu lieu de le 24 octobre à Lomé.

Pendant ce temps là à Canal +, la direction décide un contrôle étroit du menu de *L'Effet Papillon.* Selon nos sources au sein de la chaine cryptée, les journalistes de l'agence Capa qui produit l'émission hebdomadaire, doivent dorénavant faire valider en haut lieu tous les thèmes qu'ils souhaitent couvrir. À Canal +, le seul feu vert du rédacteur en chef du magazine, Stéphane Haumant (ex-présentateur de feu *Spécial Investigation),* ne suffit plus. On ne part plus en Afrique ou même dans un pays où le groupe Bolloré et Vivendi ont des intérêts économiques, sans la bénédiction de la direction. Il semblerait aussi qu'il faille arrêter avec cette manie de couvrir trop de sujets anxiogènes. Ainsi depuis le couac du Togo, un haut responsable de la programmation à Canal + souhaite voir à l'antenne des sujets « solaires », comprenez des reportages lumineux, joyeux, qui ne dérangent personne, sans polémique, sans politique. Tiens, revoilà George Orwell avec sa critique de l'état d'esprit « le soleil brille ».

Les consignes réduisant le champ de travail des journalistes ne concernerait pas seulement *L'Effet Papillon.* En fait selon nos sources à Canal +, depuis Septembre 2015, tout le groupe a fini par intégrer qu'il fallait observer un traitement journalistique compatible avec les intérêts de Vincent Bolloré. Avant même l'affaire du Togo, nos contacts nous indiquaient que les sujets sur « les riches, les banques et l'Afrique » n'étaient plus souhaités, sauf autorisation express de la direction.

Ainsi le 3 octobre 2017, *Télérama* racontait comment un documentaire consacré à Patience Dabany, la mère du président gabonais Ali Bongo, avait été déprogrammé par Planète+, autre chaine du groupe Canal +, suite à une plainte déposée par la principale intéressée. La direction de Planète+ a alors expliqué à Télérama qu'elle n'avait reçu aucune pression de Vincent Bolloré (Bolloré Africa Logistics est un opérateur de tout premier plan au Gabon) et qu'une « reprogrammation [était] tout à fait envisageable ». Patience donc…

L'affaire du reportage *Togo : lâche le trône,* aurait pu s'arrêter fin octobre 2017. Mais quelques clics sur une souris d'ordinateur vont déclencher une nouvelle tempête trois semaines plus tard. En plein mois de novembre, une chargée de programmation de Canal + International, l'entité qui dirige les chaînes de Canal + Afrique, ignorant que ce numéro de *L'Effet Papillon* consacré au Togo est frappé d'interdiction de rediffusion, propulse l'émission dans les tuyaux africains. Oups. Boulette. Et très grosse colère à Paris comme à Lomé. Selon Les Jours, la diffusion du magazine est stoppée net, *remplacée par un écran noir.*

Dans la foulée, la chargée de programmation est mise à pied par la direction de Canal + pour « faute grave »[14], malgré dix-sept ans de bons et loyaux services. Au moment où ces lignes s'écrivent, il n'a pas été jugé utile par la direction de sanctionner sa supérieure hiérarchique, Nathalie Folloroux, directrice de programmation à Canal + International… et accessoirement belle-fille d'Alassane Ouattara, Président de la Côte d'Ivoire, autre pays où le groupe Bolloré a d'énormes intérêts. On ne choisit pas sa famille.

En revanche, selon les révélations du site *Les Jours*[15], *après cette première sanction, il y a eu de nouveaux échanges entre Vincent Bolloré et Faure Gnassingbé. Désormais, il*

14. La programmatrice a été convoquée pour un entretien préalable au licenciement le vendredi 24 novembre 2017.

15. Voir *Togo : le renvoyé spécial de Bolloré,* lesjours.fr, 14 décembre 2017.

faut une tête, et pas une tête subalterne, une tête de chef. Ça sera celle de François Deplanck, directeur des chaînes et contenus de Canal + International. Officiellement il a subitement quitté son poste en décembre 2017 pour *se lancer dans un projet d'entrepreneuriat* selon une annonce officielle de Canal +. Mais selon *Les Jours, c'est une sanction.* Avec le départ de François Deplanck, le groupe de télévision payante a perdu un excellent professionnel alors que Canal + International est la seule entité à enregistrer succès sur succès, compensant même les pertes de Canal + France. Cette fois, les intérêts de Bolloré l'homme de Média semblent être entrés en contradiction frontale avec les intérêts de Bolloré, l'industriel.

Lors d'une réunion du comité d'entreprise qui s'est tenue le 23 novembre 2017[16], Franck Cadoret, directeur général France de Canal + est interrogé par un représentant syndical qui s'étonne de la « censure exercée sur la rediffusion de *L'Effet Papillon* ». Franck Cadoret réfute le terme « censure », puisque, dit-il, le sujet a bien été diffusé deux fois. Mais il tente surtout de dédouaner Vincent Bolloré : « Je ne sais pas si le sujet impacte Bolloré, explique t-il, mais Canal + est présent au Togo à travers la *Pay tv.* Il n'était pas très adroit d'attaquer le Président (Faure Gnassingbé, nda) aussi bien pour le business que pour les salariés ».

Protéger le grand patron c'est louable... Mais risquer d'entrer en contradiction avec la législation est un peu plus problématique. Ainsi voici ce que stipule la récente loi Bloche *Sur la liberté, l'indépendance et le pluralisme des médias* : *Le Conseil supérieur de l'audiovisuel veille à*

16. Réunion du Comité d'entreprise de Canal + du 23 novembre 2017.

l'honnêteté, à l'indépendance et au pluralisme de l'information et des programmes qui concourent à l'information, sous réserve de l'article 1er. Il s'assure que les intérêts économiques des actionnaires des éditeurs de services de communication audiovisuelle et de leurs annonceurs ne portent aucune atteinte à ces principes.

Suite à cette affaire, l'organisation Reporters sans frontières a demandé au comité d'éthique de Canal + de se réunir[17].

17. Voir également *La chaîne Canal + a t-elle censuré un reportage sur l'opposition à Gnassingbé ?*, Radio France International Afrique (rfi.fr), 19 décembre 2017.

CHAPITRE 23

Bolloré et les journalistes

Voici quelques-unes des questions à 100 000 euros que nous avons adressées à Vincent Bolloré :

— Avez-vous bénéficié du soutien personnel de Nicolas Sarkozy, ministre ou Président de la République, dans l'obtention de contrats avec l'Etat, de participations lors de privatisations d'entreprises publiques (SEITA, Oléoduc DMM, etc...) ou de concessions portuaires en Afrique (Togo, Cameroun) ?

— Comment considérez-vous la relation que vous entretenez avec Nicolas Sarkozy ?

— S'agit-il d'une relation d'intérêts, d'amitié, les deux ? De quand date-elle ?

— Avez-vous censuré personnellement le film sur le Crédit Mutuel-CIC en mai 2015 (prévu à la diffusion sur Canal + *Spécial Investigation* le 18 mai 2015) après un coup de fil de Michel Lucas, qui à l'époque, était le patron de la banque ? Pour quelles raisons ?

— Pourquoi avoir supprimé l'investigation sur Canal + contrairement à ce que vos proches ont promis pendant des mois aux journalistes de Canal + ?

Nous avons listé en tout sept « paquets » de questions envoyés à l'homme d'affaires. Coût de l'opération : 7 x 100 000 = 700 000 €. Le métier de journaliste commence à devenir un peu hors de prix par les temps qui courent…

Car comme expliqué en début d'ouvrage, la seule réponse que nous avons obtenue a été la visite d'un huissier de justice le 5 janvier 2017, au domicile de Nicolas Vescovacci, coauteur de ce livre.

À cette date, le groupe Vivendi engage ainsi une action à son encontre afin d'obtenir une somme de 700 000 euros de dommages et intérêts pour le prétendu préjudice d'ores et déjà causé à la multinationale.

À quoi rime cette attaque préventive inédite ? La « sommation » du groupe Vivendi dirigé par Vincent Bolloré vise en premier lieu à nous épuiser et à nous décourager. Dans le *Canard enchaîné* du mercredi 28 juin 2017, Olivier Baratelli, l'un des avocats de Vincent Bolloré, précisera à propos de notre liste de questions : « Ces questions sont des accusations erronées, qui n'appellent même pas de vraies réponses. Elles finissent par porter atteinte au patron Vincent Bolloré en le dénigrant auprès des salariés du groupe. »

Pour nous, cette « sommation » est une procédure bâillon qui vise à tuer notre enquête avant qu'elle ne sorte, alors que l'un des fondements de notre métier repose justement sur le principe du contradictoire : donner la parole aux protagonistes afin qu'ils puissent défendre leur version des faits.

Et puis, il n'y eut pas une… mais deux visites d'huissier ! Comme pour la guerre, il y a des codes : acte 1, la sommation, acte 2, la déclaration des hostilités. Sans surprise, elle se produisit dans les vingt-quatre heures. Cette fois, l'huissier n'enleva même pas son casque de moto avant de nous délivrer un autre document : une assignation devant le tribunal de Grande Instance de Paris pour « dénigrement et négligences fautives ».

Les journalistes qui s'aventurent sur le terrain de l'enquête sont habitués aux coups de pression. Nous connaissons Vincent Bolloré et ses méthodes. Nous avons passé des mois à essayer de le comprendre. Cette radicalité dont il fait montre soulève une question fondamentale : dans notre société, quel est le rôle des journalistes vis-à-vis des puissants ? En pareil cas, nous ressentons le besoin de prendre conseil auprès de nos figures tutélaires... Nous aurions pu faire appel à Victor Hugo, Albert Londres, George Orwell ou Joseph Pulitzer. Nous nous ressourcerons cette fois auprès d'un illustre confrère, l'Américain Isador Feinstein Stone (1907-1989) qui a bataillé toute sa vie pour défendre une presse libre, responsable et indépendante. Dans les années 1950, ce journaliste d'investigation faisait déjà ce constat alarmant : « La plupart des journaux sont la propriété de gens dont le métier n'est pas le journalisme (...) et leur principal objectif est de faire le plus d'argent possible avec la publicité[1]. »

Comme George Orwell, Isador Feinstein Stone fut un visionnaire. Jusqu'à la fin de sa vie, « Izzy » défendit une presse déconnectée des puissances d'argent et des intérêts gouvernementaux, formant un contre-pouvoir essentiel à la démocratie.

Le monde que Vincent Bolloré dessine, à grands coups de millions, est celui d'une oligarchie toute-puissante, une caste qui ne répondrait qu'aux questions et aux règles

1. Isador Feinstein Stone, *Freedom of the Press, a Minority Opinion*, 14 novembre 1955.

qu'elle aurait elle-même établies à l'avance. Si collectivement nous acceptons le jeu de la démocratie, les hommes et les femmes publics, qu'ils soient élus ou en responsabilité dans de grandes entreprises, doivent en intégrer ses règles. Toutes ses règles, dont la liberté de la presse. Et quand cela se justifie, ils doivent pouvoir rendre des comptes sur des sujets d'intérêt général. En face, les journalistes ont le devoir de vérifier leurs informations, apporter des témoignages et des preuves, faire part de leurs doutes, reconnaître leurs éventuelles erreurs.

Il est vrai qu'un certain corporatisme nous aveugle parfois quant à la qualité très variable des reportages et des enquêtes produites par la presse. Mais Vincent Bolloré ne semble pas entrer dans ses nuances. Il a cette fâcheuse habitude de dicter sa loi et d'écraser toute forme de contestation. Notre cas n'est malheureusement pas isolé. Depuis que l'industriel breton est entré en pleine lumière en 2007 en prêtant son yacht à son ami président, il a fait de certains journalistes des cibles à abattre.

À Canal + Vincent Bolloré a fait le ménage, sans état d'âme et sans aucune surprise, selon cet adage bien connu des milieux économiques : « Je paie, je décide. » Mais les critiques, quoi qu'il en dise, il les supporte mal, d'autant qu'au fil des années elles se sont accumulées, dans le monde des affaires et surtout dans la presse. Vincent Bolloré n'aime pas que l'on s'en prenne à son image ou à son groupe. « Il le vit comme une attaque personnelle. Et en bon corsaire breton, il réplique », nous prévient un proche de la famille.

Avec les journalistes, la réplique fut longtemps graduée pour ne pas vitrifier l'ennemi sans raison majeure. Il faut dire que longtemps, la presse a été plutôt agréable avec le

« boa ». Dans les années 1980 et 1990, en jeune patron catholique « bien sous tous rapports », il l'a aimantée avec une histoire familiale bien ficelée et une légende bretonne plutôt sympathique. D'abord dans les journaux, puis à la radio et à la télévision, les journalistes avaient pris l'habitude de flatter son esprit d'entreprise avec ce fameux surnom, qu'il n'a pourtant jamais apprécié : « Le petit prince du cash-flow ». Puis, très vite le Smiling Killer, le « tueur souriant », s'est imposé à la une. Et les rapports de Vincent Bolloré avec la presse se sont tendus. Jusqu'à tourner au harcèlement judiciaire.

En 2007, l'affaire du yacht prêté à Nicolas Sarkozy et les connivences politiques au plus haut sommet de l'État vont cristalliser l'intérêt de nos confrères. Très vite, les sites Rue89 ou Bakchich démontrent que le groupe Bolloré a passé des contrats avec l'État, contrairement aux affirmations de Nicolas Sarkozy. Pour les hommes politiques, *Les Guignols* ont longtemps été la rançon de la gloire. Pour Vincent Bolloré, l'investigation sera l'une des rançons de sa puissance. Et ça ne va pas lui plaire.

Le 11 mars 2008, Fanny Pigeaud, ancienne correspondante de l'Agence France Presse au Cameroun, publie dans *Libération* l'une des premières enquêtes sur les plantations camerounaises détenues par la Socfin, dont Vincent Bolloré est actionnaire.

Cette journaliste est la première à montrer les conditions de travail des ouvriers employés par la Socapalm, filiale du groupe Socfin, souvent recrutés par des sous-traitants. Ils survivent dans des campements sans eau, sans sanitaires, et avec seulement quelques heures d'électricité par jour. « Comme des animaux », raconte l'un d'eux dans cet article. Interrogé par *Libération*, le patron local de la Socapalm reconnaît que la vie de son personnel est difficile : « Nous savons que les ouvriers ne s'en sortent pas, que leurs employeurs les paient en retard[2]. » Cet article que le groupe Bolloré n'attaquera pas en diffamation va inciter plusieurs confrères à enquêter à leur tour.

Début 2009, la journaliste de Mediapart Martine Orange publie une série d'articles sur *La Face cachée de l'empire Bolloré*. Sur France Inter, le grand reporter Benoît Collombat s'intéresse, lui aussi, aux intérêts de Vincent Bolloré au Cameroun. Il travaille sur la société de chemin fer Camrail contrôlée par le groupe Bolloré et se rend dans les plantations de la Socapalm. Il découvre les dérives qu'occasionne sur place la toute-puissance du milliardaire breton, qui refuse de le rencontrer. Dans ces conditions, comment honorer l'obligation journalistique de réaliser une enquête contradictoire ? Même si la stratégie de la chaise vide est couramment employée, un représentant du groupe Bolloré sera missionné à la dernière minute pour intervenir dans le reportage de Benoît Collombat. Mais le sujet est déjà mixé et prêt à diffuser. Il est trop tard pour l'intégrer[3]. Résultat : après diffusion en mars 2009, le groupe Bolloré attaquera Radio France en diffamation.

Lors de l'audience, en mai 2010, Michel Calzaroni, le principal communicant du « boa », ne cache pas que dans cette affaire « Vincent veut faire un exemple ». Autrement dit, décourager durablement les rédactions de s'intéresser à son business en Afrique. En définitive, la 17e chambre correctionnelle du Tribunal de grande

2. Voir Les Camerounais exploités des palmeraies de Bolloré, F. Pigeaud, *Libération*, 11 mars 2008.

3. L'interview sera en revanche mise à disposition sur le site Internet de France Inter.

d'instance de Paris rend un jugement mitigé : sur les passages consacrés à la misère dans les plantations ou à la Françafrique, Benoît Collombat est relaxé. Le journaliste est en revanche condamné à 1 000 euros d'amende et un euro de dommages et intérêts sur quelques éléments d'enquête considérés comme étant insuffisamment établis concernant une autre activité de l'industriel : le chemin de fer. À la sortie du tribunal, Michel Calzaroni triomphe : « Nous ne laisserons plus les médias dire n'importe quoi. Chaque fois que des propos diffamatoires seront prononcés, nous attaquerons[4]. » La loi, et c'est bien normal, permet à Vincent Bolloré de défendre son image et ses intérêts. L'industriel ne va pas s'en priver.

À partir de 2009, grâce aux talents de juriste d'Olivier Baratelli, l'un de ses fidèles avocats, Vincent Bolloré attaque quasi systématiquement tous nos confrères ayant l'audace de tenter de lever un coin du voile sur son pré carré africain. Et quand il ne les traîne pas devant les tribunaux, il exige la publication de droits de réponse, comme quand le magazine *Témoignage chrétien* (*TC*) évoque le sort du journaliste Benoît Collombat. Lorsque *Le Monde diplomatique* raconte la façon dont Vincent Bolloré harcèle nos confrères de France Inter ou de *TC*, il reçoit à son tour un droit de réponse que la loi l'oblige, là encore, à publier, sauf à s'exposer à un procès.

En décembre 2011, Benoît Collombat et David Servenay (Rue89) révèlent qu'un collectif d'ONG porte plainte auprès de l'Organisation de coopération et de

4. Voir *Presse : Vincent Bolloré met France Inter à terre*, D. Servenay, Rue89, 6 mai 2010.

développement économique (OCDE) contre la façon dont Bolloré et ses partenaires traitent les ouvriers des palmeraies du Cameroun. Réponse du milliardaire breton : une plainte en diffamation.

En 2012, nouvelle procédure. Elle vise cette fois Fanny Pigeaud, l'ancienne correspondante de l'AFP au Cameroun, pour une légende de photo maladroite dans *Libération*, dont elle n'est même pas l'auteure. La même année, Vincent Bolloré intente un nouveau procès, cette fois au site Bastamag, pour avoir eu l'audace de pointer dans un article le rôle de grandes entreprises dans le phénomène d'accaparement des terres en Afrique[5]. Des confrères et des bloggeurs ayant simplement relayé l'article sont également poursuivis. Relaxés en première instance et en appel, ils restent dans le collimateur de la justice puisque le groupe Bolloré a porté l'affaire en cassation. Tout comme il a fait appel de la relaxe d'Élodie Guéguen, une journaliste de France Info qui avait publié les propos de Jacques Dupuydauby dans l'affaire de la concession du port de Lomé sur laquelle nous nous sommes aussi penchés.

L'arme de Vincent Bolloré, vous l'avez compris, c'est le procès en diffamation. Les journalistes ne sont bien sûr pas au-dessus des lois. Ils doivent répondre comme tout citoyen, s'ils ont commis une erreur ou une faute. Mais dans les prétoires, Vincent Bolloré use et abuse de son arme favorite pour occuper le terrain et mettre la pression. Il faut dire que les frais d'avocat engagés sont une peccadille quand on est milliardaire.

5. Voir *Bolloré, Crédit agricole, Louis Dreyfus : ces groupes français, champions de l'accaparement des terres*, Nadia Djabali, Bastamag, 10 octobre 2012.

Sa dernière victime judiciaire est le groupe France Télévisions. L'arrivée fracassante du « boa » dans Canal + n'a pas laissé indifférent certains de nos confrères au sein du groupe de télévision public français. En juillet 2015, le magazine d'information *Complément d'enquête* de France 2 présenté alors par Nicolas Poincaré décide de consacrer un long portrait à l'industriel.

Les réalisateurs Tristan Waleckx et Matthieu Rénier engrangent les interviews, filment Vincent Bolloré au cours de rares apparitions publiques dans l'espoir de négocier un entretien. Début 2016, ils décident de se rendre au Cameroun.

Le groupe Bolloré est historiquement très implanté dans ce pays d'Afrique de l'Ouest. Il y contrôle par exemple la société nationale de chemin de fer, la Camrail, privatisée en 1999. Il est aussi actionnaire du holding luxembourgeois Socfin dirigé par Hubert Fabri qui exploite des milliers d'hectares de plantations. C'est précisément dans ces plantations au Cameroun que quelques années plus tôt, les reporters de *Libération* ou France Inter avaient aperçu des enfants mineurs s'épuisant à la tâche.

Pour obtenir l'autorisation de filmer au Cameroun, Tristan Waleckx contacte le ministre camerounais de l'Information. Vingt-quatre heures plus tard, Julien Varin, le directeur de la communication de Bolloré Africa Logistics, la principale filiale du groupe Bolloré en Afrique, l'appelle pour en savoir plus sur ses intentions. Me Olivier Baratelli, avocat de la multinationale, envoie de son côté un courriel comminatoire à Delphine Ernotte, la patronne de France Télévisions. Résultat : les journalistes de France 2 n'obtiendront jamais d'autorisation de tournage au Cameroun.

Dans ce genre de situation, il y a deux possibilités. Renoncer à faire son travail sur le terrain ou partir en simples touristes, au risque de se faire arrêter au moindre petit souci et repartir aussi sec dans un avion. C'est le pari que font les journalistes de France 2 afin de poursuivre leur enquête. Nous aurions fait exactement la même chose.

Arrivée sur place, l'équipe s'intéresse à l'une des plantations de la Socapalm, filiale du holding luxembourgeois Socfin. Nos deux confrères filment vers 4 heures du matin la façon dont des sous-traitants de la Socapalm recrutent des jeunes « travailleurs » sans vérifier leur âge. Une fois au travail, un jeune garçon accepte de parler face caméra. Il est présenté par un ouvrier adulte qui surnomme son jeune collègue « Kapwell ». Devant la caméra, cet ouvrier affirme que « Kapwell » a quatorze ans. Les deux ouvriers révèlent à France 2 leurs conditions de travail harassantes, « sans aucune protection » et leur salaire : à peine plus d'un euro par jour.

De retour à Yaoundé, la capitale camerounaise, l'équipe de France 2 décide de faire quelques images d'illustration du siège de la Camrail, entreprise gérée par le groupe Bolloré et l'état camerounais. « À peine arrivés, nous raconte Tristan Waleckx, des policiers camerounais nous ont arrêtés et emmenés dans un commissariat. Là, ils ont pris notre matériel et ont totalement effacé nos images. »

Sur un terrain difficile, il faut savoir anticiper les mauvais coups. Notre confrère avait pris soin, au préalable, de mettre en sécurité une copie de toutes les images tournées le matin même. Le tournage est donc sauvé. Dans le commissariat, l'attente est longue. Pointilleux, les policiers camerounais sermonnent l'équipe de France 2 quand soudain Tristan

Walecks reçoit un appel de Paris. C'est Julien Varin, le directeur de la communication de Bolloré Africa Logistics.

« Écoutez, je sais que vous êtes au Cameroun et que vous avez été arrêtés », lui lance le représentant du groupe Bolloré, visiblement au courant des moindres faits et gestes de l'équipe de France 2. Libérés quelques heures plus tard par des policiers convaincus d'avoir torpillé leur reportage, Tristan Waleckx et Matthieu Rénier rentrent à Paris et entament le montage de leur film. Avec les journalistes de France 2, les autorités camerounaises, sous l'autorité du président Paul Biya au pouvoir depuis 1982, ne sont pas allées plus loin. C'est une chance.

Dès son retour en France, Tristan Waleckx sollicite de nouveau le patron breton pour un entretien. À plusieurs reprises, l'industriel lui fera miroiter une rencontre, mais sans jamais tenir sa promesse. Sans la participation du principal intéressé, le documentaire *Vincent Bolloré, un ami qui vous veut du bien ?*, d'une durée de soixante-quinze minutes, est diffusé le 7 avril 2016 sur France 2 en deuxième partie de soirée et regardé par plus d'un million et demi de téléspectateurs.

Le film retrace le parcours du patron : ses années de galère à essayer de remonter la boîte familiale jusqu'aux années fric, ses raids sur Bouygues, Havas, et son entrée fracassante dans Vivendi et Canal +. La séquence tournée au Cameroun est là. On y découvre les conditions de travail et de vie des ouvriers des palmeraies de la Socapalm. Ils sont logés dans des cabanes en planches de bois, sans eau courante ni électricité, « comme des chèvres, ou des porcs ! », dénonce l'un d'entre eux devant la caméra. Dans la plantation, un ouvrier s'en prend directement à l'industriel breton : « J'en veux à Bolloré, car (...) il ne s'intéresse pas vraiment à ceux qui font le travail. Les équipements, les voici (il montre des gants troués). Nous sommes des animaux de brousse ? Pas humains ? Qu'il vienne voir ce que ses partenaires nous font ! »

Vincent Bolloré peut-il ignorer cette situation ? Le film rappelle comment, en juin 2013, la branche française de l'Organisation de coopération et de développement économique (OCDE) avait déploré dans un rapport sur la Socapalm de nombreux « manquements », au point de demander très officiellement au groupe Bolloré de mieux respecter les droits de l'homme en mettant en place « un système de gestion environnementale » et d'assurer « la santé et la sécurité » des ouvriers.

À la même époque, une délégation africaine de syndicalistes était venue manifester devant la tour Bolloré au moment de l'Assemblée générale des actionnaires du groupe. Mis au courant, Vincent Bolloré était sorti de sa tour pour engager le dialogue avec les syndicalistes. Un dialogue teinté de paternalisme au cours duquel il faisait mine de découvrir le problème : « Alors racontez-moi ce que je peux faire pour vous ? Qu'est-ce que j'ai fait de mal ? » demandait-il.

Lorsque la délégation africaine lui remet une lettre de doléances, Vincent Bolloré qui se sait filmé est tout sourire, séduisant, comme toujours : « Je vais faire pour le mieux, on peut pas tout savoir, vous savez ! J'interviendrai personnellement sur tout ce que vous me racontez, vous pouvez compter sur moi. » C'était en 2013 et comme le montrent les images diffusées par France 2 dans *Complément d'enquête*, trois ans plus tard, la situation dans les plantations gérées par la Socfin au Cameroun ne semble pas avoir beaucoup évolué.

Comment vous dire que Vincent Bolloré n'a pas apprécié, mais alors pas du tout, ce portrait-enquête réalisé par des journalistes de France Télévisions ? Dans une élégante maxime restée célèbre, le président Jacques Chirac avait formulé une théorie : « Les emmerdes, ça vole toujours en escadrilles. » Au lendemain de la diffusion du film qui lui est consacré, le bureau de Vincent Bolloré, celui de son directeur général et du directeur juridique de son groupe sont perquisitionnés dans le cadre d'une commission rogatoire délivrée par les juges d'instruction financiers Serge Tournaire et Aude Buresi. Les limiers de l'Office central de lutte contre la corruption et les infractions financières et fiscales (OCLCIFF) soupçonnent le groupe Bolloré de « trafic d'influence et de corruption d'agents étrangers » lors de l'obtention des concessions des ports de Conakry en Guinée et de Lomé au Togo.

Vincent Bolloré est furieux contre France Télévisions. La réplique met un peu moins d'un mois avant de venir et elle va nous surprendre. Le 3 juin 2016, devant la tour Bolloré à Puteaux, l'ambiance est de nouveau tendue. Ce jour-là, le groupe Bolloré organise comme chaque année son Assemblée générale d'actionnaires. Devant le siège, certains d'entre eux ont été retardés par une cinquantaine de personnes venues manifester contre les méthodes de la Socapalm. Fédérés par l'ONG française React, elles bloquent l'accès à l'immeuble et au parking pour protester également contre « l'accaparement des terres en Afrique ». Visiblement contrarié, Vincent Bolloré ouvre les débats de son assemblée en présentant ses excuses aux actionnaires. Puis, l'industriel breton se livre à un torpillage en règle du reportage qui lui a été consacré sur France 2.

« Je ne sais pas si vous avez vu *Complément d'enquête* ? C'est un truc... (...) Ils ont mis six mois, sur le service public ! Le moment le plus important, celui qui fait pleurer dans les chaumières (...) il y a un type sur un tracteur, il a des gants troués, et il dit : "Vous voyez ça ? M. Bolloré, il ne veut pas me donner de gants ! "» Éclat de rire général dans la salle. Le milliardaire breton poursuit : « J'ai appelé aussitôt Hubert Fabri (coactionnaire de Vincent Bolloré au sein du holding luxembourgeois Socfin, qui contrôle Socapalm, *N.d.A.*). J'ai dit : qu'est-ce que c'est ? Et des huissiers sont aussitôt partis sur place. J'ai les exploits d'huissiers avec moi. Donc, le jeune homme qui avait soi-disant quatorze ans, il a en réalité vingt ans, et il a été payé pour dire qu'il avait quatorze ans ! »

Cette fois Vincent Bolloré ne se contente pas de dénigrer un reportage. Il laisse entendre que nos confrères de France 2 ont payé un témoin pour mentir sur son âge afin de discréditer l'industriel. Mise en cause sur son honnêteté, France 2 réagit quelques jours plus tard. Nicolas Poincaré, le présentateur de *Complément d'enquête*, dément évidemment qu'un journaliste de son équipe ait pu payer ce garçon pour tricher sur son âge : « Ce ne sont pas nos méthodes à *Complément d'enquête*. Nous n'avons jamais payé personne pour mentir. »

Le même jour, la Société des Journalistes de France 2 (SDJ) qualifie les propos du milliardaire breton de « diffamatoires » et conclut : « Les journalistes de France 2 continueront à enquêter et à faire leur travail d'information en toute indépendance, même si cela déplaît à certains. » Cette histoire nous a donné envie de creuser et de comprendre à nouveau la mécanique à l'œuvre au sein du groupe Bolloré. Depuis le début de cette enquête, nous décrivons son caractère façon « boa », celui qui étreint, qui coupe la circulation sanguine afin de faire mourir sa proie. Le « boa » était assurément en train de s'enrouler autour de nos confrères de la télé publique. Ses accusations nous apparaissaient tellement énormes qu'elles méritaient une contre-enquête.

C'est un syndicaliste camerounais qui le premier raconte les dessous d'une équipée sauvage bien étrange. Emmanuel Lelong connaît parfaitement la situation dans les plantations de la Socapalm. C'est lui qui avait guidé France 2 sur place. À nos confrères du *Canard enchaîné*, il révèle comment à la mi-mai un huissier local, accompagné de cadres de la Socapalm et de deux cameramans, s'est introduit dans un village pour réinterroger les jeunes témoins rencontrés par l'équipe de France 2.

Selon ce syndicaliste, le premier témoin de quatorze ans aurait été emmené en voiture. « Ils l'ont habillé, ils lui ont mis des gants, et ils l'ont obligé à dire qu'il avait vingt ans », raconte Emmanuel Lelong. Un second témoin aurait été lui aussi intimidé : « Lui devait dire qu'il avait dix-huit ans, mais cette fois, la famille était avertie et elle a refusé[6]. »

À en croire ce syndicaliste africain, cette équipée formée d'un huissier et de représentants de la Socapalm aurait donc incité les jeunes gens interrogés par France 2 à faire un faux témoignage. Vincent Bolloré et son associé Hubert Fabri, dirigeant de la Socfin, propriétaire des plantations, sont-ils au courant des méthodes de ce « commando » ? Auraient-ils donné des ordres en ce sens ? Ni l'un ni l'autre n'ont répondu à nos sollicitations. L'industriel breton n'a-t-il pas évoqué

6. Voir Bolloré décroche la palme de la contre-enquête, C. Nobili, *Le Canard enchaîné*, 8 juin 2016.

lui-même des documents d'huissier qu'il aurait récupérés ? C'est donc qu'au minimum il est au courant des agissements des employés ou des représentants de la Socapalm.

De notre côté, nous nous demandons comment confirmer les affirmations de ce syndicaliste ? Nous avons besoin d'une autre source. Nous nous rapprochons d'un Camerounais, membre d'une association qui a de bons contacts sur place. Lui aussi cherche à faire la lumière sur cette histoire. Rapidement, il mobilise une équipe de militants associatifs pour réaliser une enquête de terrain. Ce travail, c'est important, a été effectué quelques semaines seulement après les faits. Dès le mois de juin des militants interrogent et filment les jeunes témoins de France 2, leurs parents et des habitants du village. Ces témoignages, nous les avons visionnés. Ils confirment mot pour mot les propos du syndicaliste Emmanuel Lelong.

Le jeune garçon interrogé par France 2 s'appelle Guillaume Eboh Dipanda (*alias* « Kapwell » dans le reportage). Devant la caméra, il va précisément raconter son histoire. Ses parents indiquent que leur fils mineur a été conduit à cinq kilomètres de la maison familiale à l'abri des regards dans les plantations de la Socapalm, près de Nkapa.

Interrogé, le jeune Guillaume raconte la scène qu'il a vécue : « Ils sont venus au champ. Ils m'ont donné des vêtements pour qu'on voie que je suis habillé. Ils m'ont même donné des bottes et ils ont pris des photos. Il m'a effrayé (en parlant d'un homme) et m'a dit que mon âge est trop petit. Comme j'avais peur, j'ai dit que j'avais vingt ans. Je ne savais pas ce qu'il pouvait me faire aux champs. C'est pour ça que j'ai dit que j'avais vingt ans. »

— En réalité tu as quel âge ? demande la personne qui le filme.

— J'ai quatorze ans, répond le jeune garçon. Ils ont fini et ils m'ont donné 3 000 francs CFA.

3 000 francs CFA correspondent à moins de 5 euros. Dans cet entretien, Guillaume révèle également que la Socapalm le rémunère sans le déclarer entre 20 et 25 000 Francs CFA par mois, soit entre 30 et 38 euros de salaire mensuel. À peine plus d'1 euro par jour. Les militants associatifs interrogent également les parents du jeune garçon. Son père et sa mère confirment son âge. Ils disent avoir vu une voiture emmener leur fils loin du village. Face à la caméra, le père de Guillaume envoie un message à Vincent Bolloré : « Malgré qu'il a déjà tout pris, qu'il nous laisse en paix et qu'il n'exerce pas sur nos enfants des pressions. »

Le 15 juin, le *Canard enchaîné* publie un nouvel article révélant que le « commando » de la Socapalm était dirigé par Nicolas Dutordoir, le directeur belge de la plantation de Nkapa, accompagné notamment du chef de chantier de l'adolescent et l'assistant d'un huissier. Le *Canard* révèle aussi une partie du contenu des vidéos tournées sur place. Résumons les faits : il y a bien eu un « commando » de l'entreprise Socapalm, filiale de la Socfin. Selon les témoins interrogés, ce « commando » aurait bien fait pression sur un jeune garçon pour lui faire faire de fausses déclarations sous la menace, avec la complicité d'un huissier, afin de discréditer France Télévisions. Comment qualifier ces méthodes ? À ce stade, seul un juge pourrait le dire. En droit pénal français, obtenir une déclaration mensongère en usant de promesses, offres, présents, pressions, menaces, au cours d'une procédure judiciaire ou en vue d'une demande ou d'une défense (en l'espèce, on apprendra plus tard que Vincent Bolloré préparait une assignation contre France 2), cela correspond à de la « subornation de témoin », un délit intentionnel relevant de la corruption, puni de trois ans d'emprisonnement et de 45 000 euros d'amende.

Soutenue par l'association camerounaise Justice et Paix et défendue par le cabinet d'avocats de William Bourdon, la famille du jeune Guillaume, *alias* « Kapwell », a depuis déposé deux plaintes avec constitution de partie civile, à Paris. L'une contre Vincent Bolloré pour diffamation suite à son affirmation selon laquelle Guillaume avait été payé pour mentir sur son âge. L'autre contre X pour subornation de témoin sur le fait que l'adolescent aurait été forcé de dire devant huissier qu'il avait vingt ans et non quatorze.

Malgré la gravité des faits et le caractère vraisemblablement diffamatoire des accusations de Vincent Bolloré à l'égard de France Télévisions, la direction du groupe public ne portera pas plainte contre l'industriel breton. Est-ce par souci d'apaisement ? C'est possible. France Télévisions n'enverra pas non plus de nouvelle équipe au Cameroun afin de réaliser sa propre contre-enquête. Vincent Bolloré, lui, a compris que la meilleure défense était l'attaque.

Le 22 juillet 2016, à la suite de la rediffusion du documentaire de Tristan Waleckx et Matthieu Rénier, le groupe Bolloré assigne France 2 devant le tribunal de commerce de Paris afin d'obtenir réparation d'un préjudice commercial que le plaignant évalue à 50 millions d'euros ! Du jamais-vu. Bolloré ne va pas s'arrêter là. Début novembre 2016, c'est au tour de la Socapalm d'assigner France 2 pour diffamation. Mais cette fois, devant un tribunal à Douala au Cameroun. Missionnés par la Socapalm, des huissiers se présenteront à France Télévisions pour délivrer à Tristan Waleckx, Nicolas Poincaré, présentateur de l'émission *Complément d'enquête*, et Delphine Ernotte, la patronne du groupe, une convocation devant la justice camerounaise. Rappelons qu'au

Cameroun, l'un des pays les plus corrompus au monde, la diffamation est punie de prison ferme. Récemment, Reporters sans Frontières a produit plusieurs rapports sur les parodies de procès en diffamation au tribunal de Douala[7].

Pour terminer, Vincent Bolloré a déposé une troisième plainte en diffamation contre le groupe France Télévisions devant le tribunal de grande instance de Nanterre. Quant à la justice camerounaise, ce n'est pas lui faire injure que d'affirmer qu'il y a peu de chances qu'elle rende un jugement en toute indépendance, dans un pays où Vincent Bolloré est l'ami du président.

En attendant la décision des juges, un jury de journalistes a rendu la sienne. Le 4 juillet 2017, Tristan Waleckx et Matthieu Rénier ont reçu le prix Albert Londres, la plus prestigieuse récompense du journalisme en France, pour leur documentaire : *Vincent Bolloré, un ami qui vous veut du bien ?*.

Vous avez dit harcèlement judiciaire ? Afin de se rendre compte de l'ampleur du phénomène, Tristan Waleckx a reconstitué le tableau de chasse du milliardaire. Selon le recensement de notre confrère, Vincent Bolloré a lancé depuis 2009 une vingtaine de procédures en justice – principalement en diffamation – à l'encontre de journalistes et de représentants d'associations comme Greenpeace, qui ont osé critiquer ses activités. Une quarantaine de personnes sont concernées.

Par le passé, Vincent Bolloré a utilisé une autre arme, plus insidieuse et peut-être même plus dévastatrice encore que le procès systématique en diffamation. *Via* sa filiale, Havas, il s'est attaqué aux ressources mêmes d'un grand

7. Voir notamment *À Douala, collusion des potentats locaux pour faire taire les journalistes ?*, RSF, 13 juin 2013.

quotidien – pourtant son partenaire lors du lancement du gratuit *MatinPlus* – pour fragiliser son financement et sa capacité à produire de l'information. En jouant à ce jeu dangereux, l'agence Havas a servi les intérêts d'un clan au détriment de l'intérêt général.

En 2013 et 2014, *Le Monde* s'aventure à publier deux articles relativement critiques sur Vincent Bolloré. Le premier est un portrait qualifiant l'industriel breton de « plus grand prédateur de la place de Paris », voire de « Maverick français », du nom d'un éleveur texan du XIXe siècle connu pour son mépris des règles[8]. Ses méthodes d'« activiste » sont pointées du doigt. Les intertitres sont clairs : « un homme charmant mais un menteur pathologique » ou « le bon copain de Nicolas Sarkozy ».

Le second papier est publié quelques mois plus tard. Il est signé par une journaliste indépendante, une pigiste basée en Côte d'Ivoire, Maureen Grisot[9]. La jeune femme a déjà enquêté à plusieurs reprises pour *Libération*, *L'Obs* ou Radio France sur la puissance du groupe Bolloré en Côte d'Ivoire. Dans son papier, elle révèle que le Comité consultatif de la concurrence de l'union économique et monétaire ouest africaine (UEMOA) estime dans un rapport préliminaire que la concentration des deux terminaux à conteneurs du port d'Abidjan, entre les mains du groupe Bolloré, est « assimilable à un abus de position dominante »[10].

---

8. Voir Vincent Bolloré, un prédateur si bien élevé, C. Pietralunga, *M le magazine*, 18 octobre 2013.
9. Voir Le monopole de Bolloré sur le port d'Abidjan est de plus en plus contesté, M. Grisot, *Le Monde*, 6 septembre 2014.
10. Le groupe Bolloré a remporté en 2003 et en 2013 deux concessions portuaires en Côte d'Ivoire, lui garantissant un quasi-monopole du trafic maritime dans le pays.

« Suite à mon papier dans *Le Monde*, je n'ai pas eu de nouvelles du quotidien », se souvient Maureen Grisot. Mais en novembre 2014, lors d'un passage à Paris, la journaliste rencontre un responsable de l'actualité internationale du journal qui ira jusqu'à lui dire, selon elle : « Tu ne te sens pas trop mal, d'avoir fait perdre 16 millions d'euros au *Monde* après ton papier ? »

« Sur le moment, je n'ai pas compris, nous explique notre consœur. J'ai appelé des amis au service international du quotidien, qui m'ont dit : *ne t'inquiète pas, tu n'as pas à savoir cela, tu as bien travaillé.* » À l'époque, 16 millions d'euros correspondaient environ au chiffre d'affaires publicitaire annuel du *Monde* avec Havas, l'agence de pub et d'achat d'espace du groupe Bolloré. Nous nous sommes donc posé cette question : l'agence Havas a-t-elle pu mener une guerre silencieuse contre *Le Monde* dans le but de lui faire perdre des millions d'euros à la suite du portrait critique de Vincent Bolloré ou de l'enquête de Maureen Grisot sur le port d'Abidjan ?

Pour comprendre, il faut savoir que Havas est liée par des accords financiers au prestigieux quotidien. Pour *Le Monde* comme pour de très nombreux médias français, la sixième agence de communication mondiale est un énorme pourvoyeur d'annonceurs et donc de publicité. Elle achète des espaces et les vend aux entreprises qui souhaitent faire de la pub. En cas de boycott d'un média, celui-ci perd immédiatement de précieuses recettes. Un homme connaît bien cette mécanique. Il s'appelle Jacques Hérail. Ancien directeur financier de l'agence, il expliquait récemment à France 2 qu'« avec Havas vous avez le nerf de la guerre, qui est l'argent qui va dans les médias[11] ».

Dans le jeu médiatique qui se joue parfois en coulisses, Havas apparaît donc comme un puissant outil d'influence et de pouvoir. En avril 2015, un document interne de la régie publicitaire du *Monde* présenté en Conseil de surveillance évoque précisément un « boycott d'Havas ». Selon ce document, ce ne sont pas 16 millions d'euros de recettes publicitaires qui se seraient envolés mais « 7,2 millions » perdus sur la saison 2014-2015. Selon le *Canard enchaîné*, l'agence de publicité contrôlée par le groupe Bolloré aurait voulu punir *Le Monde* après la publication du portrait de Vincent Bolloré et du papier de Maureen Grisot sur le port d'Abidjan, les deux fameux articles qui auraient fortement déplu au célèbre industriel breton.

Pour en avoir le cœur net, nous avons contacté un responsable de la régie publicitaire du journal *Le Monde*. Celui-ci a accepté de nous répondre sous couvert d'anonymat. Vous êtes maintenant habitués à cette loi d'airain. Notre source nous confirme qu'à l'époque Havas a bien exercé des rétorsions publicitaires à l'égard du journal : « Nous avions remarqué que Havas nous excluait systématiquement de certains plans médias auxquels nous aurions dû être associés. En off, un responsable de l'agence nous avait même expliqué : *si vous continuez à taper dur comme cela, il ne faudra pas vous étonner !* » Grâce à ses contacts privilégiés avec les annonceurs, notre source nous affirme toutefois « être parvenu à en convaincre certains d'exiger qu'Havas réintègre *Le Monde* dans leurs plans médias ». Pour le quotidien français de

11. Source : *Vincent Bolloré un ami qui vous veut du bien ?*, real T. Walecks, M Rénier, *Complément d'enquête*, 7 avril 2016, France 2.

référence, « l'ardoise Bolloré » sera donc moins importante que prévue, certes, mais réelle.

Peu de journaux français peuvent résister à de telles pressions financières. *Le Monde* pas plus que les autres. Quelques mois plus tard, certains journalistes médias s'interrogeront sur la pertinence d'une série de reportages que le grand quotidien du soir publiera sur les « blue zones » du groupe Bolloré en Afrique (des espaces de travail gratuits avec connexion à Internet) et sur un projet de boucle ferroviaire de l'industriel, en Afrique de l'Ouest ; des articles accompagnés par un grand entretien de Vincent Bolloré. Avec cette série d'articles *Le Monde* a-t-il cherché à calmer la colère de l'industriel breton ? Interrogé sur ce point par Daniel Schneidermann dans son émission *Arrêt sur Images* en août 2015, Serge Michel, un journaliste de la rédaction du *Monde* chargé du lancement en janvier 2015 du *Monde Afrique*, parlera de « question insultante »[12].

Pour ne pas déranger Vincent Bolloré et son complexe de toute-puissance, faudra-t-il désormais apprendre à faire des concessions avec la liberté d'informer ? À ne pas enquêter ? À renoncer pour éviter ses foudres ou l'étreinte de la censure ? Notre conviction s'est forgée au fil de ces pages. En attaquant les journalistes, le milliardaire envahit le terrain judiciaire pour détourner l'attention des observateurs et des citoyens de ses multiples activités, régies en théorie par de nombreuses chartes environnementales et sociales.

La logique voudrait que le patron d'une multinationale aussi puissante les fasse respecter plutôt que d'attaquer

12. Voir Sur place, l'action de Bolloré en Afrique ne me semble pas terrifiante, *Arrêt sur images*, 21 août 2015.

systématiquement tous ceux qui lèvent un coin de voile sur son empire. Face à un milliardaire et des avocats gonflés à bloc pour défendre avec acharnement leur généreux client, il n'est pas toujours facile de résister à la pression.

Lors du procès en février 2017 de nos confrères du site Bastamag attaqués deux fois par Vincent Bolloré, le journaliste Pierre Haski, ancien de *Libération* et aujourd'hui président de Reporters sans Frontières (RSF), avait estimé justement : « Il y a une autocensure aujourd'hui dans la presse française sur Bolloré, (…) due au bombardement judiciaire auquel nous sommes soumis. »

Faut-il se taire ? Nous ne le pensons pas. Au nom de quoi faudrait-il que les journalistes fassent des concessions avec l'exercice de leur métier par peur de Vincent Bolloré mué en Jupiter breton ? Pour nous l'industriel représente un pouvoir, il est légitime de se poser à son endroit des questions d'intérêt général sur ses activités professionnelles ou ses liens avec la sphère politique. Accepter le contraire serait une dangereuse violation du contrat démocratique qui fonde notre relation aux lecteurs, aux auditeurs, aux téléspectateurs : aux citoyens. La justice est en théorie la même pour tous. D'ailleurs le plus souvent, elle lui donne tort.

Nous ne sommes ni infaillibles ni au-dessus des lois. Notre terrain de jeu est et restera celui du journalisme au service d'une information libre et indépendante. Qu'un grand patron aussi intelligent que Vincent Bolloré qui emploie des centaines de journalistes ne le comprenne pas n'est pas une très bonne nouvelle pour la presse française et l'équilibre des pouvoirs.

En multipliant les procédures judiciaires, Vincent Bolloré voudra sûrement faire de nous un exemple. Nous sommes prêts à assumer notre travail d'enquête que nous considérons légitime. Nous sommes prêts à nous expliquer devant la justice afin de continuer à exercer notre métier de manière indépendante. Sinon, il faudra bientôt vous habituer à lire une presse aux ordres de quelques hommes d'affaires dominateurs et autoritaires plus soucieux de défendre leurs intérêts particuliers que l'intérêt général. Pour illustrer notre propos, terminons notre voyage en « Bollorie » par une dernière escale au Cameroun.

Le 21 octobre 2016, un train de la société de chemin de fer Camrail, filiale du groupe Bolloré, déraille dans une grande descente sur la ligne Yaoundé-Douala. Plusieurs wagons s'écrasent dans un ravin. Les corps de dizaines de passagers sont projetés contre les cloisons, éjectés. D'autres sont écrasés sous le poids de la rame. Les secours mettront du temps à arriver sur les lieux de l'accident. Après quelques jours, le bilan officiel établi par les autorités camerounaises s'élève à soixante-dix-neuf morts et près de six cents blessés.

« Ça me consterne, nous explique une source africaine proche du groupe Bolloré. Je ne sais pas ce qui s'est passé. La "Camrail" c'était un domaine sensible à cause de la sécurité. Quand vous gérez un port comme le fait Bolloré au Cameroun, vous ne risquez pas de tuer des gens. Mais un chemin de fer ? Cet accident, c'était ma hantise. Il est arrivé. »

Depuis que le groupe Bolloré a pris le contrôle de la Camrail, l'ancienne société de chemin de fer camerounaise privatisée en 1999, il est accusé de façon récurrente de n'avoir pas assez investi dans l'entretien du réseau. Lorsque le journaliste Benoît Collombat de France Inter aborde la question en mars 2009, il est poursuivi en diffamation par la multinationale française. Quelques mois après ce reportage, un accident de train survenu à Yaoundé cause la mort de cinq personnes et fait trois cents blessés. Benoît Collombat est pourtant condamné en 2010 par le Tribunal de grande instance de Paris. En octobre 2016, suite au terrible accident ferroviaire d'Esaka, le ministre de la Communication pointe publiquement la responsabilité de la Camrail.

À la tour Bolloré à Puteaux, la communication de crise est gérée par un second couteau. Et pas question pour Vincent Bolloré d'apparaître en première ligne, cela risquerait de l'exposer aux critiques[13]. Sans attendre, la filiale ferroviaire du groupe met publiquement en cause le conducteur du train qui aurait « roulé trop vite ». Personne n'en sait encore rien mais cette thèse de l'erreur humaine a un avantage : elle est de nature à limiter les dégâts en termes d'image.

Interrogé sous couvert d'anonymat par Radio France Internationale (RFI), un employé de la Camrail affirme pour sa part que « cet accident est lié à la négligence, à la mauvaise maintenance de notre matériel. (…) Tout le monde le sait dans cette entreprise que ça va mal depuis des années, et on manque cruellement de pièces de rechange. Donc on fait circuler la plupart de nos trains au petit bonheur. Je m'excuse d'être assez dur, mais c'est cela la vérité, c'est la réalité. Les trains circulent vraiment dans des conditions extrêmement dangereuses[14] ».

Sous pression, le président Paul Biya au pouvoir depuis 1982, pourtant proche de Vincent Bolloré, annonce la création d'une commission d'enquête. Mais faute d'une justice camerounaise crédible, l'essentiel de la bataille pour la vérité se déplace rapidement sur le terrain médiatique.

---

13. Après ce drame, Vincent Bolloré ne s'est jamais exprimé. Même pas pour exprimer sa compassion à l'égard des victimes.
14. Voir *Catastrophe ferroviaire : un employé de Camrail met en cause la sécurité*, RFI, 28 octobre 2010.

Quelques jours après le drame d'octobre 2016, le Syndicat national des journalistes du Cameroun indique dans un communiqué « douter de la volonté du groupe Bolloré, actionnaire majoritaire de Camrail, et de celle du gouvernement camerounais à élucider le drame d'Eseka[15] ». Son président, Denis Nkwebo, lance un « appel à témoins, et invite toute autorité, toute source et tout citoyen à livrer témoignages, documents et confidences, de nature à faciliter ses investigations ».

Comme si dans le Cameroun de Paul Biya, face au plus grave accident ferroviaire jamais survenu dans le pays, seuls des journalistes et des citoyens étaient en mesure d'identifier les véritables responsables de la catastrophe.

L'enjeu est important, pour le gouvernement, pour les familles et pour le groupe Bolloré qui a promis des indemnisations : 1,5 million de francs CFA aux familles, par personne décédée dans l'accident, soit un peu moins de 2 300 euros[16]. À ce « tarif », si 379 familles parvenaient à faire reconnaître leur qualité de victimes, la plus grave catastrophe ferroviaire jamais survenue au Cameroun ne coûterait à la Camrail que 182 000 euros. À titre de comparaison, quand un seul Américain perd la vie dans un crash aérien, il n'est pas rare que les compagnies d'assurance indemnisent sa famille à hauteur d'un million d'euros !

En France, le drame d'Eseka a soulevé une certaine émotion, notamment dans la diaspora camerounaise. Mais les médias ont assez peu relayé l'accident et ses conséquences. Alors nous nous sommes posé une dernière question. Au

15. Communiqué du 27 octobre 2016.
16. Ce premier versement, qui n'est « pas une indemnisation » selon le groupe Bolloré, sera versé aux familles si elles peuvent présenter un certificat de décès et une copie certifiée de la carte d'identité de la victime.

royaume de Vincent Bolloré, ses médias en ont-ils parlé et surtout comment ? À ce moment-là, la chaîne d'information iTélé ne risquait pas d'envoyer des reporters sur place, elle était en grève pour tenter d'obtenir le respect de son indépendance éditoriale.

Premier élément de réponse : le blog de Jean-Marc Morandini, d'habitude assez friand de ce genre de tragédie, passe l'accident sous silence. Dans le moteur de recherche de son site, nous avons tapé le mot « Cameroun ». Le seul article qui est apparu est titré : *Vincent Bolloré accuse France 2 d'avoir bidonné un reportage sur ses activités au Cameroun et d'avoir acheté des témoins.* Une affirmation inexacte comme nous l'avons démontré plus haut. Passons.

Plus important : nous avons regardé attentivement le traitement de l'information par le quotidien gratuit *Direct Matin* tiré à plus de 500 000 exemplaires en moyenne. C'est sans doute un malencontreux oubli mais lorsque *Direct Matin* évoque l'accident de train survenu au Cameroun en publiant la dépêche AFP, toute mention du groupe Bolloré a disparu. L'Agence France Presse a tout simplement été caviardée !

Dans sa dépêche, l'AFP donne une information importante : elle précise que Camrail, la société ferroviaire impliquée dans l'accident d'Eseka, « appartient au groupe français diversifié Bolloré, actionnaire à 77,40 % ». Dans *Direct Matin*, la dépêche est reprise avec précision mais sans cette phrase. Cette fâcheuse erreur, certainement due à la déconcentration d'un rédacteur en chef surmené, nous fait penser à cette satanée manie des autorités soviétiques ; quand « caviarder » textes et photos publiées dans la Pravda, le journal du Parti, était devenu un sport national *made in URSS*. Mais comme le dit si bien l'adage : « comparaison n'est pas raison », nous nous en tiendrons là. Notre petite recherche a tout de même porté ses fruits : dans aucun des médias contrôlés par Vincent Bolloré il n'y a eu, à ce jour, de liens établis entre la Camrail et son groupe industriel.

À l'heure d'Internet et des réseaux sociaux ce genre de pratique a-t-elle encore un sens ? Depuis l'accident, quelques journalistes français et camerounais mènent l'enquête. Les premiers faits et documents rapportés par nos confrères sont accablants pour la Camrail. Le rapport d'inspection du train rédigé le matin même de l'accident indique par exemple que les wagons chinois présentaient une « usure complète des semelles de frein. » Malgré ça, le conducteur du train aurait reçu un ordre écrit de sa hiérarchie pour partir quand même.

Le 23 mai 2017, les autorités camerounaises dévoilent enfin les conclusions de la commission d'enquête chargée de faire la lumière sur la catastrophe d'Eseka. La société Camrail est désignée comme le principal responsable de la catastrophe en raison de la vitesse excessive du train. Les experts sont formels : « Les raisons de ce dépassement de vitesse sont dues au non-respect par la Camrail de certaines règles de sécurité. En effet, le train n° 152 mis en circulation ce jour-là présentait de graves anomalies et défaillances. »

Mais de ces conclusions, contestées par la Camrail, il n'en est jamais question sur les écrans et les pages des médias contrôlés par Vincent Bolloré.

Le procès des responsables présumés de la catastrophe ferroviaire de la Camrail s'est ouvert le 8 novembre 2017 à Eseka. La Camrail est accusée d'avoir eu connaissance des défauts techniques avant la survenue du drame sans avoir pris les précautions pour les corriger. Quinze personnes sont poursuivies pour homicide involontaire, activités dangereuses, imprudence et négligence.

Et si demain, la majorité de la presse française était dirigée avec la même diligence que le sont les journaux ou les télés du « boa » ? Serions-nous informés de manière libre et indépendante ? Poser la question, c'est y répondre. La concentration des médias entre les mains de quelques « puissants » – quels qu'ils soient – n'est pas une bonne nouvelle pour la démocratie. C'est un risque à ne pas négliger. Bien sûr la presse a besoin de capitaux pour vivre, mais elle ne doit pas y perdre son âme. Il nous paraît essentiel que ce débat soit relayé dans la société française. Il concerne tous les citoyens, pas simplement les journalistes. C'est à nous tous de nous emparer de la question de l'indépendance éditoriale des médias et de l'imposer comme une *res publica*, une chose publique.

En 2016, suite à la révélation des Panama Papers, le lanceur d'alerte qui a transmis à la presse 11,5 millions de documents du cabinet d'avocats Mossack Fonseca situé au cœur de ce scandale d'évasion fiscale s'est fendu d'un long manifeste pour expliquer ses motivations. Sous pseudonyme, « John Doe » analyse l'état de l'économie mondiale, ses déséquilibres vertigineux, ses injustices, ses zones d'ombre. Sur les médias il écrit : « De nombreux groupes d'information sont devenus des caricatures de ce qu'ils étaient, des particuliers milliardaires semblent voir dans la propriété d'un journal un simple hobby, limitant la couverture des sujets graves concernant les plus riches, et le journalisme d'investigation sérieux manque de financements[17]. »

17. *John Doe's Manifesto*, mai 2016.

Épilogue

Une enquête n'est jamais terminée. Elle ouvre des portes, suscite le débat et invite à la modestie. Chez Vincent Bolloré et son groupe, il y a encore beaucoup à explorer. Son univers est un empire. C'est sa grandeur, sa force et sa faiblesse. « Allez-y, cherchez, je n'ai rien à cacher », avait-il fanfaronné en 2015 devant un journaliste de Canal + dans les bureaux de *Spécial Investigation*. Avec nos humbles moyens, nous avons surtout cherché à comprendre le fonctionnement d'un personnage complexe, entouré de personnalités aussi influentes que puissantes. Vincent Bolloré est-il un « affairiste », un industriel de génie, un financier hors pair ? Sûrement un peu des trois avec ses réussites et ses zones d'ombre.

Paradoxalement, nous terminerons cet ouvrage sans lui, là où nous aurions pu sans doute le croiser, à la tour Bolloré, le siège de son groupe à Puteaux (Hauts-de-Seine). Il ne l'a pas souhaité. Nous le regrettons. Écoutez le récit de ce déjeuner qu'une source a bien voulu nous raconter.

La scène résume à merveille l'épaisseur d'un homme qui attire, séduit et oblige tous ceux qui respirent le pouvoir, la force et les réseaux. En cette fin du mois de juin 2016, l'été qui s'installe se fête au sommet de la tour Bolloré. La terrasse balayée par une légère brise a été aménagée tout spécialement pour recevoir les « amis de la maison ». La maison ? C'est le groupe Bolloré-Vivendi. Les amis, ce sont les plus grands flics de France. Une petite vingtaine d'invités triés sur le volet. Le milliardaire, nous l'avons démontré, aime s'entourer de gardes prétoriens : d'anciens policiers, voire d'anciens magistrats, œuvrant pour ses intérêts. « C'est une marque de fabrique, une habitude, explique l'un des responsables du groupe qui a requis l'anonymat, lui aussi. La présence de policiers dans son entourage le rassure. Mais je n'ai jamais compris pourquoi il leur faisait confiance. Ils ne connaissent rien aux affaires du groupe, rien à l'Afrique. Ils ont des méthodes très limites et pourtant, ils occupent des fonctions importantes. » Sur cette terrasse, Vincent Bolloré est étrangement absent. La puissance invitante ? C'est Arnaud de Puyfontaine, le très discret président du directoire de Vivendi, celui-là même qui nous envoya un huissier en janvier 2017. Parmi ces invités, forcément Ange Mancini, l'ancien commissaire de la Brigade criminelle, ex-patron du Raid, l'unité d'élite de la police nationale, jadis préfet. Sa carrière le mena jusqu'à l'Élysée où il coordonna entre 2011 et 2013 les Renseignements français. Sa chance : avoir connu Vincent Bolloré sur les bancs de la fac de droit dans les années 1960. Alors, lorsqu'il quitte la police en 2013, Vincent Bolloré le nomme responsable de la sécurité au sein de son groupe avant de lui confier son grand projet de boucle ferroviaire en Afrique. Ange Mancini ne connaît *a priori* rien au chemin de fer mais il est un proche, un ami, et donc un pilier du groupe. Sur la terrasse, il navigue au milieu de ses anciens collègues, comme René-Georges Querry, l'ancien chef de l'Unité de coordination de la lutte antiterroriste (UCLAT). Lui aussi a eu mille et une vies. « Jo » comme on l'appelle dans le milieu est un ancien des « stups ». Ancien directeur de la sécurité du groupe Accor, il a été recruté par Vincent Bolloré en 2011 pour diriger les opérations d'Autolib'. Même si, depuis l'automne 2015, il a rejoint le groupe Casino en tant que responsable de la sécurité, en « Bollorie », Jo, soixante-dix ans, est toujours l'une des cartes maîtresses de l'industriel breton. L'ancien flic continue d'ailleurs de jouer aux voitures électriques puisqu'il dirige toujours officiellement Bluestation, l'une des nombreuses filiales de Bolloré Transport & logistique. Dans un coin, notre source note la présence de Frédéric Péchenard, l'un des anciens grands flics de la garde rapprochée de Nicolas Sarkozy. Aujourd'hui vice-président de la région Île-de-France, il dirigea la police nationale entre 2007 et 2012.

Parmi les ex-policiers qui ont basculé du côté du pouvoir politique, le très sarkozyste Bruno Beschizza, le maire d'Aulnay-sous-Bois, profite également de la vue qu'offre la terrasse. Non loin, son ami Amaury de Hauteclocque, un autre ancien patron du Raid. En disponibilité depuis 2013, le « beau gosse de la police nationale » s'est récemment reconverti dans les assurances, au sein du groupe Covéa qui pèse tout de même dix-sept milliards d'euros de chiffre d'affaires. Les assurances ? Ce n'est pas vraiment le truc de Bernard Squarcini, dit « Le Squale », qui papote business avec son hôte Arnaud de Puyfontaine. L'ancien directeur central du renseignement intérieur (2008-2012) est suspecté d'avoir fait profiter de ses réseaux policiers à certains de ses clients, comme la société LVMH ou l'entourage de l'ancien président Nicolas Sarkozy. En juin 2016, Bernard Squarcini n'a pas encore été mis en examen pour « détournement de fonds publics », « trafic d'influence » ou « violation du secret de l'enquête »[1]. Officiellement, « le Squale » n'a jamais travaillé pour Vincent Bolloré.

Au signal, les invités se pressent derrière une table. Épaule contre épaule. Tous font la queue pour ne rien rater du barbecue maison. Ah oui ? On ne vous avait pas dit ? Ce jour-là, c'était barbecue pour tout le monde ! Mais pas de poulet grillé. Non, au menu, selon notre source, il n'y aurait eu que des brochettes de poisson, accompagnées d'un petit blanc, voire de rouge pour les plus audacieux.

Un verre de champagne ? Arnaud de Puyfontaine est aux petits soins pour sa « bleusaille ». Un cigare, peut-être ? Là, c'est Frédéric Péchenard qui distribue les « barreaux de chaise » aux amateurs. Un coup d'œil circulaire. Au moment du café, notre source découvre que parmi les invités il n'y a pas que des anciens « cadors » qui ont tombé l'uniforme. Dans le club très sélect des flics « Bolloré-Vivendi compatibles », le plus surprenant est la présence de Gilles Aubry, alors sous-directeur des affaires économiques de la police judiciaire parisienne, responsable à ce titre de la Brigade financière. Le milliardaire breton n'a-t-il pas été entendu le 20 février 2013[2] par un commandant de ce service de fins limiers dans le cadre d'une information judiciaire portant sur des soupçons de « corruption d'agent public étranger » ?

---

1. Bernard Squarcini a été mis en examen trois mois après ce barbecue, le 28 septembre 2016.
2. Précisons qu'à l'époque Gilles Aubry n'était pas le patron de la Brigade financière qu'il ne supervisera qu'à partir de mai 2013.

Étrange mélange des genres. « Où est le problème ? nous demande Gilles Aubry que nous avons joint par courriel et par téléphone. Je n'ai rien à vous dire. Je n'ai aucun lien avec qui que ce soit et si je dois m'expliquer je le ferai devant une autorité publique. »

Nous avons donc contacté l'Inspection générale de la police nationale. Au sommet de la hiérarchie des bœufs-carrottes, on dit « ignorer la tenue de cette réunion à la tour Bolloré ». On nous promet de vérifier d'éventuels conflits d'intérêts et on admet que la présence de Gilles Aubry « pourrait poser problème ». À noter : en 2017, Gilles Aubry a fait une demande de disponibilité pour devenir le directeur sécurité-sûreté du groupe Crédit Agricole.

La liste des convives aurait pu s'arrêter là. Et nous en aurions déduit que décidément Vincent Bolloré et ses affidés entretiennent, avec délicatesse et savoir-faire, leurs réseaux « sarkozystes ». Dans la brochette d'invités, on trouve pourtant le discret Jean-Michel Fauvergue, alors patron du Raid. Lui et ses hommes s'illustrèrent pendant les attentats à Paris en janvier et en novembre 2015. Les Français s'en souviennent. Mais que fait-il là ? Jean-Michel Fauvergue, soixante ans, dont trente-huit passés dans la police, n'est pas réputé pour être un « Sarko *boy* ». Est-il venu saluer quelques amis ? Prépare-t-il sa reconversion ? Allez savoir… Contacté, Jean-Michel Fauvergue nous affirme qu'il « était en mission à l'étranger » ce jour-là, avant de nous préciser qu'un ancien patron du Raid « était présent » à la réception.

— Alors vous y étiez ?

— Je n'ai rien à vous dire, nous répond agacé le patron de l'unité d'élite de la police nationale qui en avril 2017 fera son « coming out » politique aux côtés d'Emmanuel Macron, avant d'être élu un mois plus tard député LREM

(La République en marche) de la 8e circonscription de Seine-et-Marne.

Quel sens donner également à la présence d'une commissaire de police ? Elle aussi très à l'aise au milieu de cet étonnant aréopage. Fine, longiligne, le regard noir, elle se tient souvent à l'écart de la mêlée pour mieux surveiller son « client ». Cette fois, Sophie Hatt, la patronne du Groupement de sécurité de la présidence de la République, autrement dit, celle qui assure alors la protection du président Hollande, fait corps avec le groupe présent sur la terrasse. À la fin du mandat du chef de l'État, elle aussi sera recasée. Madame le commissaire sera nommée en mars 2017 directrice de la Coopération internationale du ministère de l'Intérieur (DCI). Que faisait Sophie Hatt, ce jour-là, sur cette terrasse ? Était-elle en service commandé de l'Élysée ? Ou profitait-elle de son temps libre pour rencontrer quelques collègues en goguette ?

Toutes ces questions nous aurions aimé les lui poser. Comme à ses collègues, bien sûr. Mais aucun des invités n'a voulu démentir ou confirmer sa participation à cette petite réunion en famille.

Quelle est donc cette force obscure qui pousse une brochette des plus grands flics de France à venir côtoyer les plus hauts responsables de Vivendi quitte à ignorer l'éthique et les responsabilités que confère leur métier ?

Prenons le temps d'y réfléchir : que raconte cette scène ? Un entre-soi gênant ? Qu'incarnent Vincent Bolloré et son entourage pour ces policiers de haut rang ?

Des cercles de connivences et d'intérêts se forment dans tous les milieux. Des mondes interlopes se croisent et se fréquentent. Souvent, rien de bien alarmant. C'est aussi tout simplement la vie. Sauf que la porosité entre les univers du

Renseignement et des affaires s'affiche ici sous le parapluie protecteur d'une multinationale proche des pouvoirs et présente dans une centaine de pays. Comme si tout cela relevait d'un rituel républicain immuable. Comme si tout cela, au fond, n'avait pas vraiment d'importance. Le conflit d'intérêts est pour nous l'un des maux de la République. Il renforce ce sentiment détestable et destructeur d'impunité de certaines élites qui auraient la fâcheuse tendance à regarder le monde du haut d'une terrasse.

Nos grands flics sont-ils « vendus » au groupe Bolloré pour autant ? Non bien sûr. Ce serait trop facile. Trop simpliste. Un dernier truc quand même : notre source nous signale que chacun des invités est reparti avec un peu de vin et quelques DVD des derniers films et séries diffusés sur Canal +. La maison sait recevoir et, quoi qu'il arrive, la maison reste généreuse avec ses protégés… C'est sans doute cela, le nouvel esprit Canal.

COMPOSITION NORD COMPO
POUR LE COMPTE DES ÉDITIONS J.-C. LATTÈS
17, RUE JACOB 75006 PARIS

PAPIER À BASE DE FIBRES CERTIFIÉES

JC Lattès s'engage pour l'environnement en réduisant l'empreinte carbone de ses livres. Rendez-vous sur www.jclattes-durable.fr
L'empreinte carbone en éq. CO_2 de cet exemplaire est de 1.0 kg

Dépôt légal : février 2018

Achevé d'imprimer en France en décembre 2022
par Dupliprint à Domont (95)
N° d'impression : 2022120270 - N° d'édition : 7878896/04